燕双飞·龙凤侠

民国武侠小说典藏文库·徐春羽卷

徐春羽◎著

中国文史出版社

"京味武侠"徐春羽（代序）

顾　臻

徐春羽，民国北派武侠作家，活跃在上个世纪三四十年代，作品常见诸京津两地的报纸杂志，尤其受到北京本地读者的喜爱。

1941 年出版的第 161 期《立言画刊》上有一则广告，内容是："武侠小说家徐春羽君著《铁观音》、还珠楼主著《边塞英雄谱》、白羽著《大泽龙蛇传》，三君均为第一流武侠小说家……"文中徐春羽排第一位，以次是还珠楼主和白羽。或许排名并非有意，但徐春羽的名气可见一斑。

六年后，北京有家叫《游艺报》的杂志刊登了一篇名为《本报作家介绍：徐春羽》的文章，里面有这样一段话："提起武侠小说家来，在十几年前，有'南有不肖生（向恺然），北有赵焕亭'之谚。曾几何时，向、赵二位的作品，我们已读不到了，而华北的武侠作家，却又分成了三派：一派是还珠楼主的'剑侠神仙派'，一派是郑证因先生、白羽先生的'江湖异闻派'，另一派就是徐春羽先生的'技击评话派'。现在还珠楼主在上海，白羽在天津，北平就仅有郑、徐两位了！于是这两位的文债，也就忙得不可开交。"

此时的徐春羽，不仅名气不减，而且居然自成一派，与还珠楼主、白羽和郑证因分庭抗礼，其小说显然相当受欢迎。笔者翻查民国旧报纸时曾经粗略统计了一下，1946—1948 两年时间里，徐春羽在四家北京本地小报上先后连载过八部武侠小说，在其他如《游艺

1

报》《艺威画报》等杂志或画报这类刊物上也连载过武侠小说，前文提到的《游艺报》上那篇文章还写着这样一句话："打开报纸，若没有他（郑证因、徐春羽）两位的小说，真有'那个'之感。"

老北京的百姓看不到徐春羽的小说会觉得"那个"，武侠小说研究人员看到徐春羽的生平时却也有"那个"之感，因为名声如此响亮的徐春羽，竟仅在1991年出版的《民国通俗小说论稿》（作者张赣生）中有一点少得可怜的介绍：

"徐春羽（约1905—?），北京人。据说是旗人。他通医术，曾开业以中医应诊；四十年代至天津，自办《天津新小报》；五十年代初，曾在北京西直门一家百货商店当售货员。其余不详。"连标点符号在内不过八十余字。

除了台湾武侠研究专家叶洪生先生曾在《武侠小说谈艺录》（1994年出版）一书中对徐春羽略提两句外，再无关于其人其作的只言片语，更谈不上研究了。

近年，随着武侠小说逐渐为更多研究者所重视，关于民国武侠小说的研究也获得不少新进展，天津学者王振良撰写了《徐春羽家世生平初探》一文，内容系采访徐家后人与亲友，获得颇多第一手新资料。尽管因为年代久远，受访人年纪偏大，记忆减退，以及这样或那样的原因，徐春羽生平中仍留下不少空白，但较之以往已有很大改观，而张赣生先生留下的徐春羽简介也由此得到了修正和补充。

现在可以确定的是，徐春羽是江苏武进（即今江苏常州）人，并非北京人，也不在旗。他的出生时间是清光绪三十一年乙巳十月二十一日（1905年11月17日），属蛇。

关于徐春羽的生平，青少年时期是空白，据其妹徐帼英女士说，抗战前徐春羽在天津教育局工作，按时间推算差不多三十岁。在津期间，徐春羽还应邀主持周孝怀创办的《天津新小报》，并经常撰写评论。笔者据此推测，1935年6月有一位署名"春羽"的人在北京的《新北平报》副刊上开了一个评论专栏，写下了诸如《抽烟卷儿》《扯淡·说媒》《扯淡·牛皮税》等一批"豆腐块"大小的杂评，嬉笑调侃，京腔京味十足，此人或许就是徐春羽。同在1935年，北平《益世报》上刊登了一篇署名"春羽"的武侠小说连载，篇名是《英雄本色》，遗憾的是仅连载了几十期就不见了踪迹。目前没有发现更早的关于徐春羽写作武侠小说的资料，此"春羽"若是徐本人，或许这篇无疾而终的连载可以视为他的武侠小说处女作。

抗战开始，华北沦陷长达八年，徐春羽在这一时期应该就居住在北京或天津，是否有正当职业尚不清楚，所能够知道的就是他写了几部武侠小说在北平的落水报纸上连载，并以此知名。另在《新民半月刊》杂志上发表过一部十一幕的历史旧剧剧本《林则徐》。

抗战胜利后，徐春羽似乎显得相当活跃，频频在京津各报刊上发表武侠小说，数量远超抗战期间，但半途而废者较多，也许是文债太多之故，也许本是玩票心态，终有为德不卒之憾，这一点后面还要谈到。

1949年后，他似乎与过去的生活做了彻底的切割，小说和文章不写了，大半时间在家行医。他也曾经短暂地打过零工，一次是在西直门一家商店做售货员，结果被一位通俗作家耿小的（本名郁溪）偶然发现，然后就没了人影；另一次是在新成立的中国科学院待过一段时间，1952年因故离开。

徐春羽的父亲做过伪满洲国"御医"。从能够找到的信息来看，做父亲的比做儿子的要多得多，也清楚得多。

徐父名思允，字裕斋（又作豫斋、愈斋），号苕雪，又号裕家，生于1876年2月13日。青少年时期情况不详，1906年（三十岁）入张之洞幕府，任两湖师范学堂文学教员。次年初，调充学部书记并在编译局任职。1911年，徐思允被京师大学堂聘为法政科教员，主讲《大清会典》。据徐春羽之妹徐帼英所述，其父于1912年任北京政府铨叙局勋章科科长，后又外放任安徽省宿县县长等职。

1919年，徐思允拜杨氏太极传人杨澄甫为师，习练太极拳，后又拜师李景林，学习武当剑法。徐思允的武功练得如何不得而知，

3

以四十几岁的年纪学武，该是以健身、养生为目的。不过他所拜的均是当时的名家，与武术圈中人定有不少往来，其人文化水平在武术圈里大约也无人能比，杨澄甫门下陈微明曾撰《太极拳术》一书，就是请同门徐思允作的序。徐春羽小说中有不少武术功夫和江湖切口的描写与介绍，或许与其父的这段经历不无关系。

大约在二十世纪二十年代中后期，经周孝怀介绍，徐思允成为溥仪的随身医生。1931年溥仪出逃东北，徐思允也追随前往"新京"（今长春市），任伪满宫廷"御医"，并教授皇族子弟国文。

1945年苏军进入东北，徐思允随伪满皇后婉容等流亡至临江县大栗子沟（今吉林省临江市大栗子街道），婉容临终前，他就在其身边。他后来被苏军俘虏，送至伯力（今俄罗斯哈巴罗夫斯克），1949年获释回到长春，同年5月被接回北京，次年12月病逝。

徐思允国学功底很好，工诗，与陈衍、陈曾寿、郑孝胥、许宝蘅等人有长期的交游，彼此间屡有唱和。陈衍眼界很高，一般瞧不上什么人，而其《石遗室诗话》中收有徐诗数首，评价是"有古意无俗艳"，可谓相当不低。徐去世后，其儿女亲家许宝蘅（前清进士，曾任袁世凯秘书处秘书，解放后任中央文史馆馆员）整理其遗稿，编有《苕雪诗》二卷。

写诗之外，徐思允还会下围棋，水平应该不低。1935年，吴清源访问长春，与当时的日本名手木谷实在溥仪"御前"对局，连下三天，吴清源胜。对局结束的那天下午，溥仪要求吴让徐思允五子，再下一盘。他给吴的要求是使劲吃子，越多越好，结果徐思允死命求活，吴未能完成任务。徐可谓虽败犹荣，他的这段经历肯定让今天的围棋迷们羡慕得要死。

根据徐思允的经历再看他儿子徐春羽，其中隐有脉络可循。做父亲的偏重与社会上层人士——清末官宦和民国遗老往来，做儿子的则更钟情于市民阶层。从已知资料看，徐春羽确实颇为混得开，没有几把刷子肯定不行。

1947年，北京的《一四七画报》上刊登了一篇文章，报道徐春羽受聘于北洋大学北平部讲授国文，说一周要上十几个钟点的课，标题中称他为"教授"。虽然看起来像玩笑话，但徐春羽的旧学根底已可见一斑，这一点在他的武侠小说里也能看得出来。这一方面应得力于家学渊源，正应"有其父必有其子"那句俗话，另一方面则是徐春羽确有天赋。其表舅父巢章甫在《海天楼艺话》中说他"少即聪颖好弄，未尝力学，而自然通顺"。由此看来他可能上过私塾，也许进过西式学堂，但不是一个肯吃苦念书的老实学生。

徐春羽显然赋性聪慧跳脱，某消闲画刊上曾有文章介绍其人绝顶聪明，多才多艺，"刻骨治印、唱戏说书，无不能之，且尤擅'岐黄之术'"，据说他还精通随园食谱，喜欢邀人到家里，亲自下厨。

"岐黄之术"是徐春羽世代家传的本事。前文已言及其父给溥仪当"御医"十多年，水平可想而知。他自己在这方面也肯定下过功夫，所以造诣不浅。据当时的报纸报道，徐氏经常主动为人诊病，且不取分文，还联合北京的药铺搞过义诊。

唱戏是徐春羽的一大爱好，自二十世纪三十年代在天津期间就喜欢票戏。据说他工丑角，常请艺人到家中交流，也多次粉墨登台。天津报人沙大风、北京名报人景孤血与编剧家翁偶虹等人曾在北京长安戏院合演《群英会》，分派给徐春羽的角色是扮后部的蒋干。

评书则是他的又一大爱好。1947年3月1日，他开始在北平广播电台播讲其小说《琥珀连环》，播出时间是每天下午二时至三时。目前尚不清楚他是否拜过师正式进入评书界，但他的说书水平已见诸当时的报刊。《戏世界》杂志曾刊出专文，称其"口才便给，笔下生花，舌底翻莲，寓庄于谐，寄警于讽，当非一般低级趣味所能比拟也"。

应当说，唱戏和评书这两大爱好对于徐春羽的武侠小说创作，显然有着非常直接的影响。

张赣生先生在《民国通俗小说论稿》中，以徐春羽《铁观音》第一回中一个小兵官出场的一段描写为例，指出："这个人物的衣着、神态，以及出场后那几句话的口气，活生生是戏曲舞台上的一个丑角，尤其是最后一段，小兵官冲红船里头喊：'哥儿们，先别斗了，出来瞧瞧吧！'随后四个兵上场，更活像戏台上的景象。徐氏无论是直接捋自戏曲还是经评书间接捋自戏曲，总之是戏曲味很浓。"

民国武侠作家中精通戏曲、喜欢戏曲的人很多，但这样直接把戏台场面搬入小说里的，倒也少见。评书特色的化用也是如此。北派作家如赵焕亭、朱贞木等人，有时也用一下"说书口吻"或者流露出一些"说书意识"，而没有人像徐春羽那样，大部分小说的叙事风格如同演说评书一般。他在很多小说开头，都爱用说书人的口吻讲一段引子，譬如《草泽群龙》的开篇：

写刀枪架子的小说，不杀不砍，看的主儿说太瘟，大杀大砍，又说太乱。嘴损的主儿，还得说两句俏皮话儿："他写着不累，也不管打的主儿受得了受不了？"稍涉神怪，就说提倡迷信；偶写男女，就说妨碍风化。其实神仙传、述异记又何尝不是满纸荒唐，但是并没列入禁书。《红楼梦》《金瓶梅》不但粉红而且近于猩红，反被称为才子选当课本，这又应做如何解释？据在下想，小说一道先不管在学术上有无地位，最低限度总要能够帮助国家社会刑、政教法之不足，而使人人略有警惕去取。尽管文笔拙笨，立意总不应当离开本旨。不过看书同听戏一样，看马思远他就注意调情那一场，到了骑驴游街，他骂编戏的煞风景，那就是他生有劣根性，纵然每天您拿道德真经把他裹起来，他也要杀人放火抢男霸女，不挨刽子手那一刀他绝改不了。在下写的虽是武侠小说，宗旨仍在讽劝社会，敬忠教孝福善祸淫，连带着提倡一点儿尚武精神。至于有效无效，既属无法证明，更不敢乱下考语，只有抄袭药铺两句成语"修合无人见，存心有天知"，聊以解嘲吧。

再随便从《宝马神枪》中拎出一段报字号：

你这小子，也不用大话欺人，我要不告诉你名儿姓儿，你还觉乎谁怕了你。现在你把耳朵伸长着点儿，我告诉完了你，你死了也好明白，下辈子转世为人，也好找我报仇。你家小太爷姓黎，单名一个金字，江湖道儿上送你家小太爷外号叫插翅熊。至于我师父他老人家，早就嘱咐过我，不叫我在外头说出他老人家名姓，现在你既一定要问，我告诉你就告诉你，你可站稳了，省得吓破了你的苦胆。我师父他老人家住家在安徽凤阳府，双姓"闻人"，单名一个喜字，江湖人称神砂手就是他老人家。你问我的，我告诉你了，你要听着害怕，赶紧走道儿，我也不能跟你过不去，你要觉乎着非得找死不可，你也说个名儿姓儿，还是那句话，等我把你弄死之后，等你转世投生，也好找我报仇。

这样的内容，喜欢评书的读者当不陌生。类似这样的江湖声口，在徐春羽武侠小说中俯拾即是，其人物的外貌描写、语言也是演说江湖草莽类型评书中的常用套路和用语。值得一说的是，徐春羽使用的语言基本是轻快流利的京白，尤其带点老北京说话时常有那点"假招子"的劲头，这可算是他的独家特色。他虽然是江苏人，但对北京的热爱却是发自内心的，这从他的小说中经常可以体会到，其绝大部分武侠小说的开头，都要说上一段老北京的风土人情，内容也大多涉及北京，比如《屠沽英雄》的开头：

讲究吃喝，真得让北京。不怕住家在雍和宫，为吃两块臭豆腐，可以出趟顺治门，不是王致和的地道货，宁可不吃。住家在德胜门，为喝一包茶叶末，可以到趟大栅栏，不是东鸿记的好双熏，宁可不喝。再往细里一考究，什么字号鼻烟好？什么字号酱菜好？水葡萄得吃哪块地长的？旱香瓜得吃谁家园的？应时当令，年糕、月饼、粽子、花糕、腊八粥、关东糖、春饼烤肉煮饽饽，不怕从身上现往下扒，当二钱银子，也不能不应个景儿。因为"要谱儿"的爷们儿一多，做买卖的自然就得迎合主顾心理，除去将本图利之外，还得搭上一副脑子，没有特别另样的，干脆这买卖就不用打算长里做。所以，久住北京的主儿谁都知道，北京城里的买卖，没有一家没"绝活儿"的。

这是说的老北京人讲究吃喝的劲头。还有赞扬北京人性格的，比如《龙凤侠》开头说：

"无风三尺土，有雨一街泥"，凡是久住这北京的哥们儿差不离都有这么一点印象。可是事实适得其反，不怕在屋里四六句骂着狂风，在街上三七成蹚着烂泥，破口骂着天地时利，恨不得当时脱离这块黄天黑地，只要风一住，水一干，就算您给他买好了飞机票，请他到西湖去住洋楼儿，他准能跟您摇头表示不去。

其实并非出乎反乎说了不算，说真的，北京这个城圈里，除去这两样有点小包涵之外，其他好的地方太多，两下一比较，还是北京城强似他处。

第一中国是个礼教之邦，北京是建都之地，风俗淳朴，人情忠厚，虽说为了窝头有时候要切菜刀，但仍然没有离开"以直报怨"的美德。至于说到挖心思用脑子，上头说好话，底下使绊子，不能说是绝对一个没有，总在少数。

尤其讲究义气，路见不平，就能拍胸脯子加入战团，上刀山下油锅到死绝不含糊。轻财重脸，舍身任侠。"朋友谱"，"虚子论"，别瞧土地文章，那一腔子鲜血，满肚子热气，荆轲聂政不过如此。"为朋友两肋插刀"，的确可以夸一句是响当当硬绷绷好汉子！古称燕赵多慷慨悲歌之士，看来确是不假。

徐春羽概括的老北京人身上的特点,在其小说中的很多小人物如茶馆、酒肆的伙计、客人、公人、地痞、混混等身上,都能或多或少地有所发现。而市民社会中各色人等的言谈话语、举手投足,生活气息极为浓郁,非长期浸淫其间有亲身经历者不能道出。老北京逢年过节的庙会盛况与一些风俗习惯,都在徐春羽的武侠小说中有所展现。相比之下,赵焕亭、王度庐等人在小说中虽也都有对老北京风土人物的描写和追忆,但也仅限几部作品,不如徐书普遍,徐春羽的武侠小说或许可以称得上是真正的"京味武侠"。

近年来,对老北京文化感兴趣的人越来越多,徐氏武侠小说或许是座值得有心人深入挖掘的富矿亦未可知。

徐氏武侠小说的特点是非常鲜明的,缺点也是毋庸置疑的。

其一,小说评书味道浓郁是特色,但也多少是个缺点,因为评书属于口头文学,追求的是讲说加肢体动作带来的现场效果,一件小事经常会用大段的言语来铺叙、表白,有时还要穿插评论在其间,听者会觉得过瘾,可是一旦形诸文字,就难免有时显得啰唆和絮叨,如前面所举的《宝马神枪》中那段报字号。类似的段落如果看得太多,会令读者产生枯燥和乏味的感觉,影响到阅读效果。徐春羽的文字表现能力当然很强,但也无法克服这样的先天缺陷。

其二,前面已经提到,就是作品半途而废的不少,其中报纸连载最为突出。比如《红粉青莲》仅连载十余期就消失不见,《铁血千金》则连载到三十七期即告失踪,其他连载了百十期后又无影无踪的还有若干,这里面或许有报纸方面的原因,但徐春羽的创作态度也多少是有些问题的,甚至不排除存在读者提意见而告停刊的可能。无论如何,这些烂尾连载直接影响到作品的质量和读者的观感。单行本的情况略好,然而也存在类似问题。再加上解放前的兵荒马乱以及解放后的历次政治运动,尤其是五十年代初的禁止武侠小说出版与出租,都造成武侠小说的大量散佚和损毁。时至今日,包括徐春羽在内的不少武侠作家的作品,都很难证实小说的烂尾究竟是作者造成的，还是书的流散造成的，这自然也给后来的研究人员增加了很多困难。

　　本作品集的底本系由上海武侠小说收藏家卢军先生与著名还珠楼主专家周清霖先生提供，共计十二种，是目前能够见到的徐春羽武侠小说的全部民国版单行本了。这些作品绝大多数是解放后第一次出版，其中的《碧血鸳鸯》虽然曾由某出版社在 1989 年出版过一次，但版本问题很大。该书民国原刊本共有九集，是徐春羽武侠小说中最长的，但 1989 年版的内容仅大致相当于原刊本的第三至八集，第一、二、九集内容全部付之阙如，且原刊本第六集第三回《背城借一飞来异士，为国丧元气走豪雄》、第七集第四回《痛师占卜孙刚射雁，喜友偕行丁戚打虎》也均不见踪影。另外，该版的开头始自原刊本第三集第一回的三分之二处，前三分之一的三千多字内容全部消失，代之以似由什么人写的故事简介，最后一回则多了一千多字，作为全书的结束，其回目"救老侠火孤独显能，得国宝鸳鸯双殉情"也与原刊本完全两样。这些问题都已经通过这次整理得到全部解决，也算功德圆满，只是若干部徐氏小说因为前面提到的原因，明显没有结束，令人不无遗憾，但若换个角度想，这些书能够保留下来且再次公之于众，已属难得之至了。

　　今蒙本作品集出版者见重，嘱为序言，以方便读者，故撷拾近年搜集的资料与新的研究成果，勉力拉杂成篇，以不负出版方之雅爱。希识者一哂之余，有以教也！

中国武侠文学学会副秘书长　顾臻
2018 年 4 月 10 日写于琴雨箫风斋

目　录

燕　双　飞

龙　凤　侠

燕双飞

第一回

睹怪异一剑斩情丝
误渊流五陵迷意网

东门月好不曾圆，蚕箔冰丝惜暂缠。往事莫教鹦鹉听，
来书曾傍鲤鱼传。

垂杨断岸春回马，芳草平桥夜泊船。随处赏花兼中洒，
无人知是爱逃禅。

吴天沉醉楚天歌，不怨芙蓉怨薜萝。桐槲尚余焦尾在，
莲房空抱苦心多。

花笺夜染翻遭虫，桑茧春深渐化蛾。为问钟陵旧时侣，
云英重见意如何？

长天星斗夜纵横，弹尽鹃鸡恨未平。残月似曾羞镜影，
惊雷犹自误车声。

无钱乞与樊知客，有酒浇从阮部兵。曾读反骚思再反，
年来辜负为闲情。

壮游无事却归来，书幌应封独自开。攀桂尚虚吴质愿，
媒花翻困屈平才。

佳期蜡鼓休重下，隐语春灯莫浪猜。风雪连天更萧瑟，
绝交书广不胜哀！

在下一向写的评话，完全是胡杀混打，除去飞檐走壁，就是越

3

脊蹭房，好歹不管，褒贬不计，只求火炽热闹，一阵神涂怪抹信口开河，高明的主顾，气得连哼带唉，痛骂糟蹋纸墨，认为极端无聊，在下依然耳不烧脸不红地写得无尽无休，还觍着脸自谓得能，真是有点儿不知什么叫作羞臊。这次本社曹社长特别照顾，叫在下再写一篇"旱谣传"，不过得稍微改个笔调儿，除去提倡武术精神之外，内容要穿插一件儿女英雄的故事。这一来在下倒用上孔夫子两句圣经——一则以喜，一则以惧了。喜的是又多了一个造谣的机会跟混饭地方，怕的是一向只会写些望空捕影无着的瞎话，只要笔尖沾在纸上，一钟点就有两三千字不用脑筋的出品，真可以说"倚马万言，一挥而就"，大概世界上的事，没有再比在下写评话更容易的了。现在老板这么一戳活儿赏下题目，幌子既然挑出去，买卖就得有个限制，茶叶铺卖茶叶，至多可以带卖一点儿鼻烟头疼药，无论如何也不能添上臭豆腐；绸缎庄卖绸缎，至多可以带卖皮货化妆品，不拘怎样也不能添上烤羊肉。儿女英雄，看着不难，写着不易，笔尖儿一软，专重了儿女私情，就要失去英雄状态，未免牵涉"伤风"的嫌疑。如果偏重了英雄侠气，完全写成硬绷绷的好汉，又不免弄成掌握不住的场面，一点儿柔和劲没有，又失去软笃笃的滋味儿。话虽如此，可是在下竟大胆地接了帖，写出以下这段《燕双飞》评话，好在还是那句话，好歹不管，褒贬不计，仍然老着脸写下去，仿佛唱乐亭大鼓的王佩臣反串一段《老妈上京》，虽然不是坐科班出身，可是在热闹火炽之外，也许别有新眼，能够让主顾们开心一笑，那便是在下意外收获。至于免不了酸溜溜的像镇江醋，或者也许正有需要这种滋味的，那更是意外之意外。说句唱大鼓的台词儿，学徒新学乍练，好与不好，还求主顾多多原谅。闲篇儿扯过，权作开场，请看下面这段"英雄气短，儿女情长"的评话。

在清朝初年，河南信阳城西，有一个村镇，叫作来凤镇，据老年人说，在以前不知多少年，这个镇甸原是一座土山，并没有一家住户，忽然一天也不知道什么地方飞来一只怪鸟，惊动了附近住的人，全都来看新鲜罕儿，看了半天谁也不知这个鸟儿叫什么，后来还是从城里头请了一位老秀才来，经他断定，才知道那就是四灵之一的凤凰。大家听着高兴，打算把凤凰留在本地，当个胜景儿。正在想着怎么在山上盖间大房，给凤凰住，怎么移来一棵梧桐树给凤凰落脚儿，谁知这只凤凰不过一时游兴所致，路过此地，在这里稍微歇一歇腿儿，原没有常川搬到这里来的意思，又见这些人全是土头土脑没有一个有造化的，并且乱得头昏眼花十分讨厌，心里一别扭，爽得连观赏风景的一点儿雅兴，也闹得烟消火灭，便连正眼不看一个单展翅冲天飞起，躲开了这班肉眼凡胎蠢夫俗子另找清静地方去了。可是当地这些人全都认为凤凰不落无宝之地，虽说落的工夫不大，这块地方绝对错不了。于是人人想着不能不在这灵山圣地借点仙气儿，由大到小，由壮到老，由姨到嫂，由竿到锹，长的锄头短的镐，近的巴掌远的脚，先把土山一平，就土划泥，就泥打墙，谁手快谁盖小四合儿，谁人多谁盖大四合儿，至不济也堆上三间灰棚儿。好在那年月既没有地皮捐，更没有土地税，有膀子力气必对付几间房住，离着城越远，耳根子越清静，既用不着招待高亲贵友，家里也用不着铺陈摆饰儿，浑身的衣裳，肚里的干粮，最多的不过是一张桌子两条板凳，上头盖的底下铺的，敛吧敛吧，捆吧捆吧，肩上一扛，脊梁上一背，这个家就算搬过来了。等到聚齐了一点数儿，足有五六十家子，这片房挨着那片房，这块地靠着那块地，很是紧凑火炽。住房之外，有的是余地，高的种粮食，洼的种青菜，养活三二十头牛，喂过五六只小鸡子，种点棉花织点布，吃的住的，穿的戴的，一样不缺，一样不少，不交官，不应役，白天打着哈哈做活，晚上开着大门睡觉，不惊不扰，无忧无虑，真称得起是"世外桃源，人尘仙境"。

经过若干年后，因一代二代以至五代六代，子孙繁衍，人口益发增多，来凤镇从土山原址而扩充到土山的东西南北，全都成了来凤镇。人口一多，使的用的本乡本土出产不够，便不免要到城里或

5

是别的都镇去找去买，于是来凤镇就和外边有了交易，你来我往，外人也有到这里来的了。从前就知道种庄稼，收粮食，种棉花织布匹，等到跟外面一接头办事，才知道种庄稼织布匹之外，还有一种做买卖，可以将本图利，比靠着老天吃饭有把握还省力气。后来又知道还有一种叫做官，比做买卖更有出息。做买卖还要有本钱，本大利才宽，并且有赔有赚，说到做官，既不用本钱，又不用力气，官越做得大，钱越来得多。尤其最大的好处，是一个本钱不用，做得对固然是可以大发财源，置房子买地，取之不尽，用之不竭，做不成功，也没有失闪，不像种庄稼怕有个旱涝不收，做买卖怕有个天灾水火。人都是人，既是同有一样的五官四肢，谁不愿意升官发财？来凤镇的人自也不能例外，不过是从前见闻闭塞，没有知道有这么一条道儿而已，如今既知道除去做买卖比种庄稼又省力气又容易来财之外，又明白了还有做官比做买卖更牢稳更容易的发财道儿。有了钱置地存粮食，一句话就可以办到，比起日出而作日入才息劳筋动骨风吹日晒千辛万苦还要提心吊胆，不准收成的庄稼自是强胜万倍。况且种庄稼即使有十成收获，还得完粮纳税，短不了怄气受委屈。要是做了官，除去伸手跟种庄稼的说官话要私钱，是奉旨遵办，绝没有老百姓吃棒子面撑多了，去查看官老爷土地房屋完过粮没有，纳过税没有。来凤镇的人，既开了这个窍儿，于是家里稍有二斗粮食富余的主儿，便都把子弟往官里巴结，人口多，家数多，居然在十来年里头，被他们巴结出两位官老爷来。不过这个官儿，还是个幌子，还没有得着实惠，一个中了举人，一个中了秀才，离着那个发财的官儿，仿佛还差着一步，但是在这未经天日的来凤镇，已然觉得是祖坟出了白屎壳郎，光荣耀祖，莫可伦比，在那喜报子高贴大门上的时候，要大大热闹一阵。

这两家子，一家姓恽，老当家的叫恽隆，号儿时斋，儿子叫恽宏钧，中的是举人。那一家姓时，老当家叫时智，字儿通甫，儿子叫时正雄，中的是秀才。这两家在镇上既是大户，又是富户，中举人中秀才在本镇又是创举，搁在平常人家还要热闹一气，何况又都是便家。于是择了一个日子，借题目是酬谢亲友，实际就是预备摆一摆阔。别看来凤镇地方荒僻，没有见过多大世面，赶到捧粗腿烧火盆儿，并不次于开通的大地。日子才一择出来，可就忙坏了这一拨儿，有的往姓恽的家跑，有的往姓时的家转。这个就说得到京城约一拨昆戏班子，那个就说无妨到湖北省城去请一台汉调，并且有人说这是百年不遇的事儿。虽说平常姓时的跟姓恽的都有往来，到了这个时候，可是耗财买脸的当儿，谁有多大力量就使多大力量，犯不上让人家压下去一头，最好是各办各的，省得花了钱露不着脸。你一言，我一语，各有说辞，反正用不着自己往外掏一个钱，事情越办得大，越能在里头找便宜，往至小里说，十天半月家里不用生锅，连大人带孩子都有了准饭吃，还准保比自己家里吃得舒坦滋润。

这两位老头儿，平常都很有个不错，眼看自己儿子中举人的中举人，中秀才的中秀才，虽然心里高兴，借着这个机会，可以夸耀一下子乡里，但是却不肯因为这个伤了和气，所以尽管这些人各说各是，两位老当家的却谁也没听，又知道说话的人全是好意，既不照办更不便得罪，恽时斋跟时通甫二位暗中商量好了，才告诉大家："这次的热闹，也不过是为鼓励鼓励咱们镇里念书的孩子，犯不上大张旗鼓，反倒叫人家笑话压不住福沉不住气，因此我们哥儿两个想了，什么搭台唱戏全都用不着，前些日子进城里去，看见一拨儿串江湖跑马解的，玩意儿既新鲜，能耐也不坏，我们哥儿两个商量不拘烦哪一位，到城里头那一拨儿约来，就在咱们场地那片空场上，叫他们练上十天半个月，有锣有鼓，热热闹闹的倒是挺火炽。诸位亲友要是再嫌不够瞧的，还有咱们镇上火神庙那一拨儿半班戏，也可以请出来再凑上一场八大出！"

这些位抱粗腿的，一看两位老当家的全不戗火，并且都商量好了，再说也是没用，好在只要有个热闹，这十天半月的现成就饭准可以有了着落，总比任什么不办强得多。当时内中出来了两位亲友代表，一位姓区，单名一个延字，这个人长得上尖下粗，乡里人都跟他玩笑，管他叫大尾巴区。一位姓傅，单名一个式字，长个大胖子，胖得两腮的肉，成了个肉堆儿，夹着鼻子剩了一点儿尖儿，乡里也给他起了一个外号，叫他是毛桃儿。这两个家里是房没一间，地没一垄，就凭着人缘儿不错，两个肩膀扛着一个脑袋，吃遍了来凤镇。不拘谁家婚丧嫁娶，办白事，搭红棚，总短不了他们二位，真是跟着栏杆子进去，随着炉灰渣儿出来，前三后二五，跟着里头足足折腾一气。日子一长，这二位倒成了红白口儿的老内行，谁家大小有点儿事，反而离不了他们两位了。时恽两家这样空前盛举，自然更不能不请他们二位帮忙。当下两位老当家站起来冲着区傅两个深打一躬，又说了两句客气话，请他们二位辛苦帮忙。这二位义不容辞，也不肯辞，横打鼻梁儿搅在身上，一位到城里去约马解，一位到火神庙去定半班儿戏。有钱好办事，三言五语讲妥，正日子定的是十五，从初十就安排好了，在镇甸前边大空场上，拉了两个大席圈子，一边跑马解，一边唱半班戏，无论远近，认识不认识，愿意随喜，预备有酒有饭，随便吃喝，随便看玩意儿。这一来可就嚷轰动了，真有远隔十里二十里来赶瞧的，老头儿扶着孙子，拉着孙女，老太太拄着拐棍，叼着烟袋，七姑娘拽着八姨儿，大娘跟着小婶儿，二姐姐三妹妹，舅妈搀着她姥姥，外孙子揪着他表叔（念收），锁子他妈，柱子他婶儿，狗子他爸爸，招弟儿她哥哥，歪毛儿，淘气儿，七十儿，六四儿，心骚儿，大屁儿，花的辫子，黑的头发，红的胭脂白的粉，紫的衣裳黄的袄，绿的裤子青的鞋，男男女女老老少少吆吆喝喝说说笑笑，推推搡搡拥拥蹭蹭，缕缕行行打打闹闹，爱武的奔马解棚，爱文的奔半班儿戏，霎时之间，里三层外三层，围了个风雨不透。

先说这拨儿跑马解的。在场子正当中扎着一座柱天柱地的大杉篙架子，架子上头吊着两个滑车儿，滑车儿上都是通上到下挽着一根酒盅粗细的晃绳。在两个滑车之间，拴着一架蜈蚣梯子。梯子的架木，不是杉篙，不是木头，却是两根长绳。梯子的横棍，也不是竹片，也不是木撑儿，却是明晃晃照人二目的雪亮钢刀。两头儿是竹筒子，刀插在筒子里，捆在长绳儿上，当中的刀刃，全都朝上，被太阳一闪，灼灼放光。架子底下放着有三五张油桌以外，长的枪、短的刀、七节鞭、哨子棍、护手钩、二人夺，戳着，挂着，扎着，摞着，横七竖八，很是不少。靠着杉篙架子，是一根大晃绳，上头晃着三匹马，一匹黑的，通身上下，如同刷了一层乌墨，正鼻梁子上跟四个蹄腕儿全是雪一样的白，高有四尺，头至尾有六尺，皮笼头，白铜什件儿，软皮缰绳，紫绒挽手，黑皮鞍子黑毡子软垫儿，赛雪欺霜两只云头镫，判官头上挂着一根软缰，笼头下边是一挂米红全鬃的缨子，扬蹄弹腕，实在有个样儿；第二匹马大小差不多，一抹儿白，周身上下，真是连一根杂毛儿没有，皮笼头，白铜什件儿，软皮缰绳，白绒挽手，白皮鞍子，白毡子软垫儿，两只如意镫，铁跨梁上搭着软缰，笼头上吊着一挂雪白的鬃缨，披鬃喷沫也可以算是上品；第三匹马比前两匹略小，周身通黄，没上笼头，也没挂镫，皮肚带，一巴掌宽窄，横钉铁跨梁，软嚼子一根黑皮子软缰，在尾巴上系着一对豆绿的彩绸子。马旁边一领席坐着一群奇形怪状的男女。一个老头子年纪总在七十岁往上，须发皆白，佝偻着身子，叼着一杆旱烟袋，瘦瘦的一张长脸，却是红光焕发，穿着一身布马褂儿，扎腿，甩裆，脚下两只搬尖洒鞋，腰里系着一根骆驼毛绳，两只眼睛，无精打采，仿佛熬了几天儿几夜没有睡觉的样子。老头儿旁边站着两个姑娘，全都在十七八岁，长身玉立，长得十分俊美，一个穿青，一个穿红，彼此一衬，越发显出各有各的漂亮。在两个姑娘旁边，还站着一个精壮汉子，跟山牛似的站在一边，余外还有一个小孩儿，看样子也是十分活泼可爱。另外还有两个却是本地人，一个敲着锣，一个打着鼓，咚咚当当，响个不休。

老头儿抽完了一袋烟，缓缓地站了起来，向那汉子招呼道："伙计过来。"那汉子便应声而起，到了老头儿面前，叉腰一站，真像个老虎似的。老头儿先向四外作了一个罗圈子揖道："诸位乡亲老师傅，今天是你老这贵宝村大喜庆的日子，把我们这一拨儿找来，所为的给诸位亲友消闲解闷。说到我们这套玩意儿，实在是一种俗中透俗，诸位早就看腻了的行当儿，不过今天既是来凑热闹儿，就得把掏心窝子看来的能耐抖搂抖搂，也好对得起叫我们来的这一番盛意。说到我们这种玩意儿，本是一种串江湖走码头蒙人混饭的事由儿，要是搁在场子上，头一样儿得多说些假废话，一则可以多请几位，二则左不是那点俗套子，开场就练，练不到半天，就得翻回头来，要是十天半月，不用说是看腻了，连我们都练烦了，那还拿什么赚主顾们的钱？多说一点儿话，就能多耽搁一点儿工夫，练得少也不觉得少了。到了今天这个局面，这些个可使不上了，一来我们挣的是整笔钱，一位瞧我们也不少挣，一百位看我们也不多挣，用不着筛锣打鼓，请朋约友；二来诸位高宾贵友，都是本地的财神爷，既肯赏脸，就是有意捧场，多说废话，倒使诸位不高兴，因此话先打住，上场就练。一共是五天的工夫，一场挨一场，不但不能叫它来回翻着练，就是那些开场引人的俗玩意儿，咱们也要把它扔开，还是说练就练。众位上眼，先瞧我们这位大徒弟练上一场仙上寿。"

那个汉子一听，扑哧一笑道："师父，您大概是高兴得过了劲儿了，谁不知道是八仙上寿，怎么您会来了一个仙上寿啊？"

老头儿也微然一笑道："不错，不错，原来就有八仙上寿，没有这么一个仙上寿，不过咱们这个班儿，连牲口带人，拢共才有八名口，无论如何，也不能来一个连人带牲口一块儿上啊，因此我才想起叫你先单独练上一场。这手儿功夫原叫'节节高'，今天为了吉祥话儿，所以才改作一仙上寿，好在不管叫什么吧，反正得你一个人先练这一场。我是已然交代完了，伙计该瞧你的了。"

那汉子笑着答应了一声，先把自己腰里的褡膊紧了一紧，又提了一提鞋，然后走到架子前头，向上面先端详了一下，跟着双腿一使劲，先往下一蹲，腿上一着力，又往起一纵，两只胳膊往上一伸，离地约有五六尺的那根晃绳，早已被他捞在手里，一晃两晃，两脚一踹，身子一悠，借着那股子劲儿，当时头朝下脚朝上，两只腿往当间一抻，便把根晃绳夹住。跟着一挺腰板，半截身子弯弓一样，露出胸脯子，把双手一拍，又是一悠两悠，双脚一踹，身子往里一蜷，两只手又揪住晃绳。就这样三倒两倒，已然到了蜈蚣梯子当中，那汉子略微缓了一口气，双脚夹住绳子，挺起腰板儿，先把腰里绳子解了，又把衣钮儿解开，双手一背，用力一扯，便把上身衣裳脱了下来，露出一身紫黑紫黑的筋肉，把衣裳往地下一扔，双脚一荡，便要往蜈蚣梯子上渡过去。

底下那个老头儿忽然把手向他一招道："伙计，你先慢着，等我再交代一声儿。"那汉子便停住不动，老头儿冲着瞧热闹的又笑了一笑道："这手儿功夫，要是搁在平常，是手儿压场子的玩意儿，今天拿它当了开场，众位可别把它看轻了。那边那架梯子，拿它换钱就叫上刀山，那个刀可一把假的没有，不用说是人肉碰上就是一个口子，准要劈个劈柴砍个木墩子一样儿锋爽雪快。我们这个伙计，他可是肉长的，准保一点儿夹带藏掖没有。这些功夫，要叫他光着脊梁，在这刀子眼里打个穿堂儿，并且还有一样，就许上脚，不许用手帮忙儿。众位您可看见了，这是真功夫，不是变戏法儿，里头硬砍实凿一点儿掺兑没有。众位不用说是四面儿是刀子，四面儿全是竹板儿，众位也未必能钻过去。不用说这架梯子是单摆浮拦，把它钉在地下，众位也未必准能上到顶儿上去。不用说是用脚，连手带脚全都许你老使用，众位也未必能不刮不碰，不用说是光着脊梁，穿上皮袄戴上皮帽子，众位也未必不把衣裳毁了。现在我们脱着光梁，用的是脚，钻的是刀子窟窿，登的是一摇三晃的梯子，要怎么练？要这么练，叫我们这个伙计，从这根晃绳上，不用胳膊不用手，要到那边梯子上，从底下这一蹬儿，钻着窟窿往上翻，有一蹬儿没有翻到，就算他这点儿玩意儿没有练到家；有一蹬儿上了手，就算他这点玩意儿没有练到地处。刀是真刀，肚子是真肚子，不用说是

11

分厘不差，扎在刀子上是开肠破肚腰锏两截，就是蹭上一点儿，挂上一块，也得皮开肉绽，当场出彩。真要是碰伤了，挣你老这几个钱不够吃药养伤的，你老别瞧我们这一堆神头鬼脸，一个值钱的没有，真要是短了一个，当时还不容易。所以在今天来到贵宝地，头一手儿就练这套看家的玩意儿，所为就是讨你老众位的高兴，额外生枝跟众位老爷太太少爷小姐老当家少当家奶奶姑娘们给我们这个伙计求几个利市钱。除去这一场之外，从今天看到明天，从开场看到完场，也不能再跟众位讨二次腻味。还有一节，这把钱可不在乎多少，就是这么一点儿意思，不拘哪位，给扔个三把两把，够给我们伙计弄碗酒喝的就不要了。"

正这句话没说完，稀棱哗棱，铜钱就像雨水一样从圈子外头撒了进来，老头儿看着眉开眼笑，仿佛精神都比方才健旺了许多似的。就在这个时候，猛见圈子外边，一道红光一闪，铛的一声，从圈儿外头扔进一锭银子，大约是个十两的大锭子。老头儿才要伸手捡，外头又是一道黄光，锵啷一声从外头扔进圈子里，在地下不住乱转，大家凝神一看，原来是一把赤金的项圈，滚了几滚，便自站住。

老头儿一弯腰捡了起来，笑了一笑道："这是哪位姑娘戴的，怎么会掉在我们场子里来了？要按着规矩说，掉在我们场子里，就算我的。不过我怕那么一来，招得姑娘一哭，倒叫人说我们走江湖的太不开眼，来，来，来，哪位掉的，言语一声儿，容我给你老送回去！"说着拿了那只项圈，走到方才扔进银子那个地方，凝神一看，只见在人群外围站着一对男女，男的约在十六七岁，女的约在十四五岁，衣裳穿得极其华丽，长得尤其俊美，粉妆玉琢，真像一对金童玉女相似，全都脸上带着笑容，十分可爱。除去这两个小孩儿之外，便都是些庄稼打扮的粗人，由于衣饰上看起来，知道一定是这两个小孩儿扔进来的，便笑了一笑道："姑娘怎么不把项圈戴牢了，却使它骨碌到场子里，幸亏没有碰坏，请姑娘拿去戴好了吧。"正说着双手往前一递。

那个女孩子脸子一红，并不伸手来接，却向那个男孩子一笑道："宁表哥，你看是不是？我说回家里去取点钱来给他们，你偏说等不及，要叫我把这项圈给他们。我说这个东西不值钱，他们一定不要，你还说我小气舍不得，现在你看见了吧，是不是人家不要？你跟人家说吧。"说着翻着两只小眼睛看着那个男孩子。

男孩子这时候脸上也红了，眼珠儿一转，笑着向老头儿道："老人家，我们这个项圈不是掉下来的，是我故意扔进去的，因为今天我们来这里看热闹，想着用不着钱，身上就没有带。方才老人家说是要一点儿喜钱，我才想起，本想回家去取，但是恐怕时候一大，耽误了看你们那体面的功夫，当时一急，看见我表妹她戴着这个项圈，我知道虽然不值几个钱，可是无论如何，多少也能换几个钱，就算是我们给的喜钱好了。谁知道老人家果然不愿意要，给我们送了回来。现在有两个法子，一个法子就是老人家说的那个什么一仙上寿，暂时先不要练，等我跑着回去，取来钱送给你你再练；要不然请老人家先把这个项圈收下，等到散了之后，我到家里拿了钱来再把项圈换回，不知老人家你以为怎样？"

老头子听了哈哈一笑道："小少爷这件事可是万难从命！"

这时候看热闹的人，已然全都向这方注了意，有认识这两个小孩儿的，有不认识的，一看小孩儿不知轻重，拿了一只真金的项圈扔在场子里当喜钱，不免全都有点儿眼热心疼，想着这下子一定让这个老头儿把项圈诈过去了。谁知听老头儿一张嘴，竟是摇头不答应，意思之间，仿佛还有点儿嫌轻的意思，大家看着有点儿长气，都在一个镇上住，无论如何，也不能让两个小孩子瞪眼叫人家给骗了，意思之间就有点儿要动公愤。内中有一个就是区延，因为他认得这两个小孩儿，正是本镇的两家富户的少爷小姐，平常打算跟人家套亲近，人家都不搭理，难得今天有了这么个巧当儿，还能把它错过吗？赶紧一分众人，抢步到了前边，向老头儿把眼一瞪道："嘿！你这个老家伙，我们把你找到这里来，这叫赏你脸，要按着平常你们跑码头上说，风里雨里，吃不饱，住不暖，费一天的活，卖一天力气，未必挣个饱。到了我们这里，有你吃的，有你住的，这不是诚心抬举你们吗？怎么你不说是多练几手儿功夫，酬谢酬谢我们这番好意，怎么你倒拿出你们走江湖那点本性来了？两个小孩儿，懂得什么，不用说那只项圈还是无心之中，掉在你们场子里，就算是他们扔进去，你也不能往起拾，怎么你算是捡着了肥鸭子，再也不肯撒嘴了。我告诉你，这是有王法的地方，你不要当着这是穷乡僻境，山旮旯子里头，遇见走单了的孤身客，断喝一声，截留他人被套，你趁早儿把东西还给人家，是你的便宜。如果你要不知自爱，你可别说我要告诉联庄会，拿着恽武举的名义，往县里一送你，你一家老小，可说全都苦了。我瞧你也不是三枪打不透的，你心里可得明白一点儿。"

区延这小子摇头晃脑，一阵山哨，仿佛他拿着有理票儿似的，大家全都瞪着眼看着老头儿，想着老头儿被他这一段连挖苦带损，一定会羞恼成怒，说不定底下还有什么好看的热闹哪。谁知老头儿听了这话哈哈一笑，一挺腰板儿，把大家吓了一跳。原来这个老头儿，两只似闭不闭的眼睛也睁开了，滴溜滚圆两只眼珠子左右一闪，仿佛透出一道亮光，射人双眼，说话的声儿也跟起初不一样了。先是哈哈一笑，跟着向区延一拱手道："失敬！失敬！原来你老就是新科的举人大老爷。啊！恽老爷，恽大人！啊哟！老大人！新贵人！小老儿今天在这里练这几手笨功夫，原来是你老派了人把小老儿找来的，小老儿也原知这一点儿俗玩意儿入不了新贵人的眼，这也不过是给众位乡里乡亲解个闷儿，凑个热闹儿。您要是愿意，我们在这里可以多耽搁两天，多练几手儿。您要看着不顺眼，只要你老发一句话我们可以当时就走，你老犯不上跟我们这一班苦人瞪眼生气。至于你老方才说的那一套话，小老儿更是一个字都不懂。我们虽没有什么特别长处，讲的也是凭血凭汗挣钱吃饭，你老方才那一说，我们不成了土匪了吗？幸亏旁边没有官面儿上的人，如果叫人家听见，再把我当匪徒给弄下去，那下子你老可损了，连老带小好几口子，也不用吃了，也不用喝了。我伺候你老有个不周到，你老也得包涵一点儿。得了，新贵人，我给你老人家行个乡下礼儿吧！"说着话，双手一拱，一弯腰作了一个大揖，恭恭敬敬在旁边一站，大气不出。

这一来把一个久串百家门儿，专吃红白口儿的区延区大爷说得脸上红一块白一块，闹了个阴晴不定，结结巴巴向老头儿道："老头儿，你先不用满嘴乱说，你怎么连人都没认识清楚啊？人家新贵人能有工夫跟你说废话吗？干脆我告诉你吧，我姓区，这件事是我承头……"

一句话没说完，老头儿忽然脸上颜色一变，笑容敛收，仿佛要括搭下水来一样，嘿嘿一阵冷笑道："噢，闹了半天，你不是姓恽的也不是姓时的，既不是举人，也不是秀才。噢！我明白了，大概你跟我也差不多吧，两肩膀扛着一个脑袋，今天吃姓张的，明天找姓李的，到了后天，还不一定准吃哪一方呢。我方才说了半天好话，赔了一阵不是，我才有点儿冤呢。对不过，我这个走江湖的，就是眼皮浅，真要是个官儿，不用说是举人秀才，就是新贵人家里一条狗一个猫，我都能够笑脸相赔。要是管何仙姑叫二舅妈，这种借仙气的主儿，说句匪话，我老头子眼里就不尿这种主儿，有什么镏儿你只管使吧，我全都接着！"说完了这么几句，两只手往腰里一插，瞪着眼睛，上下一翻区延。

人有脸，树有皮，区延在这镇上平常又充人物，仿佛很透着是个角儿，今天原想出来借着这个当儿，出头露面，一则显出自己是个能人，二则又可结交两个当地财主，万没想到就在自己看不起眼这么一个糟老头子，居然会跟自己来了这么一套。平常在这个村子里，虽不能是数得着叫得响的人物字号，可是一向也是受人捧着哄着。当着人千人万地挨了这么一下子，心里这份不痛快，那简直就叫说不上来了，气得连脸上颜色都变了。心里一横，想着不就是你这么一个乡下脑袋生意人吗？今天真要叫你把我挡回去，我以后就不再混了。眼珠儿一转，抹身就走，连句场面话他都没有说，三晃两晃，挤进人群，当时就没了影儿。别看区延平常在村子里狐假虎威，胡作非为，敢情到了这个时候，大家一看他受了窝，不禁不由全都起了一种公愤。里头几个有头有脸的，彼此一点头，正要上前跟老头子矫正矫正，就见那个男孩子往前一抢步，爽得走进场子里头，向老头儿一笑道："老人家，这倒是我给你老人家招出事来了。这只项圈，是我倾心愿意送给你老人家的，还是那几句话，你老人家愿意收下去换几个钱，我也不管，如果一定非要现钱不可，等到散了场，可以拿这项圈到我家里去兑现钱，要紧的就是一句，你老人家快练吧，你们那位同伴还在那里挂着呢。"

　　大家一听，这只项圈确是人家自己愿意给的，区延本就多此一举，当然不便再说什么，只是觉得这只项圈纯金打造，值钱不少，给了一个练把式的拿去，实在有点儿心疼，不过事不干己，说也无益，总是这个老头儿该发一笔小财也就是了。再看老头儿听完了小孩儿这一套话，上下又打量了小孩儿一次道："少爷，你这番好心我已经心领了，我们练把式的，向例没有拿人家东西的道理，方才我说不成，就是没有那个规矩，没有想到凭空钻出一位姓区的来多管闲事，仿佛我们人穷心也穷了似的，大概他看着黄澄澄的有点儿眼热，其实小老儿还真没往心里去。看他临走气昂昂的那个样儿，底下还不定闹什么新鲜着儿呢，小老儿要是受了少爷的赏，到了那时，一百张嘴也分辩不过来了。东西少爷拿回，功夫咱们当时就练，外带着连别位的赏我们也不要了。"说着话把项圈往那男孩子脖子上一套，回头用手一挥，嘴里吱儿的一声，哨子一响，当时锣鼓齐鸣，扔开了这两个小孩儿，便奔了那杉篙架子。

　　小孩儿一看，人家既是执意不收，也就没了法子了，往后一退，退到圈子外头，把项圈摘了下来。旁边那些位抱不平的主儿，一看练把式的老头儿，实意儿是不要项圈，合着是姓区的一阵假高眼，才闹得耽误了半天工夫，全都觉着脸上一热，也全都各回了本位。

再看老头儿陡然把手向下一撂，锣鼓全都住了，一抬头向上边挂着那个汉子喊道："伙计，今天咱们可是来着了，可得把掏心窝子的玩意儿练上几趟，一来给新贵人道道喜，致致贺，二则底下可有真正赏脸的主道。自要你肯把功夫练到了家，绝断难为不了你，有饭送与饥人，有货送与知人，不遇知音不可谈，今天可有真正知音主道，伙计你卖点力气，把这一趟一仙庆寿练下来，回头再看我一场，谁要是一惜力，晚上就不给饭吃，伙计练起来。"

说着把手又是左右一挥，跟着锣鼓之声大作，再看那个汉子，倒挂在那个蜈蚣梯上，把浑身衣服都已脱净，陡地双手一拍，胸脯子往上一挺，一悠一晃，蜈蚣梯子跟着也是两晃，又见他把双手一搭十字架儿，两只手全都插在胳肢窝里，接着又往前一荡，身子往回一折。说来真怪，那个腰就好像棉花缠的一样，一窝三折，脑袋便够上了梯子那根横撑儿，猛地往里一钻。脑袋才一挨着最下层那块竹板，就听老头儿哎呀一声，看的主儿也全都吓了一跳，原来那个汉子双脚一滑，钩不住那根横撑，坠了下来，虽说离地不高，也有丈数高下，不由得也全都随着哎呀了一声。凝神再看，那个汉子并没有掉下来，只是挂脚的地方换了，把脖子挂上了，大家不由又叫了一个震天好儿。这时候锣鼓响得更欢了，再看那个汉子，双脚左边一踢，右边一踹，前边一扬，后边一钩，猛地把双脚往上一蹬，人便重又翻起，脚面钩住刀刃儿。双手一拍，又复脑袋朝下挂了下来，跟着一悠两悠，脑袋往上一挂，双脚又垂了下来。头一回大家看着虽说惊奇，却没觉出可怕，因为是用两只脚面钩，不管怎么说倒是有两只鞋子挡着一点儿，这一回用的脖子，脖子是肉长的，谁不知道，一点儿夹带藏掖没有，明晃晃的刀子凑在脖子上，不用说还是挂着，就是不留神碰上一下子，也难免碰个大口子，何况百十来斤一个大活人，要挂在刀上哪！这要是脖子糟一点儿，还不当时就得掉下来呀？大家虽是这样想着，可是那个汉子的脖子，却像铁的一样，挂在上头，纹丝儿不动，居然一点儿动静没有。大家才喊得一声好，猛见那个汉子双脚一踢一扬，嗖的一声，一个转圈儿，当时又复头下脚上，并且从那两面刀刃之中钻了过去，身上连根寒毛大概都没有砸折。跟着一倒一倒，一会儿头朝上，一会儿脚朝上，身子乱转，来回乱钻，简直就像一个小燕儿在花棵里头窜来窜去的样子，越翻越高，越翻越快。看热闹的人，爽性连个大气儿都不敢出了来，只伸着脖子瞪着眼，吐着舌头攒着拳，偌大一个场子，一点儿声音没有，真是掉在地下一根针都能听见。连那两个打鼓筛锣的雇工人氏都看得傻了，锣放在地下，鼓槌子拿在手里，却一声不响地看着杉篙上那块活肥肉。那蜈蚣梯子，往少里说也有十七八层，就见他仿佛玩的一样，嗖嗖嗖，不到一碗茶的工夫，已然翻到最上头那一层。上头也是一根竹撑儿，头一抬，双脚一并，那只手捏着二指，冲天空使了一个"魁星摘斗"的架子，哗棱棱一阵响，就是他一条身子，便像一条板儿相似，横在那里，拽得那蜈蚣梯子上捆的那些明晃晃的刀，一磕一碰，叮当乱响。老头儿用手一指道："众位，这手功夫，叫作披、拿、锁、挂、崩、吊、翻、横，练把式碰根脚的玩意儿。最末一手儿，叫顺风旗，众位看着像个旗子不像?"才说到这句，忽然哎呀一声道："不好! 这个旗子要掉下来……"一句话没说完，就见那个汉子猛地手一滑，离开了抓的那根横撑儿，一个身子便从那高有十来丈的架子上一滑而下。看热闹的除去一声哎呀之外，全都闭上眼睛，不忍再看，准知道这下子就是不至于肉泥烂酱一样，也得骨断筋折，眼看一个欢龙活虎欢蹦乱跳的大活人，就要丢去性命，当然谁也不忍得再看。就在大家一闭眼一转身的当儿，又听那老头儿哈哈一笑道："得! 这倒好，顺风旗改了三上吊了!"大家睁眼再看，不知什么时候，那个汉子会拽住了旁边滑车儿上那根大晃绳，一只手揪着上头，一只脚绕住下头，人便在这根晃绳上定住了。大家有的这才明白过来，这是那个汉子故作惊人之笔，诚心练的这么一手儿功夫，把大家吓了一跳，所为是练这么一手儿体面的，这个可得捧他一下了。这一位就拍巴掌，那一位就叫好儿，掌声跟好儿声音响成一片。

老头儿哈哈一笑道："众位爷台赏脸，这一手玩意儿，就算我们蒙着了。叫我们这个伙计下来歇一歇，请诸位再看一看老伙计我的！"

说着用手向下一招，那个汉子便故意一撒手，哧的一声，用两只脚裹住那个绳子，像流水一样，从上头坠了下来，到了绳子尽头，双腿往前一让，便直蠢蠢站在地下，脸上颜色不变，一个汗珠儿没有，看热闹的又是一阵好儿。那汉子自去穿衣裳系带子，慢慢地走到那几个姑娘面前，悄声儿在啾啾咕咕，那几位姑娘脸上只是含了一层笑容，却没有说什么，反是旁边站着的那个小孩儿，不住地摩拳擦掌，张着一对小眼儿，在人群里四外乱找。大家既听不见他们说的什么，也都没往心里去，全都瞪着眼看着那个老头儿。

这时候，老头儿既不脱衣裳，也不慌不忙，先把烟袋在口袋里满满地装了一锅子烟，打火抽着，用力地抽了两口，从嘴里冒出一股子雪白雪白的浓烟，然后才笑着向大家道："诸位乡亲主顾大爷们，方才你老看的，那是我们这个场子里开场的小玩意儿，算不了什么，既是诸位赏脸捧场，尽着这几天的工夫，我要把我们会的这店粗笨把式全都从头到底练上一回给诸位解解闷儿。小伙计练完了，叫他在一边歇一歇，这回瞧我的。老不以筋力为能，我这个岁数，可不能登梯爬高，倘或有个眼高眉低，失手发滑，就许掉下来，掉了胳膊拧了腿，闪腰岔气，众位也替我担心，我自己也觉着害怕，莫若把那些卖力气的玩意儿叫他们练，我练点儿省事省力的小玩意儿，等他们歇过来，再叫他接着练，众位看着也不腻，我练着也放心。虽说小玩意儿，不是自夸己能，没有三冬两夏的苦功夫可是练不出来，诸位你老上眼我就拿我这旱烟，要练一段玩意儿，还有个名儿叫作'五代同堂'。"

大家听了，全都觉着有点儿可笑，一个抽旱烟，还能练出什么玩意儿，也值当说得这么沉重？不过他既是这么说，瞧瞧倒也不错。大家凝神一看，只见那个老头儿把话说完，又把烟袋含在嘴里，一连气狂吸了有十几口，一样可怪，一点儿青烟都没看见他放出来，跟着又抽了几口，又装上一袋，仍是不住往里吸着。就是这样一口跟一口，一袋跟一袋不住地抽了足有一顿饭的时候，才把那根烟袋放下，用双手在肚子不住地揉蹭，挺着胸脯在场子里不住来回乱走，越走越快，越走越急。走着走着，忽然往起一纵身，平地蹿起，足有一丈五六尺高，仿佛像一个小燕儿一样，然后在空中一折腰，往下一窝，脑袋到了脚面，猛地一提脚面，凭空地在半空中折了一个云里翻，哧的一声，落在地下，便像一团棉花相似，连一点儿声儿都没有。跟着往起一长身，右手往前一指，一吸气，一按肚子，就见从两边嘴角冒出两条白气，细得跟两条线一样，一边喷，一边往后退。最可怪，就是那两道白线，竟是经风不散，随着他的后退，前边便留下两条细线，并且慢慢地成了一个双线的圆圈。大家看着，已然认为可怪，正要拍巴掌叫好儿，再看老头儿比方才跑得更快更急了，一边跑一边喷，眼见喷出来是一股白烟儿，到了圈里头，有的一发一放一散，成了一座小山，有的成了一座楼，有的成了一棵树，有的成了一片云。跟着又见他用两只手不住左边扇一扇，右边扇一扇，他每扇一下，那烟儿一搅一动，再看那烟儿便变成了无数小燕儿，有的往楼上飞，有的在山下绕，有的穿进树林，有的飞进云眼，或上或下，或高或低，或进或退，或急或徐，烟云变幻，亭台隐显，仿佛真的入了画图之中一样。还有一件最可怪的就是，无论上下左右，那些烟儿全在头一口喷出那个圈子里头绝不往外一点儿，再就一看，这老头儿简直成了神仙了。拍巴掌的，叫好儿的，喊成一堆，响成一片，当时把一块清静的田里，闹得乌烟瘴气。

就在这个时候，忽然外圈子骤然起了一番骚动，看热闹的人不住地前后乱挤，并且里头还加杂有人喊嚷的声儿："众位可多加注意，这拨儿可是飞贼！别把他们拿滋了，再要找他们可是不易。"

一边嚷着，从人群里挤出有十几个人来。大家一看，全都认得，头一个就是方才要露脸没露成，反而丢脸的那个区延，后头跟的那一群正是本村联庄会的几个首脑人，手里还全都拿着家伙，什么长的枪，短的刀，插把儿筥帚大铁锹，嘴里也是吆吆喝喝，当时一拉大圈儿就把那个杉篙架子围了。听他们说的话，看他们这种举动，虽然没有完全瞧透，也看出来个八九，准知道是对于这拨儿跑马解的要有不利，胆小的唯恐刀枪没眼，受了误伤，全都往旁边一闪；胆子大的觉乎着比瞧练功夫还有劲哪，不但不退，反倒挤了上去，霎时之间，围了个水泄不通。老头儿其实早就看见了，却仿佛没有看见一样，一边用烟袋指着那道光圈儿，依然从嘴里继续着喷出许多形式不同的白烟儿，然后用那根烟袋在那烟圈里一搅，那些个白烟，什么楼、台、殿、阁、山草、花、木，以及虫鱼鸟兽，全都混合在一起。猛地一抬头，使劲向上一喷，那一堆白烟儿忽然化出许多颜色，青、黄、赤、白、黑、棕、粉、紫、绿、蓝，一个圈儿套着一个圈儿，一道颜色裹着一道颜色，就仿佛才下过大雨，天空出了一道彩虹相似，并且一边往上升，一边变幻不已。不但是这些看热闹的，连区延带同来的那一伙子全都忘了自己是干什么来的，直着脖子看得出了神儿。那道彩色烟圈儿，越升越高，被太阳一射，色彩更多，越发显得五光十色，美鲜缤纷，不只是见所未见，简直是闻所未闻，直升到大家极尽目力不能再见，恍惚那道圈儿还没有一点儿破碎，依然是整着往上飞升，大家脖子都酸了，才想起这拍巴掌叫好儿来。尤其是那给项圈的男女两个小孩儿，一边随着拍巴掌叫好儿，脸上却带出一副又惊又异又纳闷的神气。

　　老头儿把圈儿吹了上去之后，这才微然一笑道："诸位这就是我练的这么一点点小玩意儿，五袋烟五样颜色，这就是祝贺新贵人五代同堂的一句吉祥话儿。"

　　这一句话没得说完，旁边区延就蹦过来了，用手一指老头儿向身后那些同来的人道："你们看见了没有？就是这个老家伙，他借着练把式卖艺为名，实在他是个大骗子，方才咱们村里两家一位姑娘一位学生，脖子上戴的一只黄金项圈，就被他给骗去了。我跟他说好的，他不但不听，因此我才请出你们几位。我想把玩意儿止住，把他们带到会上，问清了东西的去处，然后把他们送到县城里去，省得留着他们在地面儿上闹出点儿什么笑话来，岂不是给咱们招了事？没别的，麻烦你们几位把他弄走吧。"

这几位联庄会的人，本不想跟他来，不过因为大家彼此都是熟人，他一向对于联庄会的人，都非常的下气，今天这件事不好不敷衍他的面子，并且也真怕闹出事来，大家都不好看，所以才跟他来了那么一趟。及至到了这里，一看老头儿练的这手玩意儿，早已心服口服，再听老头儿说话那份儿和气，对于老头儿早起了同情，如果他要不问，这件也就完了。谁知这小子鼠肚鸡肠，竟会为了两句不大紧要的闲话，居然认仇不解，又提了出来。大家当然不好意思驳他的面子，便笑着向区延道："你说他拿了人家项圈，是您一个人看见了，还是有别位看见？被骗的是哪两位，您可以给我们见一下，问清楚了再说别的。"

区延一听就有点儿不高兴，平常大家都很有个不错，如今这件事还不一定是我自己的事，你们还这样不相信，难道我还冤你们跟一个卖艺的老头子过意不去吗？心里不痛快，用手一指这两个小孩儿道："众位要问，项圈就是他们两个的，难道这还有什么假吗？"

那些人也知道他是有点儿不高兴了，便笑着向那两个小孩道："你们的项圈是被那个练把式的老头子骗去了吗？你们可不要说瞎话才好。"

那两个小孩子，起初对于区延就不爱搭理，如今又看他搅了场子里的玩意儿，心里越发不高兴，本想堵他们两句，老头儿根本没骗我的东西，哪里说起什么骗子？继而一想，东西又没有给了人家，何必放在口上说它干吗？再说也犯不上为了外人伤了自己村子乡亲。便笑了一笑道："不错，我们本是看着练得不错，打算单送他一点儿钱，但是出来的时候，身上没有带，去取又来不及，因此才想用这只项圈暂时押给他，谁知人家一定不要，我们也就没给，这不是现在还戴在……"说着用手一指那个女孩儿的脖子，这一惊却非同小可，原来那只挂在脖子上的项圈，已然踪影不见。这一来项圈真的没了，不但是那两个小孩儿，就是旁边离得近那些个看热闹的，也都觉着十分可怪，方才明明看见这只项圈是在孩子脖子上戴着，怎么这么一会儿，这只项圈会连个影儿都没有了呢。这件事情，除去老头儿嫌疑太重之外，余下绝无旁人，本乡本土，谁好意思欺负两个孩子，这样一看，勿怪区延对于这个老头儿十分注意，说他是个骗子，究属还是他经过见广，不愧他是个跑腿的朋友，如今看来，确实不假。大家这么一想，当然都把眼睛看着老头儿，连那两个小孩儿，脸上都露出一种惊诧神气。

区延一看项圈没了，嘿嘿一阵冷笑道："老把式，我早就看出你是怎么一个人物来了，这个大概没有什么说的了吧，你也是在外头跑腿的，还有什么不明白的，趁早儿把项圈给人家拿出来，再把我们这里包银退回，念你年纪这么大，可怜你一家老小，不便跟你十分过不去，赶紧收拾收拾一走，是你的便宜，你听明白了没有？项圈搁在什么地方？趁早儿拿出来，可别等着没脸！"区延这时候理直气壮，摇头晃脑，神气十足。

跟他来的那拨儿联庄会，一看案打实情，小孩儿脖子上的项圈真没了，听区延这么一说，也仿佛透出公事公办，把眼一瞪道："好啊！闹了归齐，你们全是大飞贼呀，真敢当着人千人万把小孩儿东西硬给拿去了。这是头一天，你们就干出这种不体面的事，要是再过个三天五天，你们还不敢明火执仗啊！废话不用说了，跟我们走一趟吧，咱们单有地方说去！"说着两个年轻一点儿的往前一抢步，一伸手就把老头儿胸脯子揪住。意思之间，是打算吓唬老头儿一下子，一来可以显出他们对地方事情热心，二来可以拿老头儿醒醒脾，解解闷儿。在他们以为老头儿既是真赃实犯，至少他也得说几句软和话儿认个错儿，大家一笑一散也就完了。谁知手到了老头儿胸脯上，老头儿只微微一笑，往里一吸气，一声儿没言语，这两个人手觉着一发空，当时浑身全都不得劲儿，打算撤回手来，谁知竟像粘上一样，纹丝儿动转挪移不得，老头儿却依然满脸带笑，仿佛眼前没有这回事一样。再看伸手抓人的二位，脸上颜色由黄转白，由白转青，脑袋上汗珠子真有黄豆粒儿大小，一个挨着一个，往下滚了下来。

区延究属脑子是比人强一点儿，一看神气就知道不对，想着这个老头儿，一定会点儿妖术邪法，这一来可是麻烦了，如果再动硬的，不用说是自己一个人不行，就算把这一镇上人都上去，也不见得能是人家对手。这件事是自己把它挑起来的，再好过去一说软话，叫这一村子人看自己成了什么东西？这可真是太糟了。忽然一想，丑媳妇难免见公婆，不如趁着这个时候，赶紧收回了，省得当众丢人现眼。想着便把脸容一变，不笑强笑地乐了一声道："嗬！得了，得了，我早就看出老爷子不是平常人来了，我要不是使这么一手儿，还看不出你老的真功夫来哪！这一来没别的，您可走不了，咱们得盘桓些日子。他们二位是我一句话给逗出来的，受了这么大的委屈，我就觉着怪对不过的了。您的能耐我们也看见了，得，您赶紧把他们二位放开吧，时候多了，恐怕他们受不了……"

区延以为以真作假盖个面儿，这件事就可以化解了，谁知老头儿还是满面带笑一声儿没言语。后头忽然有人搭上话了："嘿！你先等一等，你还觉乎着怪不错的呢，我爷爷他老人家面善，有话说不出来，咱们得说一说，你欺负人不行。"

区延回头一看，正是跑马解班里那个小孩儿，噘着小嘴儿，瞪着眼睛，满脸带气地看着区延。要搁在平时，区延早就不听这套了，唯有今天已然知道这拨儿不大好惹，不敢大意，便强压着气道："小孩儿这话怎么说，谁欺负你了？"

小孩儿一笑道："你还说没欺负我吗？你听一听，我们是你们请来的，不是赶来的，开场才练，你就瞪眼讹人，说是我们爷们是骗子，又约了人来跟我们捣乱，要是换一个人早叫你们弄走了。这个咱们都不说，先说那只项圈吧，捉贼要赃，你说我们骗子，东西在什么地方呢？现在对不过，为了良心，当着众位，咱们都得搜寻一下，要是在我们身上搜出东西，我们认打认罚，随你处置；要是在你身上搜出东西，到了那个时候，你应当怎么一个说法哪？"

区延一听，心里的火儿可就压不住了，并且自己心里明白，这只项圈自己连用手挨一挨都没有，无论如何也不会在自己身上搜出来，究属他是个孩子，不会说话，现在自己正找不着台阶儿，有了这个碴儿倒好办了，叫他敞开来搜，当然是搜不出来，回头再跟他一瞪眼，这件事倒好办了。想着便冷笑一声道："怎么着你倒反打一耙了！好！我要不叫搜，仿佛我有了什么亏心，现在我就叫你搜，搜出来当着大家我给你磕头赔不是，抱着脑袋滚出这个村子，从今以后，我不算本村子的人。要是搜不出来，该当如何？难道就这么一说就完了吗？话又说回来，到了那个时候，你应当怎么办哪？"

小孩儿道："当然得有个办法，真要从你身上搜不出来，别的罚约没有，那只项圈是我们拿的也是我们拿的，不是我们拿的也是我们拿的，不但照样儿赔出一只项圈，当着人千人万，除去挨个儿磕头之外，我们爷儿往这里一站，你拿绳子一捆，送我们到什么地方去，我们到什么地方，判我们什么犯，我们领什么罪。说出话来不算，他就不是站着撒尿的男子汉好小子！"

这时候不但区延有气，连旁边站着的人，心里也是不大高兴。区延本人平常虽是好找个小便宜，要是瞪眼偷人家项圈，这种事大概他还不至于干出来，想着这个小孩儿可是信口瞎说，自找钉子碰，可是一看他们班里连男带女一个拦他的都没有，并且脸上都带着有点儿要笑的意思，大家看着纳闷，倒要看看小孩儿从区延身上搜不出项圈来这个热闹。那个老头儿仍然是满脸带笑一声儿也不言语，那两个手揪着老头儿胸脯子始终也没撒下来。

这时候区延脸上颜色都气得青了，一阵冷笑道："好！小孩儿，你来搜吧。"

小孩儿一笑道："我不能上手，我一上手，你们人多，说是我闹了手彩儿了，你可明白，自己脱下衣裳让大家看一看也是一样。"

区延肚子都快气炸了，二话没说，一伸手把衣裳解开，里头没有，又解开小夹袄，还是没有，跟着一使劲往下一扯，小褂儿就开了，这一来可把大家吓怔了！原来那只项圈周周正正不歪不斜挂在区延的脖子上。这下子当然是大僵特僵，连在旁边看热闹的主儿全都觉着可怪。要说区延这个人行不正倒是有之，但是也还不至于当着大庭广众之间，就当起扒手来，可是这个项圈确实是在他身上戴着哪，任是身有百口，也是难得分辩，这一来大家倒都怔住了。

就在这个工夫，忽听旁边有人喊："好小子！你变得好戏法！会给我们爷们安上赃了！这个咱们完不了，干脆跟我们去一趟是正经！"

大家一看，原来是两个联庄会上请来的官兵。两个说着，一拥齐上，一个奔小孩儿脑袋，要去抓那根小辫儿，一个奔了胸口，要抓小孩儿的衣裳。大家看着有点儿不大痛快，分明真赃实犯在区延脖子上挂着，这一来不成了以势欺人了吗？正要发话说是不许，就听小孩儿一声怪笑道："戏法儿还有好的呢，这回请众位看一个空中飞人！"

老头儿才喊了一句："使不得！"就见小孩儿身子左右两扭，两手往前一推，仿佛并没有用多大的力气，就见这两个抓人的，仿佛是身不由己，一溜歪斜，脚不沾地，横着就飞出去了。看热闹的不由全都狂喊一声："了不得！要出人命了！"呼噜一声，大众往后一闪，腿是朝前，脑袋可全朝后，因这还打算看一个下回分解。正这个时候，小孩儿哈哈一笑道："众位不用忙，也不用乱，这个算不了什么，有我哪，绝对出不了事。"嘴里说着，身子往前一抢，一伸双手，往上一纵，一只手揪住一个，只往下一拽，两个人便跟着掉了下来，随着用手往旁边一推，两个人分为左右，一晃两晃，全都站住，脸上颜色吓得全成了白纸了。看热闹的一边伸着舌头，一边拍着巴掌，喊起震天的好儿来。

两个人惊魂一定，结结巴巴向区延道："区大爷，谢谢您，成全我们两个，差点儿没把命丢了。平常我们自问可是没有什么得罪的去处，不知道您干什么给我们来了这么一下子？再者，您说了半天，这个是贼，那个是骗子，临完了这真赃实犯，可是从您身上找出来的，我们可就不明白是什么意思了。没别的说的，您跟我们到会上去一趟吧！"说话睐着眼睛看着区延神气十分难看。区延这个时候要是能够找出一个地缝儿来，都钻进去了，脸上阴晴不定，心里忐忑难安。

反是老头儿微微一笑道："列位这个事情已然过去了，也不用管是怎么回事吧，反正谁也没丢什么，谁也没短什么，我们承情把我们找到贵宝地来练几手玩意儿，如今才一开手，就出了这么些事，搅得诸位都没看好。要依我说，这件事现在不用提了，等我们几天完事之后，诸位有什么说的，再说不晚。唯独今天这一局，无论如何，得把面子赏给我们几个，因为大家有一位不高兴，也是由我们身上引起，我们心里不踏实，玩意儿也不能接着练了。没什么说的，吃亏受委屈全看在我们了，我这里先给诸位赔个礼儿。"说着一躬到地，跟着把手一挥道，"响家伙！咱们接着练练'八步赶毡''镫里藏身'，请诸位往边上靠一靠，因为马快道儿窄，碰了哪位，我们也担架不起，诸位靠一靠，看我们这一套俗中透俗的玩意儿跑马三趟！先让我们这位大姑娘单人练一趟，再看双人的快马！"

这一嗓子还是真灵，当时吵的也不吵了，嚷的也不嚷了，全都挤到圈子里头，各归本位，直着脖子瞪着眼，看着场子里头，真个是鸦雀无声，一点儿响动都没有了。就见老头儿用大指二指一捏嘴唇，吱儿的一声，真比哨儿还响，跟着锣鼓齐鸣，打破了场子里的寂静。老头子吹完了哨儿，用手一招，喊了一声："大妮儿，这回该看你的了。"一声："是！"真仿佛小燕儿叫唤得那么娇脆好听。随着声音，从杉篙架子底下那片席上走过一个不到二十岁的大姑娘，长得真是无一不美，无一不称，高鼻梁儿，大眼睛，双眼皮儿，细眼梢儿，眼珠子黑多白少，黑的像点漆，白的像脂玉，黑白分明之中，还带着像有一汪儿水似的。眉毛长，长又细，头发黑，黑又密，鸭蛋脸，又白，又红，又粉，又润，又嫩，又细，衬着一张小嘴，说不尽的那么一种好看，上身穿一件雪青洋绉的短袄，沿着一巴掌宽的绣花边儿，雪青洋绉中衣儿，腰里系着一块二蓝洋绉的汗巾儿，脚下两只黑缎靴子，一条通花的大辫子，甩在脖子前头，手里提了一条金漆皮鞭，缓缓走到中场。

老头儿一看这个姑娘，当时眉开眼笑地道："大妮儿，这回你先走一趟，试试牲口肚带的松紧，场子四围大小，三趟走过之后，回头你跟二妮儿练一回双的，可是得把真功夫拿出来。今天这个场子里，可有明眼的老师，练好了绝不能难为你，无论如何，也得给你换双靴子，要是练得泄了脚，走下鞍了，你可留神让人家笑掉了大牙。废话少说，先练快马三趟，头一手儿叫'八步赶毡'，第二手儿叫'镫里藏身'，第三手儿叫'金鸡独立'，一手一式，练得不歪不斜，回头再给他们诸位换双人的。好孩子，多卖力气吧！"

说到这里，老头儿往旁边一退，那边那个小孩儿早把那匹白马的软缰解下并不用手拉着，只把缰绳往马上一扔，用手一推，那匹马便一步一步走向场子当中，到了姑娘面前，便四个蹄子一站，一动不动。大姑娘用手在马身上抚摸了抚摸，又用手试了试肚带，陡地一伸身，照着马胯上就是一掌，那马便一抹头四蹄如飞狂跑起来，登时场子里一阵大乱。本来一个乡村子的人，平常没有见过什么叫跑马解，如今一看一匹烈马，连个缰绳都不拴，这真是那句话，没有笼头的马，地方又小，人又多，这要是一个躲闪不开，难免就许碰上，虽不能说一定腿折胳膊烂，究属碰上一下子，轻重都得受一点儿伤，莫若躲一躲。因此大家全都一闪一躲，呼噜一声，当时就一阵大乱。

老头儿一声喊道："众位不用害怕，咱们这匹牲口，是喂熟了的，伤不了人，也碰不着人，要是来回一乱跑，可难免有个挤了碰了，倒不是意思了。"老头儿喊完，大家全都果然各占本位，便又沉静下去。

这时候那匹马在场子里，四六步儿跑着，跑了整整三个圈儿，老头儿又是双指一拈，吱儿的一声，又是一声哨儿响起，那马登时四个蹄儿一放开，便像风驰电掣一般，围着圈儿大跑起来，绕了一个圈儿，又到了姑娘的面前，一眨眼工夫，已然出去了七八尺。那个姑娘拿手把衣襟儿跟汗巾一掖，喊一声："走！"就见她双脚往地下一蹬，两只手向前一扑，嗖的一声，腾空而起，便像一只小燕儿相似，轻轻一抄，便到了马的脑袋那里，两条腿往下一并，直矗矗站在了马背上，罩手一举，那匹马却仍然那么跑着。看热闹的主儿，早已轰的一声喊起震天好儿来，以为这姑娘能耐实在太好了，哪里知道方才那一手儿，不过是头一招儿，跟着在马身上用脚一蹬，咮的一声，仿佛没站住一样，滑了下来。看热闹的主儿又吓了一跳，一个哎呀没喊出来，人家姑娘早已笔杆条直在了地下，跟着又是一长身，一蹬一扑，又上了马背。大家才知道人家姑娘不是失脚掉了下来，却是故意练得这么一手儿功夫，高兴得大家伸着脖子张着嘴，攥着拳头瞪着眼，连叫好儿都忘了。

老头儿早又一声喊起道："众位，这是我们马解场子里第一套的玩意儿，这手儿叫作'八步赶毡'，众位上眼，再看这第二手儿'镫里藏身'，一手儿比一手儿难练，一手比一手儿有精神，众位多捧场，请看这'镫里藏身'是怎么一个练法。"

那位姑娘本来是在马上双腿站着的，马跑得正欢，忽然把身子往下一蹲，跟着往起一长身儿，这回可是起来了一条腿，单是一只左腿，那条右腿却往后一背，背在自己脖子上头，脚儿冲前，脚心朝天，两只手大撒巴掌，那匹马还像溜了缰似的一阵急跑，人就跟钉在上头一样，纹丝儿不动。大家一阵叫好，忽然又想起方才老头儿说过，别忘了给姑娘凑双靴子钱，于是你也掏，他也掏，你也扔，他也扔，场子里一片铜钱声音。老头儿一边嘴里念着谢谢，一边用眼去看看方才那两个小孩子，谁知一眼看到，两个小孩子已然不知在什么时候走去，心里不由一动。他忘了问这两个小孩子姓什么叫什么住在什么地方，难得遇见这么一对有资质的孩子，又瞪眼丢去，实在可惜。继而一想，好在还有几天耽搁，也许他们还能来看热闹，到了时候，再想法子去探一探。老头儿这里一出神不要紧，姑娘这匹马已然跑了三个圈儿了，老头儿把手冲着姑娘一挥，姑娘脚下一使劲，那匹马也懂得主人的意思，便加劲跑了起来。大家正在看得兴高采烈，猛见那个姑娘，仿佛是工夫站得太大了，腿上一个使不出力，呲地一滑，唰的一声，整个儿身子便从马上掉了下来。大家全都吓了一跳，准知道这匹马跑得正欢，这一掉下来，轻则摔一下子，重点儿就叫马给踩了，概不由己，全都哎呀了一声。那匹马却依然四蹄如飞地跑着，马跑过去了，地下并没有姑娘的影儿，大家方在一忙，马已然绕过去了。这一露出正面儿，大家可就看得清清楚楚明明白白，原来那位姑娘一只手揪住缺跨梁的皮带，那一只手抚在自己胯股上，头直脚平，身子真跟一条平板相似，整个儿影在马的肚囊上。敢情大家提了半天心，人家根本没有掉下去，心里一松一痛快，跟着又叫起震天的好儿来了。老头儿满面春风地把手向打鼓的一招，当时锣鼓全停，那匹马便也慢慢缓了下来。大姑娘一挺腰，一个"鲤鱼打挺"，站在地下，挽了马的缰绳，一步一步缓缓地走到杉篙旁边去了。

老头儿向大家把手一拱道："众位真是捧场，这一回又算是我们蒙着了。众位既肯赏脸，请众位再看这次双人单马练上一套十二手功夫！"大家一听，这回是论套地练，那可更好了。正在高兴，就听那个老头儿又是一声喊道："二妮儿，你也出来跟着活动一趟啊！别净看你大姐的，那么你可干什么来了呢，对不对呀？二妮儿，你也

30

快点出来吧！"

"啊！来喽！来喽！"就是这一下子，就叫看热闹的吓了一跳。在这位二妮儿没出场之先，大家两只眼睛全都只顾看了大妮儿，对于这个二妮儿，谁也没大理会，及至听见老头儿一打招呼，大家心里想着，这又真是眼福，这位姑娘既是跟大姑娘一块儿排着，当然是错不了，一定又是一个美人胎骨，于是大家全都伸长了脖子往那边看着。这一嗓子答应，既像打了一个大雷，又像一片劈毛竹相似，又仿佛像夜猫子叫唤一个声儿。大家一听不由全都一怔，可是心里还在想着，也许是姑娘这两天嗓子不大好，也许是旁人替应的，不然无论如何，也不能会有这个声音。嗓子好坏，倒无关紧要，因为这是练把式的场子，并不是唱大鼓书的地方，嗓子好点儿坏点儿都没有什么，依然是伸着脖子往那边看着。其实这位妮儿早就在席子上坐着呢，因为人家始终是低着头，没有露出脸儿来，所以大家都没得瞧见正脸儿，这一下子喊完之后，往起一挺身；迈开两只莲船，一扭一扭可就出了场了。大家这时候可就看真了，不由全都往里吸了一口凉气。原来这位姑娘不但不像那位大妮儿长得这么好看，而且可以说是在姑娘堆里找不出那么难看的人来了，身高不到四尺，宽下里倒有二尺七八，圆头，扁脸，一脑袋黄头发，就跟烂柴火一个样，两只眍䁖眼儿，还不是一对儿，一个眼大，一个眼小，并且还像里头有一汪水似的，洼心儿脸，两头儿翘，坑坑洼洼有不少麻子，又大，又深，又黑，又密，蒜头儿鼻子，塌鼻梁，翻鼻孔，一张大嘴，厚嘴唇，耷拉嘴犄角儿，露出七长八短一嘴黄板牙，两只扇风的耳朵，脸上除去麻子之外，还有钱儿癣、桃花癣、牛皮癣、猴子、瘤子、粉疙瘩，一片白，一片青，一片紫，一片红，短脖腔儿，觍胸脯儿，大屎包肚子，两只鲇鱼相似的大脚丫子。上身穿一件粉红洋绉短袄，沿着一巴掌宽的水绿边儿，粉红洋绉中衣儿，黑洋绉汗巾，还绣着白花，底下两只大红缎子满扎大花的花鞋，葱心绿的披巴，一走一晃，晃到了中场，冲着大家一笑。看热闹的主儿，差点儿没吓跑了，哪里是人，简直成了母夜叉啦。大家从心里全都不信她会是个女的，因为女的找不出来这么第二位来。

就见她一笑之后，扯开嗓子向满场人一乐道："方才我大姐赛飞燕练了一套笨功夫，大家赏脸，她练完了叫她歇一歇，换下我病杨妃来伺候众位这一场！"大家一听，不由全都来了一个场笑儿，因为她这个样儿，居然自称是病杨妃，未免要糟践杨贵妃了！

只见她走着俏步儿扭扭捏捏来到了场子中间，老头儿早笑嘻嘻地迎了上来道："二妮啊，你看你的人缘多好啊！出来就有人迎着头儿给你叫好儿，比你姐姐还有面子呢，你可得好好地卖下子力气，谢谢诸位照顾的好意！"

病杨妃龇牙一乐道："那个您不用交代，绝错不了，还外带着不能练那假中透假的玩意儿，不拘怎么样，咱们也得掏心窝子练一回，先得让众位从心里头往外叫好儿那才算能耐呢。"大家一听，敢情的也明白大伙那一笑不是好笑，倒要瞧瞧她有什么特别出手儿的。不过这位姑娘长得相儿这一差，跟大姑娘相比差得太多，大家先存了一个瞧不起她的心，虽然她是那么说着，心里全都有点儿不以为然，有瞪着眼瞧看她的，就有叽叽咕咕说上话儿的。好在这位姑娘全是不理会，依然扯着破竹子似的嗓，喊着嚷着："众位方才全都看见过'八步赶毡'跟'镫里藏身'了，这回我可不练那个，我单人独马先练一回'一步赶毡'跟'双镫藏身'，请诸位看一看，完了之后，我再跟我姐姐练双人成套儿的玩意儿。"

说完了话用两个比萝卜还粗的手指头在厚嘴唇上一捏，吱儿的一声，一个哨子响起，就见拴在晃绳的那匹马，早由那个中年汉子，把缰绳一解，往身上一摆，那匹马一扬头，一甩尾巴，便踏一踏，踏跑了下来。到了病杨妃面前，病杨妃用手抚摸了这匹马两下，跟着一挥蒲扇大小的巴掌，叭的一声，正打在马屁股上，那马咴的一声长叫，一塌腰板，四蹄子迈开，便在场子里围着跑开了。大家看这匹马跑起来比前头那匹马只快不慢，心里就有点儿诧异，不知这位姑娘肉大身沉，怎么上这匹马。一眨眼工夫，这匹马已然跑了三个圈儿，那位姑娘陡的一声喊道："众位上眼！走！"就在这一个走字没有说完，就见这位姑娘猛地双脚一跺，嗖的一声，平地拔葱，人起来足有一丈多高，起在空中，一折腰，一低头，叭哧一声，在空中翻了一个筋斗，双手往前一扑，脚一并，真跟一个小燕儿相似，便奔了那匹马背。这匹马可依然四蹄不住地在跑着，大家看着全都有点儿提着心，方才那位大姑娘人家上去得平平安安，那匹马它是跑着，可是大姑娘人在地下，虽说追那匹马有点儿不易，究属在地下站着，脚底下可以使劲，就是一个失神，没有追上，至多上不去，也不会有别的失闪。这位姑娘，猛地往上一蹿，足有一丈多高，从半悬空中一个跟斗折下来，要整落在马身上，这手儿不但不易，并且还有危险，或是稍微往前，或是稍微往后，不是叫马踩了，就是叫马踢了，这可实在不是闹着玩的。再说这位姑娘去了头蹄都够二百多斤三百斤，肉大身沉，一个没准儿掉在地下，摔一下子都够受的。就在大家这一害怕一闭眼的工夫，那位姑娘已然双腿一并，哧的一声，身子已然顺过来，两只腿就像钉在一块儿一条木板相似，笔杆条直落了下来。那匹马好像通灵性似的，姑娘两只大脚往下一落，不前不后，不左不右，正落在马的中腰，仿佛胶粘住鳔粘住一个样，纹丝儿不动，站在马上，举着一只右手，也不知道什么时候又掏出一块粉红绸子手绢来，迎风一晃，扑噜噜一阵乱响，便像一面旗子相似。那马又放开四个银蹄，就听一阵沙、沙、沙的响声，真跟风驰电掣一样。这些看热闹的先是提心吊胆，后是目定口呆，全都成了一堆傻子，等到马又跑了两个圈儿，大家这才想起，怎么忘了叫好儿啦，一个人领头一拍巴掌，跟着就是一阵巴掌，一个人喊了一嗓子好儿，跟着就是一阵震天的好儿。就是这喊好儿未完巴掌未歇之际，这匹马早又跑了两圈儿，猛见那匹马忽然往前一拱腰，两只后腿往起一掀，当时尥起一个三四尺高的大蹶子。就听那位姑娘喊："不好！"一个身子在马背上一晃两晃，脚下一颠一滑，准知

33

道这下子必要被踢踩，全都不由得浑身一哆嗦，猛听那位姑娘一声高喊："你叫我下来，我偏要上去，倒看看你成是我成？"大家一听这位姑娘没有受伤，大家就是一怔，不由全都瞪眼地看，只见那位姑娘单腿一蹬再腰板上一挺，嗖的一声，平地拔葱，早已纵上马背，仍然是双腿挺住，迎风屹立。大家一看，又把害怕的心思变了诧怪的心情。这位姑娘，才到了马背上，跟着又是一滑，又从那边掉了下来，可是跟着一眨眼又纵了上去。如是就这样左边一下，右边一下，忽然上来，忽然下去，马跑了三个圈儿，姑娘上去了倒有八九次，大家越看越爱看，姑娘是越练越爱练。就在这么个工夫，猛听又是一声哨子声，老头儿冲着姑娘把手一挥道："二妮儿，你先下来，该换一会儿你们姊妹两个练上儿的了。"姑娘一听，站在马背上，猛地一踹，嗖的一声，一个"云里翻"凭空起来足有一丈多，横脚一绷脚面，嗖的一声，便到了杉篙架子前边，那匹马当时也自跑回晃绳前头。

老头儿才要喊那位大姑娘，猛听外圈儿一声喊："围上！别叫他们走了！"呼噜一声，四外的人就把整个儿一个场给围了，长的枪，短的刀，一阵摇动。看热闹儿的可就乱了，胆大的回头一看，来的这拨儿人，全是小衣襟，短打扮，手里全都拿着家伙，足有二三十口子，四外一站，嘴里还不住直嚷。内中有认识的就说："这不是咱们镇上秦家的长工的吗？他们来干什么来了？"

这些人把外圈子围好之后，走出两个仿佛头目人儿似的，一个手里拿着一杆花枪，一个手里提了一把单刀，拧眉竖眼，走进场子里，冲着大家一拱手道："众位乡亲不用害怕，我们是奉了我们东家之命，来到这里，专为的是拿他们这一拨儿走江湖的骗子手的，跟众位乡亲无干，众位千万不要害怕，也不要乱动，刀枪无眼，砸上可就是麻烦！"说完了这几句，往前一抢步，就到了老头儿面前。拿枪的用枪一指道："朋友，你就是这里掌舵的呀？"

老头儿一笑道："我是野骡子，不懂侃儿，什么叫掌舵的我不懂，我就是这个马戏班里的一个老伙计。二位怎么称呼？到这里有什么事呀？"

拿枪的一听，一瞪眼道："你倒装得圆全，我告诉你吧，你这两手儿，趁早儿不用在这里使，我们这个地方你吃不开！你要问我，我姓姚，我叫姚山，外号叫神枪太保镇曹州。那个是我兄弟姚海，人送外号是花刀太保镇山东。朋友，你要是懂得面子，趁早儿跟我们走一趟，一则省得我们费事，二则难免伤了和气，这就是我俩的肺腑良言，听也在你，不听也在你！"说完双手一捋枪杆儿，那个神气大了。

老头儿听完，仍然不慌不忙地道："噢！二位是教师，恕在下眼拙，没有看出来。听二位的口气，我们跟二位走一趟，仿佛是个便宜。其实算不了什么，不用说二位还给我们面子，就是不给面子，打发一条狗来，叫我们去一趟，我们指着练功夫混饭吃的主儿，也不能摇头不去。不过有一节，我们到这里来，是这镇上派人把我们找来的，我们并不是戳杆儿立场子走码头闯到这里来的。我们接了人家的钱，定了练几天，我们就得练几天，不能半途而废。您二位不拘什么地方来的，也得讲得情理，您二位可以留下一个地名儿，我们几天练完之后，一定登门拜访。那时候有什么话，您怎么吩咐我们就怎么办，现在可是有点儿不行，恐怕是花了钱的大爷们人家不答应。这一节还求二位多多体谅。"

姚山一听，老头儿不听他这一套，心火儿就撞上来了，嘿嘿一阵冷笑道："我瞧你岁数也不小了，怎么连一只眼睛都没长来呀，我们跟你说这一套话，就是给你面子，你怎么好歹不懂，给脸不要脸哪！干脆告诉你吧，因为你不是正经走江湖卖艺的，你是指着这个为名，暗偷明抢的一伙大贼，已经有人跟我说了，叫我们把你们锁拿到官，为的是清静地面儿。我看你们是个老手了，不忍得当着许多人太叫你没面子，才用好话跟你说，叫你跟我们走这一趟，哪里知道你是见好儿不收，非要丢人现眼不可……"

姚山话没说完，老头儿微微一笑道："朋友，你别往下说了，你还是真有眼力。不错我们是一群贼，作过不少案，不过一直没有人指过点儿，也没人瞧出来，想不到今天会让二位看出来了，给我们留面子，倒是好意。不过一则我们没有在本地作案，这里官司我们打不着，再者二位又不是六扇门里的老爷，你们也办不着我们。二位的好心我领了，跟二位走一趟可是办不到。二位如果真要办我们这一票的时候，无妨先到当地衙门里，去挂一个号，多请一点儿有真能耐的人，来到这里，我们过一过手。明知道我们不成，可是我们不算栽跟斗，不怕把我们全都逮了去，问成死罪，我们是死而无怨。要就凭二位这么一说，这个软跟头我们栽不起，真比切下我们的脑袋还难受，这一层我可办不了。二位放心，我们绝不走，您只管去报官面儿，我一定在这里等，就是这样，我们可是不能去。还跟二位说，我们拿了人家钱了，我们得给人家练满了日子。二位要是看热闹儿，可是在外头，人跟人怎么都好办，恐怕那马是畜类，出场之后，碰了你们哪位，可是没地方讲理去，二位最好站在圈儿外头的好。"

老头儿嬉皮笑脸地来了这么一套，旁边看热闹的看得正在高兴，忽然从半腰里岔出这么一堆人来，本来就不痛快，又一听姚山姚海说老头儿是大暗贼，因为有了方才区延那件事，大家更有点儿不平了。听老头儿一说，句句有理，姓姚的简直是故意捣乱，不由得全都有点儿往上撞气。老头儿才说完，大家早异口同声地嚷起来："姓姚的，你又不是当官差的，你凭什么随便逮人，趁早儿去，别在这里扰！"

姚山姚海一看动了众怒，也有点儿慌了神儿，不过这次出来，一则是受了朋友之托，二则跟自己饭碗子有点儿干连，才出头露面打算找这么一场，万没想到老头儿既是满不在乎，看热闹的又是这样说辞，明知道硬干绝不是办法，可是势成骑虎，拉满了弓泄不得劲，一时羞恼成怒，一声怪叫道："好！好你个老滑贼，跟你说好

36

的，你既是不懂，对不过我可要无礼了！"说完话一拧手里枪，扑噜一声响，一个碗大的花儿，哧的一声便奔了老头儿的左腿。老头儿一看微然一点头道："怎么着，真急了？别价，刀枪无眼，扎上可不是玩的。嗬！真扎呀，要扎上！"嘴里一边乱嚷，身子却轻轻一纵，那一枪便扎空了。姚山一看枪走空了，一收前把，往回一撤，一翻腕子，枪扎哽嗓。老头儿微然一笑，斜身一跨，大枪走空，老头儿这回不等他再撤，往上一伸手，用两个指头一夹，便把枪杆儿夹住。姚山一看枪杆儿让老头儿夹住了，心里一起急，使足了劲，一拧一拽，这个乐儿大了！老头儿一撒手，姚山拽住了这杆枪身子往后一仰，咚、咚、咚，倒退出去足有十来步，这才咕咚一声，摔了一个迎面朝天，看热闹的不由全都来了一个畅笑儿。

姚海可就急了，一轧手里的单刀，抖丹田一声狂喊："老家伙，你的胆子真不小啊！你敢拒捕殴差，你简直是要反哪！"

老头儿一笑道："得了，得了，说我不懂害臊，合着你也是不懂得什么叫有脸有皮。什么叫拒捕殴差呀？你奉的是谁的堂谕呀？你把你的批票海捕文书拿出看一眼，当时跟你就走。还有一节，再豁给你一个便宜，咱们也不用说我是不是匪，你是不是官，你有拿我的权没有，我有被拿的罪没有，你只说出来我姓什么叫什么，我当时跟你就走。天下的道儿无数，正理就是一条，你既是认准了我是贼吧匪吧，至少你得知道我姓什么叫什么。朋友你就说吧，说出来我立刻跟你就走，有一点儿含糊，他就是两截儿穿衣裳蹲着撒尿的。朋友，我跟您打听打听，真格的，我姓什么叫什么呀？"

姚海一听，从耳朵后头直红到满脸，羞恼成怒一声喊道："说你是贼，你就是贼，谁还能冤枉了你。我虽不吃粮当差，可是为了我们这个村子的安静，既是知道你是贼，我们就得办你，这个用不着什么叫批票公文。至于你姓什么叫什么，当然我是知道，不过现在还跟你说不着，等到把你送到一个地方，我自然会告诉你。还是那句话，既然你是不懂好歹，也就不必再跟你说废话了，看家伙！"说着一刀当头砍下。

这些看热闹的全都有点儿不大痛快，心想这明摆着是无事生非，连人家姓字名谁都不知道，居然就敢瞪眼咬牙说人家是贼是匪，这不是成心欺负人吗？最好就盼着老头子一下把他也弄躺下，痛痛快快捶他一顿，他们就不跟着搅了。大家全都存了这么一种心想，姚海哪里知道，一抡手里刀，当头就是一下。这小子其实跟老头儿并没有什么深仇宿恨，不过就是言语之间，挤到那里，可是他这一刀真把吃奶的劲都使出来了，恨不得一刀把老头儿劈作两半儿，唰的一声，刀带着风就下来了。大家一看这刀太狠太快，全都不由得替老头儿捏了一把汗，准知道不用说是整个儿劈上，就是碰上一点儿也受不了。哪里想到老头儿一看刀到了，并不躲不闪，往上一顶脑袋，硬往上撞，这下子可把看热闹的全都吓坏了，不由全都哎呀一声，闭眼不忍再看，跟着就听铛的一声响，刀剁在老头儿脑袋上如同剁在石头上一样，不但没有砍进去，反倒震起多高来。大家由怕转惊转为神怪，异口同声又喊起震天的好儿来。姚海一刀砍下去，他想着老头儿怎么还不躲吗，只要他往旁边一躲，身子那边一空，抬腿一抽，把他抽个趔趄，能够找回面子，也就完了，万没想到老头儿没躲，反倒往上一迎，连姚海都吓了一跳，他准知道杀人的偿命，真要把老头儿砍死，这场人命官司就不好打，可是再打算撤刀，就叫不易，心里这个后悔，就不用提了。这时候就起坏心了，该着饭碗子是在今天打破，趁早儿一跑，算是便宜。心里正在盘算，刀砍到了，铛的一声，刀震起来足有二尺多高，震得一只胳膊半个身子全都有点儿发麻，这才明白，老头儿确有别的绝技，"油锤贯顶"童子功的横练儿，再往下打，绝没有一点儿好儿，硬的不成，趁早儿来软的，好找个台阶儿出这个场子呀。

想着把刀往地下一扔，双手一拱，就地一揖嘴里嚷着："老爷子，我早就知道是您到了，我听人说过您有'十三太保混元功'，一身的横练儿，我想着瞻仰瞻仰，可又怕您不肯赏脸，才跟我哥哥想了这么一个法子，总算看见您这手儿绝艺了。得，得，你老人家先别练了，请您先到我们哥儿两个那里吃点儿喝点儿，我还有一件要紧事要求你老人家呢。"说着哈哈一笑，过去一伸手就把老头儿衣襟揪住。

老头儿双手一摇道："上差老爷您先慢着，您这片话说得也蛮够外场，这个面子也够十足，按说我们应当领您这份情，不过有一节，这套话您应当在咱们一见面儿的时候就说，我不但领情，还得求您特别照应，既是方才一句话没有，当着人千人万叫我们爷儿们下不来台，不怕您过意的话，大概是两刀一枪没有得手，真要是把小老儿一脚踢个跟斗，这片话也许不说了，什么我们又是贼又是匪，仿佛是作了多少案，您给我销过赃似的。忽然您一乐儿说是为了试探我们才使的这么一套，上差老爷，这个可是对不过，无论什么事您得办出一个首尾，或是话应前言，您照样把我们当匪徒办了，我们就算屈死，也绝无怨言，要不然您就当着众位，说出您二位真正的来意，说明了我们不是什么匪徒，完全是你们二位无中生有跑到这里滋事来了。如果不是这样，对不过我今天就是豁出死去，也绝不善罢甘休，上差老爷，您就说是怎么办吧？"

老头儿这时候说话的神气也不像先前那样和蔼了，指手画脚，吹胡子瞪眼，闹了一个不依不饶。旁边瞧热闹的人，因为他们这一来，耽搁了大家看热闹，心里也有点儿起火，起初因为关着秦大户的面子，谁也没好意思说什么，及至看见老头儿把他僵在那里，这才应了破鼓乱人捶的古话，你一句我一句大家也跟着嚷嚷起来。再看姚山姚海这哥儿两个，脸也成了茄子，汗珠子也下来了，话也说不上来了。

老头儿一看气往上一撞，双拳一举喊声："对不过，我要屈尊屈尊二位！"两只手一分，便奔了他们弟兄两个。

这两个一边躲闪一边嚷："老当家的！公子爷！傅二爷！我们可不成了！你们老几位怎么还不出来呀？我们哥儿两个可要挨上！"

大家一怔，不知道他们嚷的都是谁，老头儿拳头提起来也下不去了，就在这么一个时候，听外圈有人喊："老英雄不要下手，他们是兄弟我支使出来的！"跟着一阵劳驾借光辛苦，人往两边一分一散，从外头挤进一拨儿人来，前头是一个老头儿，长得精神饱满，气派雍容，大家认得正是本镇头一家大户秦竹轩。后头急跟着一个中年，大家更熟，正是那位傅式傅二爷。后头还有一个小孩儿，就是方才往场子里扔项圈的那个小孩儿，大家都知道他是秦竹轩唯一心爱的小儿子。后头还跟着一群种庄稼活的长工，星星捧月亮似的，从外头挤了进来。大家都有点儿纳闷，这个秦竹轩，在本镇虽是首户，可是一向跟镇上人不大来往，有了什么事情，总是由几个管事的出来接头，除去到了过年的时候，要挨家拜一次年之外，平常简直就看不见面儿，不知道今天怎么会惊动了他老人家，而且还有这位傅二爷在内，事先又有姚山姚海两个闹了这么一场，究竟是怎么回子事，全都不大明白。再看跑马解的老头儿，把眉头一皱把双拳撤回道："今天便宜你！"

　　说话的工夫，秦竹轩已然笑容满面地双手一拱道："老英雄游戏风尘，在下实在昧于物色，既未能小尽地主之谊，又没有问候安好，实在抱歉得很。还是方才小儿看见老英雄施展绝技，在他惊佩之下，回去对在下说知。在下知道老英雄定是义侠一流人物，便要过来拜望，却又因了一位朋友特别爱护在下的关系，唯恐受了江湖方士演术之骗，才派了寒家几个粗笨工人，假作官人，故意来寻老英雄的蘑恼，所为是试探老英雄究竟是如何一个人物。他们腿快，在下走过略慢，到了这里，他们已然开罪老先生。可是话又说回来，如果没有他们这一手假招子，如何能够引起老英雄的豪兴呢，大家呢又什么地方可以饱这个眼福缘在。不过现在过去的已成过去，我们不必多谈，所以说出来的事故，正是为使老英雄明白了此事的头尾，免得惹老英雄心里不痛快。倒是在下有点儿无厌之求，极望老英雄能够答应，在下便感激不尽了。"说着已是深深一揖到地拜了下去。

大家这时候才知道是怎么回事，不由都有点儿纳闷，秦竹轩这个人平常虽不说自高身架，可是要按之以往事实，绝不能给一个跑江湖卖艺的作揖请安，并且是一口一声老英雄，这件事可是真透着有点儿怪异。大家正在寻思，却听老头儿哈哈一笑道："噢！原来你就是秦当家的，恕小老儿眼拙，没有远接高迎，实在有点儿对不过你老。按说我们这走江湖吃张口饭的人，每到一个地方，就应当拜望拜望当地的大户，所为多求一点儿照应，只是小老儿这次来得太荒疏，也没腾出工夫来。方才那么回事，秦当家的既那么说，小老儿就那么听，好在谁也没有碰到谁一根汗毛，就算一场凑笑儿，说说完了。至于你老人家有什么吩咐，就听你老一句话，小老儿是无可无不可。"说着也还了一个长揖。

　　秦竹轩一听，不由满脸堆笑道："好！老英雄太爽快了！在下求老英雄的事，不是三言五语可以说完，在下的意思是打算屈尊老英雄到舍下一谈，总望老英雄不要驳了我的面子才好！"

　　老头儿一听，连连摇头道："秦当家的，在下一个练把式的粗人，承蒙你老人家如此赏脸，自当奉命唯谨，不过有一节，我们这一行，虽说没有什么规矩，可是遇事也得有个交代儿，才是意思。按着我们一向的规矩，反是正在摆着场子的时候，不拘有什么事，也得收了场子才能去办，否则就难免被人挑眼。尤其是今天这个场子，不是普通买卖，是本镇的几位当家的特意把我们找来的，给了我们整宗的钱，有一定的日子，今天才头一天，无论如何，我们也得把这日子练完了，在这个期中，不拘怎么样，我们也不能扔开这里另到别处去。再跟您说一句，不但不能扔开这里另到别处，甚至我们日子未满之前，就是到什么地方去也不成，这一节还得求你老特别谅情，等我们这里完了之后，一定登门拜望，还得求你老人家多多赏饭呢。"

　　秦竹轩一听，当时就是一怔，话还没有说出来，旁边那个小孩儿早就急了，一回头向傅式道："傅大叔，您不是说无论如何，您也能够把这位老英雄给请到咱们家里去吗？怎么事到现在，人家托词不去，您连一句话也没有了，您倒是给说一说呀。"

傅式一听一乐，冲着小孩儿一笑道："少爷别着急呀，这不是我还没有得着工夫说吗？我这就跟老英雄说去。"说着走过去对老头儿一笑道："老朋友，您怎么不懂交朋友了，人家实心实意要认识认识您，难道还有您的亏吃吗？"

一句话没说完，老头子忽然满脸笑容全收，冷笑一声道："你不知道吗？我就是不识抬举，我卖艺不犯法，我不去我又不该谁的不欠谁的，大概没有死罪，不去该当怎么样吧？"这时候老头儿脸上也不像先前那么好看了，粉扑扑一张脸，变成煞白煞白，连说话的声儿也没有先前那么柔了，翻着两只眼睛瞪着傅式。

傅式心里跟明镜儿一样，一定是老头儿听了秦竹轩那句话，猜出这回事是自己主动出来的，恨上了自己，所以连带着秦竹轩也碰了大钉子，不过自己现在倒不能拾那个碴儿，最好是给他来一个装聋作哑，趁早儿别提这回事，省得一个弄得不好，至少当着许多人，会闹一个面子上下不去，那才叫作犯不上，方才区延就是榜样，当然自己不便再往上撞。想到这里，便向秦竹轩笑道："老当家的，您在这里多看一会儿，我到那边庙里去看一看，恐怕那里有事，找我找不着，回头又出了麻烦，无论如何，我得去看下子，我先失陪，回头再说。"说着一转身钻在人群里头，三挤两晃，顿时就不见了。

老头儿一看他走了，微然一声冷笑，自言自语道："哼！什么东西！早晚我叫你们这一对儿明白明白……"

一句话没说完，旁边那个小孩儿一拉秦竹轩的衣襟道："爸爸，你老人家看是不是这么一回事？他办不了扔在道儿上他跑了！要早听我的，不来这一套，是不是要少得罪许多人？现在我看你老还是照着先定的法子办，您就跟人家把实话说了，是成是不成，我们也可以知道一点儿准信，如果不成的话，我们也好另想法子不是？爸爸您就快说吧。"

秦竹轩微然一笑道："宁儿你看你又犯了小孩子脾气了！无论什么话，你也容人慢慢想一想呀，哪里能够像你说的那么容易，不要忙，等我想一想。"

两个人站在这里一麻烦，老头儿早就看清楚，却仍然不接下语，满脸赔笑双手一抱拳道："老当家的，方才你老赏脸，小老儿自当拜领，不过正在场子上，没有那个规矩，请你老人家不要见怪。就是我们这个场子小，人位多，牲口难免犯性，刀枪难免失手，您要乐意屈尊您的贵眼，看会子玩意儿，请您带着少爷，高升一步，那边有桌子有凳儿，您可以坐下歇一歇解会子闷儿，这个地方可实在不能久站，恐其磕了碰了，对您不起，当家的您多赏饭吧！"说着已是一揖到地。

秦竹轩一看，赶紧也把双拳一拱道："老英雄太谦了，在下实在是冒昧，经老英雄这样一指点，才知这全成了不情之请了，如今自当退出场外，领教绝技，以明眼界。不过事毕之后，很愿意一接清谈，更饱耳福，希望千万不要吝教才好。"说完一拉两个小孩儿，便也挤出人群。

这些看热闹的正在看得高兴的时候，忽然有人从中一捣乱，搅得大伙儿全都不得看了，当然大家全有点儿不耐烦，不过是秦竹轩是本镇的首户，平常又对于乡里都很不错，自不便多说什么，好容易盼着他们这一场交涉完了，大家才能展开了这一口气。眼看着老头儿又走到中场，玩意儿又要练了，伸着脖子瞪着眼，要看这下一场。就在这么个时候，忽见从圈外头慌慌张张跑进一个人来，一看老头儿，三步两步跑了过去，气急败坏地也不知道说了几句什么，再看老头儿忽然脸上颜色一变，一低头说了也不是几句什么，两个人把头点了两点，一转身便又分开众人一阵风儿似的就走了。大家方才一怔，就见那个老头儿把手向大家一揖道："众位主顾，实在是太对不过，方才我们伙计来给我送信，我的一个小孙子在昨天晚上忽然受了大病，恐怕今天不能再往下练了，众位请先回去歇一歇，明天一定特别练一点儿好的功夫，补补众位。好在今天也不早了，就是练也练不了多少场了，众位避屈，这实在是没有法子的事，众位多包涵一点儿吧。"说到这里，也不再跟主事的商量，向那个汉子一点手，那个汉子便跑了过来，再看那两个姑娘跟那个小孩子全都变颜变色不是方才那种神气了。那个汉子来到邻近，老头儿向他低声说了两句，大家也听不清说的都是什么，只见那个汉子也是把头一点，走到杉篙前头，三把两把把什么绳子档子全都揪了下来，往那匹白马身上一搭，又向那两个姑娘说了两句，两位姑娘当时也把场子里的东西全都归缀在一起。

正在这个时候，猛听有人哇的一声哭了起来，大家一听不由全都吓了一跳。睁眼一看，原来正是秦竹轩那位少爷，大家一看，方在一怔，跟着就听那个小孩儿嘴里嚷："爸爸，您别让这位老爷子走了！我要请这位老爷子到咱们家里去呀！"大家一听这才明白，敢情这个孩子不愿意老头儿走，所以哭了。大家倒觉着可笑，一个练把式卖艺的，当然人家练完了就得走，那怎么能够不叫人家走呢？心里又觉着秦竹轩爱孩子过甚，似乎近于有点儿溺爱，哪里有一个小孩子说什么就是什么的？

大家方在暗笑，却听秦竹轩向小孩儿一笑道："宁儿你怎么越大越傻了？你没有听见吗？人家家里有了急事，今天心神不安，并且时候不早，所以才收了不练，明天不是依然还要往下教吗？一共还有不少天，总可以叫你看够了。等到这里日子满了，那时候我们再请他老人家到咱们家里去，现在你干什么这样哭呢？叫大家看着，多要笑话，快别哭了，人家散了，我们也回家，咱们明天再来看吧。"

小孩儿却依然恋恋不舍，不住用两只眼睛看着那个老头儿。这时候那个老头儿已经把东西收拾得差不多了，一听小孩儿哭又听小孩儿说，不由得又多看了小孩儿几眼，把头点了两点，脸上微微露出一点儿笑容儿，便又指挥众人收拾那些零碎去了。秦竹轩拉了那个小孩儿，带着姚山、姚海、区延、傅式这一拨儿人慢慢地去了。这些看热闹的，一看也没有什么热闹可看了，便也全都缕缕行行散去。

单说秦竹轩带了这拨人一直回到家里，一边笑着一边向那小孩儿道："宁儿！你这个孩子，真是气人，就是打算把那个老头儿请到咱们家里来，你也不要着急呀，叫人家看着多么不是意思。现在我可以给你托一个人去打听打听，探一探他的口气再说。"说着便向区傅两个道："区大哥，傅大哥，我们这个孩子，一定要找个老头儿学定了艺了。不瞒二位说，我们夫妻两个，今年都是五十多岁的人，就是这么一个孩子，未免养得太没样儿。不过我方才看那个老头儿，绝不是普通卖艺的，准要请他来谈倒也不错，我想就烦劳二位，去找那位老朋友，跟他提一提，不用说出什么事，能够把他请来一谈，有什么话见了面再谈。二位可以替我辛苦这一趟？"

区延、傅式这两个小子，在平常时候，恨不得找个当儿，走动这些大财主家里，一则可以在当中找点秀气，二则可以在乡里之间，拿着这个说事，拿着大财主吓唬那些穷的苦的。唯独今天，一听秦竹轩派他们去找那个卖艺的老头儿，当下心里全都有点儿犯啾咕，因为在白天时候，当着大庭广众人千人万的时候，碰了他一个抢圆的大钉子，知道这个老头儿不像普通的卖艺的，决不能够凭着自己两个口巧舌能，把这个老头儿压制下去，叫他随着自己手心转，不用说是再想在这个卖艺的身上找出一个什么好处。由于心里这么一想，当时全都没有说出话来，怔怔呵呵看着秦竹轩。秦竹轩明知道他们两个因为什么不敢去，不过平常知道这两个人在村子里头，完全仗着口舌之能，在村子里名誉很是不好，如今有了这个机会，正可试探他们这下子，如果能够把老头儿请到家里，自是最好，就是花几个请他吃一点儿什么也倒未为不可；如果两个人连这么一点儿事全都办不了，底下的话也就不必说了，从此他们也就不好意思再到自己家里来了，还能够闹个心静。所以才扔开家里那么多的人，全不支使，偏叫他们两个辛苦一趟。一看两个人全都没有表示，知道他们为难，却不说破，满面笑容地道："二位大哥，按说这件事实在是有点儿屈尊您二位，不过怕是家里这些人都是粗人，出去说话办事，难免有个得罪人的地方，那样一来，不但请人不来，反倒招出不是意思，那岂不是反美不美了，所以才想屈尊二位一趟。无论如何，二位也别推辞，我们父子在家恭候，最好二位到那里把老英雄请来，如果能够把他们那一班儿全都请来，那是更好了，即使办不到，也请您二位把那位老英雄请来才好，二位您就多辛苦吧！"

这两个人一听，简直这叫逐客令，打算不去，就算不成了，只好点头答应，告辞出来。这两个人一边走一边说，区延道："这件事我看着可是麻烦，那个老头子简直有点儿滚刀筋，软不吃硬不吃，方才在场子里，我就连受了他两次的橛了，并且据我看，不但这个老头子，就是他手下那些个，也没有一个是个正经好人，恐怕咱们去了，还是一点儿好儿没有。不过当着这位秦老大，要是就说出不成来，怕是叫他笑话咱们任什么不会，因此才跑这一趟，其实到了那里，也是白跑一趟。"

傅式哼了一声道："这拨儿人，据我看不但不是什么正经作艺的，没准儿全都是些个妖术行法，一个人没有那么的能耐，凭什么一口烟儿能够出那么些的玩意儿来呀？我看大概还许是什么白莲教那一路。按说咱们应当把实话告诉了姓秦的，不过像姓秦的这路人，别看他是个财主，平常要从他身上找出一点儿什么，实在不易，这路冤枉事太认头，咱们说出来，他不但不信，还许疑心咱们在捣鬼，那才犯不上呢。咱们到了那里，能够把他叫来，自是顶好，如果叫他不来，咱们也可以听其自然，咱们也就不必回去了，他们爱怎么办就怎么办吧。"

区延一听那话一点儿不假，如果找不来老头儿，秦家那座大门就是打算登也去不了，明知傅式也是怵阵，可是全都没有办法。两个人懒洋洋地往前边说边走，不多时候，就到了老头儿他们住的下处，是村里一座分水龙王庙。到了那里，一看庙门关着，上前一打门，里头有人答应，把门一开，正是分水龙王庙看庙的老道吴长寿。一见两个赶紧满脸堆笑道："二位今天怎么这么闲在，没到恽府跟时府去吗？"

两个人一腔子心事，没有工夫说废话，张嘴就问："吴道爷，你知道咱们村里请来那个跑马解的老头子住在哪间屋里吗？"

吴长寿微然一笑道："住在东配殿。"两个人迈步就要往里去。吴长寿伸胳膊一拦道："你们二位要干什么？"

区延道："我们要找那个老头子。"

吴长寿哟了一声道："怎么，二位要找那个老头儿？可惜来晚了一步，他们整班儿人都走了。"

区傅一听，不由全都大吃一惊，急忙问道："你知道他们到什么地方去了吗？"

吴长寿摇摇头道："不知道。我就知道他们从场子里回来，慌慌张张收拾了一阵东西，跟着就全都走了。上什么地方，为的什么事，全不知道。不过他们临走，却留下了一封信。"

区延道："信在什么地方？"

吴长寿道："信在我怀里揣着呢，二位如果不来，我也就要走，信上写的是送给秦老当家的，二位来得正好，赶紧把这信交给您送到秦老当家的那里去吧。"说着话从身上掏出来一封信，区延接过来一看，只见上面写的是烦交秦老当家收启，口儿还是封得很严密。

区延道："人家既是给姓秦的信，咱们不便拆开看，还是赶紧送去的好。"

傅式说："那么他们是全走了？还是仅仅就是那个老头子一个人走了呢？"

吴长寿道："都走了，连一点儿东西全都没有剩下，临走的时候，什么话都没有说，就是留下了这封信，他们就都走了。至于信里是什么话有什么事，我是一点儿都不知道，二位还是赶快给秦家拿去吧。"

两个人一看什么话也问不出来，只好是拿着信走吧。当下又回到家里，秦竹轩一看区傅两个回来了，赶紧笑脸相迎遂道："二位多辛苦！那位老英雄想必已然来了，我们应当去接出去吗？"

区延道："我们去得晚了一步，那位老把式已然走了，临走的时候，给你老留下一封信，连大带小当时全都走了。"

秦竹轩一怔道："噢！他们都走了？还给我留下了一封信？现在信在什么地方？"

区延赶紧把信递了过去，秦竹轩看了一看信封儿，跟着把信撕开。原来里头是一张八行书，上头寥寥草草写了几行大字是："风尘辱荷青眼，感愧无似，唯以机缘未至，动则终凶，聚首当图之异日，刻尚非其时耳。令郎头角嵘峥，绝非池中物，希善自教养，腾黄可期也。留笺代达，不尽愚陋，江湖人谨上。"秦竹轩看完了，不住点头，连称可惜。

区延道："当家的您看了半天，到底是怎么一回子事呀？"

秦竹轩道："我先前就看出这个人绝不是什么普通练把式卖艺的，如今一看，一点儿都不差了。不过彼此无缘，全不能多聚些时，人已走了，说也无益。二位多多辛苦，实在对不过，改天有了工夫，再给二位道乏吧，二位今天如果没有什么事，可以在我家里吃了便饭再走如何？"

区傅两个一听，简直人家是轰上了，再要不走，底下还不定说出什么来呢，赶早儿走了的好。当下两个人告辞，秦竹轩也没有拦住他们走了，跟着走进后院就喊："宁官儿，宁官儿。"

却听不见一点儿回答的声息，反是内当家的黄氏从里面笑着迎了出来道："什么宁官儿，不是你叫他进来拿了银子去给恽家送喜钱去了吗？你怎么又喊起他来了？"

秦竹轩一听哎呀一声，抹头就跑。正往里走，没有防备，正撞在一个人身上，那个人赶紧哎呀一声道："没碰着啊？"

秦竹轩一看不是别人，正是姚山、姚海兄弟两个，当时忙问道："你们看见宁儿了没有？"

姚山道："我们正是为了少爷才跑的。"

秦竹轩道："为什么？"

姚山说道："我们为的是少爷，只因方才我们正在后边歇息，少爷忽然跑了去，头一句就问我们那个跑马解的他们住在什么地方，我们不知道为什么事，告诉了他是在前村子分水龙王庙里。少爷一听，跟着就要我们给一口牲口，我们又说分水庙离咱们这里没多远，是因为老当家的叫他去请那个老头子来，怕是去晚了，那个老头子他们出去吃饭，就把这里事误了，因此才叫我们赶紧给预备牲口。我们因为没有老东家话，怕是出去有个磕碰，我们担架不起，便拦住了少爷，说是不行，少爷大闹特闹，说是我们不听指挥，叫我们来问老当家的是不是有这件事，我们不敢不来。请问老当家的，倒是有这件事没有？"

秦竹轩一听儿子没走，还在马号里，忽然心里一宽道："哪里有这个事，你们跟我去看一看去。"于是秦竹轩在前，二姚在后，不一会儿工夫，便到了马号，才一进门，便高声喊："宁儿宁儿!"一听里头没人回答，心里不由急了，赶紧一抢步跑了进去。才一进马号，就听里头有人不住声地哼哼，不由诧异，及至到了里头一看，又是着急，又是好笑，又是有气，原来屋里并没有什么宁儿静儿，只有一个平常刷马的小马夫子，被人家四马倒拴蹄捆在那里，并且仿佛嘴里也填了什么东西，翻着两只眼，一句话也说不出来。

秦竹轩一看就知道果然不出自己的所料，已然出了意外，便赶紧向姚山、姚海道："你们两个，可快备上两匹牲口，追到分水龙王庙，如果见着你们少当家的，你就说我叫你们去的，赶紧跟你们一块儿回来。如果他要是不听，你们两个里头，可以分出一个来，一个看着他，一个回来告诉我，我再去把他找回来。如果他已然不在分水龙王庙，你们无须回来，可以顺着这一条大道追下去，不拘在

49

什么地方能够见着他，还是那么办，你们可以赶紧回来一个，跟我说了，我再想法子。还有一节，路途之上，不拘遇见什么人，你们可别说出真话真事，就是在家里头，都不要叫他们人人皆知，这话你们听明白了没有？快去！快去！"

姚山、姚海一听，赶紧备马，又拿了一点儿散碎银子，上马就是一鞭子，眨眼之间，来到分水龙王庙。两个人滚身下马，过去一拍庙门，嘴里叨念着就出来了："弄这么一拨儿破跑马解的，往我这里一住，真不够跟他捣麻烦的，就是这座庙门，开了关关了开的足够十回二十回了。不图他三个，不图他两个，这可图的是什么呢？这不又是谁？"嘴里一边叨念，门吱扭一响，吴长寿从里头出来了，一见是姚山、姚海，只道是秦大户家里两位大管事的，哪里还敢怠慢，便赶紧满脸堆下笑来道："嗬！原来是二位大管家，您二位怎么那么闲在，怎么会想起到我们这里来了？"

姚山道："无事不敢劳动尊神，我跟你打听一下，我们少当家的方才到你们这里来了吗？"

吴长寿道："来了，来了，我们还说了几句话呢！"

姚山道："现在还在这里吗？"

吴长寿道："不，早走了！"

姚山一听，轰的一下子，跟着就要二次上马，还是姚海一把把他揪住道："哥哥你等我再问一问。"说着面向吴长寿道，"吴道爷，我再跟你打听打听，我们少当家的，跟你说的都是什么？"

吴长寿道："他也没多说什么，他就是问一问跑马戏的他们姓什么叫什么，还在这里住不在这里住，并且说是老当家的说的，打算找他们原班在家里练上十天半个月的。我告诉他那拨人已然走了，他又问我从哪边走的，我说他们是从这股官道，一直勾奔凤阳去了。他问完了，还不住直唉声叹气，埋怨自己没有眼福，眼看着挺好的玩意儿看不见，一边埋怨着，一边拉着一匹牲口就慢慢地走了。二位这回来，是不是没见着，心里有点儿着急，还是打算也找那个？"

一句话没说完，姚山就急了："破牛鼻子老道，哪里有那么些说的，留着话去打阎王爷好不好？"说着双手一推，吴长寿一个出其不意，禁不住这一下，当时头重脚轻，扑咚一声摔了过去。

姚海道："哥哥你这是怎么了？还有话问他呢，这一来也是不用说了，赶紧走吧。"两个人认镫上马，叭的一鞭子，两匹马便如风似电而去。

吴长寿缓了一缓，正待挣扎起来，猛然旁边人影儿一晃，走过一个小矮子来，吴长寿正要关门进去，这个小矮子就走过来了，说话还是挺和气："老道长，您先等一等再关门，我跟您打听一件事。"

吴长寿自从到了这个庙来之后，也没听见人家称他一声老道长，如今被人家这么一称呼，仿佛连汗毛眼儿都觉乎松坦，把自己厌恶答话的心思也没了，赶紧就答话道："什么事啊？"

小矮子道："并不是什么要紧事，就是请问您，您这庙里住着有一拨儿跑马解的吗？"

吴长寿一听，还是为的这一档子，满心里腻味，可是看在老道长的面上，不得不答复，便很简单地说了一句："不错。"

小矮子道："现在大概是已经走了吗？"

吴长寿仍然是两个字："不错。"

小矮子道："再跟你打听一句，方才有一位秦克宁到这里来过了吗？"

吴长寿道："什么秦克宁？我不清楚，方才倒是来了一个小孩儿姓秦，就是本村秦大户的那位少爷，至于是不是秦克宁，我就不知道了。干脆我全跟你说了吧，姓秦的是骑着牲口来的，到这里也是打听跑马解的，打听完了不在这里，他骑着牲口就走了，是顺着这股官道往南走后，他才走没有多大工夫，姓秦的又打发两个管事的大姚、二姚也骑着牲口来了，也是照样儿这套嗑，问完了骑着牲口也走了。您还有什么问的吗？"

小矮子仿佛是笑："谢谢你老道长，回头见吧。"说完一转身便也奔了官道往南去了。

吴长寿虽然觉着可怪，不过事不干己，干脆关上门睡大觉比什么都好。想到这里，把门关好，转身走进屋里，还没得坐下，外头一阵喧哗，庙门打得乱响。吴长寿就急了，心说这都说哪里的事，怎么都赶在今天一天了，当时心火一撞可就气上来了，一边往外走，一边嘴里嚷："什么人？黑天半夜的，慢一点儿好不好，要是把庙门拍坏了你赔得起吗？"

一句话没说完，外头又是咚咚两声，爽得上了脚啦。跟着就有人嚷："吴长寿你开门吧，不用说是把你庙门砸坏了，就是把你砸坏了都不多。你敢勾结外人，在本村本镇拐卖小孩儿，你们胆子真叫不小啊！"说着又是咚咚两声。

这一来把吴长寿简直给吓晕了，不知这话全是从什么地方说起，他也不敢慢腾腾想了，赶紧把门开开。来人敢情全都拿着灯笼火把，非常光明，先着灯亮儿一看，可把吴长寿吓坏了。原来外头高高矮矮胖胖瘦瘦站了足有二三十号，并且迎面站的是两个穿着官衣的官人，后头是本村里有头有脸的全都到了。内中单有两位上了年纪的老头儿，都是愁眉不展的神色，透出来那么张皇。一看认得，头里一位，正是那个秦大户秦竹轩，后头跟着一位也是本村数得着的财主袁梅村袁大户。吴长寿就知道这个事情是闹大了，不定得出什么吵子，吓得话也说不上来了，怔怔呵呵瞪着眼看这一群人。

就在他这一怔之间，旁边两个穿官衣的早已上前一把把他揪住道："好你个吴长寿，你敢勾结外人诓骗本村的儿童。我就问你，秦家的少当家秦克宁，袁家大姑娘袁小姐袁大姑娘，那一拨儿跑解的都上什么地方去了？你快说出来，把少当家和大姑娘找回来，是你的便宜，如果你不说实话，就是把你杀了，你也抵不过去，快说！快说！"

吴长寿这时候都吓迷糊了，瞪着两只眼结结巴巴连话都说不上来了。这两个公差打扮的人，一个叫贾横，一个叫甄雄，本是县衙

52

门里三等差役，这回是因为本地面儿新贵老爷家里办事，县官儿一则为了讨好当地绅士，二来也怕人多事杂，难免没有一点儿费口舌的地方，所以才派了这么两个人来，表面是为着帮同照料，其实是一种弹压的性质。这两位原没有多大的能耐，也没有见过多大世面，不过跟着吃着喝着，末了还能闹几个钱换双鞋，就没想到真闹出了事。

秦竹轩在打发姚氏兄弟去后，越想这件事情越没有好兆，正在屋里来回乱走想不出一点儿办法的时候，忽然外头一阵脚步儿声，慌慌张张从外走进一个人来，一看正是好友袁梅村，并且是口头上一个儿女亲家。只见他气急败坏地劈面就是一句："竹轩兄，我们小女玲姑现在府上吗？"

秦竹轩知道袁梅村年过半百，就是一个姑娘玲姑，也就是说给自己做儿媳妇的一位姑娘。别看那个年月，还在专制时代，袁秦这二位老先生，可是特别开通，秦克宁跟玲姑不但是青梅竹马，两小无猜，并且是在一个书房里念书，同出同进，形影不离，两老看着，非但不干涉，心里更是喜欢。现在袁梅村突如其来地问了这么一句，尤其是脸上颜色那份儿难看，神色那份儿慌张，秦竹轩就知道是出了特别的事情，大概还许跟自己家里闹的事是一个样，便赶紧答话道："他跟宁儿本来在一起看马戏的，后来他们就分手回家了，怎么现在没在府上吗？"

袁梅村急道："坏了！坏了！这个孩子真要急死我！竹轩兄，你们世兄现在在家吗？"

秦竹轩猜着是大概差不多了，自己固然着急，可是为了怕袁梅村急出什么毛病，反倒沉下气去说道："梅村兄你不要过于着急，大概现在咱们两个人家里出的事是一个样，我们宁儿也找不着了！"

袁梅村不由也哎呀一声道："怎么府上世兄也出去了？啊，竹轩兄，你可知道他到什么地方去了？可曾派人去找了没有？"

秦竹轩道："嘻！提起来都是这场马戏闹来的事。今天白天宁儿跟玲姑两个孩子，听说有了这拨儿马戏，就非要去看，我想着孩子们镇天圈在书房里，难得今天有了这么一场玩意儿，要去看一看，也是人情之常，并且料着也不至于会闹出什么事来，便答应了他们，谁知就真会闹出事来了呢？他们去了一会儿，全都跑了回来，就是那个跑马戏班子里有个老头子，不是什么普通卖艺的，不是侠客之流，便是得了什么仙传，一定麻烦我，非要叫我把那个老头子请到家里来教给他们功夫不可。我因为这两个孩子简直是胡说，正在申斥他们之间，忽然有个在村子里帮闲凑热闹的姓傅的跑来见我，我因为平常和他素无来往，觉得他此来有点儿突然，接见之下，他也是说起那个卖艺的老头子，可是他的论调却不跟两个孩子一样。据他说那个老头子不是江洋大盗，就是会妖术邪法，如今白莲教到处闹事，难免有匪人滋扰来到我们这村子里，叫我出头召集村人，把他拿住，送官问个罪名。我想老头子是个卖艺的我们管不着，不是卖艺的也绝不与我们相干，便回绝他说不能管，但是这两个孩子，在旁边一定的麻烦，非要叫我去一趟。我又想他们既都是说得如此神奇，无妨到那里去看上一趟，那个老头子到底是怎么一个人。我们没去之前，又带了我们家里两个工头，同着二十多号庄稼人，所为是正要到了当场，看见有什么特殊情形，人多势众，也好有个帮手，于是我们就奔了场子。谁知道一去，可就闹出这以后一切的祸事呢！"

袁梅村道："难道这个老头子真会什么妖术邪法不成吗？"

秦竹轩道："在我们没到之先，便告诉了姚氏弟兄，到了那里，无妨过去试他一试，假装办案的官人，看看他到底是怎么一个路子。如果他真要是匪人，当然一听官人到了，自不免张皇失措，总要露出一点儿痕迹。那个时候，我们为了地方安静的关系，当然要报告地面儿把他们拿住，我们是这样定好了的。谁知到了那里，他不但没有变颜变色，并且说出话来，非常之有理路，神气语调绝不是一般走江湖卖艺的所能说出，后来言语失和，彼此一动手，姚山姚海虽说没有什么真功夫，究属总在年轻力壮，并且两个人手里都拿着有刀有枪，那个老头子，既是那么大的年纪，又是赤手空拳，居然不但没有受着一点儿伤害，而且还把他们弟兄两个全都制在那里，我这时才知道他果然不是普通卖艺之流。当时我便走了过去，一边给姚氏弟兄打着圆盘，一边便说出自己的来意，请他到我家里去一谈，哪知他竟是毫不通融。我一看没了办法，只好是自己找了一个台阶儿，另订了后会之期。他们正在继续要练之际，忽然有人跑来找那个老头子，看神气很是慌张，说完了那个人走了，老头子脸上神气也不对了，当时便说什么他有个孩子病得厉害，今天他心思已散，不能再往下练了，说了明天再演，便自散了场子。我到了家里，宁儿这个孩子还是叫我去给他找那个老头子，我也因为那个老头子确是神气可怪，也想找他来谈一谈。恰好那位姓傅的跟一个姓区的也跟了回去，我便托他们两人，代我去跑一趟，去请那个老头子。他们两个去了不久，回来之后，说是那个老头子已然全都走了，并且给我留下一封信，我觉得很诧异。打开信一看，除去几句客气话之外，还有涉及宁儿的话，及至我再找宁儿，便不知在什么时候，已然走得没了影子，并且知道他是骑上家里牲口走的。我已然派了姚山、姚海骑了快马追下去了，还没有见着回信，您就来了，不知道您家那位令爱是怎么走的？又是什么时候走的？"

袁梅村叹了一口气道："嘻！这都是小弟家教太于松懈的过失，因为家里没有男孩子，便把这个女孩子却惯得不成了样子，尤其我们内子，对于玲儿这个孩子，过于溺爱，只要她喜欢什么，从来没有驳回过。偏是玲儿这个孩子，虽是一个女孩子，脾气行为却很多像个男孩子，并且喜欢持刀弄棒，好动不好静。我说过几回，她母亲始终不往心里去，有时为了这种情形，我们反不免要拌几句嘴。我这个人夙性疏懒，说了不听也就听其自然了。由于平常不加管束，今天才会出了这种岔子。今天早晨她从到府上来念书，到天黑她才回去，回去一会儿工夫，便又匆匆跑掉，到了吃饭时候，到她屋子里一看，没了她的影儿。她母亲又亲自去一看，才看出她把穿的衣服拿走几件，还拿不少的钱走出来的。她母亲才着了急，叫我出来找她。我想这个孩子，平时虽是放纵，可是除去府上之外，并没有第二个去处，因此我才来到府上一问，哪里知道府上同时也出了这种情形。据这种情形看来，不是那个卖艺的施展了什么邪术，迷住了他们两个，被他们拐了去了，就是这两个孩子因为性质相近，爱上了他们这种功夫，背了家里追下去了。总之这两个孩子，一定是跟着那个跑马解的跑下去了，并且两个人准在一起，只要找着一个，两个都可以找着的。竹轩兄你说我这话对不对？"

秦竹轩道："不错，我想也是这个样子，不过还是他们自己去的，绝不是卖艺的把他们拐走的，因为人家走之在先，他们跟踪在后，并且宁儿，是从我身边走去的，至于他们两个是在一起不在一起，这个我更不敢猜测了。"

袁梅村道："不管如何我们总也不能听其自然，虽然您这里派了两个人追了下去，究属还不是咱们私人，要是依着兄弟我，最好还是报告地面儿官人一下的好，省得再闹旁的事，还要拖累家里人跟着吃官司。竹轩兄以为如何？"

秦竹轩在这时候也没了准主意了，一听袁梅村所说，不住连连点头，当下便派人到地面上去报了。这时候县里派的两个小头目人，一个甄雄，一个贾横，正在联庄会里跟带来的二十个弟兄，喝酒吃肉划拳行令，一听报告，赶紧把酒盅儿一撂，带了这拨儿弟兄，一窝蜂似的就全来了。秦竹轩一说原委，贾横道："这个没什么，咱赶紧先到分水庙去问一问，问不出来，咱们再派人追到凤阳，无论如何，找着他们的老根儿，还能找不着少爷小姐吗？事不宜迟，咱们赶紧就去。"

秦竹轩向袁梅村道："咱们也跟在一块儿去看一看好不好？"

袁梅村答应，当下这些人就全都奔了分水龙王庙。其实袁梅村要在才一来的时候，就约好了秦竹轩到分水龙王庙，秦克宁虽然赶不上，可是袁玲姑无论如何，也可以碰上了，就在他们这一耽搁，阴差阳错，把时机错过，结果是白去一趟。可是如果不是这样，底下便不会有这些离合悲欢的事情出来，这部《燕双飞》小说不用往下说了。说书唱戏，就是讲一个无巧不成书，也就是这么编的一个玩意儿。

大家到了庙里，克宁、玲姑已然先后走去，贾横、甄雄为了讨好财主，抓住吴长寿一瞪眼，并且硬说他跟那拨儿跑马戏有勾结，一个什么阵仗儿没有见过的火居道，哪里禁得起这个来派，吓得都成了傻子了，脸也白了，眼也呆了，浑身直哆嗦话也说不出来了，怔怔呵呵看着秦袁两个，眼泪都快流下来了。秦竹轩看着好生不忍，准知道吴长寿在这个村子里已经多年，向来并没有什么不安分的地方，这件事当然与他无关，像甄贾两个这种神气，不用说吴长寿看着可怕，就是自己也觉得有点儿发怵，还怕吴长寿一个着急害怕，不定说出一句什么犯恶的话，真许叫他们把他弄走，那才叫作有冤没处诉去呢。赶紧便从旁边搭话道："二位头儿，别这么问他，这件事他不会知道的。一则这次找马解来的人，不是他去的；二则跑马解的住在这庙里，是村子里派的，他跟那拨人当然是一点儿干系没有。我们虽是事主，却没有一点儿疑心他。您二位热心帮忙，我们自是感激，不过这样问法，对于我们的事情，绝没有一点儿益处，二位歇一歇，等我来问他两句。"说着也不等这两个说什么，便挤进一步向吴长寿道："吴道爷，你不用着急，也不用害怕，我问您两句，知道的就说，不知道就别说，问完了我们还有要紧的事呢。"说着遂把一天经过细说了一遍，秦克宁如何先从家里走的，袁玲姑第二个是怎么走的，问他们两个是不是到这里来过了，还有姚山、姚海来过没有。

和颜悦色这么一说，吴长寿才明白是这么回事，脸上颜色才慢慢地恢复了原状，长长地出了一口气道："嘻！二位老当家，您这话可惜说晚了，他们全从这里走了。在卖艺才一走，头一是区傅二位，一问卖艺的走了，他们二位没进来，我还交给他们二位一封信，给您带去了。才关上门，第二位就是您的那位少爷，骑着牲口，说是你老人家派他去追跑马解的老头子，问了问一个少当家是不是跟下去了，接着也是一催马下去了。门才关上，又有人叫门，因为没有灯，我也没看清楚，是位姑娘是位少爷，就瞧着身个儿不高，说话声音挺细，可又有点儿哑，见面问我也差不多少，问完之后，也走去了。我还纳闷，怎么全是为的这档子？难道是有什么事吗？一边想着，我还没走进屋里，您几位又到了，原来也为的是这件事。别位都走远了，不用说你们几位还是步下，就是骑牲口也未必追得上，倒是有一位还可以追上，就是末了那个小矮子。一则工夫离得近，他走了不多远；二则他没骑牲口，绝走不了多远……"

一句话没说完，就听大家身后声音一片，并且里面有女人哭喊声音，大家一听，不由全都吓了一跳，及至回头一看，袁梅村、秦竹轩两个人就怔了。原来从村子里头，出来了足有三五十位，不但是男的，而且还有不少妇女，很多的佣工下人，簇拥着有两位中年少妇人，正是秦竹轩的夫人黄氏，袁梅村的夫人方氏，扶着丫鬟婆子，披头散发，连哭带嚷，就跑到这里来了。秦竹轩准知道必是方氏因为不见了女儿追到自己家里，黄氏这才知道，痛子心切，顾不得什么叫好看，什么叫难看，便跑到这里来了。自己知道，这两位夫人，平常身子骨儿就不好，这要让她们知道了这档子，当时就是麻烦，恐怕是一波未平，又生一波，不过事已至此，着急也没有法子，只好是暂时先敷衍着她们，不要再闹出笑话来，比什么都强。想到这里，赶紧迎了上去，看这二位夫人，眼也哭肿了，嗓子也哭哑了，真是哭得言不得语不得。秦竹轩心里也难受，却不得不强制自己，先向方氏一笑道："嫂夫人为了这么一点儿事，何必着这么大的急哪？这不过是两个孩子，一时淘气，跑了出去，大概一会儿就许回来，我已经派人四下去找了，绝不至于闹出什么事来，嫂夫人可以放心，暂时先回到我的家里，包在我身上，还给嫂夫人这位玲姑娘就是了。"

方氏一边抽抽噎噎一边说道："秦大哥，我也知道是这两个孩子淘气，没有什么多大的了不得，不过究竟他们太小，现在人心太坏，如果遇见坏人，就怕闹出事来，那可真要把我急死。既是大哥这么说，我跟秦大嫂暂时回去，大哥跟梅村可得赶紧想法子，去把这两个孩子找回来，省得睡多了梦长，真要闹出旁的枝节，可就不好办了。"

秦竹轩连连说道："就是吧，您先请回，我这就赶紧多加人四下去找，大概用不了两个时辰，准可以把他们全都找了回来。"方氏又道了谢，一边哭着同了黄氏仍由婆子丫头们扶着走回去了。秦竹轩看她们走了，长长叹了口气道："这才是无缘无故出来的非常变故呢！梅村兄，我看现在唯今之计，只有报告官家一声，请他们协助帮忙，然后我们再多派几个人一直追下去，大概追到凤阳找着那拨儿跑马解的总可以有个办法了。"

袁梅村道："事到如今，也只好是如此吧。"遂告诉甄雄、贾横两个，托他们回去先给上个口报，跟着就可以有个呈子上去，一边说着，早拿出一锭银子足有十来两，交给甄贾两个，算是喝酒吃饭的零用，等到事情完了，再行申谢。甄贾两个，也一边说着客气话，一边早把那锭银子拿了过去，冲着秦袁二位一乐，又说了几句，绝对他们赶紧找人，告辞走了。袁梅村向秦竹轩道："大哥这句话说出来让您不免见笑，关于小女这一失踪，小弟真是有点儿方寸已乱，究竟这件事应当是怎么一个办法，还是大哥您出主意吧，小弟我是唯命是从。"

秦竹轩道："梅村兄，你这话当然也是在人情之内的话，父女哪有不连心的。不过事已至此，只有是逆来顺办，空自着急，无益有损。这两个孩子，尚未成年，突然闹出这种意外，当然做父母的不禁着急，不过我看令爱，虽是一个女孩儿，却有一股子男子豪侠气概，并且脸上带有一种敦厚的福泽，据我看将来还有厚福，绝不会因此小事便生不测。小弟虽不精于风鉴，对于一个人的穷通寿夭，大致总还可以估料个八九。即如宁儿那个孩子，也不是寒苦之相，或者将来不至于冻饿而死。这次出去，也许是一动机，就是他将来出身抬头的一个梯子，亦未可知，这件事倒是不必过于走心。梅村兄，你要知道儿女财，半系天命，我虽不迷信天命，但是禄数二字，我却认为十分有理。假若这样说，两个孩子闹了一场大病，医药不救，终至灭亡，那时我们就挽留得住他们吗？也还不是痛哭一场，看着他们一死吧。塞翁失马，未必非福，一切都应当退一步想，万事莫着色相，至少自己可以减去不少烦恼。梅村兄你不要以为我是入了魔道，信口一谈，确实是有这种道理。当然我也愿意立刻这两个孩子又回到家里，岂不省心省事，不过事变既来，就不会叫你那样平安下去，真要有那样福德，又不会有这样逆事出来了。梅村兄，你先沉静一会儿，回去对于嫂夫人多加安慰，不要再闹出比这个更不幸的事情来，可就更糟了。我方才已然派了姚山、姚海追了下去，还没有回来，我可以再多派几个人往下再追一追，他们既是追的那拨儿跑马解的，当然找着跑马解的一定可以看见他们，无论如何，总是把他们找到了也就完了，这事包我的身上。大哥你先回去歇一歇吧，有了什么信息，我一定赶紧去报告你就是了。"

秦竹轩这样情辞恳切地一说，袁梅村也似有领悟，不过他这个人却没有秦竹轩那样豁达，表面虽是点头，心里却仍免不了悲痛，不过人家秦竹轩也不是没丢小孩儿，并且丢的就是那么一个独生子，比自己更当着急，人家既是这样劝说，不管对与不对，也只有听着感激，便把头不住点道："谢谢！谢谢！一切都仰仗吾兄了！内人对于小女，特别疼爱，这件事情一出来，她必定受刺激，我先回去开导开导她，省得要是急得病了，更是麻烦。这里事情，全托付大哥您了，我先回去看看，有什么事回头再商量吧。"说完又长叹了一口气转身便往来路去了。

秦竹轩一看袁梅村走了，便无精打采地跟吴长寿说了两句对不起，然后一转身也走了。吴长寿长长出了一口气，心里这才踏实下来。正要进去关门，忽然心里一动道："嘻！我怎么会这么糊涂，遇上事就迷了？方才那个卖艺的老头子，临走时候，还说一会儿必定有人来找自己，少不得有一场麻烦，自己对于这件事，本可以当面办清，不过现在急如星火，刻不容缓，如果他走了之后，出了什么事情，可以到凤阳城里南关大街中元客店去找自己，万事都好商量。怎么会自己一时忘记，就没有把这话跟秦竹轩说呢？"有心追上去再说，又怕秦竹轩怀疑是他在里头捣鬼，多一事不如少一事的好，还是关门睡觉吧。忽然又一想，秦袁两家在当地都是大户，这两个孩子简直就是眼珠子一样，这一走失，家里得如何着急？现在如果能够把这两个孩子给找回来，说一句没出息的话，自己何必还当这个破老道，还俗娶亲生子，都许办得到，莫若自己一声儿不言语，追下这两个孩子去，如果能够把他们两个追了回来，那可真是祖上的阴功、父母的德行，该着自己翻身走运。吴长寿越想越对，走到庙里，收拾收拾自己的东西，又把累年积攒下来的几个香火钱，包了一个包儿，拴在腰里，找了一把锁，把殿门一锁，把庙门一带，他就走下去了。

　　这连前带后，一共走下是五拨儿人去了。现在先不说第一拨儿跑马解卖艺的，且说秦克宁这个孩子。因为秦竹轩年过半百，夫妇两个就是这么一个男孩自己，当不免有时溺爱，好在秦克宁天性还好，虽然在父母钟爱之下，并没有特别下流的脾气，只是生性好武，喜欢持枪动杖，不过黄氏爱子心盛，唯恐其用力劳累，或是有个磕了碰了，总是不准他任意胡来，在家里请了一个先生教他读书，又给他找了一个学伴儿，就是那袁玲姑。偏是这个袁玲姑虽然是个姑娘，也是天性好武，彼此性情相投，很是投缘对劲，青梅竹马两小无猜，每天同出同进，同坐同吃，真比亲兄妹还要亲。黄氏看着一高兴，便跟秦竹轩一商量，要说玲姑给自己当儿媳妇，秦竹轩也爱玲姑机灵，便找袁梅村夫妇一提，竟是一口应允，便口头订了婚约，两个孩子同是都不知道。一晃儿秦克宁到了十五，玲姑也到了十四，依然是耳鬓厮磨，形影不离，孩儿虽不懂得什么叫情，可是一天谁要看不见谁就得找，并且两个人从来没有红过脸，拌过嘴，哥哥妹妹，特别亲热。昨天听说恽家谢客，在场子里约了有大戏跟跑马解的，两个一听，特别高兴，彼此一商量，大戏没有什么意思，还是去看跑马解的好。一清早起来，吃过了饭，两个人就约会好了，打扮整齐，跑到场子里去看热闹。在那个小伙子一场"上刀山"，便把两个看怔了，如果不是面嫩怕羞，当时就要过去跟人家说话。老头儿一要钱，两个人全僵了，因为没有想到会要钱这一节，有心回去取，又怕耽搁了看功夫，在为难之间，一眼看见玲姑戴的金项圈，便低头跟玲姑一商量，先把这只项圈扔进去，回头拿了钱再来换回去。其实只要是秦克宁一句话，不要说是项圈，任何东西玲姑她也舍得，况且自己也爱着这套把式呢。当时一点头，秦克宁就给摘下来了，往场子里一扔。谁知老头儿不要，反倒惹出区延一段讨厌，及至老头儿当着大家从区延身上掏出项圈，两个人更是诧为神奇。后来老头儿又用烟从嘴里喷出许多幻境，更是见所未见，闻所未闻，爽得拿老头儿当了神仙了，一拉玲姑跑回家去，跟秦竹轩黄氏一说，非要把老头儿请回家来不可。秦竹轩还没有表示，黄氏就搭了话了："我就不信，世界上会有这样人，会有这样事，宁儿他爸爸就带了他们去看一看，也许那个老头子是变戏法儿的。如果人家肯教给他们两手儿，你就把他们请到家来，叫他们学个一手两手儿，也省得这两个孩子紧麻烦。"秦竹轩一笑正要起身，傅式赶了进来，秦竹轩跟他一说，傅式跟着破坏，说是走江湖卖艺的没有好人，气得玲姑在后头拿小拳头直比着他的脑袋。秦竹轩看着好笑，又怕真是妖术邪法，孩子上了当，便把家里长工姚山、姚海叫来，叫他们都拿上兵器，到那里假装抄案地看那老头子是怎么一个情形，可是无论如何不许真伤人。姚山、姚海答应又找了二十个长工，在前头奔了场子，秦竹轩跟傅式带了两个孩子跟在后头。及至到了那里，几句话说僵了，姚山、姚海也忘了秦竹轩嘱咐的话了，抡家伙真扎真砍，秦竹轩还真提着心，谁知道被人家老头儿赤手空拳把姚氏弟兄定在那里，秦竹轩才知道老头儿确是高人，并非普通江湖卖艺之流，才知道两个孩儿眼力果然不错，自己这才过去给姚氏弟兄解了围。及至跟老头儿一攀谈，说出打算请老头儿到家里的这番意思，老头儿却是轻描淡写地说出了不肯去的话，弄得秦竹轩也没了办法，只好是自打圆盘，定了一个完场再说。本来克宁不以此话为然，不过事情已经挤到那个地步，总还希望有其他的法子，便站在秦竹轩身后，哪里想到这里的办法还没想出来，人家那边闹出事来。忽然跑到场子里头一个人，跟老头儿说了几句也不是什么，老头儿当时就变颜变色，跟大家一说自己忽然得着一个不好的信息，所以自己练不下去了，只好是明天再来了，说完了带着大家一走。秦克宁越想越不是滋味儿，总觉着老头话里有谎，事情未必就是这样，回到家里，磨烦秦竹轩，非要老头儿接了回来。这时候秦竹轩也觉得这个老头子是有说谎样子，所以在秦克宁一请下，便托了区傅二位前去再来一趟。区傅头里一走，秦克宁心里一动，他们去我也去，碰巧冲着我就许能来一趟亦未可知，便紧跟在两个人身后头，一路来到分水龙王庙。两个人前头跟吴长寿说话，他是听了个逼真，一听吴长寿说是跑马戏的全走了，不由轰的一声，小心眼里一转，一抹身不等他们再往下说，便跑回自己家里。

　　一路寻思，老头儿他们都骑着牲口，如果自己步行，那得什么时候！这才想起到马棚里去骗牲口，把牲口诓到手里，把牲口拴到大门外头黑影子里。走进黄氏屋里，好在黄氏没有在屋里，便把大柜打开，拿了一封银子，往怀里一揣，心里怦怦乱跳，幸喜没有人看见，赶紧溜了出来。解开马缰绳，爬上马去，才要打马，就觉身后突然来了一条黑影，三步两步，跑到自己面前，意思是要把自己揪住。这一急非同小可，也没看清楚是谁，双手向前一推，那人哎呀一声便往后面倒去。秦克宁双腿才要一磕马肚子，一听声儿不对，不由也哎呀一声，赶紧拢住缰绳，挺腰一蹦，就蹦下马来，连马都顾不得拴了，赶紧又往前一扑，把地下那人扶起道："好妹妹，玲姑，我实在不知道是你，却把你扔了一个跟斗，这实在太对不住了。玲姑，碰伤了什么地方了？"

原来来的不是别人，正是克宁唯一的小友袁玲姑。在克宁想着，自己确实太已粗鲁，怎么把她推倒了？平常这么多年，不用说是没有动过手，真是连一句重话都没说过，今天无心之中，一时鲁莽，会把玲姑推了一个跟斗，好生过意不去，自己赶紧过去连拉带扯，并且不住嘴地安慰。哪知玲姑却毫不在意，只说了一句："宁哥哥我并没有碰着，我自己会起来。我就问宁哥你一句，你这深更半夜，备了牲口，家里也没有跟一个人，你这是要到什么地方去？"

秦克宁道："我要去追那卖艺的老先生。"

玲姑道："那个卖艺的据说就住在咱们本村里，你干什么骑着牲口？"

秦克宁道："我已然到庙里头去过了，他们都已经走了。人家骑着牲口走的，要是走着去，如何能够追得上呢？所以我才想也骑了牲口追去。"

玲姑道："家里知道吗？"

秦克宁道："不知道。"

玲姑道："既是不知道，老伯跟伯母要是找你不见，岂不要着急吗？"

克宁道："事到如今，顾不得这些个了。像那位老先生不是神仙，便是侠客。一向只想见着这种人，如今好容易看见了这样的一个人，岂可当面错过。无论如何，我也要把他找着，叫他收我做一个徒弟，好跟定学一点儿真实能耐。如果叫家里一知道，我就去不成了。玲妹你赶快回去，如果我父母为我着急，请你替我说一声，只要遇见了他们，得到他们的答应，我一定就可以回来，请你告诉他们老二位，不必着急，没多少日子就可以回来。玲妹，现在已然没了工夫，不能多说了，否则他们越走越远，更不好追了。"说着过去就要拉缰上马。

玲姑过去一把扭住道："宁哥，我也去，好不好？"

克宁道："那可不成，你要是我一个哥哥，或是我一个弟弟，我们一定可一齐走了，可惜你是我的妹妹，我就不敢带你去了。"

玲姑道："好吧，你既不带我去，就不必再多说了，你就请吧。"

秦克宁一听，玲姑是不高兴了，有心安慰她两句，一想也全是废话，除非自己不去，还可以在一起厮守，不过那也不是办法，自己已经闹得人仰马翻，要是半途而废，岂不更招人家看不起？再者自己一心以为自己的马快，追不了多远，一定可以把那拨人追着，追上以后无论如何也要把他们全都追回来，那时候不是还可以常在一起吗，如果追不上，再跑回来也就完了。不过就是对于玲姑，一直没有离开过，虽然一会儿就可以回来，也不知因为什么，心里总是有点儿辣辣的，正在难去难留的当儿，猛听村里一声梆锣声，陡地一惊，顾不得再多说废话，把心一狠，只说了一句："玲妹你快回去吧，等我回来再谈吧。"认镫上马，叭的一鞭子，那马便泼刺刺撒腿跑去了。秦克宁追赶老头子心盛，便毅然决然地不顾一切，上马就是一鞭子。这匹马名叫艾叶青，原是一匹走马，脚底下很快，并且好马差不多都有脾气，挨了这一鞭子，四个蹄子一挠，一会儿便跑出了村口。

到了大道，克宁忽然一想，这件事可是麻烦，自己忘了问老头儿原从什么地方来，现到什么地方去，这次出走，是不是从这条路走下去的，这个都没有问，自己信马由缰，一阵乱跑，倘若老头儿走的不是那条路，那是该当如何？想到这里，一拨马头，又跑到龙王庙，见着吴长寿说了几句话，打听明白了，确实是从这条路走的，自己才把心放下来了。虽然自己不认得凤阳什么地方，好在可以跟人打听，总可以到得了，再者老头儿沿途上也不能不吃不喝，如果他们一打尖一住店，保管着还许碰在一起。心里这样一想，裆下一紧，这匹马就更快了。黑夜之间，真难为了秦克宁，他哪里吃过这种苦，这一紧裆就是二十多里地，走着走着觉乎着有点儿累了，可是睁眼四下一看，除去一片荒凉，任什么也看不见，自己也分不出东西南北，应当是怎么走，自己一烦，爽得经马判官头上一趴，这马所去不管不顾了。这一来也不知走了多少里，直到耳边听见鸡叫的声音，才抬头一看，原来天已然有点儿亮了，用手一摸马身上，忽已见汗，偶然想起，这么跑也不是办法呀，马的草料自己也没有带，把马要累坏了，这长的路自己是怎么一个走法？想着便把嚼口一松，马便慢慢缓了下来。又走了有一会儿，天已大亮，这才看出自己走的是一段山道，地名儿叫什么既不知道，也不知归什么地方所管，身上劳乏倒不要紧，最难受的是肚子里咕噜噜一阵乱叫，才想起昨天晚上为出走，连晚饭都没吃，又在马上颠了一夜，当然不免要饿了。由于自己饿想起牲口也该上料了，很想找一个旅店进去吃点什么，把马歇上一歇，然后自己也歇一歇，等歇过再走。心里虽是这么想，不过眼前全是荒地，不要说是店，连个住家都没有，心里不由起急，忽然心里一活动，何妨到那土岗子上头去看一看呢。想着爽得跳下马来，拉着缰绳一步一步踱上土岗。到了上头一看，不由喜出望外，原来土岗那边，是一片平地，离着土岗不远是一片树林子，树林子里影影绰绰露出一片红来，仿佛是有一段庙墙相似，一看见这堵墙，不由心里一高兴，赶紧拉着马就往前跑。跑了一阵，一看离着还是那么远，不由心里起急，认准了镫，跃身就上了马，叭的一鞭子，便奔那片树林子跑去。倒是骑着马快，一会儿就进了树林子，凝神一看，原来树林子那边也是一段大道，借着太阳光一看，这段道也是南北的大道，南边的树林子，东边是一座大庙，秦克宁一磕马肚子，便奔了那座庙。

来到邻近一看，这座庙虽然在这么一个穷乡僻境，修建得却是非常堂皇伟丽，两扇朱红的大门，真是金碧辉煌，横着刻有几个大字，敕建护国金龙禅林，门上有黄铜的环子。赶紧下马，一手揪着缰绳，一只手轻轻一拍门环，里头有人答应："什么人？稍微候一候。"说话之间，庙门一开，从里头走出一个老和尚，年纪总在六十上下，须发皆白，一看克宁这个神气，不由一怔，赶紧就说："这位小施主，你拍我们的庙门，是找人啊，还是有什么事啊？"

秦克宁一看，这个老和尚长得真是慈眉善目，又是那大年岁，赶紧一拱揖道："老师父，没事不敢惊动你，实在是因为走过了路头，找不着一个歇脚的地方，这才惊动老师父，可否暂借你们贵庙，稍微叫我歇一歇儿，临走时候，一定可以多助香资，老师父您方便方便慈悲慈悲吧！"

老和尚一听，用眼又上下一打量秦克宁，又一看他拉着的那匹马，然后微微一笑道："小施主，你这话说远了，我们出家人，受的是十方佛施，仗的是十方施主檀越，小施主只管请进。不过小庙人少，难免有个伺应不周，小施主还要多担待。"说着过去把马接过，走进庙去。

秦克宁往里边一走，真吓了一跳，在外头真没有看出里头这么一个样儿。敢情里头是东边七间大殿，南边各有三间配殿，配殿旁边，一边一个角门，里头还有什么房可就不知道了，仅就这正院来说，这庙里香火就错不了，因为稍差一点儿，够不了挑费。老和尚伸手把马拴在院子里一棵松树上头，然后往里一让秦克宁，便走进了南殿。原来这屋里是客堂，老和尚让座，彼此一攀谈，才惹出一段酒色财气四大关，火烧人皮纸热闹节目。按说这庙既是在这么一个穷乡僻境，屋里至多也就是干净而已，可是等到了屋里一看，不但是特别干净，而且屋里所有的摆设家具，也都不是平常人所能用得起的，摆的是花梨紫檀，琴棋书画，钟鼎尊彝，悬鱼挂磬，是无一不备。墙上挂的是名人字画，真草隶篆，鸟兽虫鱼山水人物翎毛花卉。不用说这样一座小庙，就是长春古刹，也未必有这样富丽堂皇。秦克宁是个小孩子，又没有出过门，心里只觉得这座庙布置得太阔，倒还没有感觉什么异样。

落座让茶之后，这个老和尚才问秦克宁姓字名谁，是什么地方人。秦克宁通过姓名，又问老和尚怎么称呼。老和尚一笑道："老僧大空，这位小施主走了这么多的路，可以吃一点儿东西，歇一歇再往下走吧。"秦克宁赶紧道谢，老和尚自去预备，一会儿又同了一个小和尚端着一个油盘来，里头是一盘子馒头，两碟子素菜。老和尚向秦克宁一笑道："我们这个地方实在预备不出什么来，小施主随便用一点儿吧。"

　　秦克宁还是真饿了，一看菜饭，也不再客气，便笑了一笑道："老方丈，如此已是搅扰了，还有一点儿事要麻烦老方丈，我那匹牲口求您也给一点儿草吃，一点儿水喝吧。"

　　老和尚道："我已然告诉他们喂去了。"

　　秦克宁吃着馒头嚼着菜，真是吃一口，香，确实比在家里吃的鱼肉还美。才吃了一个馒头，忽然觉着肚子有点儿疼，心里想着也许是自己饿过了，不然就是跑得肚子里受风，跟着又觉一阵头晕，房地全都乱转，说声不好，才要站起，腿下一软，手里一个馒头也扔了，筷子也掉了，扑咚一声，人便摔了下去。老和尚一见，哈哈一笑道："对不起，我倒得着一份厚礼了！"老和尚心里这份儿高兴，真比得了一个方丈还痛快，过去一伸手，意思之间，是要摸秦克宁的腰包。正在这么个工夫，外头又有人叫门，老和尚有点儿不愿意，假装不听见，想着外头叫两声，没人理他，他还不走吗？

　　就在他这一愣神儿的工夫，外头叫得更急了，一边捶门，一边嘴里还直骂："哈！这个庙里和尚都死净了？怎么一个有气儿的都没有了？我老西儿跑了一天一夜，水米还没有打牙，身上又背着这么些银子，这扔在什么地方我也不放心，亲娘祖奶奶，下回我是再也不出来了。"咚、咚、咚，又是一阵砸。

　　老和尚一听，是个山西人，并且听得明明白白，这个老西儿身上带着有银子，忽然心里一动，怨不得前些日子骷髅子给我相面，说我要运转鸿钧呢，如今一看，真是一点儿不假，这肥猪拱门的事，

68

无论如何，也不能推出去不要啊。好在这个已然迷糊过去，不如把这个先藏起来，把老西儿让进来，真要是弄下来不少，从此洗手不干了。想到这里，外头又是一阵拍门的声音，老和尚赶紧搭话："阿弥陀佛！不拘哪一位稍微候一候，我这里正烧子午香呢！"嘴里说着，一伸手把秦克宁提了起来，走进里屋一掀床帷子，就把秦克宁给塞到床底下去。走到外头看了一看，没了什么痕迹，这才去开庙门，开门才一看，外头一条腿已然伸进来了，一看果然是个乡下人打扮的老头子，身上背着一个大褡套，假装无心，用手一碰一摸，里头真是硬邦邦碰上手指头生疼的银子。老和尚还有点儿不放心，怕是人家把他冤了，仔细留神一看，在这个褡套上还真有一个大窟窿，堵着这个窟窿，白花花耀眼争光正是一个大元宝，这一来心里就坦然了。

才要跟老西儿搭话，老西儿先说了："哈！大和尚，你的人藏好了吗？"

老和尚吓得心里直蹦，不由得害怕，他怎知道我藏人了？赶紧把心神一定反问道："我藏什么人？"

老西儿一笑道："不是，我老西儿听人家说过，庙里的和尚都有大奶奶，人家不来她就当着大奶奶，要是有人来了，和尚就把大奶奶收了，怕是让人家看见，有个什么好说不好听的。我是怕你也有大奶奶，回头碰上不合适，所以问问你，这是老西儿的周到。"

老和尚大空一听，这叫成心要着玩儿，才见面儿就开玩笑，这可未免差一点儿，便赶紧一正色道："施主不要胡说，我们这里是长春古刹，里头哪里来的女人？施主你这话未免有点儿闹着玩了，请吧！施主你要扛着太沉，交给我给施主扛进去吧！"

老西儿一笑道："那可不行，我这个褡套里一共有八百多两银子呢，不用说你这个岁数扛不动，压坏了我还得打人命官司，就是你扛得动，我也不能叫你扛，你不知道老西儿我是舍命不舍财吗？只要有我一口气儿在，这个银子就归不了别人，除去碰见山贼明抢，

69

或者遇见黑店，什么熏香蒙汗药，把我老西儿迷过去，我是身子不离褡套，褡套不离身子，我就不信哪个驴球球的能把我的银子拿了去。老和尚你们这里有熏香吗？"

老和尚大空是越想越高兴，把老西儿往里头一让，实指望也跟秦克宁一样，不拘菜里饭里放上一点儿蒙汗药，就可以把他迷了过去，到了晚上，把这两个人一消灭可白得不少银子。万没想到老西儿会说出那么一句话来，有什么熏香没有？抽冷子真把大空吓了一跳，不由脱口而出道："合字儿吗？"

老西儿一摇头道："不是，老西儿不姓何，我姓海。"

大空又找补一句道："线上的吗（注，就是合在一条线上的绿林道）？"

老西儿又一摇头道："老西儿我不是县里的，我是买卖人。"

大空才知道是自己疑心生暗鬼，便赶紧变了口气道："我问你是从河道里来的？是起早来的？"

老西儿道："老西儿是起早来的。"

大空道："既是起早来的，你又没坐船，头也不至于晕，干什么你说要点一炷香熏熏呢？"

老西儿道："不是，不是，你们这里不是庙吗？庙里供着是菩萨，哪里有见佛不拜的？老西儿所说，就是给佛爷烧炷香的话，你又听错了。"

大空道："既是这么说，是我听错了，烧香有的是，你先进屋里歇一歇，吃点什么，喝点什么，然后再烧香拜佛好不好？"

老西儿一点头，跟着走进客堂，一看屋里的摆饰，不由吭了一声道："大师父，你这个屋里可真讲究，我老西儿就是死在这个屋里都是乐意的。"

大空道："施主又说笑话了，岂有一个人说死就死的道理？"

老西儿又一摇头道："不是，不是，皆因我老西儿得了一个梦，梦见有一个秃驴他把我老西儿给害死了！"老和尚大空一听，当着和尚骂秃驴，这个事儿可真有点儿差劲！才要分辩，老西儿又说上了："大师父你说老西儿这个梦做得多可怪。我跟那秃驴，一没有仇，二没有恨，凭什么他要害我。在老西儿我想着，左不是为了老西儿我这一点儿银子，其实他也是想不开，别听说老西儿舍命不舍财，真要到了拿钱买命的时候，老西儿还是舍财不舍命，只要他明着跟我说一声，老西儿我乐意双手奉到，也犯不上要我这条命，我又没有把他爸爸填在井里，我又没有劝他的妈改嫁，可有什么不解之仇？大师父，如果你要赶上那个秃驴要害我老西儿的时候，你给拦一拦，你给劝一劝，老西儿就是死了，也是感激大师父你的。"

老西儿越说越来劲，大空是越听越难受，着急不好，不着急不好，生气不对，不生气不对，强压着心火道："这位施主，你大概是太劳累了，累得脑子里全都乱，青天白日，朗朗乾坤，哪里有随便害人的理呢？"

老西儿点点头道："大师父说得一点儿也不错，不过人心隔肚皮，做事两难知，仿佛这么说，我老西儿现在看着这庙里太阔，起了歹心，想把大师父害了得这份庙产，大师父你能猜得出来吗？"

大空听着有点儿扎心，勉强着笑道："我们庙里这点东西，哪里会看在施主眼里？我倒是放心。施主大概也饿了，我去给你预备饭去。"

老西儿道："大师父我可是吃素，我不敢吃荤的，可别往庙外头去买什么，一个弄不好，就许买回人肉馅的包子，我可不敢吃！"

老和尚大空一听，心里直蹦，你说他是江湖绿林道，他又不认，你说他不是，他可又满嘴胡说乱道，这可真是有点儿邪性。人无害虎心，虎有伤人意，这可不怨我意狠心毒，我非要了你这条命不可。想到这里，忽然一声狞笑道："施主，你来到这里，在下并没有得罪的去处，不知道施主为什么故寻开心，难道跟出家人有什么过不去吗？"

老西儿也一笑道："怎么，大师父说话瞪起眼来了？老西儿也是

71

听人家那么说，穷乡僻境，真有卖人肉馅儿包子的。其实老西儿也不是心慈面软，不肯吃这些东西，实在是因为老西儿从幼小儿就没吃过这种东西，怕是吃了恶心，再把您这庙弄脏了，不是显着不大合适吗？这么办，大师父也不用着急，也不用生气，不拘给我一点儿什么吃就成，大师父你就慈悲慈悲吧。"

大空一听他已然把话拉回去了，自不便再说什么，便叫他落座等一等，好去给他预备饭食。工夫不大，大空把饭给他上齐了，四个菜，一个汤，一碟儿馒头，往桌上才一摆，老西儿就把馒头抢到手里了，拿起来往嘴里就填，一张嘴一伸脖子就是一个馒头，跟着一伸手又拿起第二个来，又要往嘴里塞。大空道："施主您怎么不就着菜吃呀？"

老西儿道："大师父我不吃菜，一吃菜这个钱就花多了。"

大空道："不要紧，施主你只管吃，我这是一点儿愿心，吃完了绝不要钱。"

老西儿道："既是这样，我可就要吃了。"说着拿起筷子才要夹菜，猛听庙门一阵乱响跟打鼓一样。老西儿道："大概是又来了人了，大师父我这里吃着，你出去看看，你把外头人接进来，老西儿大概也就成了。"

大空一听就是一皱眉，心说怎么都赶在今天一天了，两个徒弟到了后头这么半天，怎么还不出来，前头事情还是真多，这可怎样好？正在寻思，外头叫门的声音更大了，大空没有法子，只好站起来向老西儿一点头道："施主你先吃着，我去看看就来。"说着站起身来，走到门口问道："这是哪位？为什么叫门这么急？"

外头仿佛是个老头儿口音道："当家的您多慈悲吧！我带着我们姑娘往娘家去了，今天这是往她婆家返，没想走到这里，我们姑娘忽然病了，寸步难行，虽然我们有一匹小驴，也没法子把我们姑娘送回家去，我想求老和尚慈悲慈悲方便方便，放我们进来，稍微歇一歇，给我们姑娘一口水喝，只要她这口气缓过来，我们当时就走。

大师父您是不知道，因为今天卖了粮食，驴上还带着不少银子，顾得了我们姑娘，顾不了银子，顾了银子，顾不了姑娘，不拘哪样，有点儿失闪，我老头子都不活了，没别的，老和尚您方便方便吧。"

大空一听，今天怎么这些俏事？可惜都在一个时候，未免有点儿顾不过来，这头有了两号儿，不要为了一个耽误了那两个，还是不让进来的为是。想着便说道："施主我们这里是长春庙，不敢容留妇女，请您往前边赶一赶吧！"

一句话没说完，身后有人搭话道："师父，您还不快快放人家进来吗？"

大空一听，回头一看，就是一皱眉，原来出来这个人，正是自己的大徒弟大了，因为他又瘦又黄，简直连一点儿血色都没有，人家送了他一个外号儿叫人皮纸。这个大了，不但心狠手黑，而且还有一个最不够人格儿，就是好色如命，只要是个女的，不拘长得什么样儿，他也能够看得上眼。大空是好财，大了是好色，可以说是一块好料没有。今天本来他在后边另有公干，不知道为了什么他会钻到前边来了，站在大空旁边，听了半天了，起先还没有动心，后来一听里头还有个小媳妇儿，这他就动了凡念了，一听大空不放进庙，这才走过去说了一句："师父您还不快放人家进来？"大空虽是不愿意，他可不敢惹，皆因这个徒弟，马上步下，水旱两路，高来低去，长拳短打，他是无一不好，可以说得是自己一大膀子，所以无论如何，也不肯得责备他。如今听他这么一说，既不愿意放外头人进来，又怕外头人听见，急得拿手冲他向客堂里一指，又伸了两个指头，意思是告诉他课堂里还有两位呢。大了把事看错了，他以为是叫他把外头两个人放进来，送到课堂呢，一点头过去伸手就把门开了。大空一看，只得暗叫一声苦，也没了法子了。及至庙门一开，从外头走进这两个人来，把大空都怔了，一个老头儿拉着一匹驴，驴上搭着一个口袋，看样儿还真是银子，后头跟着一个姑娘，长得真是千娇百媚，实在少找。

才要往里让，就听客堂有人喊："哈！大师父你可坑死我老西儿了！"跟着屋里稀里哗啦呲嚓叭嚓一阵乱响，又是扑咚一声。大空心里着急，这下子可真糟了，自己本没想把这后来的父女让进来，饭菜里头已然下好了蒙汗药，这一定是那个老西儿把东西吃下去，药性一发作，他把东西都弄翻了。这个可不好办，眼看这父女两个也进来了，除去客堂，应当径往什么地方让，真要往客堂里头一让，屋里地下躺着一个，不是庙里的毛病也是庙里的毛病，可跟人家谈什么？如果这父女两个一害怕，就许给嚷出来，那一来应当是怎么一个办法？这座庙里，不错是没少害人，不过可没有瞪眼杀人这路事吧，今天遇到这个地步，就许闹出旁的事情，这可怎么好？老和尚大空一着急，脑袋上的汗都下来了。

就在这么个工夫，大概大了也看出情形来了，便向大空道："师父，您客堂里不是还有张施主跟李施主在下棋吗？这二位进去，似乎不便，莫若把他们二位让进后客堂，您看好不好？"

大空一听，这倒是个办法，便笑了一笑道："既是如此，那你就陪这二位施主到后客堂吧，我去看看这二位去吧，八成儿有一位输急了把棋子儿都扔到地下了。"

说话之间，大了拉了那匹小驴，老头儿跟在后头进后院去了。大空一看他们走进去了，才放下一点儿心，转过身来，把庙门关好了，心里想着怎么处置这个老西儿。三步两步，跑进屋里先往地下一看，桌子倒了，盘碗摔了，饭菜洒了一地，没心细看，及至低头一看老西儿，把大空吓了个倒仰儿。原来那个老西儿，已然倒在地下，窝着脖子，吐着白沫子，就是样儿可怕，他的两只大眼始终还在瞪着，没有闭上。大空想着，这个可是邪行，不管他是怎么回事，趁早儿把他杀了，比什么都强。心里想着，正要进屋找刀，猛听山门又是一阵乱响，大空可就不敢动手了，赶紧把老西儿夹了起来，拉到里头屋，往炕上一扔，找了条被褥给盖上，跟秦克宁放在了一起。二次又往外跑，到了门口一听，没了声儿了，开开门看，没一个人影儿。

老和尚大空方在一怔，就听身后有人说话："大师父您开了山门了，我还以为里头是个空庙呢，叫了半天没人开，我又到后头去找您的门儿去了。"

大空一听，这小子简直不说人话，仔细一打量，只见这个人身高在七尺壮，扇子面儿的身框儿，双眉抱拢，细腰扎背，横帚眉，大环眼，高鼻梁，大嘴岔儿，一张赤红脸，红中透紫，紫里带润，青绸子裤褂儿，青绸子氅衣儿，腰里丝鸾带，白袜子，青缎子皂鞋，脑袋上是绢帕罩头，长得真有个样儿。老和尚也是干这个的出身，从眼里一过，就可以知道八九，心里想着，今天这件事就是这一手迷魂掌，碰对了就成了，一个不对就算满完。自己心里明白，客堂里点的是自制熏香，不拘什么样的英雄，只要一鼻子闻上，当时就得躺下，这个主儿，看神气是来找麻烦的，手里头绝软不了，有能耐就是一下子把他拿住，要是拿不住，今天这座庙可就要完。心里这么想着，赶紧向来人一笑道："这位施主是从哪道而来？要往哪里去？叩叫山门，有什么事吗？"

那个人微然一笑道："大师父，好在你是出家人，这话我也可以不必瞒你。在下是个吃黑道儿的，在前边做了一票买卖，是有一千多两，我装在酒篓里，打算从此回去，买房置地，洗手不干，从此路过，打算在这里借个地方儿歇一歇。没别的，老师父您多行方便，临走时候绝不能白了你大师父，大师父你慈悲慈悲开一开您的方便之门吧。"

老和尚大空已是心有成竹，便笑了一笑道："这个不算什么，出家人讲的是方便为门，在外头走动的人，原少不了有个走过镇甸找不着歇腿的地方，我们这庙里有的是地方，施主请吧，别的都谈不到。"

那个人一点头道："就是吧，我先谢谢大师父。"说着挑起那两个酒篓，跟着老和尚，便走了进去，大空回身把庙门关了，这才往屋里让。那汉子却一笑道："大师父，您看我可是个粗鲁人儿，可是我最信神佛，我得先拜了佛，然后才能歇着哪。这么办，我先拜佛，拜完了佛，我再打搅您。"说着挑了酒篓就要奔大殿。

老和尚一看，这可不成，拜佛不拜佛倒不要紧，如果你要不进配殿，时候一大，熏香一烧过了时，那还能有什么劲头儿，那样一来我不是白费了吗？心里想着便笑了一笑道："施主原来你也信佛，那可太好了。不过我们这里，并不只是大殿供着有佛，配殿里照样儿也有佛，您先到配殿去歇一歇儿，回头我领着您挨个儿再拜，您看好不好？"

那人微然一笑道："这个也好，不过我就怕今天来不及了。"

大空道："没的事，现在天还早得很，准保您全能拜完了就是了。"说完了一拉配殿的门往里就让，那个人挑着酒篓，便走进了配殿。

才走进去，便喊一嗓子："嗬！好香！"大空又吓了一跳，以为他是看出来了，才要退身准备，再听底下又一点儿声儿没有了。却见那个人走到佛桌前边，弯下腿去跪下就磕，磕完了起来，什么事也没有。大空又吓了一跳，准知道自己这种熏香，向例是百试百验，除去预先抹上解药，不拘你是什么样的英雄，只要闻上一点儿，大概就难以幸免，怎么今天这个家伙，进来半天，走到佛桌子前边站了半天，磕了半天头，他会没有晕过去？这可是件怪事，难道是这种香搁的日子太多，走了香味儿，有点儿不管事了？不然怎么他闻上跟没闻一样呢，这可真是有点儿奇怪。正在这么想着，只见这个汉子，磕完了头，站起身来，便往里间屋内走，这下子把大空吓坏了，屋里放着两个人呢，这要是一掀帘子撞进去，碰上之后，那不是麻烦吗？想着一着急，不由脱口而出便喊了出来道："施主，那屋里有人，进去不得！"

那个人一听，赶紧一转身又撤了回来道："老和尚，我可该罚你，你这么大的年纪，还干这个，你可差点儿劲！"

76

老和尚大空一句话说走了嘴，自己后悔得了不得，一听那个人一说，才知道他是疑心自己在屋里藏了妇女，便把心往下按一按笑着道："施主，不要取笑，里面也是施主，你在外头坐一坐吧。"

　　那个人微然一笑，便在一张椅子上坐下，两只眼睛却仍然瞪着那两只酒篓。老和尚心里高兴，今天真是三喜临门，该着有买卖做，这个可是太肥了。心里想着，抬头一看那个人脸上，却把一经多识广老江湖大绿林的老和尚给吓坏了，原来是那个人两个鼻子窟窿上一边塞着一个纸卷儿，仿佛是看出来屋里点着有熏香，才故意堵上的两个纸卷儿。老和尚大空虽是江洋大盗改行，却是久已出了家，只仗着做些不体面的买卖，轮到真能耐本事，还不如他两个徒弟，今天一看来的这个主儿，简直是个老合（同道），不过他可装傻充恹。在他一经来时候，自己就留了一份心，所以采用他最高的那一招儿，打算用熏香把他熏过去，哪里知道他跟能掐会算一样，没进门他就会知道了，在鼻子上塞了两个纸卷儿，可见他对于自己的事，他是全都知道了。这一招儿既是使不上，底下那些个法子，比这个还笨，他既有了准备，就绝不能上当，这个可是麻烦。这要放在经常，也没有什么，只是今天在这前后院放着好几档子祸包，他要是有意为难，恐怕是逃不出他的手心，只有仗着自己两个徒弟了，他们要再是不行，今天这座庙恐怕要出事。

　　大空一走神，当时把那个小伙子给木在那里，人家自己却会找台阶儿："老和尚，您不用替我为难，我可不是那三枪打不透的大浑小子，您只管放心，我扰你一顿饭，喝上一壶水，吃喝完了我就走，绝不能尽在这里待着耽误你的正经施主，老和尚您给我找点什么吃的吧。"

　　大空一听，心里高兴，敢情这位是个外面的朋友，虽然看出自己是怎么一个人，人家可不愿意跟着捣乱，这么一来，事情可就好办了。便赶紧一笑道："我给您预备去。"说着站起身来，出了客堂奔后院。

才一转过去，就听里头有人喊嚷："好啊！你们这里敢情是贼庙，老太爷今天拼了！"老和尚大空一听，这下子完了，怎么里头也吵起来了？越怕什么越有什么，这件事要是叫前面那个主儿听见，一定会跑到后头来，那一来非把整个儿事情闹穿不可。可是究竟里头为的是什么，自己还不知道，猜着大概是大了被人家给看出了，人家看出破绽，所以才吵了起来。不如趁着这个时候，赶紧跑到屋里，先想法子把事情压下去，等把外头那个送走了，有什么话再说。想到这里，三步两步便跑到屋里。这层院子，原是一座后殿，后殿是五间北屋，东西有三间，里屋并没有供着佛像，只是庙里吃饭睡觉的屋子。这声音就出在东边屋里，大空三步两步便奔了进去，到屋里一看，正是那个老头子同着一个女子，老头子这时候把衣裳也脱了，往地下一站，一看他那个神气精神，就不像一个普通买卖人。心里暗念今天可真是有点儿走背运，怎么让进来的全是这么一拨儿人哪。再看那个姑娘在旁边椅子上坐着，脸上连一点儿神色不带，仿佛没有这回事一样，最可怪的就是自己徒弟大了，根本就没在屋里，连个影儿都没有，不知道怎么得罪了这个老家伙。如今一看大了没在屋里，心就放下一半儿，赶紧向那个老头儿一笑道："施主！您有什么事吗？"

老头儿冷笑一声道："什么事也没有，不过我问你们，你们这里既是大庙，为什么不把我们父女让到客堂，把我们搁在这种非人睡觉的屋里，墙上又挂着剑，插着刀？我想着你们这里许是贼庙，要图财害命。"

大空一听，这才放了心，闹了半天，他是疑心生暗鬼，并不是真看见了什么，这一来可就好办了。便又笑了一笑道："施主你太爱说笑话了，清净禅林，哪里有图财害命的道理。只因前边客堂，先来了两位施主，现在还没有走，施主你又同着有女眷，自不便请到一起，因此才把你们二位让到此处，暂时避屈，只要前边人走了，就请你们二位住到前边去。至于墙上挂的兵器，只因这个地方太僻静，怕是有多能人到这里来打搅，预备这些东西，也只是备而不用，并非出家人有什么多意在内。施主只管放心，我们这里长春十方庙，绝不能够有一点儿外错。施主来了半天，吃了东西没有？我的两个徒弟，实在是不听指挥，我也上了一点儿年纪，也跟他们费不了这么多的神，哪里有把二位扔在这里，他们不管不问的呢？这么办，二位在这里稍微坐一坐，我去看一看，给二位找点什么东西吃点喝点，有什么话再说。"说着又说了两句客气话，便转身往里边去了。

到了后院，一看厨房里头两个徒弟正在捣乱呢，大空道："大了，你干什么呢？我不叫你把他们让进来，你偏要把他们让进来，如今让进来了，你可又不管了，扔在外头，他们满嘴里乱嚷乱叫，这要叫外人听见，闹出事来，那可怎么好？"

大了听着一摇头道："师父，你老人家先不用说闲话，您可不知道这两个家伙多扎手呢。我已然给他们使了两回暗青儿（毒计），他们连一点儿都没有理会，您说怎么办？"

大空道："你都使了什么了？"

大了道："头一回我把他们让进来，在菜里头给他们下上了东西，这个老家伙真看不出来他是怎么一个人，这杯茶没有到他眼前头呢，他就假装跟那个姑娘说：'姑娘，现在咱们出家在外，什么事可都得留神，这个年月，上头说好话，底下动刀子，一下不防备，就许上了人家的当。不用说别的，什么菜里饭里茶里酒里，不拘搁上一点儿什么，不喝是你的便宜，只要喝下去，当时就能天旋地转，人事不知，什么叫钱得属人家，大概连命都不一定保得住。所以出门的人，不得不留神，这话你听明白了没有？'那个姑娘一点头。我心里明白，他不是说给那个姑娘听，简直就是告诉我呢，您说我这碗茶还敢往上拿吗？我当时摔了一句话，就走出来了。我一想这条道儿既是走不开，那四五子（酒）也就不用使了，我一着急才想起使断魂香来。点着了香才要进屋子，还没得进去，他们两个倒迎出来了，一看见我他也不提这个香的事，点头一乐说：'大师父，你们这间屋子里太潮，我们简直待不了，前头大概已然完了吧，我们上前边坐吧。'说着他就往前走。我一看就急了，准知道您那里事情没完，他要出去碰上不是麻烦吗？我才一拦他，无心中碰了那个姑娘胳膊一下，他可就急了，他说咱们这里是贼庙，连嚷带叫把我也吓跑了。来到后边正跟我师弟商量怎么办哪，您就来到了。师父您前边完事了吗？这个老家伙我看不是老外，此来定然有事！"

大空道："这个可真是没有办法了！前头屋子里要是没有留下别人，正好有个周转，现在前边屋里放着三个，地方又不大，鼻观眼，眼观鼻，这可怎么好？"

大了道："要不然就不用办了，趁早儿把他们放了，算是没有这回事，大概也不至于再出什么毛病。"

大空一皱眉道："话是这么说，前头有两个已然都叫我们放倒了，这个时候怎么放了走？"

大了一听也是一皱眉。师徒两个正在彼此着急，没有办法的时候，旁边小徒弟白毛旋风九头僧大脱叹了一声道："师父跟师兄，你们二位眼磨烦半天，就可以办事了吗？要依我说，这点小事，很算不了一回事。"

大空一听，气就往上撞，因为自己这两个徒弟，人皮纸大了自己知道，不但能耐本事好，而且机灵见儿，眼力变儿，那真称得起精明强干，自己这座庙里里外外多一半儿全都仗着他。至于这个二徒弟大脱，除去吃就是睡，浑拙猛怔，跟傻子一样，除去两条腿特别快能跑之外，别无一样长处，尤其长得非常难看，脑袋上长着许多肉球儿，连一句得人心的话都不会说，简直就是一个大废物。平常就不喜爱他，今天听他这么一说，不由冷笑一声把眼一瞪道："你哪里来的这么些个废话，真是讨厌！"

哪知大脱依然接着说道："师父总是看不起我，以为我只会吃饭，其实我也有高的，就拿今天这档子事说，您只要肯听我的话，这件事情人不知鬼不觉，叫您钱也剩下了，还得成名露脸，在江湖响大名儿！"

大空道："你有什么话，你就快说吧。"

大脱道："前两天人家姚家寨派人来找您入伙，您把人家给赶了出去，要是那天您答应了人家，现在给他们送个信儿，要来多少人不成，管他来的是什么扎手人物，准保可以来一个弄躺下一个，来两个弄躺下一对儿，人也是咱们的，钱也是咱们的，您何必发这么大的愁呢？"

大空吓得叫了一口道："废话！过去的事，你提它干什么？趁早儿躲开我远远的。"

大脱道："现在打算找他也不晚哪！"

大空道："你说的是现成儿话，你要有能耐去把他们找来，没有这个能耐，说废话干什么？"

大脱道："这个不算什么，我到那里就可以把他们找来。说去就去，师父跟师哥先把他们稳住了，我一会儿就来。"说完了三步两步打开后门一转身就跑出去了。

大空向大了道："他的话可是靠不住，最好咱们还是快想法子。"

大了道："头里那位，据您那么一说，既是道儿上的，您不如出去把话跟他说开了，叫他亮个面子，他要是交咱们这个朋友，自是再好没有。他要是瞪眼不认账，咱们也想法子把他对付走，别跟他闹翻了。至于里头这两个，有我一个人料理他们，大概还可以行得了，不过这个大美人，难免香消玉殒，未免差一点儿，不过事情已然到了这个时候，别的法子也没有了。"

大空只有点儿头，又嘱咐大了小心，这才盛了两碗饭两盘菜端着走到前院。才一进院子，就听配殿里有人说话，仿佛是那个山西人，不由大吃一惊！心说这可真是怪事，那个老西儿，不是已经迷过去了吗，怎么不到时候他就醒了？这可有点儿怪事。赶紧走进屋里一看，屋里还是那一个人，除去那位之外，再没有第二人了，不由心里一怔，又自宽解，也许是自己听错了。便放下心去，把东西摆在桌子上，然后向那人一笑道："叫施主笑话哪，我们这庙地势太僻，施主来了，没有什么好的待承，素酒一杯，野菜两样，施主就算是个野意儿，随便用一点儿点心吧。"

那人一笑道："大和尚说哪里话来，我们在外头跑腿的，什么地方都要去，什么事也都遇得见，像大和尚这样款待，已然十分不安了，还客气则甚？请问大师父，在这里清修，已然有多少年？门下一共有几位？庙里香火还能对付？"

大空和尚对于这个主儿，既是有了戒心，当然言谈话语之间，都特别留上了神，如今一听他所说的这一套儿，虽是半信半疑，可是还不敢公然把自己的真意说明，怕是他把实话套了出去，结果他一个翻脸，那时候就更不好了。想着便笑了一笑道："果然看着施主就是一个跑外面的朋友，只不知您这是从什么地方来？要到什么地方去？"

那人又微然一笑道："我这是从南边来，要到北边去。我打算跟当家的打听一下子，在我没来时候，听说本地有一个瓢把子姓姚的在这里掌舵，不知老当家的知道这个主儿不知道？"

大空一听，不由脱口而出道："那怎么不知道？施主说的是不是姚家寨的开路鬼姚二仲？"

那人一听道："一点儿都不错，老当家的既是跟他那么熟，不用说您也是这里头一位老前辈了。"

老和尚大空一句话说大意，心里后悔，可是要收也收不回来了，便只好硬着头皮一阵苦笑道："这个，不但我熟，我们这一方的人，差不多都熟，尤其在我们这庙里，是个大施主，当然就更熟了。施主，说了半天，您的台甫尊姓，倒是怎么一个称呼呀？"

那人一笑道："老和尚，既是跟姓姚的是好朋友，提起来就不是外人了，在下我姓龙，单名一个化字，号叫方生，在江湖道上有个外号叫神手金棱，老和尚您多照应一点儿吧。"

老和尚一听，就是一哆嗦，因为他知道江湖上有这么一个朋友，还是上三门的好手，今天来到这里，大概没有什么好意，不由着急，因为他准知道神手金棱龙化在江湖上很享过大名，这个人不但心毒手黑，而且是疾恶如仇，别看他说话说得这么好听，他绝不能跟自己同流合污，并且还不定为的什么来到这里的哪！说不定就许是有了什么耳闻，特意来到找自己晦气的。千不该万不该，今天在庙里留下这么几个祸害，真凭实据，全在眼头里搁着，简直是没法解说，要论自己能耐，不用说是自己现在这般年纪，功夫又搁了这么多年，就是在年轻力壮的时候，恐怕也不是人家对手。事到如今，只有等大脱去把姚家寨那一拨儿找来，或者还可以抵挡一阵，但盼今天能够过去，从今以后，再不做这种伤天害理的事，找一个深山老岳，念经拜佛，也不求长生不老，只愿能够多活几年于愿已足。

大空这里一沉吟，龙化就看出来了道："大师父，我还听人说过，这里有一座弥勒庵，庵里有位方丈叫笑面修罗大空，他专配熏香蒙汗药，发卖五鼓返魂香、八点断肠散，在绿林道很响过蔓儿。我是初来此地，很想能够见他一见，只不知这位方丈住在什么地方，离着这里还有多远？大师父如果知道，请你指我一条道，我要去拜访他。"

大空一听问到自己头上来了，这话可实在是有点儿难说，他既是这样问，不说当然是不行，自要一认，底下就难免瞪眼翻脸。正在寻思，猛听后院里人声呐喊，乱成一片，大空心里一动，想着一定是姚家寨的朋友来了，心里一宽，便向龙化一笑道："龙施主您先稍坐，等我到后头看一看就来。"

龙化一听道："大师父既是有事，大师父就请吧。"

大空一点头走了出去，三步两步跑到后头。才一转过墙角，就听大了在屋里喊得声音都差了："嗬！你可真了不得！好酒好饭待承你，又不图你什么，你们张口就骂，举手就打，我们这里虽是佛门善地，可是也不能就这么怕事不敢惹你呀！要打咱们就打，不过屋里地方太小，你要是有胆子的，就可以到外头来咱们比画比画！"随着声音，大了早已一个箭步从屋里蹦了出来。

大空道："怎么样了？"

大了出其不意吓了一跳，一回头看是师父，便低声儿道："这个老家伙实在扎手，他已然把咱们用的'迷字儿'（蒙汗药）给破了，瞧这个神气，不硬干是不行了，师父前头怎么样？"

大空一皱眉道："前头更糟了，请进来那个挑酒的，敢情他是神手金棱龙化龙方生，你看不是大麻烦了！"

一句话没说完，屋帘一响，那个老头子走出来了，手里拿着那根赶驴的鞭子，神气非常镇静，仿佛是没把这座庙看在眼里一样。后头跟着是那个女的，长衣裳已然挽了起来，手儿都倒背着，看不出来拿着什么东西。老头儿拿鞭子冲大空一指道："好啊！你们这拨儿臭贼，竟敢借着佛门净地，做这些伤天害理的事，真是佛门败类，今天遇见你家活爷爷，大概也是你们作孽多端，恶贯满盈，大概你就是为头的，先过来领死吧。"

大空一听，就知道今天是糟了，到了这个时候，也就没了法子了，把心一横，正要上前动手，却听房上有人喊嚷："大空禅师不要担惊，老朋友不用张狂，接我这下子！"跟着耳听哧的一声，一道白光就奔了那个老头子，老头儿手里鞭子往上一撩，就听当一声响，原来是一镖已然掉在地下。

老头儿用手里鞭一指点道："什么人暗地伤人，算得了什么英雄？要真是有种的，可以下来咱们比画比画。"

一句话没说完，房上四面八方全都有人喊嚷："老家伙，你不用逞能发狂，当时就要你这条老命！"话到人到家伙到，唰的一声，人从上头就下来了，跟着又下来了有十几个，全是小衣襟短打扮，每人手里都拿着明晃晃的家伙，头一个奔了老头儿。老头儿一看，上来这个，也就三十多岁，穿青系皂，一身儿黑，手里是一条十三节亮银鞭，冲着老头儿恶目横眉道："嘿！老头子，你是活腻了吗？为什么跑到这里来找野火吃？你要是知得事的，趁早儿快走，是你的便宜，要是稍微一慢，可别说你家寨主爷心毒手黑，我可不懂惜老怜贫，我当时要取你的狗命！"

老头儿听着一笑道："你这话说得我倒是领情，不过你姓什么叫什么，你先说一说，我也听一听。"

那人一瞪眼道："你要问我，你家大太爷姓罗，单名一个平字，江湖人送美号是神鞭小尉迟就是你家罗大太爷。老家伙，你可有名有姓？何妨也说一说。"

老头儿一笑道："你要问我，你可站住了，别回头我说出来再吓破了你的苦胆！你家老爷子是甘陆甘八掌！"

这一嗓子，这些贼真吸了一口凉气，因为大家都知道江湖上有这么一位金毛神吼甘陆甘八掌，是江南七义里头最狠最厉害的一个。要知道这来人是甘陆甘八掌，无论如何，这口气也忍下去了，如今这一来，恐怕当时就出毛病，不过所仗着就是人多势众，或者能够有点儿办法，真要凭庙里这些人，今天这座庙就算完了。

老头儿道完了字号，拿小驴鞭子冲大家指道："你们不是打听我姓什么吗，已然是告诉你了，你们该当怎么样了？要上手赶紧上手吧，不要径自耗着时间，你家老太爷可是没有工夫跟你们捣乱。"

神鞭小尉迟罗平手里拿着十三节亮银鞭，虽然有点儿怯敌，可是他正在年轻力壮，并不是真跟甘陆见过手，不过是听人说过江湖上有这么一号而已，究竟甘陆是怎么样的一个人，手里准有什么能耐，他也没见过，如今虽说有点儿害怕，可是心里还不服气，非得见一下子真的不成。听甘陆说完，把手里长鞭哗啷啷一抖向甘陆一笑道："噢，你就是甘八掌，我倒听说有这么一号儿，不过咱们井水不犯河水，你在这里发什么威？你家大太爷就是不服气这个，我看一看你倒是有什么真正的能耐。你要是赢得了我手中鞭，我是跺脚就走，绝不干预你们两家的事；你要是输给我，我看在你这么大年纪，也绝不能够伤你，你就快快一走，这里的事用不着你管，你看好不好？"罗平这两句话说得很是筋节儿，居然把命保住了。

甘陆一笑一点头："谢谢你成全我，请吧！"说完了也不往外拿家伙，仍然站在那里。

罗平就知道他是艺高人胆大，人家没有把自己放在心里，不由得也有一点儿往上撞气，一抖手一鞭就到了，扑噜一声，"玉带困腰"横着一扫。甘陆一提腰，那么大的年纪，腰腿这份灵活，真比年轻的不在以下，咴的一声，起来了足有七八尺，鞭就走空了。甘陆往下一落，罗平一翻腕子，一个"撩阴式"顺着袖里儿撩上来。这手儿可真厉害，因为他是往下落，身子正在悬着空，打算往下再起，当然谈不到，就是往左右闪，也不易办到，想着这下子准可以撩上了。大家正在一喜，就见甘陆两条腿往一块儿一并，脚尖儿往下一点，正赶上鞭往上撩，脚尖儿一碰鞭子梢儿，就跟一个球儿一样，咴的一声，借劲使劲儿，又起来了有四五尺，一点儿也没伤着，二次又往下落。罗平就不再往上撩了，一看甘陆往下一落，眼看离他不到二尺，横着一缠他的腰，想着这下儿他准躲不开了，哪知道甘陆现在已非昔比，又因为罗平长得相貌不错，话又说得嘴甜，再一听他的外号，也不是个匪类，所以才肯陪着他走这么两趟，一则是叫大家看看他的能耐，二则他为把罗平吓走，他不愿意伤他，不是这样，有八个罗平也早就败了。一看鞭来了，不躲不闪，反倒跟着往前一迎，借势往里一进步，就跟着鞭儿去了。往前一抢，拿手里鞭子一晃，罗平往后一闪，那只掌就到了，砰的一声，正在罗平的左肋上，吭咴一声，罗平倒退出去有好几步。

甘陆甘八掌微微一笑，大空一怔，神鞭小尉迟罗平早已退了下去，回头一抱拳向甘陆道："承让，承让，谢谢甘老英雄！改日见吧，请！"说到请字，单手一拉鞭，打垫步一拧腰，嗖的一声，纵上墙头，三晃两晃，踪影不见。

甘陆一挑大指道："嘿！瞧瞧人家！这才叫一等一的好朋友呢！我就佩服这路主儿，这叫知羞臊，知进退，别瞧败了，人家够体面！你们这一堆里，恐怕还找不出来这么第二个。哪个不懂羞臊的再过

86

来一个？咱们斗斗，倒看看谁是猩猩，谁是狗熊！"

一句话没说完，听那边有人喊嚷："姓甘的不要倚疯撒邪，我要领教你这神砂八掌！"话到人也就到了。

甘陆一看，敢情也是一个老头儿，雪白的胡子，头发剩了不多，在脑袋顶儿上还留了一个小辫儿，扎着大红的辫儿，上头又坠了两个当十钱，一晃悠脑袋，钱碰钱叮当乱响，一张娃娃脸儿，是又红又白，又润又嫩，两只圆眼睛，黄眼珠儿，滴滴乱转往外放光，一身土黄的裤褂儿，腰里扎着一块蓝褡包，白布袜子，脚底下两只青布大掖巴搬尖儿洒鞋，手里拿着一对铁球，以外并没有拿着兵器。一看还真眼熟，猛然想起不由打了一个冷战，倒吸了一口凉气，赶紧把心气儿往下一平，微然一笑道："我当着是谁哪，原来是朱砂手唐蕴华唐老朋友，想不到今天会在这里遇见，真是有缘千里来相会。咱们是熟手，就请老朋友赏招吧！"

这个老头子一露面呢，甘陆就留上心了，准知道这个老头子比自己只高不矮，并且"过节儿"甚多，绝不是三言两语，就能善罢甘休的，废话也是无益，不如聚精会神，跟他拼下子再说吧。两个人底下连话都没有，彼此抱拳，二位就动起手来。及至两个人这一动手，旁边的人可是看不懂，却觉得这两个人不是在拼命动手，倒像是一个师父教给徒弟在练把式，点点戳戳，说说而已。其实他们都是外行，头里几个高手，早看出来这两个人是拼命相争，只要有一方大意失神，当时就能受伤，甚至丧命，可不知道这两个人在什么地方结的仇，哪里来的这么大的恨，竟至才一见面，便以性命相搏，全都瞪大了眼睛，看着他们两个。就是这样，动手足有一顿饭的时候，唐蕴华怒喝一声："姓甘的你要留神！"说着，忽然掌势一变，方才那一味游斗的劲儿，陡然一变，就跟疾风暴雨一样，唰！唰！唰！一个劲儿地往甘陆身上攻了进去。再看甘陆，却依然是那样不慌不忙，全不着急的神气，支支架架好像全不经心的样儿。唐蕴华急攻了一阵，一看还是占不住上风，拳势又往下一缓，照着甘陆迎面一掌，甘陆一斜身儿，让过这一掌，用手一叼他的腕子。唐蕴华往回一撤，立手一掌。甘陆翻腕子往上一迎，唐蕴华往上一绕，躲开甘陆的掌，立刻手指头往里一戳。甘陆一含胸，横手往下一剥。唐蕴华一撤左掌，右掌横着一穿，唰的一声，掌又到了甘陆的左肋。甘陆一斜身，却不防脚下正是一块石头，脚后跟一下子挂在上头，喊声："不好！"掌就到了。甘陆大舍身往后一仰，还是没全躲开，嘣的一声，人便倒了下去。唐蕴华哈哈一笑："姓甘的今天你还打算走吗？"说着往前一抢步，提起双拳，照着甘陆胸肋就砸了下去。

这时候大空和尚嗜念连声阿弥陀佛，只要能够把这神拳甘八掌弄倒了，也松一半心，又见唐蕴华一抢双拳往甘陆肋条上砸去，知道这下子甘陆算是完了。

就在这一掌离着甘露胸口不到三寸，猛听一声娇叱道："不要动手伤人，你看这个！"唐蕴华一回头，一颗铁莲子便奔了自己迎面打来，唐蕴华一伸手把铁莲子掇到手里，微微一笑道："萤火之虫，能有多大的光亮？"一句话没说完，只见姑娘一扬手，咔吧、咔吧一阵响，袖箭如飞蝗，便奔了唐蕴华。唐蕴华一看来得太急，可就不敢大意了，赶紧一纵身，意思之间，叫它从底下过去也就完了。谁知这回姑娘是狠了心了，一抬手是上中下，虽说唐蕴华躲得快，究属不如人家来得快，就在他一纵身的时候，这支箭正打在大腿里臁儿上，唐蕴华哎呀一声，倒退三五步，斜着就摔倒了。

这时候甘陆往起一长身，纵了起来，用手一指唐蕴华道："姓唐的你不用服气，你要真是有能的话，你可别跑，咱们也来一个二回。"

唐蕴华自从挨上一箭，就觉浑身发冷，又酸又麻，就知道不好，一听甘陆叫他，便回头一阵苦笑道："姓甘的，你们不体面，背地伤人，是个什么东西，大太爷斗你们不过，再见了！"说话一晃身，再找便连影儿都没有了。

甘陆才一点头，就听和尚那边有人喊道："来人不要逞能，洒家愿意跟你讨教几招。"

　　大家一看,这是本庙的大徒弟人皮纸大了,只见他拉着一根丧门螺丝棍,蹦过来迎面就是一棍。甘陆早就看着这个小子不顺眼,从心里就想着给他一下子呢,不过当着这么些人,不便单独把他叫过来,如今一看,他自投罗网,走了过来,心里高兴。才要过去施绝技,叫他当时丧命,正在这个时候,忽听身后有人喊嚷:"老爷子,您先等一等,在后边歇一歇,等我把他打发回去!"甘陆一回头,正是自己的爱女八臂嫦娥甘莲娘,知道姑娘的性格,早已不满大了这种恶劣神气,便往旁边一闪身道:"好!姑娘你报应报应他吧。"自己往后一撤身儿。甘莲娘就蹦出去了,一抬手,大家这才看见,原来手里拿着是一把说是刀不像刀,说剑又不像剑的那么个兵器,仿佛剑那么长,刀那么宽,可不是扁的,三面带棱儿,头儿上有个钩子,另外一只手按在腰上,走出来向大了一瞟眼道:"胆大凶僧,竟敢这样不法,今天遇见你家姑娘,也是你恶贯已盈,该遭惨报了,别走,接家伙!"唰的一声,三棱钩镰刺就到了。

　　大了死在头上,他一点儿都不明白,他还觉得这个姑娘比那个老头子好对付,并且他一心一意还想着把这个姑娘打倒了之后,可以为所欲为,心里真是特别高兴,一阵冷笑道:"姑娘不要动那么大的火儿,咱们慢慢地走着瞧!"一句话没说完,家伙就到了。甘莲娘本就手黑心毒,又看着这个和尚处处可杀,早已拿定主意非把他置之死地不可,废话不说家伙一扎他胸口,他旁边一闪,一翻丧门棍往上就磕。甘莲娘一撤三棱刺,横着一抹,大了立棍一迎当啷一声响,火星儿直进,并没有磕动一点儿。大了才知道这位姑娘比老头儿手里并不软,一抡手里棍,横一扫。莲娘往起一纵,让过棍去,左手冲着大了一抖,就听咔吧一声响,大了就知道是暗器到了,赶紧一抬头,打算看清楚了是什么再躲。就在这一抬头的时候,就见一片黄光,从头上罩了下来,才知道不是普通的暗器,知道不好,再打算躲,可就不行了。咔吧一声之后,跟着呼的就是一声,一阵硫黄味儿，跟着往地下一躺，打算把火压灭了，谁知莲娘打出这种东西名叫三绝神火弩，是江湖上的放火出名的瞎火神纪玉教的，后来有个小火狐周益，也是以使火器成名。莲娘是跟纪玉所学，又加上细心研究，不但神火弩使得好，就是一切小家伙，没有一样使得不好，因此江湖上送她一个外号叫八臂嫦娥。这种火器，不打上则已，自要打上，除去烧得尸骨成灰之外，绝无一点儿可以幸免，今天又加上从心里恨他，打出来的火弩又加几分力，大了又一大意，这一下子来了个满头满脸，他又往地下这么一打滚儿，一裹上风，风助火，火助风，越来越旺，越来越大，烧得大了狼嚎鬼叫，一会儿工夫，烧得衣裳也没了，头发眉毛也没了，烧得顺着脑袋袖儿，先还有声儿，后来烧得连声儿都没有了。大家全都捏着鼻子，挡着这股子臭味儿，一会儿工夫，把个大了烧得成了一堆黑炭，地下也直冒油儿，大家虽无不痛恨凶僧，也觉太惨。

　　老和尚大空一看徒弟死得太惨了，师徒一场，并且大了又是自己心爱的徒弟，不由得跺脚捶胸，一阵号啕大哭。甘莲娘这时候，早已把火弩收好，在身后一背，满脸上带着笑容向大空和尚道："凶僧，你们既是出家人，跳出三界外，不在五行中，讲究是一尘不染，万念皆空，长斋念佛，青灯诵经的才对，怎么竟敢假借佛门净地在这里行为不法，荤酒之外，还用熏香蒙汗药，伤害好人性命。平常时候，被你们伤害的好人，不知多少，天网恢恢，才叫你们碰见你家姑娘，现在他是已经死了，你们哪个胆子大的，或是有不服气的，只管前来，准叫你们全在这神火弩下做鬼！"

　　姑娘说着一瞪眼，这些人真有一大半儿不敢过来的。就在这个时候，人群里忽然蹦出一个来，长身一纵，就到了莲娘面前。莲娘一看这个人，身高不到四尺，瘦小枯干，穿着一身白衣裳，手里是一对判官笔，就知道这个主儿手里不软，不敢大意。一掐簧才要撒神火弩，这个主儿早就纵起来迎面一笔扎来，甘莲娘可就没有工夫撒暗器了，赶紧一抢手里三棱刺，横着一迎。那个人把家伙往回一撤，甘莲娘跟着就问："来人姓什么，叫什么？说完了再动手也不晚。"

那人一笑道："问我的名姓儿倒容易，我叫钻天白猿李信。不打可不行，一等工夫你那个火器又出来了，火一出来，我也不成了，咱们还是打着说吧。"说着一斜身一长胳膊，唰的一声，双笔平着就奔了莲娘胸口扎来了，甘莲娘就知道遇见劲敌，益发不敢大意了。动手两个照面儿，身上腿上，腰上手上，没有一个地方不快，没有一个地方不好，莲娘究属是个姑娘，工夫一大，未免有点儿气神虚，脚底下透慢，手上透乱。李信精神大涨，一手儿比一手儿紧，一手儿比一手儿急。忽然左手笔一点莲娘右肋，莲娘用刺一磕，李信一撤左手笔，右手笔横着一推，一点莲娘的腕子。莲娘斜身一撤，李信往里一进步，脚尖儿一兜莲娘的脚后跟，莲娘往起一纵，李信跟着一扫。莲娘再打算躲，可就让不开了，嘣的一声，正扫在腿上，咚、咚、咚，横着出去有两三步，恰好旁边就是大了的死尸，虽然人成了灰，那根丧门棍，可没有捡回去，被棍一绊，哎呀一声，扑咚一声，人横着就摔倒了。李信一见，一收手里笔，要说什么还没得说呢，旁边白毛旋风大脱和尚，早已一声狂喊："丫头，你烧死了我的师哥，想不到你也有躺下的时候，你给我师哥抵偿了吧！"说到这句，哗啷一声响一杆九耳八环方便铲偏着就拍下来了。金毛神吼甘陆甘八掌，也是一时大意，没把这拨儿贼放在眼里，自己站得远了一点儿，万没想到会出来这么一个李信，三招两式便把莲娘打倒了，跟着大脱抢铲一砸，要救也来不及了，不由一吸气一跺脚就知道莲娘这下子是完了，把眼一闭不忍再看。

就在这个时候，猛听有人喊嚷："好和尚，拿酒把老子我灌醉了，打算谋害我老西儿，咱们完不了！"话到人到，跟飞一样两条腿往前一戳，正戳在大脱和尚脸上。大脱和尚只顾了替师兄报仇，他可就没有防备会从半天里蹦出这么一个来，并且特别快，就在他一抢铲的时候，才听见声儿，没有看见人什么样儿，两条腿就到了，再打算躲，可就躲不开了，扑哧一声，两个脚尖儿正戳在左右两只眼上。大脱一声惨叫，当啷一声，手里铲也撒手了，跟着扑咚一声，往后一倒，顺着眼眶子往外一流鲜血，里头还有些白浆儿，大概是连脑子都踢出来了，倒在那里，手脚刨了两刨，便再一动不动，估摸着有九成九是活不成了。

老和尚大空一看，就是那个山西人，心火往上一撞，这回也不哭了，一弯腰从地下捡起方便铲，身上不住一阵乱抖，哆哆嗦嗦向山西人道："老西儿，我的徒弟跟你何冤何仇，你为什么一脚把他踢死？我一辈子就收了两个徒弟，今天一天倒死了这一对儿，我活着还有什么意思？干脆，你连我也成全了吧！"

山西人哈哈一笑道："老和尚你眼瞎心都瞎了，我老西儿一进门的时候，就给你送了信了，你一脑袋都是元宝，始终不明白，越闹胆子越大，爽得杀起人来了，那我哪里还能留你！我要不跟你说，你也不知道我是什么人，跟你谈一谈，你也许就心平气和了！老西儿我姓褚，我叫褚燕山，你可听人家跟你说过？"

老西儿这一嗓子可了不得啦，院子里的人跑去了足有一半儿，敢情这个老西儿名头高大，长江南北，大山东西，提起人家老西儿真是大小皆知。他姓褚，单一个广字，号叫燕山，外号是推云拿月，当代三大侠客之一。推云拿月褚燕山，这一道字号不要紧，把一个老和尚大空，吓了个魂飞魄散，心说今天大概是日子不好，怎么这一拨儿有了名的魔头全被我遇见了？这个可是麻烦。心里正在想着，就听人群里有人喊嚷："姓褚的，你不用拿字号吓人，在下愿意陪你走个三招两式！"嗖的一声，蹦过一个人来，大家一看，这个主儿，相貌举止，很够个派头儿，三十多岁，身高在七尺壮，细腰窄背，穿着一身蓝缎子衣裳，手里拿着一把金折扇，满脸带笑，往那里一站。

褚燕山一点头道："朋友既是肯得赏脸，请您道个蔓儿吧。"

那人一笑道："你要问我姓辛单名一个夷字，江湖上也有人给我编了一个外号，都管我叫飞将军辛老四，老朋友多担待一点儿吧。"

辛夷一说出名姓，老和尚这一边就全都舒眉展眼喜笑颜开，准知道飞将军辛老四，在江湖上确是有人家这么一号儿，论起名头来，虽然赶不上三侠，可也差不多，比到真能耐，还不定谁准能怎么样，故此全都放下心来。

褚燕山一听他是辛夷，不由得就冷笑了一声："姓辛的，你这一说，我倒明白了。你这次前来，并不一定是要帮什么姓张的姓李的，就是找我老西儿而来。就是你不找我，我也要找你去呢，冤有头，债有主，谁叫我老西儿，从前把你妹夫伤了呢，你就是给我老西儿一刀一枪，我老西儿决不含糊。不过有一节，这里的事咱们可得单说。"

一句话没说完，辛夷一声冷笑道："姓褚的不用多费唇舌，趁早儿亮家伙动手。"嘴儿说着，往前一抢步，用手里扇子迎面一晃。大家看着全都特别，这个主儿，名头既是这样高大，怎么他使口兵刃都没有啊？里头就有知道的，飞将军辛夷的实学，实在太高，不但十八般兵器，样样拿得起来，就是软硬功夫，以及水旱两路，全都可以说是无一不精，无一不高，平常不使别的家伙，就是一把扇子。这把扇子，在外表上看，仿佛跟普通扇子一个样，其实这把扇子，是纯钢打造，这里头小股子全是钢的，用的时候变化还是特别多，除去能够当各样兵器使用之外，还可以拿它点穴，竟是一把百用的利器。

褚燕山他可知道这种家伙的厉害，因为江湖上有个成名的侠客，叫铁扇仙路大成，就是一把扇子扬名天下，并且对于辛夷，虽然彼此没有见过，也有个耳闻，知道他也使的是这种家伙，一看他出来，早就留上神了。看他往前一抢步，赶紧往旁边一闪道："辛朋友，你别以为我是怕了你，实在我因看你够个英雄，所以才告诉你一声儿，他们这一群臭贼，专讲烧杀抢掠，使熏香，卖蒙汗药，使尽伤天害理的事儿，拿你这样一个朋友，不该蹚入这种浑水，故此才告诉你一句话儿。你说一定以为你有什么了不得，打算当众逞能，我姓褚的的确不够个角儿，倒是很愿意陪你走个三招两式的。话既说到这里，你就亮家伙吧！"

辛夷一听，不由得有点儿犹疑，当着好多人，当然不便再回去，便把手里扇子一晃道："姓褚的，我跟你有仇，我不管那些个，趁早亮家伙动手吧！"

褚燕山把眉毛一挑冷笑一声道："朋友，你别以为是谁怕了你，既是这样不知进退，来，来，来，咱们就比画比画吧！"说到这里，手一摸腰，锵的一声，撤出一把背厚刃薄、冷森森光闪闪的折铁宝刀，迎光一闪，上头仿佛是有一层鱼鳞，刀头宽上头有一个环儿，一抖手，锵啷一响，有如龙吟虎啸一般。老西儿这把家伙一露面，这拨人就打了个冷战，准知道这是一口宝刀，辛夷仅仅是一把扇子，如何能够是人家对手？不由得全都捏着一把汗。

褚燕山把刀一亮出来，辛夷早已一声喊道："姓褚的，就凭您今天手里这口家伙，我就跟你完不了，别走，接家伙。"唰的一声，点钢扇迎面挫来。褚燕山一坐腰，一立手里刀往上就削。辛夷往后一撤，一反腕子，偏着就照褚燕山头上拍去。褚燕山斜身一纵，长胳膊抖手一刀，点辛夷的右肩头，辛夷一转身，用扇子从底下往上一托，褚燕山横刀一劈，辛夷偏着扇子一迎。褚燕山一撤刀，底下一腿，辛夷提身一纵，顺手拿扇子横着一拍，褚燕山往右一闪，刀势一变，上下左右，忽前忽后，一阵削剁劈砍，扎镰锁剪，如同暴风雨一样。辛夷闪展腾挪，封闭迎化。大家正在看得眼花缭乱，忽然辛夷一声喊嚷："姓褚的，斗你不过，告辞了。"说完一撤扇，抹头就走。褚燕山道："朋友，你不用使这假招子，姓褚的今天非见真输赢不能算完！"一轧刀往下就追，辛夷霍地一回头一抖手，嗖的一声一道宝光直奔褚燕山，哎呀一声扑咚摔倒。推云拿月褚燕山这往后一倒，辛夷哈哈一笑道："姓褚的，这你还打算走吗？"说着话往前一抢步，手里扇子往下一戳，照着褚燕山胸口戳去。

大空这时候，心里这份痛快，只要把你这老小子先弄躺下，就去了我一半儿心病。正在这么想着，他的扇子就到了。旁边金毛神吼甘陆甘八掌，这个急可就大着了，眼看褚燕山性命危险，可是自己看着女儿甘莲娘，寸步不敢离开，又怕这些贼并完了褚燕山之后，少不得还要跟自己过不去，老头子又是着急，又是害怕，又是痛恨。就在这一眨眼之际，辛夷的扇子就到了褚燕山的胸口了，老头子一闭眼，准知道他们两个有仇，这下子可完了。

猛听老西儿一声狂喊："好小子，你真意狠心毒，你打算谋害亲——老西儿啊！"嘴里嚷着，脚尖儿一点地，哧的一声，平着身儿仰着脸儿纵出去足有一丈多远。辛夷方在一怔，褚燕山一抖手，哧的一声一道寒光，直奔面门，出其不意，也看见了，也躲不开了，噗的一声，正打在左肩头上。辛夷哎呀一声，抹头就跑，他自己明白，这只镖是自己打出去的，被老西儿接到手里，假装挨镖躺下，一抖手又把镖打出来了。自己的镖，自己知道厉害，里头用毒药炼过，打上之后，子不见午，准死无疑，好在自己身上带有解药，不过得找地方去上去，这里动手当然是不行了。他这一跑不要紧，这些个贼就全乱了，"可以的呀！这个老西儿可真厉害呀，他会装死打镖，打上活不了，快跑吧！别叫他追上啊！"大家一边喊一边跑，就在大家这么一乱，再看连老和尚大空的影儿都没有了。

甘陆甘八掌一看暗暗点头，人家这个才叫卖横儿的哪，自己在江湖上闯荡这么些年，凭着能耐也混到义士的身份，成了名的豪侠确实见过不少，要像褚燕山这么大的岁数，还能有这样降人的本领，实不多见，想着便要过去招呼褚燕山套套亲近。褚燕山却先撂下袖子，把刀入了软皮鞘，往身上一围，然后双拳一拱道："老西儿一时沉不住气，倒惹六义士见笑！"

甘陆一听，也赶紧还礼道："久仰久仰，实在高明，甘陆实在佩服万分。"

褚燕山一摇头道："算了！算了！你怎么比我老西儿还酸呀？咱

们彼此虽没有在一处聚过，大概谁总知道谁，既是一条线上的，趁早儿把这一套虚假扔在一边，拣要紧的说几句，前边还有两个人呢。"

甘陆道："怎么前头还有两个人？是男的，是女的？可有一个姑娘被他们困住了吗？"

老西儿道："我知道的可没有姑娘，也许是另一个地方，咱们何妨去看看找找哪！"

甘陆点头，从后院绕到前院，到了配殿，老西儿在前头，一拉屋门往里一探头，就嚷了一声，跟着就往里跑，一挑里间屋的帘子，往里一探头，又嗯了一声，撤身出来，撒腿就跑。甘陆看他仿佛疯了一样，东一头，西一腿，脸上颜色也变了，顺着脑袋往下落大汗珠子，真有黄豆大小，前头后头，房上房下，连桌子底下他都找到了，急得老西儿直跺脚："这个驴球球囊，活着没有人，死了没有死尸，你这下子可害苦了老子我了！"

甘陆一看他是真着急，怕他急坏了便走过来道："老朋友，你到底是为了什么事？干什么着这么大的急，可以不可以跟我谈谈？多少也许能够帮你一点儿忙，说说行吗？"

褚燕山抬头看看天又用脚跺跺地，一边擦着汗长叹一声道："六义士咱们今天是头一天见面，也可以算是最末一次见面，老西儿我今天是非死不可，我跟你说了也是白说，这个你帮不了我。老西儿这次来到这庙里，原是受了朋友的托付，叫我保护一个儿娃子（男小孩），也是我老西儿一时大意，看见儿娃子进了庙我也追进庙里，可是儿娃子已被秃球球的使了暗彩子（毒药）蒙过去了。其实那时候老西儿伸手就办，儿娃子也救了，秃球球也完了，总是老西儿不好，放着正事不办，我想拿驴球球的开开心，闹完了之后，再把儿娃子带走。谁知他们这里人还是真不少，我可没有那么长的工夫，因此我才使出千斤拿法，把这些小子们吓跑了。大概就是跟你说话的工夫，秃球球的地理熟，不是从后头绕到前头，就是从地道走了，先下手，把儿娃子给弄走了，这下子可害苦了老子我了，见着我的朋友，几十年的交情，这么一点儿小事会办了个乱七八糟的，叫老西儿拿什么脸去见人家？拿什么话去打点人家？这些驴球球的可要了我老西儿图财害命了！六义士，我的事不用你管，你也管不了，你带着姑娘快走你的，我能找着驴球球的更好，三天三夜，找不着他们，找一棵歪脖儿树拴个套儿我老西儿就告长假了！"

甘陆道："您追的是谁呀？"

褚燕山道："我追的是一个小孩子。其实这个小孩儿，跟我连面儿都没有见过，是我一个朋友，无缘无故地带了一家子出去假装跑马解的闹着玩儿，谁知当地有个财主，跟前两个孩子，把他迷住了，在当地就要拜我这朋友为师。我这个朋友还真爱上了这两个小孩儿，原有意收他们做徒弟，偏是家里闹出特别的事不得不赶回家去，到了家里，想起那两个孩子的神气，恐怕他们是要追赶下来，又怕他们半路上出了舛错，恰好我就赶上了这个巧当儿，托我跑一趟，我推辞不开，便走了一趟。到了当地一探，两个孩子，一男一女，全都背了大人跑出来了。我一听赶紧又往回跑，走在此地。我原没有看出这座庙里有什么毛病，不过想着进来打听打听，谁知一见庙里这个和尚，就知道这庙里有点儿行为不法，不是好庙。我一边拿和尚打着哈哈，一边就进了这座庙，故意让他假装把我麻了过去，及至到了屋里一看，炕上正搁着一个孩子，已然被他们用麻药麻过去了。我想怎么救这个孩子，外头又进来了一个，我在屋里一听，也是跟和尚过不去的，心里方在一喜有了帮手，后头就乱了。我从窗口跑到后院，一脚踢倒了那个贼和尚，又吓跑了那一堆，总算不错。哪知到了这里，再找这个孩子跟进来那个人连影儿都没有了，这一定是被那个小子给诓走了，我活不……了。"

已将说到这句话，有人拍庙门环子，褚燕山道："八成儿又回来了，我出去看看。"褚燕山往外走，甘陆也跟在后头，来到庙门口，褚燕山隔着门先问了一声："外头是什么人？"

外头搭话："是我，我是赶路的，走过了镇甸，肚子里饿了，没有地方吃饭，打算跟庙里师父这里求一点儿饮食，吃喝完了就走，绝不敢久在这里打搅，大师父行个方便吧！"

褚燕山一听，说话的声音是个小姑娘，跟他所想的不对，心里先有三成不高兴，便倔声倔气地道："这庙里没人，都死啦！"

甘陆一听，不像话，正要告诉他别这么说，身后有人说道："爸爸，您跟褚老爷子往后站一站，等我问问看是怎么一个人。"

甘陆回头一看，正是自己的女儿甘莲娘，想着这个不错，可以叫她问问，便笑了一笑道："你问是可以问，不过不可大意，因为现在咱们待的这个地方，可是不大好，说话行事都要小心。"

莲娘点头答应，走过去把门闩拉开，开门一看，原来是一个十四五岁的小姑娘，满头满脸都是大汗珠子，长得非常俊秀，拉着一匹牲口，提着一条小鞭子，迎门一站，一见甘莲娘仿佛一怔。莲娘明白她的意思，为什么出来的不是出家人，也是一个小姑娘。便笑了一笑道："这位小姑娘，方才就是你叫门吗？来，请进吧。"小姑娘脸上露出为难神气，甘莲娘知道她的心思更赶紧过去一把把她抓住道："小姑娘，你进来吧，你是不是要找那一拨儿跑马解的？我是来找你的。"

一点儿不错，来的这位，正是弃家出走，追随秦克宁的袁玲姑。一路之上，提心吊胆，想着最好能够早到凤阳县城，遇见秦克宁，再告诉他家里是怎样的着急，叫他赶快回来，如果能够把那跑马解的一同请回来，倒是不错。心里在想着，脚底下牲口跑着，越走地势越荒，越走越觉害怕，虽说天生来的胆大，究竟是个小女孩子，又是头一次出外，不由得她心里总有一点儿啾咕，可是牲口始终是往前跑着，一点儿回去的心思都没有。走来走去，肚子就有点儿饿了，四下一看，附近并没有镇甸，未免有点儿着急，影影绰绰可就看见这座庙了。一催牲口，来到庙里头一看，原来是一座庙，心里还高兴呢，以为最好是庙，比住店住家都好，出家人讲究慈善方便，如果人家念自己是孤身女孩子，就许把自己让进去，这样自是最好。想着便一拍门，里头头一个是褚燕山，说话非常倔强，姑娘差点儿没气哭了。甘陆的姑娘甘莲娘一搭话，褚燕山听出毛病，便赶紧抢过去把心事整个儿给揭开了。袁玲姑一听，是又惊又喜，又觉得可怪。

甘莲娘大姑娘特别机灵，一看玲姑为难，她可就看出来了，便赶紧搭话道："姑娘不用害怕起疑，确实我们对于姑娘这次出来，略有一点儿见闻，姑娘请到庙里慢慢地谈谈好不好？"

袁玲姑这就是天生异禀，和人不同的地方，听说并不犹疑，便点点头跟了莲娘等一同进了庙门。到了里面，问过名姓，褚燕山一次申说来意，袁玲姑大喜道："噢，真的是这样，我先谢谢老爷子吧！"袁玲姑虽是小姑娘，并没有在外头跑过，除去家里人之外，也没有见过多少好人，可是天性机警，心思特别灵敏，虽然事出意外，却能镇静不变，尤其脑子特别灵活，跟甘莲娘虽是初次见面，却已看出莲娘满脸正气，绝非坏人。褚燕山虽是长相古怪，神情可怕，但是一听老西儿说的话，心里早就起了思量，自己这次出走，除去自己本人之外，绝没有第二个人知道，怎么这个人初次见面，就会知道自己是找那一拨儿人，这件事实在可怪。看起来一定是那班跑马解的人，看出自己跟克宁的神色，知道一定会追赶他们，才派人来接引。自己既是打算去，路途又生，地方又远，真要半路上遇点事故，究属可怕，难得有这班人一同走，当然再好没有，况且这位姑娘一见投缘，更是难得。只是一件，秦克宁出走在自己以先，按理他应先到此地，难道是他的马快，已然从此过去？如果能够见着，一路同走岂不更好，可惜自己来迟一步，彼此没有见面，总怪自己不该回家去写那封信，耽误了时间。

她正在左思右想不得主意，连旁边有人跟她说话，她都没有理会，忽然一声马叫，出在大门后边，方自一怔，自己骑的那匹牲口，也跟着咳咳乱叫起来。急往门后一看，不由得吓了一跳，原来正是秦克宁从家里骑出来的那匹马，不由心里轰轰的一声，猛然醒悟，一定是秦克宁先来此地，从他嘴里套出实话，又来诓骗自己，看来秦克宁说不定已经为他们所害，想到这里不由狂叫一声，浑身乱抖起来。袁玲姑冲着褚燕山微微一阵冷笑道："你们究竟是干什么的？趁早说出实话，也许是你的便宜，如若不然，我要一声张，惊动官府，恐怕没有你的便宜。"

褚燕山一看，正在说得好好的，怎么突然之间变了态度？这可真是怪事。正在纳闷，旁边甘莲娘究属姑娘心细，一看袁玲姑本是和颜悦色，忽然变成这种样子，当然是有所见疑。仔细一想，又往门后一看，当时便明白了一半儿，便笑着向袁玲姑道："姑娘不用着急，有什么可以慢慢地说。我问姑娘一句，姑娘是不是看了门后这匹牲口，起了疑心，才发脾气？"

袁玲姑点点头道："一点儿也不错，你既是能说出这句话来，当然你就知道原委。姓秦的到什么地方去了？快点把他叫出来，我们见面，自有话说，否则我就要高声喊叫了。"

甘莲娘一听，从心里真爱，不是别的，就凭一个什么没看见过的小姑娘，居然在这个地方，能有这种胆量，将来绝错不了，只是一件，这回事你可是看错了。想着便一笑道："姑娘你先不要起急，听我跟你慢慢说。"遂把自己如何来到这庙里，如何遇事，如何动手，如何褚燕山加入打退群贼，褚燕山怎样说起受朋友之托，到这里来找一个小孩子，怎么看见孩子落到庙里，及至一找，不但小孩儿没了，并且还丢了一个另外投宿的汉子，大家正在谈论这回事，外头就有人叫门，从头至尾细说了一遍，并且告诉她秦克宁怎样被人麻了过去。袁玲姑一边听一边点头，听完了忽然向甘莲娘扑咚跪下。甘莲娘赶紧一伸手把玲姑拉了起来道："姑娘，有什么话慢慢地说，这个可使不得。"

玲姑长叹了一声道："这位大姑，我虽没跟你久在一起，可是我一看出您是女仙女侠一流人物，我袁玲姑现在无异身陷绝地，唯有

100

求您可怜我，我才能有活路。方才跟您说明那位秦家哥哥，虽是异姓兄妹，实在是情如骨肉，这次离家出走，只因一时好奇，谁知竟会闹出这多事情。据您所说，他或者已经身遭不幸，或是又走了别的道路，果是如此，要给秦家伯父伯母知道，就是他这么一个儿子，不是急死，也是疼死。我现在回去既是不能，前进也没有法子，岂不把人活活急死，除求您特别帮忙之外，绝无其他法子可想。您可怜我是一个人事不知的小孩子，您得答应我给我找一条活路，不然我只有死在您的面前了。"正说着已然盈盈欲泪。

甘莲娘看着好生不忍，便赶紧笑着道："姑娘，你先不要着急，听我慢慢地跟你说。我虽不是你所说的什么侠义之流，但也还有点儿热心，这件事既是叫我遇上，当然我得给你想个法子，只是一件，这回事情，原和我无干，并且你们所要找的人，也跟我素不相识……"

一句话没说完，却听庙墙上有人喊嚷："不用客气，咱们全是一家人！"唰的一声，从墙上蹦下一个来。大家一怔，回头一看，来的这人，也是一个女子，笑嘻嘻地站在面前。

玲姑一看，心里大喜，正是跑马解场子里那个大姑娘，方要搭话，褚燕山早已喊了出来："你怎么才来？快把我急死了！"

那女子微微一笑道："褚大爷，我不是说您，您还是老江湖呢，这么一点儿事，闹了个乱七八糟，我父亲不放心叫我跟老三追了下来，也是天意，走到这里，忽然心里一动，站了一站，谁知真会遇见，差一点儿又扑了一个空。这里事我也全明白了，什么事都是缘法，丝毫勉强不得，那位姓秦的小孩子，已然被人带走，我也是半路上遇见一个朋友跟我说的，所入的门径虽然跟我们不是一路，倒也不是邪道，暂时只好由他自去，将来仍有回到我们门里来的一天，可以不必寻找。倒是这位姑娘，是回去，是跟我们走，只听她一句话。"

这个女子还要往下说时，褚燕山拦着道："你先等一等，什么事都是这么性急，就跟倒了核桃车子似的，这里还有两位同道，你也不见个礼儿，叫人家看着，一点儿规矩也没有，岂不成了野人了。来！来！我给你引见引见。"说着便向甘陆道："甘老哥，这个也不是外人，她就是九爪云龙宣威的姑娘忘忧草宣凤。"又向宣凤说了甘陆父女的来历，宣凤赶紧上前行礼。

甘陆忙拦着道："姑娘别多礼，我和令尊原是老朋友，只是多年没见了。"

宣凤道："甘老伯您可别怪我，我就是这么毛躁，既不是外人，还是那句话，这位袁姑娘是回去还是跟我们走？快点说出来，咱们当时就办，因为家里现在还闹着事呢。"

大家一看玲姑，只见她把眉毛皱了两皱，脱口而出道："我现在一个人已然是回不去了，我愿跟众位，叫我到哪里我就到哪里。"玲姑本来长得就美，这一娇羞欲泪的神气，益发使人爱怜。

宣凤道："姑娘，你也不用难受，你既是找我们出来的，当然就是彼此有缘，你先跟我去吧，到了那里，你愿意住下去就住下去，你不愿在那里，我们还可以把你送回。这回事还是怪我，要不是在半路上多管那一点儿闲事，大概可以早到一点儿，什么事都可以没有了，谁知一步来迟，便会生出这么多的事来呢？好在日子不多，还可以彼此见面，这过去的话也就可以不必说了，倒是在这庙里，赶紧找一点儿什么吃的，吃喝完了，也好赶这一节儿。"

褚燕山道："咱们先往里边去吧。"说着把庙门关好，把牲口拴在一块儿，到了西配殿。

甘莲娘道："你们在这里坐一坐，我到后头去找吃食去。"

玲姑道："我也跟您去吧。"

莲娘把手一摆道："你可去不得，后头院子里躺着好几个死尸，你看见一定得害怕，你就在这里先坐一坐吧。"说完了转身自去，工夫不大，端出一个油盘来，里头又是酒，又是菜，摆了一桌子。

甘陆道："这个不错，这个死和尚，倒给咱们做了现成的了！"

102

大家早已饥饿，一看酒饭，谁也不再客气，这个就倒酒，那个就夹菜，箸到菜净，酒到杯干，喝了不到三五盅酒，头一个就是甘陆，忽然哎呀一声："不好！快找凉水！"一句话没说完，头一晕，腿一软，扑咚一声，摔到桌子底下去了。褚燕山也跟着哎哟一声，两只手一扶桌子，人往前一抢，也摔倒在桌儿上，哗啦一阵响，桌子翻过身。宣凤跟甘莲娘，两个方在一怔，也觉得一阵头晕腿软，要站没得站起来，便扑咚两声，全都摔倒。这一来可把个头次出门的袁玲姑给吓坏了，她不知道他们是喝酒中毒，还以为猝得重病，不及医治就死了呢。在家里时候，不用说是这种事没有见过，就是一个小猫一个小狗死了，也没有叫她瞧见过一回，这突如其来，忽然一倒三四个，焉有不害怕的道理。有心独自逃走，又怕人耻笑自己太已薄情，原是想投到人家那里去的，现在遇见事便把人家丢下，于自己良心上实在过不去，有心不走，可是在这旷野荒郊，突然闹出这样事情，就凭自己一个人，应当怎么办？再者还有一节，自己一个耽延不走，碰巧赶上再有来人，说不定便疑心是自己谋害的人命，说不定就能摊上一场人命官司，那就更冤了。但是自己应当怎么办的好，走又往上什么地方走？想来想去，一个不得主意，便哇的一声往身旁柱子上一扶，便哭了起来。

　　正在这个时候，猛听院子里有脚步声音，玲姑可吓坏了，也不敢再哭了，一着急看见案子前头有一个大鼓，大概是做佛事时用的法器，比自己还高，赶紧抢走两步，转到鼓后头，往下一蹲。才把身子影好，脚步声已然到了屋门，吱呀一声，门一开从外头走进两个来，全都相貌凶恶，身体健壮，每人手里提了一口刀，闯进屋里。头一个用手里刀一指哈哈一笑道："我看你还敢多管闲事不管！"说着话，往前一纵身儿，一抡手里刀照着褚燕山当头砍去。

　　袁玲姑藏在鼓后头，从缝里头可以看见外面，一看进来这人说了一句话，一抡手里刀就剁下来了，不由得吓出了一身冷汗，心说这下子可完了，什么仇这么狠？人都死了，还要动手伤尸？忽然又一想，听来人说话，仿佛是预知这几个人必死的样儿，难道他已然知道了他们已经死了？大概这个人懂得妖术邪法，不然他怎么会说出那种肯定的话哪？果真如此，自己待的这个地方，也就岌岌可危了，既是这样，还不如早点出去，拼着一死，跟他们讲理。倘若他们能够退下去，岂不更好，否则就是死了，也对得起他们。想到这里，正要站起，猛听窗户上咔嚓一响，哗啦一声，一扇窗户已然掉下来了，跟着就有人说："青天白日，朗朗乾坤，你们竟敢这样大胆，提刀杀人，真是不懂得明有王法、暗有鬼神了！趁早儿把刀扔下是你们的便宜，如若不然，管叫你死无葬身之地。"

玲姑一听，精神大长，不禁不由便长起身来了，及至一看清楚，又不免倒吸了一口凉气，原来来的却是一个小孩子，至大到不了十六岁，心说这可是活糟，就凭他这样一个小孩儿，打算跟这山精海怪似的人物动手，焉能找出便宜，这也不知是谁家的小孩儿，又多饶上一条性命。

正在想着，就见拿刀的那个主儿撤回身来，上下一看那个小孩儿哈哈一笑道："小孽障！大概你是活腻了，放你出去也麻烦，干脆先把你宰了倒省心，还告诉你绝不叫你受两刀之苦。"说着回身一抬手照小孩儿当头就是一刀。

袁玲姑一看，可真吓了一跳，这个贼是又猛又狠，手里刀是又沉又快，这一下子下去不用说是准砍在脑袋上，当时是准死不活，就是被刀撩上一点儿，大概也轻不了。到了这个时候，是既想看，又不敢看，不愿意看，又不能不看。就在这一怔之际，这一刀就到了，猛见小孩儿长胳膊一转身儿，身法好快，嗖的一下，就把他拿刀的腕子从底下搂住了，一翻一拧，底下跟着就是三腿。这个贼也是出乎太大意，没有把小孩儿放在心上，嘭的一声，正踹在小肚上，大概还不轻，往后一退两退，咚、咚、咚，退出去有三五步，摇身一晃，才算站住，手里刀可没了，落在小孩儿手里。

小孩儿哈哈一笑道："就凭你这样的能耐，也敢大胆做这没本的

104

买卖，我看你们简直是油包了心啦，你许长够料的，趁早儿把这几位解救过来，我饶你不死。如若一挨时候，你可别说你家小太爷心狠手辣。"

这个贼本来也是姚家寨的，一个叫作黑鬼姚平，一个叫赤大蛇姚定，这两个人平常跟死去的大脱是好朋友，今天大脱到那里一报信，那些贼全都不愿意来，姚平、姚定两个说了多少好话，又说大空发卖熏香蒙汗药，全是一路朋友，如果他的地方一完，大家以后就没有地方去买这种药了，大家这才勉强答应。及至褚燕山甘陆一露面儿，这些贼就知道不好，两个败仗一打，大空徒弟一死，群贼全都跑了。姚平、姚定没走，站在房上，一看褚甘全都奔了前院，他们两个下来，彼此一商议，打算放火一烧，不但庙完了，这些人一走得不利落，多少也许受点伤，既是明干不行，只有鬼当鬼对待。姚平又向西偏殿偷看，一看大家已经坐定，准知道也就要来再吃点喝点儿，两个人彼此一计议儿，到了厨房，每人身上带着有麻药，酒里菜里都放上，然后人纵上房去一等。果然一会儿工夫，就见甘莲娘用油盘把酒菜都端到里面去了，两个人心里欢喜。不大的工夫，听得屋里哗啦叭嚓一阵响，知道是药性发作，心里大喜，速下房来，往屋里就走，一看这些人全都躺下了。姚平一把轰刀，自己捣鬼，战了两句废话，过来抢刀才剁，外头人声响了，一看就是一个小孩子，姚平他会观看不起，万没想到过去才一招就叫小孩儿给踢了个跟斗，并且刀也被人家夺了过去。姚定心里有气，一晃手里三股烈焰托天叉，又盘子哗啦一响，用手一指道："胆大娃娃，你姓什么，叫什么？怎敢到此多管闲事！"

那孩儿一笑道："娃娃？你先不怕天打雷劈！你家小太爷闹海白龙宣霸，专找的就是你们这一路的臭贼，今天既然被我看见，就是你们禄马尽了，你还打算活着走吗？你不是要叉吗？快点把叉练一回，也叫我看看，看完之后，我好伤你一刀！"

姚定一听，这个气大了，一晃叉杆，哗啦一声，叉头就奔了小孩儿哽嗓咽喉了。宣霸一看叉到了，斜身一闪，一翻腕子，刀顺着叉杆就滑进去了。姚定一立叉，宣霸撤刀一扎肚子，姚定立叉一挡，宣霸横刀一劈，嘴里嚷："接这手金刀劈顶！"姚定两手夹住叉杆，往上一绷。宣霸偏着刀在叉杆上来回一拉，嘴里还嚷："这手儿叫剁狗爪儿。"姚定一害怕，两只手全撤开了，当啷一声，三股叉掉在地下。

宣霸哈哈一笑道："怎么样？你们还有什么出手儿的，要是自问不敌，趁早儿把我们的人救过来，饶了你们狗命，要三心二意，我把你们全都打发回去。"

姚平道："小朋友，要救他们几位不难，有一碗凉水，连喷带灌，当时就可以唤醒过来。不过这屋里没水，我得上后头去拿水，您让开一点儿道儿，我好去拿水去。"

宣霸道："你过去吧，我要杀你，还能容你站在屋里，既不打算要你的命，谁还能够鼠肚鸡肠，暗中算计你！"姚平一听，侧着身儿一点儿一点儿蹭了出去。

姚定道："小朋友，取了水来，可是您喷。"

宣霸道："为什么？"

姚定道："不是别的，这里头有两位是女的，我要是一喷，醒过来跟我完不了。"

宣霸才要摇头说是不至于，鼓后头藏着的袁玲姑实在忍不住了，往起一长身儿。不但姚定，连宣霸都吓了一跳，赶紧把手里刀一横，一斜身躲在旁边，姚定早就到了门口。

宣霸道："什么人？"

袁玲姑这时候把害怕早就抛到九霄云外，滔滔侃侃把自己姓名来历一说，并把大家如何中毒也说了一遍。

宣霸点头一笑道："噢！原来就是你呀，怪不得我爷爷回去惊师动众派出这么些人来接你们呢，不是还有一个吗？"

一句话没说完，就听院子里有人喊："娃娃，四面大火已起，大

106

爷失陪了！"

　　宣霸一听不好，赶紧回头再看姚定，已然连个影儿都没有了，跟着就听配殿靠北边那扇窗户，叭嚓一响，火就起来了，准知道没有别人，一定是姚平、姚定两个放的。到了这个时候，再打算去追他们两个，当然是没有工夫，并且也知道是一点儿用都没有。火光一起，屋里的烟就满了，宣霸急叫玲姑："小姑娘你知道后头什么地方有水吗？快去取一碗，能够救过一个来，救过一个来，要是工夫一大，恐怕火要是一过来，即便救过来也逃不出去了。"

　　玲姑这时候叫烟熏得泪都下来了，不住地直咳嗽，心想这些人不是为了我们两个，哪能到了这个样子。现在到了危急，虽然害怕，也说不上来了，赶紧去找水要紧，可是有一节，如果方才那两个贼放完了火要是没有走，在后头一等，我就是到了后院，也无济于事，不但水拿不回来，一个不好，还许把自己性命搭上。不过自己不去，火一烧到这间屋里，地下躺的人固然是全都烧死，自己恐怕也跑不了，第一，是不好意思，第二就是跑出去，又应当到什么地方去？这样一想，胆气一壮，用手捂着自己两只眼睛，往外就跑。这时候已然从里间屋里往这边冒火苗子了，宣霸急得又是跺脚，又是搓拳，一边滚着眼泪，不住在屋里来回乱转。玲姑不愿再看，到了门口，撒腿往后就跑，她又没到后头去过，夯着胆子，跑到后院，才一转过去，不由喜出望外，原来院子当中，正有一口太平水缸，地下还搁着一个木桶。走过去，满满舀了一桶水转身就跑，幸喜不但是没人追，连个人知道都没有。一路之上，连颠带漏，到了前边，已然剩了小半桶了，一看屋子里的烟，似乎比方才淡了不少，还以为是火已下去，及至往上头一看，才知道是火已着起，才不大冒烟，再找宣霸，也看不见了。顾不得再找再叫，提了那桶水，便走进屋里，房顶上已然烧穿，又有火苗儿，屋里很亮，仔细往屋里地下一看，不但没有宣霸的影儿，连地下躺着那几个也没有了。这一急非同小可，想着也许是大火已经把这些人卷烧在当中了，不然就是宣霸把他们挪了地方了？但是，躺下的并不是一个，这地下明明还没有烧着大火，地下那些桌椅便是老大一个证据，宣霸不用说还是一个小孩儿，一个人救那个好几个，自己救不了，即使他能救，也没有那么快，如何会在眨眼之间，便把这几个人全都弄走？绝不能有那么快的身手。再者他要是能够这样救的话，他又何必先时不救，要等自己到了后头剩他一个人时他才抢救呢？越想越不对，可是又想不出别的理由来。她这一发怔不要紧，噼啪两下儿，那火就烧到她的面前了，等到她也觉得面前太热了，连火带烟，已然扑到眼前，再打算躲简直就叫不易。才喊了一声"哎呀不好"，手一松，木桶也掉在地下，嘭的一声，水倒在火上冲起满屋子都是白烟，连熏带呛，连烧带烫，玲姑早已忘了进来的方向，两只手又要顾上头，又要顾下头，冷不防，叭的一声爆炸，许多灰点儿竟爆在自己眼里，唑的一声往后便倒了下去。说时迟，那时快，眼看玲姑就要丧在贼人手里，说迷信话，仿佛是有鬼神支使着一样，就在她身子才往后一倒的时候，忽然从院子里头，唰的一声，一道黑影，比鸟飞都快，到了火场里头，只轻轻一掌一抓一夹，便把玲姑抓了起来，夹在自己胳肢窝里，跟着提身一纵，就跟鸟儿一样，展翅飞到火场外头。玲姑本来是一急一热，晕了过去，并没真死，如今被人一背，出去之后，身上一凉，当时便醒了过来。在她想着，这里自己认识的几个人，已然全都葬身火场，并没有更熟识的人，如今这背自己的人，定是庙里贼人一党，或者就是那两个放火的贼人，深悔自己方才不早一点儿自寻了结之路，到了现在，高低落在贼人手里，求生不得，求死不得，这岂不是自找无趣，不如趁着这个人脚未沾地，我想法子把他也弄下来，叫他跟我一块儿跌进火场，最低限度，也饶上一个垫背的。玲姑这样一想，便把两只手撤了出来，往那人脖子上一箍，使尽了吃奶的力气，两只手不住地加紧。谁知人家却毫没理会，只把肩头摇了一摇道："小姑娘，不要乱想，救你没有恶意。"说着身子一摇动，便像飞的一样，一纵两纵，人已到了墙外，把手一松，轻轻地便把玲姑放在地下。

玲姑赶紧睁眼一看，原来背自己的正是一个年纪很大的女尼，满脸微笑着手往前指，便也顺着手指往那边一看，不由惊喜交集，却原来是褚燕山、甘陆、甘莲娘、宣凤，连那个小孩子宣霸，全都活生生地站在那里。这一来把个玲姑简直看糊涂了，怔怔呵呵什么也说不出来了。

甘莲娘却一笑道："袁玲姑，你看着不大明白吧？这回事情可是太悬了，实在是太大意了，万没想到贼人余党没有走净，倒受了他这么一回意外的暗算，要不是我师父她老人家赶到，就是你把水能够取到，恐怕也救不了我们的命了。来，我先给你引见一下吧！这是我师父，她老人家上慈下静，是我们掌门的大师，你行个礼儿吧。"

玲姑一听，赶紧过去跪倒磕头。慈静大师把手一招道："起来吧，你这孩子不但机警，而且天性过人，由你这次取水救人舍身急难看起来，实在是不可多得之才。我现在虽已关了山门，不再收徒，但是对你，我却要特别传授你一点儿能耐，等到你们见面把事办个了结，然后我自会派你们同门的姊妹把你接到我那里去。以后要事事留心，不可大意，我还有旁的事，现在却不能在这里久留。"说着又向褚燕山跟甘陆道："二位檀越，贫尼还有小事料理一遭，这位袁姑娘只有暂时奉托辛苦了，再见吧。"说着长袖一拂，仿佛眼前起了一道微风，定神再看，大师连影儿都看不见了。

玲姑心里好生欢喜，想不到因祸得福，会遇到这样一位神仙般的人，能够答应收留自己，实在是想不到的事。忽然又一想自己的父母，丢了自己，不知如何悬念，同时出走的秦克宁，现在也不知身在何地，想着，不免有点儿出神儿。正在这个时候，猛听褚燕山一声喊道："不好！不好！快走！快走！"

要知为了何事，请看下回。

第二回

袁玲姑学艺铁龙庵
秦克宁思亲玉虎岭

褚燕山这一提倡快走，大家当时全都一怔。褚燕山道："这座庙你别看他们在这里胡作非为，也许当地还不一定知道他们这种行为。现在火光一起，难免村子里有人会跑来救火，如果看见我们这一拨儿生人在这里，难免不出意外纠纷。固然我们不一定便怕他们，但是犯不上跟他们这一堆糊涂人说废话，所以我想着不如趁早离开这里，省得多费无谓口舌。"

众人一听，这话也对。甘陆道："那咱们到什么地方去哪？"

褚燕山道："我看宣老儿为了这两个孩子，不惜劳师动众，当然对于这两个小孩儿特别疼爱，万没想到，半路途中，叫我给看掉了一个，剩下这个，自然是交给宣威的不是，我是还要接着这个岔儿，到外头去找那个儿娃子。你伯父女二位是打算一块儿走，还是打算是到别处去啦？"

甘陆道："要是依着我的意思，本想把这位小姑娘带走，顺便给他们家里送个信儿，能够叫我们姑娘把她留下，在一块儿盘桓盘桓更好，如果不成，再想办法。不过现在什么都不用提了，就让宣姑娘带着这位玲姑娘走了吧，我们父女再到别处去。"

褚燕山道："既是这样，以后的话暂不用提了，我们就各自东西吧。"又告诉宣霸、宣凤，一路之上多加小心，跟着向大家告辞，便真走去了。褚燕山一走，甘陆、甘莲娘也跟着走了。

宣凤一笑道："人家费了半天事，结果都是哥儿两个效劳了！人家走了，咱们也走吧。"说着一拉玲姑的手。

玲姑忽然哎呀一声道："这下子可真是完了！"

宣凤道："哟！又是什么事情完了，要着这么大的急呀？"

玲姑道："我骑来一匹牲口，拴在庙西后头了，刚才也忘了拉出来，这一把火还不全都烧在里头啊？我就是有那匹牲口骑着，跟你们二位走在一块儿，却未必能够跟得上。这要一没了这匹牲口，那就更不行了，这不是平白地又添了许多麻烦吗？"

宣凤道："噢，原来为的是这个，你把我们两个也看得太高了，其实你不知道，真要是有那匹牲口，还真是麻烦呢，一匹牲口三个骑，应当谁骑谁不骑？两只脚的跟着四条腿的跑，除去像人家说闲书的，练成了半仙之体的主儿，能够脚驾祥云，或者会趁脚儿风，许能对付得了，像我们这肉体凡胎，干脆就叫办不到。你这牲口一没有倒好办了，咱们三个人慢慢地往回走，好在又没有急事，什么时候到就什么时候，溜溜达达，还可以多看一点儿景致，倒是不错。事不宜迟，咱们现在就走吧，要紧走赶出十里八里，找个镇甸，吃点什么喝点什么再走。方才那顿饭，不但没吃上，还差点儿没要了命，直到如今肚子里还饿着呢，道儿又不是近，饿着肚子可是走不上来。"一边说着，一边走着。

所幸玲姑虽是女孩子，只因没有弟兄，养得娇惯，没有给她缠足，这一来便宜可是占大了，虽然赶不上宣霸、宣凤，却也不算太慢。于是吃吃走走，走走住住，吃吃喝喝，接着再走，走了有十来天，地方是越走越僻静，人是越来越少。玲姑起了疑心，便笑着向宣凤道："不是不远吗，为什么总不到？"

宣霸道："这就快到了，要不是姐姐特已小心，这时候大概早就到了。一个老婆子怕她干什么，不定哪一天，我非要单人独自来找她一回，也叫她尝尝我的厉害！"

宣霸只顾说得高兴，旁边宣凤早已变颜变色的，不住双手乱摇道："你这是怎么了，难道你就忘了出来时候，爸爸怎么跟你说的了？如就是你我两个，不拘什么都不要紧，现在多着一个人，并且她什么都不会，什么也不懂，倘若闹出点儿什么事来，你可担得住？"

宣霸被宣凤这样一乱一闹，吓得他也不敢言语了，但是脸上依然有些不悦的神气。玲姑生长富厚人家，根本什么也没有见过，眼看这一块平地，心里方在一痛快，忽然听见宣凤这样一说，并且看她脸上的样子，十分惊惧，料着也许是宣霸年轻好事，宣凤是怕他惹出事来，才这样吓他，不见得会真有什么事。闻言正在半信半疑，宣凤已然拉了自己的手，脚下加急走了前去，一看宣霸噘着嘴跟在后头，心里很是难过，蛮想替姐弟和了僵局，一边走向宣凤道："您倒不必为了我着急，我虽然什么都不会，可是我并不胆小……"

一句话没有说完，便听前边远远传来一种尖利的啸声，刺耳难听。方在一怔，宣凤脸上早已变了颜色，向宣霸道："你看是不是？还不快走，非要等到闹出事来，你心才痛快吗？"嘴里说着，一边脚下加快，一边早已把身上带的一把宝剑扯了出来。再看宣霸话也没有了，一撩衣襟，从里头拉出一条像擀面杖相仿的东西，可是软的，并且上下都像长了一层蛇鳞似的，闪闪放光，另外把一个口袋紧紧拿在手里，一边走一边瞪眼睛往前边看着。

这时候不但前边啸声显出是越来越近，并且眼看前边一轮落日，也显着那么昏淡无光。玲姑一听那个啸声，心头一惊急忙一敛神，那细靡的声音当时便听不见了，但是那凄厉啸声又复大作，鼻子里也闻不见一点儿香味儿只有一股焦臭味儿，直冲鼻管，令人闻之欲呕。再看天空，五彩光芒已然不见，仅剩一条青黑的气焰，高通牛斗，一抹残阳，本要坠没，被这道黑气一挡，变成说红不红、说黄不黄似灰似白惨淡无光。明知是凶非吉，正自心惊，再看宣凤姐弟，已然改了适才那种安详的样儿。宣凤一手持剑，一只手并着中食二指，指着天空，嘴皮不住乱动，似乎是在叨念，脸上却显出焦急的神气。宣霸在一旁抢着手里那根鱼鳞软棒，一只手却紧紧地摸着身上系的那个口袋，脸上只有怒愤却无焦急的意思。看完之后，依然不得要领，再看天空，那道黑气已然变成浓墨颜色，却由天空斜着倒射过来，仿佛是就要落在几个人头上。玲姑也知祸已临头，但是无处藏躲，她只好是听其自然，只是纳闷，宣凤姐弟为什么不进不退，却站在这里相持？究竟这股黑气是个什么东西，怎么变像通得灵性相似？难道真的会有什么妖邪？果是如此，不要说自己难得幸免，就是宣家姐弟，恐怕也没有能儿的一说。想到这里，又是着急，又是害怕，心里章法已然大乱。

正在此时，猛听宣凤一声娇叱道："弟弟，老魅果然不知羞耻，竟要在这里施用巧取豪夺了，我这里主着正法，撒不得手，你快把三乾石取出应用，拦腰先给她一下，看是怎样。好容我腾出手来，给她一下子叫她知难而退。"

宣霸道："我看着你手里秘诀，嘴里念咒，还以为你要用师父交给你的什么好法子呢，谁知道你做尽了半天，却是一点儿表示也没有呢。早知如此，我这里早就动手了，还用等到现在。你只看住了姓袁的小姑娘，看我给她这一下。"嘴里说着，一伸手便从袋里扯出一件东西，因为拿得很紧，却看不清是个什么。只见他手往后一背，腰往下一蹲，跟着一长胳膊，陡地往上一扔，仿佛一道银光相似，里头裹着一个不大的东西，照着那股子黑气当中打去。玲姑方自暗笑，这股黑气是个什么谁不知道，但可以看出是个有形无质的东西，从地下升到天空，往小里说，足有水桶般粗细。现在扔起来这个东西，看神气不过是一块小小石头，两者比较，相差不知有多少倍，上去之后如何能够有什么功效，恐怕不能见功还许惹出事来。心里才这样一想，那道银光已经裹着那块石头直冲上去。玲姑一看，已然有些诧异，这块石头原没有多重，宣霸的力气也不就是那么大，无论如何也不会握得多高，但是这块石头却是扶摇直上，击破云层，直往天空上冲去，并且那道银光也是越高越亮，把那股气照得又成了灰黄二色。方自诧异，却听天空仿佛起了一种闷雷相似的声音，那股黑气想是知道厉害，便悠地扯回。可怪那块石头，升到极高，并不下坠，却依然跟着那股黑气追了下去，一黑一白，真是比电还急，往前边追了下去。

宣凤急道："老魅既是知难而退，我们不必穷追了！"嘴里说着，一只手拉了玲姑，一只手仗着宝剑，一转身急喊一声走时，猛见天空仿佛起了一道淡烟，烟雾之中影影绰绰仿佛有一个黑点儿。宣凤急喊一声："不好！老魅自己追来了！弟弟你保住自己，我可是顾不得你了！"说着站住脚步，把玲姑往自己背后一影，跟着把手里剑举了起来，亮着式子，看着天空。

这时候那个黑点儿，已然随着那股黑烟，追到邻近，往下一落，那股黑烟里却笼罩着一个奇形怪状的老婆子，两只环眼，深深塌在里面，塌鼻子，翻着鼻孔，一张大嘴，挺厚的嘴唇，扁扁的一个脑袋，上头是乱七八糟如同干柴一般的头发，穿着一身麻布衣裳，手里拄了一根拐杖。玲姑长到这么大，真没有看见过这么难看的人，看着不由有点儿害怕。却见宣凤恭恭敬敬走了过去，福了一福道："老前辈今天怎么这样闲在？铁龙庵随门弟子宣凤这里行礼了！"

老婆子把怪眼一翻道："噢！你就是宣威的姑娘宣凤吗？难得你还肯屈尊给我行这么大礼，我老婆子却当不起，我们明人不做暗事，我跟你们令尊那点小过节儿，大概你也许知道，从前谁是谁非，现在可以不谈。不过从前有过这么一句话，是我平地泉弟子不准过到山北，你们铁龙庵门人，不准来到山南。今天你们违了誓约，从此路过，偷偷过去也就完了，偏是这样大张旗鼓高谈阔论，我要装聋作哑，唯恐我们弟子不服，所以不得不出来问一声儿。你要懂得事的，请你跟我到我们那里坐一坐，等你们令尊自会接你回去。"

宣凤还未及答言，宣霸早从后头走了过来，用手一指一声怒喝道："官街官道，您凭什么不许人家走。你赶紧躲开这里，免得彼此伤了和气，我看是比什么都好。我们跟你素不相识，为什么要到你的家里去，你还觉着你怪不错的哪！"

宣凤急忙回过身向宣霸叱道："你这孩子，怎么一点儿礼貌不懂，连个尊卑长幼都不分了吗？"一边又向那老婆子道："老前辈，您可不要跟他一般见识，这个孩子不大懂得事，以我们两个晚生下辈，承蒙不弃，叫我们到您那里去，实在是一件可遇而不可求的事，我们本应前去，多得一次教诲。只是我们这次出来，却是奉了家父母一点儿差遣，现在事尚未完，还是求老前辈放我们过去，等到事完之后，等要去看望老前辈的。"

老婆子方才叫宣霸一嚷，已然有点儿动火，本来要翻脸动手，忽然被宣凤几句话说得火气全消了下去，便笑了一笑道："要是按着你这话早这样说，无论如何，我也要放你们过去。只是他已然瞪眼说话，我要是放你们过去，恐怕说是我怕了他。既是你有事要回去，你可以过去，对于你这个兄弟，可是不能就这样放他过去，把他留下你先回去吧。"

一句话没说完，宣霸一怪声喊："你这个老妖精，既是给你脸不要，不要说我以小欺老，不给你一点儿苦头吃，大概你也不知道什么叫厉害！你先接我这一手儿！"说着话往前一抢身，一扬手，扑噜一声，手里那根软棒，便向老婆子拦腰兜来。老婆子一声狞笑，两手往前一张便抓那软棒。玲姑在后头看着，宣霸虽是个小孩儿，却是神满气足，手里一根软棒，抢出去都带着风，不亚如生龙活虎一样。那个老婆子，虽是长得凶恶，实则年纪大了，两只胳膊伸出去，如同枯柴相似，绝禁不起这一棒，虽不见得骨断筋折，但是轻重也要受点伤。要是按着她的年岁说，宣霸实在下手太狠，但是听她说话跟她神气那种可恶，叫她受一点儿苦，也是应当的。就在她这一想之际，老婆子两只手已然抓到软棒上，真是看她不出，手一沾软棒，就势一捞，竟把软棒揪住，咯咯一阵冷笑，往怀里一带，宣霸便是一个跟跄，身子往前一栽，便把软棒松手，摇身一晃，才算没有倒下。玲姑看着暗自心惊，想不到这个老婆子竟有这么大的膂力，跟着就见宣霸一声怒喝："老妖精！你再接我这一下。"一扬胳膊一抖手，便是一道银光起处，直奔老婆子头顶上砸去。老婆子斜身一闪，长袖一拂，那道银光便如烟消火灭，连一点儿影儿都没有了。宣霸大怒，又一扬手便是三个火球儿，带着三团烈火向老婆子脸上胸上小肚子上烧去。老婆子毫不惊慌，一伸手便把三个火球儿先后抓到手里，只轻轻一捏，便听吱吱吱三声响，跟着用手一搓，往地下一扔，地下就如一堆萤火虫儿一样，一闪一闪放了一阵光，便又一点儿声息皆无，地下只剩一堆碎铁渣子。

老婆子微微一笑道："这些玩意儿，只能哄着你们玩玩儿，当不了正用，还有什么新鲜的无妨都施展出来，咱们多解会子闷儿！"

宣霸粉红的一张小脸，气得都白了，两只眼睛却是红得要冒出火来，闻言还待掏囊再打，宣凤早一声娇叱道："弟弟，你这个孩子，平常叫你多用一点儿功，你是再也不肯，偏是又不懂得一点儿礼貌，不管见了什么人，一点儿尊卑长幼都不懂，你那点玩意儿，真是除去自己哄自己玩会子之外，也就是吓唬吓唬不如你的小孩子儿行了，怎能拿来跟老前辈无礼，真是太不懂事。幸而是遇见老前辈宽宏大量，拿你当个小孩子，不跟你一般见识，不然的话，你这条小命儿早就没有了，还不快快站开一边，非得把老前辈气恼了不成吗？"

宣霸虽然早就听说这个老婆子厉害，不过一向只是耳闻，并没有见过本人，今天见面，一看只是这样一个老婆子，不拘使用什么，也不难把她制倒，何以家里平时提起，总是说得那样厉害，所以一上手就给了老婆子一虬龙棒，才一照面，家伙就出了手，这才知道老婆子果不好办。但是还不服气，跟着一三乾石，依然石沉大海，毫无功效，又急又气，才使出母亲传的防身至宝三清灵火珠，据说不管是人是兽，只要挨上一点儿或是闻着一点儿味儿，当时就会晕倒，被火烧死，最是具有极大威力。一阵气恼便使了出去，虽然母

116

亲说过灵火珠太毒不可随意使用，今天已然逼到这里才使了出来，想着轻重叫她受点伤转转面子，能放自己过去也就完了，谁知到了老婆子手里不但毫无影响，并且被她轻轻毁掉，真是又急又恼又气又怕，恨不得把老婆子抓过来把她劈碎了才称心。但是看见老婆子能够赤手空拳毁掉自己两样宝贝，绝不可以轻敌，并且现在自己手里除去两个拳头之外，任什么也没有了，自问更是不成，又听见老婆子说话刻薄，心里虽是冒火，可是一点儿办法也没有，只有用两只眼睛看着宣凤。他知道宣凤极受父母宠爱，并且又极其好强，不但真实能为武艺比自己高得多，就是父母所给的宝贝，也比自己多上数倍，现在唯有希望宣凤施展出能为把老婆子打跑，不只是前仇可雪，而且可以当时脱离危机。有这一想，便向宣凤道："姐姐，你看她够多张狂，毁了我的东西，还说出那么难听的话来，你还不快点把她轰走，咱们可还有事呢。"

在宣霸想着，自己这几句话，一定会激怒宣凤，可以跟老婆子拼个死活，谁知宣凤却恶狠狠瞪了他一眼道："无论什么事，你总是这样莽撞，还不躲到一边去呢。"嘴里说着又向老婆子道："老前辈，您千万不要跟他一般见识，今天实在是因为奉了家母之命，赶办一点儿急事，路经您这里，也是没有法子的事，想着您也许不至于见怪我们。谁知他年幼无知，又冲撞了老前辈，您放我们过去，见了家母，一定要重重责备他，还是请你看在家母的面上，放我们过去吧！"

宣凤话未说完，老婆子早已一声怪叫道："你要不提你那贤德的母亲，我倒可以放你过去，你既是拿她当幌子，我却饶不得你。"说着话仰天一张嘴，便从她嘴里冒出一股黑气。

宣凤一手拉了玲姑一面向宣霸急喊道："你们快闭住了气，等我来讨教讨教！"宣凤说着又向老婆子道："老前辈，既是执意不肯卖一点儿面子，并且对着儿女辱及父母，实在有点儿下不去。按着说，我可不敢跟您动手，不过既是求之再三，老前辈一定不肯放过，多说也是无益。但在晚辈方面，虽然没有多大的能力，却也不能就这样跟老前辈去，因为那样，叫我父母知道，一定说我们有辱家风，定要领到重责，因此明知班门弄斧，却不得不虚应故事。老前辈还是看在家父母的面上，手下留情，稍微点缀点缀也就是了。"

这个老婆子原姓商，名字叫多芬，本是一个武师商振广的女儿。那商振广在川贵一带，名头很是高大，他不但内外家拳术精通，他还跟辰州一带木排帮独天教很有联络，并且从他们手里学会了不少教门中的法术，精强的武功之外，又添了这么一手儿特殊能耐，在江湖上便享了很大的名。只是半百无儿，仅有这一位姑娘多芬。多芬虽是个姑娘，长得却比男人还蠢还丑，商振广没有儿子就是这一个姑娘，并不嫌她貌丑，依然十分疼爱，并把自己一身的能耐，完全教给了她。多芬虽是貌陋，性情却非常灵警，学一样，会一样，学十样，会十样，不但是正宗武艺，尽得乃父之传，连她父亲会的那些旁门邪道，也完全学会，跟着商武师闯荡南北，很是响亮，江湖上送了她一个外号儿是旱莲花。一年商武师保了一只镖从凤阳到镇江，路过清流关，无心之中碰见了宣凤的父亲宣威，同住在一个店里，钟爱成仇，竟至各邀师友闹出一段火杂杂的拼命的勾当。宣威那时还正在年轻，拜的是荷叶岛扬州大侠人厨子狗屠户方卫为师，学有内外两家软硬的功夫，一杆虬龙棒，使得神出鬼没，在江湖上已然薄有微名。这时候扬州钞关街有一家兴盛镖店，店主是个老把式，他叫神枪教师陶进，在扬州开设镖店，已然有不少年了，平时跟方卫是吃喝不分的朋友。兴盛镖店买卖非常之好，自从当初庄沈二侠大闹刺儿岛，百了禅师火烧十八寇赤手夺镖以后，这兴盛镖局仿佛是铁打的买卖一样，无论远近，不分多少，只要一送到神枪教师店里，就如同到了自己家里一样，那么可靠。日子越多，买卖越好，柜上虽是不少镖师，有时候忙起来还是不够用，等到用人的时候，便跟方卫商量，借宣威替走一趟。每次出去，总也没有闹过事，一则是兴盛镖店字号吃得住，大的不来惹，小的不敢惹，一向总是平安无事；二来宣威虽是小孩子，可是精明强干，不但是能耐好，而且特别机警，又能虚心下气，绝不暴躁，无论到了什么时候，他也没有上过火动过气，小心谨慎，晚走早歇，遇着地方一险，或是天时有变，他当时就特加小心，能够昼夜不睡不困，瞪眼看着镖车。对于店里派出来的伙计，甚至赶车的夫子，他都是亲兄弟一样看待，绝无疾言厉色，因此大家对于他是又敬又爱，他说的话向来没人抗过一回。因此走了二三年的镖，没有出过一回笑话。

这一次是从镇江到六安一只镖，因为店里伙计不敷分配，便又请了宣威，谁知竟因此惹出无穷大祸。宣威这个人平常虽是和蔼，一点儿习气没有，但是这个人脾气却是非常刚正，不苟言笑，对于伙计尤其是说出话来向无驳回，伙计里头固有一多半自问能力不及，对于宣威是心服口服，从来没有一点儿反抗。里头也有两三个年轻的小伙子，一向都走的是顺风，没有栽过跟头，便自以为了不得，对于宣威表面上虽还敷衍，骨子里头却是有许多不服，总想着遇见一件闹手的事，一则可以撅一下宣威，二则可以显出自己的能力，把宣威压了下去。这里头最闹手的两个一个叫玉莲花计达，一个叫白旋风古忠，这两个人是神枪教师陶进的两个得意门徒。计达使一口三挺刀，会打十二支响箭，水旱两路本事确实不坏。古忠手里一对夹钢板斧，会打"梅花攒弩"，软功夫非常精炼。这两个人心里有气，宣威保的镖是兴盛镖店的镖，自己镖店的镖，不叫自己徒弟保，反倒找个外人，实在不是意思，所以两人虽跟宣威一块儿走镖，心里可不痛快。这一次镖趟子又长一点儿，镖的数目又大一点儿，在没出来之先，两个人就商量好了，从镇江到六安，路过清流关那块地方，是保镖的都知道这股道不静。古忠告诉计达，这次出外，表面上一切还都是听他的，如果遇见事儿，咱们先别出头，等到了实在紧急，咱们再露两手儿，叫姓宣的也知道知道姓古的跟姓计的，不是马勺儿上的苍蝇——混饭吃，回去之后跟镖头说明白了，把姓宣的一散，咱们在兴盛就响了。两个人一存私心才惹出一场大祸。

119

头一天大家都把镖车预备齐了，店里预备了一顿饭，所有店里拿点事的伙计全都凑在一起，大家足吃足喝，说点子吉祥话儿，安歇一宵，第二天一清早，把镖车亮出来。宣威捧着自己的家伙，一对虬龙棒，在车头里一站。神枪教师陶进，冲着宣威一拱手说了一声："辛苦！"宣威喊声："威武！"赶车的一摇鞭，车轱辘一响，镖车就走下去了。除去宣威计达古忠三个镖师之外，还有二十个伙计，押着镖车，走了有半天工夫，落店打尖，吃点喝点又走，一路之上，一点儿岔儿也没出。这里离着清流关就没有多远了，宣威也知道这一段儿不大安静，就告诉手下这些伙计，趁着天亮赶出一段，遇见有店就住店，不要往前多赶。伙计们答应，一摇鞭一催牲口又赶了有十几里地，眼前就是一座大镇甸，把车赶进去，一看里头还真有一座大客店，字号是永升。把镖车安置好了，大家吃喝，吃喝完了，按着规矩就该歇觉了。

宣威向古忠、计达一笑道："这回跑这么远，总算托诸位的福，一点儿什么毛病没出，实在是不易。前面就快到了，今天咱们早点歇，明天一清早赶着一点儿到不了正午时，咱们就可以过清流关了。不过今天晚上，咱们可得多加防备，因为听人说，这一股道就是这一段儿不大安静，千万小心别闹出笑话来了，早到晚到总是一样，今天晚上咱们三个人分一分谁的前夜谁的后夜？"

一句话没说完，就听店门外头一阵人声嘈杂，里头还夹着有叫好的声音儿，有喝打的声音，乱成一片。保镖的出外，镖车走在道儿上，所怕的就是这些事。古忠一听外头一阵乱嚷，赶紧头一个蹦了出来。到了外头一看，门外围了一大圈子人，拥进去看时，只见一个老头子揪着一个小孩儿，在地下乱打。那个小孩子却是非常顽皮，老头儿每打他一下，他便要骂一句，跟着身子就在地下一滚，老头子过去又踢他一脚，他又在地下打一个滚儿，嘴里就又骂一句。骂了半天，也打了半天，大家便跟着一阵叫好儿拍巴掌，并且还有人鼓励那个小孩子，叫他回打老头子。古忠虽是心思小一点儿，却也是个汉子，看着这样小孩儿，居然对于一个老头子，就是这样不服约束，旁边的人不加拦挡劝阻，而且还用言语架弄那个小孩儿反抗老头子，心里很不痛快。再者由一出来就打，就骂，就滚，始终也不知道为了什么，既不愿意看，也不去再问。

才一转身儿，肩膀上便被人拍了一下，回头一看，正是计达，向他笑了一笑。古忠会意，便跟他走了过去问道："你看出什么来了吗？"

计达道："两个人乱打，浊人遇见拙人，有什么看得出来。倒是我方才看见一个人，我觉得有点儿影子了。"

古忠道："你看见什么人？"

计达低声儿道："我方才看见一眼，不敢说准是，我看见好像是竿子教的头脑俞大侉子似的，如果要是他，不是就有一点儿热闹了吗？"

才说到这句，二门里有人喊道："计大爷，古大爷，宣爷有请！"

两个人赶紧收住话锋，走了进去，一看宣威，满面焦急，神情很是不定的样儿。古忠知道他听见外头这么一乱，也有点儿提心吊胆，便笑着向他道："外头没有什么，不过是一个老头子，追着一个小孩子在打，那个小孩子十分顽皮，所以招得大家喧笑，其实并没有什么。"

宣威把脸一正道："二位哥哥，我倒不管外头是怎么回事，不过我想，这条路上，据人传说，并不十分安静，我们三个人既是在一起，便该和衷共济，彼此不要分出什么心思，因为一点儿毛病不出，完完全全把人家东西送到地头儿，咱们大家都好看，倘若一个大意，出上一点儿什么毛病，到了那个时候，谁也不体面。方才外头一乱，不管是什么事，我们就急急看住我们的镖车，咱们出去一看热闹，倘若是人家使的奸计，岂不分了咱们的力量。因此我要跟二位说，无论如何，咱们也别离地方，但愿把事情办完了，平平安安比什么都强。不瞒二位说，我现在也不知为了什么缘故，从昨天晚上就有点儿心里不踏实，可千万别出花样，自己丢人现眼是小事，要是把人家柜上的买卖给耽误了，未免太对不起人。二位哥哥可不要介意，实在我是有点儿不放心。"

古忠、计达一听有心要乐又不敢乐，心说你还是保镖的哪，居然会说出这样话来了，也不怕人家笑话？彼此只可点头答应。宣威又告诉管车的伙计，把牲口喂足了，天一亮就走，自己占了后夜，叫古忠、计达占了前夜，始终他也没睡，一会儿跑出来，一会儿跑进去，好容易盼到天亮，把镖车起出，叫古计二位在前头喊趟子，自己挥了家伙押住车脚。店里掌柜的跟伙计全都送到门口，说了两句吉祥话儿，赶车的一摇鞭，车轱辘一响，宣威向大家一拱手说声："辛苦！"催车前走。谁知那驾车的牲口，走了没有几步，忽然四个蹄不住在地下乱刨乱挠，一任赶车的用鞭子抽打，那些牲口只是乱叫乱跳，一步也不肯往前走。赶车的还要打，宣威连忙止住道："别打，别打，这里头有毛病，等我看一看再说吧。"说着便蹲下身去，在车左车右马前马后全都细细看了一遍，地下除去泥就是土，任什么也没有。叫赶车的再赶，连抽了几鞭子，那牲口还是纹丝不动。宣威不由有点儿焦急起来，旁边古忠、计达两个也看着诧异，只是想不出是什么道理。于是店里的伙计，路上的行人，全都把车围着了，你一嘴我一嘴，有的就说今天驿马不对，有的就说这块地方不干净，牲口眼净，因此它才不走。宣威听着干着急，一点儿法子也没有，还有人说把车卸下，把东西运过去，把牲口从旁边拉过去，过来了这一段道儿，再把牲口套上，大概就可以过去了。宣威一听，虽不深信，但除去这个法子之外，并无其他办法。便转过身来，告诉赶车的先别抽打了，把车卸了，把车上东西想法子搬下来，把牲口拉过去，然后再装车套牲口。赶车的跟伙计一听，没有法子，也只好是这么办吧。

正要去松牲口的肚带，猛听古忠、计达一声怪喊道："好鼠辈！怎敢这样大胆，前来暗施诡计，算计你家大太爷！今天若是叫你步出圈儿去，我们就不是兴盛镖店的把式匠。"大家一听，全都转过脸来，眼看着古忠，只见古忠脸红脖子粗地看着计达，计达也瞪眼拧眉地看着古忠，脸上全都变了颜色，并且每人手里都亮出家伙来，颇有拼命争斗的意思。

宣威一看不好，赶紧三步两步跑了过去道："你们二位这是怎么了？咱们的车现在误在这里，本就够着急的，你们两位不说帮着赶紧把车起出来，怎么二位倒竞争起来了，到底为的是什么？二位何妨谈谈哪。要依我说，你们二位不拘谁受了什么委屈，暂时先看在我的面子上，少说一句也就过去了，等到有了工夫，咱们再细细评理好不好？"

宣威说了半天，两个人仿佛没听见只是不理，却依然你瞪着我我瞪着你，嘴里不干不净地乱骂。宣威这个气大了，真有心过去给他们两个一人一下子。正在着急，旁边有人叫："宣师父，您先不用着急！我看他们二位这里头有毛病，今天咱们这镖不能往下走了，干脆再轰回去，商量一下再说吧。"

宣威回头一看，正是兴盛镖店一个赶车的老把式李三，知道他跑的年数多，走的地方远，所说必有所见，便点点头说道："只好是如此吧。"说着话转过身来，正要分派人把车还赶到店里去，就在他一回头的工夫，猛听古忠、计达一声喊："今天不是你就是我！接家伙！"唰的一声，两个人的兵器全都往宣威头上身上砍下来了。宣威大吃一惊，急忙垫步一纵身，纵出去足有七八尺，回头再看，这二位又纹丝不动了。方在一怔，却听身后不远有人扑哧一笑，回头一看，却连一个人没有。别看宣威经多见广，遇见今天的事，也有点儿闹糊涂了，明明听见有人笑，怎么会眨眼之间就一个人都没有了呢？这可真是怪事！方自以为是耳朵听错了，接着便又要叫人往回赶车，耳朵里又听见一阵冷笑声音，不由有点儿毛骨悚然。急急往前一看，这回可是看见了，在离店门约有三五十步，大道边儿上，一排柳树，在柳树后头，蹲着一个老头儿，脸上笑容未敛，分明方

123

才就是他在笑来着，不过心里纳闷，老头儿离着自己并不太近，为什么他的笑声能够传得过来？他的声音真要是大，当然大家全都听见，又不独是自己。如果他的声音，别人听不见，单是自己听见，这个老头子绝不是什么普通人，说不定这车不走的毛病，还许是他闹的呢。

心里正在这样想着，耳朵里忽然又递过一种声音："你不要瞎疑心，有人要算计你是不错的，可不是我，现在的镖车不走，也是人家闹的鬼儿，只要把马耳朵扎破一点儿，把血往地下一滴，车就可以走了。你们两个朋友，看错了人，我怕他们闹出事来，所以跟他们开的玩笑，那不要紧，只要车一走，他们也就活动了。一切放心，都有我呢，这里人多，见面不便，等到遇见机会，我自会来找你，不过前途之上多加小心，不要结怨，因为两边都是你的丈母娘啊！"说完又是扑哧一笑，再听就没有声音了。

宣威见神见鬼，似信似疑，不管是真假先试一下再说吧。过去告诉李三如法施为，车上没有针，找了把小刀扎完了马耳朵往地下一滴血，吓了大家一跳。滴在那马耳朵的血才一滴在地下，猛见那匹马两个耳朵往后头一抿，啾的一声叫，脖子往起一扬，身子往前一挺，出其不意，差一点儿没把站在车下的那个伙计给拽了一个跟斗。跟着就见那些牲口，四蹄齐举，车轱辘一阵响，不用等赶车的把式再赶，便自风驰电掣一般走下去了。宣威明知有异，但是车已走动，不便再说什么，只把双拳一抱向大家一拱手道："众位多辛苦，回来再见吧！"说着便随车走了下去，更怪的是就在这样的当儿，古忠、计达打了一个冷战，彼此一点头一怔，便也匆匆追车而去。

这些看热闹的，就有爱说的："我看这只镖，绝到不了地头儿，歪不棱子出来这么一手儿，这不是斜碴儿吗？要据我看，这三位师傅，准要全须全尾回来，我看就不错。"

又有的说："这个兴盛镖店这二年也太透着狂气，不管多大的事

124

由儿，就派出这么三个毛头小伙子，他真不怕出事。我看今天这种种不祥之兆，简直没有好儿，等到事情闹出来了，该咧着大乖乖哭了！"

就有的说："你们别瞧这三个小伙子，要论能耐，大概都不含糊，尤其是那个使棒的（指宣威说），就凭他那份稳劲儿，就足够朋友份儿，你们这几位叫看鼓词流眼泪，替古人担忧。据我看，不但栽不了跟斗，还要大大地响个蔓儿（闯出名也）呢。"

不提大家胡哨，却说宣威一路之上提心吊胆，仿佛大祸就在目前似的，跟着镖车，眨眼不离，走出去足有十几里地，一点儿动静没有，这才把心略为放宽，督促伙计加力前进。小旋风古忠、玉莲花计达在前边走着谈着，古忠先说："小计，你看今天天气多好，不冷不热，越走越精神，如果到了前边，不用落店，随便吃一点儿什么，赶着还走，到不了出太阳，就可以赶过清流关，到了那边，一点儿险都没有了，是落店，是接着往前赶，都是办法。不过咱们这位大师兄，太已小心，恐怕他绝不肯这么办。"

计达道："这话倒不是这么说，好在又没有期限赶到，万不可以连夜赶，不用说是有外人捣乱没有，就是车上下这些把式伙计，他们就未必乐意。我先前倒是觉着咱们这位师兄，一道儿上劲啦味啦的，叫人不大痛快，净盼着大小出点事儿，一则叫他知道知道厉害，二来碰巧劲儿咱们哥儿两个就许露一手儿。自从在前边闹了那么一场，连牲口带车全不动了，我心里直到如今还有点儿含糊呢，一刀一枪，咱们绝不在乎，要是一种妖术邪法，干脆我真有点儿克化不开。但愿平平安安把事情办完了早点回去，别惹出意外的麻烦，彼此都不好看。"

古忠一听正要反驳，却听前边跑趟子的一阵风相似，跑了回来，向古忠道："古师父，计师父，你们二位可预备一下，前头可是有了动静了！"说着又去报告宣威去了。

古计两个方在一怔，却听前边有人高声喊唱，声音非常难听，口音还有倚怯，依稀听他唱的是："瓦罐不离井口破，将军难免阵前亡。霸王力举千斤鼎，九里山下无后场！"一边唱着一边往前走，越来越近，大家都看见了，原来是上了年纪的花郎乞丐。看年纪大约在六十上下，一身破烂衣裳，有一条腿仿佛还有点儿瘸似的，肩窝里架着一只拐，那只手提了一个瓦罐，满脸污泥，浑身肮脏，光着两只脚，裤子也剩了半截儿，挺长的头发披散在肩头，上头又是土又是草。古忠头一个看见，心里不免有点儿气，这个趟子手，据说他在兴盛镖店还是老手哪，怎么就是这么一个要饭的花子，也值当这么大惊小怪。这时候镖车已然打了圈子了，原来镖车的规矩，只要前边一出了事，或是趟子手回来报了，或是半道儿出了横碴儿，赶车的把式拿鞭子梢儿往回一圈，这些牲口全都脸朝外，镖车东西全都靠里。赶车的把式把车圈好了，往外圈子地下，抱着鞭子一蹲，觇看动静，镖局子胜了，自不必说，当时起镖，照样儿往下走。倘若镖局子败了，山大王不伤赶车的把式，把式把车往山上一轰，镖局子能要来镖，自是随车而下。如果镖局子要不出来镖，经过多少天，山上也得把车把式放下来，多少还得给几个钱。今天把式一看要出事，赶紧把车一圈，抱鞭子蹲下看热闹。

古忠早就不高兴了，向赶车的把式一阵冷笑道："把式们，这是怎么了，你们都看见什么了？走得好好的干什么圈住牲口不动弹了，怎么着是打算在这里打尖是怎么着？"

车把式一听，也有点儿往上撞火儿，便也冷笑一声道："怎么着，您说没事呀？好吧！我这就轰，出了事可是您担着！"说着叭地一摇鞭。

这些车方在一动，后头有人喊："李把式，你们忘了咱们的规矩了！"古忠跟李三回头一看，说话的正是宣威，脸上神气很是难看。

李三心里明白，便赶紧一笑道："宣镖头，您说我怎么错了规矩了？"

宣威道："咱们的镖车在路儿上，不许无故圈上，必得前头出了什么横碴子。既是圈上之后，没有跟镖的搭话，又不许随便轰走，你方才既把车圈上了，想是已然看见什么，或是听见什么，怎么连提都不提，轰车就走，这不是闹着玩儿吗？也别管您看得起我是看不起我，镖主既是把这拨货交给我了，大小我就是个头目人，多多少少您得告诉我一声儿，像这样跟小孩儿玩儿一样，倘若闹出点事来，是谁担这一份儿呀？"

李三一听，又是一笑道："噢！您问的这个，不瞒您说，我吃兴盛镖店，有一二十年子了，也不用说是托谁的福吧，还真没有闹过一回事，当然人心都是肉长的，吃着谁当然就得向着谁，谁也不愿意出毛病。可是从前两天闹了那么一点儿小事由儿走后，我总是提心吊胆，方才趟子手跑来送信，说是前边出了乱子，我自不能不多加一份小心，跟着车头里又出来人物，我更不能不理这个碴儿，因此我才把车止住。谁知古师傅不高兴了，说我少见多怪，叫我轰车，说有什么事都有古师傅呢，您说我能不轰吗？因此圈上又轰开了。您不信您可以问古师傅，我绝没说一句谎话。"

宣威道："那么你说的人物在什么地方呢？"

李三用手一指那个要饭的乞丐道："我看就是这位，就有点儿不大光灵（注，不明了）。"

宣威一看这个乞丐，不由心里一动。别看穿得破，身上脏，可是那两只眼睛，掩不住向外放光，知道李三在外头跑的日子多，经验是大的，说不定他就许认识这个要饭的，他既是把车圈住，必不是没有道理。正要上前，探问究竟，却听那个要饭的嘴里就道："真是人要是倒了霉，什么事都遇得见，我听见车轮子响，还以为是有走路的客人，从此经过，打算说上两句好话，是要点零钱，或是要点什么干粮。谁知道人家这是镖车，我这不是瞎了心又瞎了眼吗？嗐！三天没吃一点儿什么，还遇不见一个贵人，这不是命该如此吗？快快走吧，别再招人家起了疑心，惹出旁的事来，那就更麻烦了！"嘴里一边说着，用眼一瞭宣威，便从车旁过。

宣威越发疑心，只是他自己既是这样说，又没有拦路盘问人家的道理，心里虽纳闷，却也没有办法，只用眼看着他。就看他步履歪斜已然走过两三辆车子，忽然脚下一绊，身子向前一挂，人便倒在地下。宣威一看，正是机会，方要抢一步把他扶起来，借着这个碴儿，可以问他两句。就在宣威才一举步之间，猛听古忠一声怒喝："好你个老东西，又来弄这种鬼吹灯来了，今天再也饶不过你去！"跟着又听喊道："古二哥，宣大哥，可别叫这个老小子走了，他要走了，事情可糟，咱们三面把他围上。"正是计达喊的声音，知道事情有异，赶紧一撒手里虬龙棒，正待向前，陡然一阵狂风大起，石走砂飞连眼都睁不开了，情知不好。耳听有人哈哈一笑道："对不起三位，我可失陪了！"宣威先不知道有在店前的那一场，只是觉得这个要饭的有点儿可怪而已，古忠、计达却看出了正是在双合店前跟一个小孩子在地下乱打的那个老头子。以先已经吃过他的亏，知道他此来定有所为，听他说到失陪，两个人一声怪叫，全都往起一纵身向那花子抓去。宣威还觉得两个人做得太过，一个要饭的老头子，他又没有什么恶迹，只说了几句疯言疯语，便装作不闻放他过去也就完了，何必这样小题大做，反叫人笑话量小。

正要告诉他们不必过为己甚，猛听那老头子哈哈一笑道："怎么样朋友，打算赏脸吗？可惜我是没有工夫陪你，对不起，将来再会吧！"跟着哎呀哎呀一声，一个朝左，一个朝右，便都摔了下来。

宣威不由大怒，长身一纵，嗖的一声，便蹿了过去。一看那个要饭的并没有远走，却在那里看着自己，急喊一声："什么无名小辈，怎敢伤我好友，别走！接家伙！"说着手一起虬龙棒便自老头儿当头砸下。

老头儿一闪，嘴里还说着："真是不坏，我看着都有点儿怪不得劲的，就是有一点儿脸爱急。"说着又是微微一笑。

宣威也听不懂他说的是什么，看他神气不像是有什么恶意，便用棒一指道："老朋友，你为什么伤了我的朋友？请问老朋友怎么称呼？"

老头子一笑道："我又不打算跟你配对儿，你问我姓什么叫什么呢？干脆告诉你，打算借你们车上装的货使一使，不知道你能赏脸不能？"

宣威已然看出老头子不是寻常人来了，便也笑了一笑道："要劫镖车一点儿不难，你来看！"说着把手里虬龙棒只一挥道，"朋友，你只要能够赢得了我手中这对家伙，你说什么全都可以依你，要是自问不行，可是趁早儿远退，免得家伙没长眼睛，会要了你的性命！"

要饭的老头子哈哈一笑道："现在年轻的人，倒是都会说两句，我也不知道我是准行或是不行，我们试试看，等到不行的时候，我再跑不晚。不过你可也得留神，别冒了半天大气泡儿，回头再输给我，那可不大是意思。"

宣威准知道这个老头子不是什么好惹的，不过事情到了这个时候，也说不上不算来了，只好是打吧。忽然心里一动，向老头子一笑道："老朋友既是打算赏脸赐教，请问老朋友怎么称呼，我也可以听一听。"

老油子一笑道："按说我可以不用告诉你，只是你既这么问我，我要不说，反倒显出我怕你似的，我告诉你，我也是个无名小辈，我姓沙，我叫沙裕龙，有个小外号叫千里一声鸡。达官爷，大概你没有听说我这个人吧。"

宣威一听，真是吃了一惊，这个沙裕龙，是个回教人，水旱两路的功夫已到极点，并且听说他会一种什么符咒，可以叱人生死。不过有一节，这个人是武侠字号的老把式，从来没有听说过他干过什么劫掠这种行当，不知为什么今天会来到此地。真要是他，恐怕是凶多吉少。想着便把精神一振道："原来是沙老前辈，久闻你是当今侠义一流，为什么今天要来戏耍我们，难道我们有什么得罪前辈的去处不成？"

沙裕龙哈哈一笑道："夸奖夸奖，穷急了侠客也当土匪，趁早儿递家伙吧！"

宣威虽没有和沙裕龙见过面，可是听人说过，从前在江湖上确实响过大名，但是从没出过侠义范围，像这种拦路打抢的事，更是闻所未闻，只不知今天为了什么要跟自己捣乱。听他说话的语气，脸上的神气，又不像跟自己有多大过不去的意思，简直不得其解，想是已然没有法子再想退避了。不过自己准知道论自己的能耐，绝不是他的对手，只是事情已然到了这个地点，多说废话已是无益，反而叫人看着自己怯敌，不如跟他动手再说。想到这里把气往下一平，微微一笑道："既是老前辈定要赏脸，固辞反显看不起了，就请老前辈赐招吧！"

沙裕龙回话没说，一抢手里那根破拐棍，嗖的一声便向宣威拦腰打来。宣威一立手里虬龙棒，横着一挡，沙裕龙往回一撤，兜着肚子就扎。宣威斜身一闪，拐棍就走空了，进手一棒，照着沙裕龙华盖穴就是一下。沙裕龙一仰身儿，让过棒去，用手里拐棍往上一磕，真是比电还快。宣威急忙撤棒，已然来不及，在棒梢儿轻轻一震，就觉膀子发麻，知道不好，要退没等退，一棍早到，正在宣威腰眼儿上就点上了，扑咚一声，撒手扔棍，人就倒了。

沙裕龙哈哈一笑道："对不起，暂借镖车一用。"说着回头向赶车的一挥手，李三一看三个保镖的倒叫人家弄倒了一对儿半，什么话当然也不敢说，只好是轰车吧。宣威心里明白就是动不了。

眼看李三鞭子一抽，镖车就要去了，忽然后面有人喊道："前面是哪路的朋友在此做买卖，见面见面儿，得分我一车儿！"宣威躺在地下，却是听得明白，一听来人喊的声气，仿佛是个女的，心里方在一愕，来人已然到了，一点儿不差，正是一个女子，年纪也就在十八九岁，长得明眸皓齿，穿着一身墨绿衣裳，手里提了一把长剑，只一纵便把李三手里鞭子抢了过来，往地下一扔道："你先慢着，人家叫你往东你就往东，你先等一等，我也许叫你往西呢？"李三一声儿也不敢言语，只拿眼静静地看着她。

这时候沙裕龙已然回过身来，向那女子一笑道："怎么又出了女角儿了？看这个神气，你是有帮着镖行的意思吗？我告诉你姑娘，你要是懂得事的趁早儿躲开，省得当着人丢了面子，连我都要替你难看。"

那女子听了并不生气，却仍微微一笑道："对不起老前辈，在下孙静，也是这一条线上的，老前辈既是在我这块地面上做买卖，无论如何，也得赏一个信儿，彼此似乎才够面子。老前辈把买卖一做，一声儿都不言语，知道的是我有容让，不知道的，还说是我怕了事，以后这碗饭就不能吃了，因此我才赶到。老前辈如肯顾全面子，请把镖车上的东西分给我一半儿；如若不然，我虽自问不敌，也要拼个高下了！"

老头儿哈哈一笑道："这倒不错，狼打来的粮食，要喂给狗，可惜我这个年纪，却是上不了你的美人计了，倒是你有什么真实能耐，无妨施展施展，老头子真是不行，整个镖车完全归你，倒还没有什么。就凭你这么一说分给一半，干脆办不到，你就死了这条心吧。"说着一抡手里棍便指向李三。

李三已然看见过老头子厉害，哪里还敢倔强，鞭梢儿才一挥动，便见那女子嗖的一声纵了起来，陡的一声怪叫，手里长剑横着一抹，那鞭梢早去了半截儿。李三哎呀一声，那老头儿早已一翻手腕，一拨一裹，沙裕龙悠地把拐棍撒了回去，于是便在当场，一来一往，战了足有半个时辰。宣威躺在地下，看得明白，眼见几次特别凶险的招儿，都被那女子躲了过去，心里不由暗钦，如果这几招，自己就躲不过去，这个女子也不知干什么的，自己却没有听说过，如果今天果然渡过危机，倒要好生谢她一谢。心里正在这样想着，猛见两人局势大变，先是老头子略占优胜，现在改了女子大见起色，手里一口剑，便如一片银雨相似，只在那老头儿胸口哽嗓小肚子不离方寸。那老头儿虽是矫捷，究属是上了年纪，无论如何，气力先有

131

些顶不住了，又走了有几个照面，老头儿似乎有些透喘，手脚也越慢。那女子益发神威，挥动手里那柄宝剑，只逼得那老头子越退越远，眼看已然离开车子不近，猛见那女子往前一挺身，嘴里一声娇叱："老前辈留神这一手儿！"手里剑往下一压，老头子手里拐棍，正待往上一翻，那女子猛地扯回剑来，从下往上一削，噗的一声，那杆棍便折去了半截，跟着往里一长胳膊，便取老头儿哽嗓。老头儿斜身一闪，究属还是慢了一点儿，这一剑正扎在左肩头上，老头儿哎呀一声，一声怪叫，两个箭步，便斜着纵出去了。那个女子并不追赶，只说了一声："老前辈承让了。"

宣威躺在地下，虽然觉着略为痛快，但是这个女子究竟是怎么一个来路，自己还不大知道，心里未免有点儿啾咕，正预备看那女子回来怎么一个说法的时候，忽听又一女子高叱道："好你个孙丫头，只顾了自己痛快，竟敢大胆伤了我的世伯，像你这样不顾信义的贱婢，除去把我们这一支派完全消灭，绝不能容你如此张狂。你要是懂事的，趁早儿跟我一起去见沙世伯，世伯如肯饶你，是你的造化，否则必须把你诛除，以为背叛本门的炯戒！"随着声音，忽然眼前白光一晃，平地下又多添出一个白衣女子。宣威那样高手，竟会一点儿形迹没有看出来。手里也是一柄长剑，却是满脸怒容看着先前那个女子。

先前那个女子，陡然一看后来女子，不由脸上颜色突然一变，似怒，似愤，似急，似愁，但是一会儿便恢复了原状，却微然向那后来女子一笑道："阮小姐，今天怎么这样闲在，也会来到这里？这里的事，请你不要管，过了今天，我自会跟你说出原委，至于……"说到这里，仿佛有了什么碍难，便吞吞吐吐说不出来了。

后来的那个女子却呸的一口啐道："你一向作为，并不是谁不知道，不过事不干己，谁来管你。唯独今天，你杀人劫掠，原犯不着管你，只是你不该意狠心毒，连沙世伯都伤了，这个却容你不得。看你这个样子，好话大概是说不进去，我不便再说了，久闻剑法高妙，只好领教吧！"说话之间，手里长剑便向那先来的女子亮式求招。那个女子却一味躲闪，意思并不想还手的样子，有时往自己这边偷看一眼，神情非常可疑。后来那女子等了一等，不见动静，便陡的一声娇叱道："孙静！你既敢大胆伤了沙世伯，怎么到了现在，反倒装起麻木来了？今天我既来到这里，或是你从我去见沙世伯，凭他处置，或是亮剑动手，分个输赢，否则你想这样平安过去，恐怕是办不到的。你要不动手，我却要动手了！"

宣威听了只是一阵寻思，并没有听说有这么一个人，却为什么今天要和自己过不去。正在想着，却听孙静陡地怒喝一声道："阮墨花，你不要以为是谁怕你，不过我因彼此两家都是至好，不肯伤你，况且今天这件事，里头是另有曲折，当时又不好说出。你只容我一时，一定可以跟你说明原委，你既执意不听，哼！你来的意思我也猜透了，好吧，是你再三逼我，我也就不便姑容你了，倒要看看你是怎样高法！"说到这句，左手二指一并，脚尖儿一起，右手剑便奔了阮墨花胸前扎去。阮墨花提身一纵，手里剑往上一撩，孙静长剑唰地撤回，跟着一折身儿，一长胳膊，从底下往上一掏，这一手儿叫作撩阴剑，最是厉害不过。却见阮墨花双脚一点，嗖的一声，纵起来足有丈数高，那一剑早空，跟着双脚一点，一个云里翻，头下脚上手里剑直取孙静顶门。孙静一斜身避过剑去，向上一抬手咔嚓一声，便是万道银花射了上去。宣威方觉诧异，这是什么暗器，怎么会有这么些光彩？却听阮墨花微微一笑道："孙静，不怪人说你倚仗着会了一点儿障眼法儿，便在外头胡作非为，今天跟我走在一起，你还要施展这些鬼玩意儿，可见人言不假。不过这种东西，只好去骗骗没有见过世面的毛头，到了我的面前，只怕是一点儿用处都没有，你白白地糟践些个磷火有什么用？你有什么比这个厉害的，只管使出来，我倒要看看是百子鬼母门下都有什么新鲜的妙招儿！"说着用手里剑，向上一挥，那剑头凭空起有数丈光芒，好似一条火绳，一经挥动，便像一道流星相似。光芒所到，就听哧哧一片声响，那银花便变成黑屑坠了下来。老远地却闻见一阵恶臭，非常难闻，只苦于身子动弹不得。听阮墨花说那孙静是什么百子鬼母门下，倒着实吃了一惊，因为保镖走南闯北，听人说过，云南边境有一座苦茶山，山上有个销魂岭，岭峰有个庙宇，叫什么玄贞庵，主持是个老婆就是那百子鬼母，一身的妖法；抵御过累次天劫，已是个不坏之身，门下弟子甚多，都是女孩儿，没有男子。不过她远处穷边，从不到中原内地，如何这个孙静竟是她的门下？如果是她，这其中还另有文章，她们虽是穷凶极恶，却从来不要财物，今天这个女子，为什么口口声声要来劫镖？可见得里头不是想象那样简单，现在身子既不能动，只好听其自然吧。正在想着，却听那孙静一声怒喝道："无知贱婢，既然自己找死，须怪不得我姓孙的意狠心毒了！"嘴里说着，牙齿一咬陡地脸上一变，花容月貌，当时变成脸白纯青，手里长剑连连挥动，闪闪放出银色亮光，没头没脸往阮墨花身上猛力进攻起来，刺劈钩挂，捌削撩击，无一手不狠，没一手不准。好个阮墨花！只见她闪展腾挪，封闭迎化，这一份儿稳劲儿，真有泰山崩于侧而不惊的气概，这一往一来，实可称得起是豹舞龙蟠，蛟腾凤起，兔起鹘落，网去虾游，打得如花一团，锦一簇，乍看去哪像性命相争，却好似鱼龙衍变，两个打了足有一顿饭时依然分不出上下高低。宣威看得正在出神，心想自己觉得武功虽未登峰造极，自问也还说得下去，如照今天看来，自己未免自视过高，就凭这两位姑娘，不拘哪一个，自己早已落败多时，可见自己能力相差太远，这次如果侥幸平安到达，把镖车一交，从此洗手不干，毕生绝不再谈拳脚之事。方一凝思，猛听孙静一声娇叱道："阮墨花，你既是这样不知进退，休怪我意狠心毒，我可要对你不起了！"说着右手剑锋骤然一敛，左手却从身旁豹皮囊内掏出一面小旗，抖手一扔，那面小旗向空中一再摆动招展起来。方自诧异，这一面小旗有什么多大用处？突觉一阵凉风起处，跟着便有一团黑烟，从旗子里随风刮了出来，那团黑烟却是作怪，聚而不散，升而不飘，只团着那面小旗，越聚越厚，越厚越浓，眨眼间方圆丈数地内，已经铺满。孙静又是一声喝道："阮墨花我看在往日情分，不肯就轻伤你，再不见机早退，恐怕你要神形俱灭了！"又听阮墨花一笑道："孙静，我今天既是斗你，就不怕你那些鬼张智，你有什么能耐，只管施展出来，我倒要领教领教你这多手龙姑到底是怎么一个了不得。还要跟你说，你不用客气，你也不用给谁留面子，我一点儿情都不领，如果你要该下狠手不下，那是你怕了我！"宣威方在暗诧，这个女子为什么这样狂妄，一丝一毫都不肯放松，这是何必？却听孙静陡然一声长啸，非常凄厉难听，偷眼往那边一看，那个小旗儿，黑烟还是往上翻滚，笼罩的地方却是越来越宽，眼看那片黑气，已然有三五丈方圆，只是一件，却并看不出一点儿下文，并且已然罩在自己头上，也觉得出一点儿征兆。猛见孙静把手里剑向那小旗上一指，嘴里呸的一声啐去，就见那面小旗的黑烟竟自从四面往上包围上去，那黑烟从黑而灰，从灰转蓝，由蓝转绿，由绿变黄，由黄慢慢成了红的。这一变成红色，当时便觉有一种又热又腥的气息吹了过来，闻在鼻子里好不难过。可惜自己身子却依然不能转动，只好是看着，可是又担心他们旁边这些人，是否能够经受。再看那片五彩的光团，已经变成一个红团，里面还不断发出爆炸的声音，又见孙静把脚一踩，用剑一指，喝声："起！"那个红团便向阮墨花那边升起移动，非常之快，眨眼便到了阮墨花的头上。孙静往下用剑一指，顿时便降落下来。宣威才知道孙静果然有这么大威力，跟着便觉那红光所照之处，热气蒸腾便像太阳忽然降落下来一样，越来越热，肌体似有烧灼之意。宣威可真急了，用足了力气，往上一抡右手，出其不意，那只手竟会抡起来很高，反倒吓了自己一跳，静了一静神，跟着一抬腿，那条腿也起来了。心里虽然纳闷，可是无从询问。并且这时的热气，比起方才还要厉害，自己已然顾不得许多，一挺腰便站了起来，只是躺的时间过大，半边身子已然有些发麻，略为活动了一下，便赶着先看那些镖车跟那些人。

及至到了邻近一看，不由得叫了一声，原来不单是古忠、计达、李三以及十来个伙计一个不见，连镖车都没影儿了，这一惊却也非同小可，想着也许是那个老头子沙裕龙他趁着自己不能还手之际，趁风打劫，给他搬走了。但是那么多的镖车，还有那么多的人，绝非他一个人所能运走，况且自己虽然没有十分留神，弄走这么多的东西，也绝不会一点儿声音动静都没有，这个事情未免太怪了！难道这也是那个姓孙的使的什么招儿，可是她才战败沙裕龙，那个阮墨花就到了，哪里来的这种工夫呢？

心里方在犹豫不决，耳边忽然送过来一种极轻微的声音："你不用着急，不但一根毫毛短不了，完了还许添人进口呢，你不用着急，沉住了气等着好了。"这个声音，入耳很熟，陡地想起，在双合店门前曾听见这个声音，听他语气，好似帮着自己，但是又不愿意出头的样子，事到如今，也只有是听其自然了。

正在想着，又听那边叭的一声响，回头一看，原来是那个红团已然爆炸，里面出来不少大珠儿，此起彼落，全都向阮墨花身上烧去。又听阮墨花依然带笑道："孙静你不懂得害臊，偷来这么一点儿东西，也值得拿来骗人，今天我可是对不起，不管你能往回还给人家不管了！"说着手里长剑一挥，唰的一声，便似一道银光，照着那红光团里只一指，真是一物降一物，便听啵啵几声响，两红光团便由红而黄，由黄而绿，由绿而蓝，由蓝而灰，光锐越减，转得也越慢，转来转去，变成了一道说灰不灰说黄不黄的浅影子。孙静现已知道厉害，便用手里剑一扬再往回招，只是那面旗子却像生了根一样，再也招它不动。孙静性起一伸手从袋里又掏出一个仿佛是个球似的东西，一抖手便向阮墨花扔去。阮墨花斜身一闪，让过那个球儿，用剑一撩，哧的一声响，里头便射出一道蓝光，直奔阮墨花头上裹来。阮墨花用手里剑向上一立，当时便把那道蓝光挡住，跟着往前一探身，往下一伸手，便把那面旗子捻到手里，一声娇叱道："孙静，你要再不知道进退，我就要用我师门秘法把你这些肮脏东西

136

全都毁去了。"

孙静还未答应，忽听有人一声长笑道："都是自己人，何必为了一点儿小事就变脸呢？都是姑子老不正经给惹出来的，看在我的面上，彼此都算了吧，有什么话，等到事情过了再说吧！"

宣威一听正是自己两次听见的声音，原来他跟这两方都是熟人，这一来倒许能够解围了！心里正在想着，猛听孙静一声怒喝道："你还约了老狗，我斗你不过，今天走了，改日再见吧！"说着嘴里一阵叨念，跟着用手向阮墨花手里拿的那面旗子一招，那面旗子扑噜噜一响，却并没有脱手飞去。

阮墨花微微一笑道："孙大姐，你既肯不再结仇，沙世伯受伤的事，自有我替你担待，这面旗子我拿着一点儿用处没有，自要还你，何必这样脸急，就请你收了回去吧。"说着把手一张，孙静趁势往回一收，那面旗子便回到孙静手里。孙静把旗子往袋里一掖，只说了一声容再相见，身形一晃，一道青光，竟自踪迹不见。

宣威看得两眼发直，忽听阮墨花向自己一笑道："这位大镖师，您多受惊了！"

宣威脸上很不是意思，勉强笑了一笑道："多承姑娘这样热心帮忙，我宣威谢谢了！"

阮墨花一笑道："宣大镖师，你不要谢我，我也是受人之托呀，真帮你的人就在你旁边呢。"说着用手一指自己身后。

宣威急忙回头一看，真吓了一大跳，在自己紧挨身蹲着一个又脏又破的老头子，正翻着两只眼看着自己呢。凭自己能耐，虽不能说是怎样高法，但是无论如何，一个人到了自己身旁，总不该不知道，可见来人能力超过自己千八百倍，便赶紧一拱揖道："老前辈多有辛苦了！"

老头子不等宣威再往下说，便用手一指阮墨花道："姑娘，我说的话不假吧？咱们往前试着办吧！"

阮墨花脸上陡地一红道："藏师伯，您要再乱说，我可真急了。"

老头子又一笑道："你可别急，你要一急，我要一恼，这后出戏谁唱啊？"说着又向宣威哈哈一笑道："你这个小伙倒找个地方咱们再谈哪！"

宣威闻言，方自惊醒，便连连道："老前辈，这个地方不要说是店，连个住家都没有，咱们怎么谈哪？"

老头子又一笑道："你大概是高兴得糊涂了吧，这里没店，咱们不会找店去吗？"

宣威才要答应，又一皱眉道："老前辈，我走不了，老前辈和这位姑娘帮了我这么大的忙，我这辈子也报答不了，只好是图之来世吧。"

老头子哟了一声道："这是怎么了？年轻轻的喜欢还没喜欢够呢，怎么说出这种话来？要是你这个年纪就要告假，像我这个岁数还不早就该死呀。有什么话，你说说，我听听，咱们可以商量着办，别说这个丧气话呀。"

宣威叹了一口气道："老前辈，我做官的，把印丢了，您让我到什么地方去呀？"

老头儿一怔道："怎么着？阁下还是一员拿印把子的官哪？那么您在哪方当父母官哪？您的印是怎么丢的？丢在什么地方了？您说出来我可以帮着您找找，您也先别想不开呀。"

宣威一听他误会了语意，倒招他说出这么一套来，便连连摆手道："老前辈，不是，不是，您错会了意了，我说的是句比方，我不是做官的，我是保镖的，现在连人带车全都没了，您叫我怎么走啊？"

老头儿一听，喝了一声道："闹了半天是这么回子事呀，我说您是喜欢糊涂了，一点儿都不错，喜欢得连眼睛都迷糊了，可见得年轻的人沉不住气，就是这么一点儿小事就闹成了这个样子，前边那不是车跟人吗？怎么会看不见呢？"说着用手一指。

宣威往前一看，谁说不是那一群人围着那个车哪吗？心里好生诧异，方才走了过去一趟，不用说看见人，并且连车带牲口一点儿都没有看见，难道真是自己眼睛没有看见吗？这话绝对靠不住，忽然又一想，便自恍然大悟，一定是那个老头儿，使了什么法术，挡住了自己目力，所以视而不见，这现在也是他撤了法术，才得看见，又是佩服，又是感谢，便一迭连声道："老前辈，您真是活神仙了。现在咱们可以走了，找到店房，咱们再慢慢说吧。"

老头儿微微一笑道："这么办好不好，你打发他们先走一步，好在你这里离清流关已然不远，并且前途平坦，绝无意外，他们几位押后，绝不至再有危险，我们可以在后边慢一点儿走，我还有话跟你要说呢。"

宣威这时候把老头儿看成活神仙一样，当然是说什么算什么，百依百随，当下连口答应向老头儿道："老前辈说得是，我这就去分派他们。"说着走了过去，告诉古忠、计达，并且安慰他们方才受了委屈。古忠跟计达方才在一举步之间，便被人家制倒车边，心里着急，只是不能挪动，跟着便见身旁起了一层浓雾，迷迷茫茫什么也看不见了，既是没有法子可想，只好是闭上眼等着吧，后来觉得身子一动，再看雾也没有了，那边宣威正跟一个老头儿一个大姑娘在说话呢。两个人虽然觉得可怪，可是一时也想不出道理来，恰好宣威过来一安慰他们两个。古忠、计达便把方才经历说了一遍，宣威才知道老头子法术果然高强，在同一个时候，同一个地方，而能使彼此所见不同。一听他们两个，既然没有看见那边情形，也许是老头子有不愿意叫他们看见的道理，便也不再说破，只向古计两个人笑了一笑道："方才确实十分危险，好在已经过去，那边站的便是两个帮忙的朋友，还有几句话要和我说，请你们二位先押着镖车到前边清流关去等我，我随后就到。"

这两个人不明就里，因为已然闹了一回事，便也不再执拗，点头答应，招呼李三轰车起镖，宣威又告诉他们一路之上多加小心，下店之后派个人在街口等着，好引自己去，省得临时还要打听。古计两个答应，这时镖车已然走下去了，彼此说声回头店里见，便自分手。

宣威走回来向那个老头子一笑道："老前辈，现在有什么话，您可以说了。真格的，我也是喜欢糊涂了，还没请教你老人家怎么称呼呢？"

老头子把眼一翻，又把头点了一点笑道："倒不怪你不认得我，实在我已然有二十多年没在江湖上跑了，我姓臧，我叫臧用……"

宣威不等往下再说，便把双手一拍道："您是不是二十年前驰名江湖，人称缥缈子万里烟云的臧老前辈？"

老头子点点头道："难为你还知道有我这么一个人，你的来踪去迹不必再说，我已尽知，就是今天来的那个老头子沙裕龙，跟那姓孙的姑娘，你可认识他们？"宣威一摇头，臧用唉了一声道："你这个人可太不懂得好歹了！"

宣威一怔："这话怎么说？"

臧用道："可惜人家这片心呀。人家一个媒人一个是自送上门的好媳妇，难得都叫你给气跑了！"

宣威越听越不明白，一眼看路边阮墨花正在看着自己微笑，自己越发不得主意，便向臧用道："臧老前辈，我和来人素不相识，不知何以结仇，方才老前辈所说，晚生更是不懂，请老前辈爽得说知了吧。"

臧用道："你既是真不知道，我可以告诉你，你可不要怨我破坏了你的一门子好亲呀。方才那个老家伙，他叫沙裕龙，你是知道的，那么他是怎么一个人物，你也一定知道了，他跟那个姑娘却是好朋友。这次他跑出来，为了给朋友帮忙，还挂了一点儿彩，也可以算是热心流血了！那个姑娘你可别看她年纪不大，来历可不小，她是云南边界著名外道头子老瞎婆的嫡传弟子，因为老瞎婆看出来她前生杀劫太重，将来难免兵解，为了徒弟的前途，边空挖了心思，在劫难未来之先，必须找一个根基深厚的男子，叫孙静嫁了他，然后

140

再受老瞎婆教以秘法，夫妻同练一种天魔大篆，潜心研修，到了劫难将临，夫妻同心抵御，可以免去兵劫修成正果。只是云南边界，地苦人稀又有山岚瘴气，等闲连个人都看不见，她师父老瞎婆百子鬼母给了她一个方便，叫她到内地自来选择。不过这种事，要出于两厢情愿，不能使武力，不能强求，最好是能使对方感恩图报来求自己，那时才算美满。这个丫头听了这一片鬼话，便到了内地，虽然看见几个根基厚的，无奈全是读书种子弱不禁风，尽九牛二虎之力，弄到边界，不用苦修早已身死，一场力气可说完全白费。走来走去，到了扬州，正赶上宣威走镖头，一下子让孙静看在眼里，不但根底好而且相貌也是百里挑一的美男子，她一看便中了意，可是跟人家一打听，才知道这事办起来很是有些费手，自己是百子鬼母门下，虽是名头不小，却不能算是正教，宣威是狗屠户方卫的嫡传弟子，方卫虽够不上说是剑侠之流，人家总是正派。自己这件事，要是托人一说，一定一百个不答应，无缘无故碰人家这么一个钉子，那才不是意思。亏她在没法之中，想出这么一条计来，不过这条计却不是一个人能够办到的，并且还要一个有能耐的人，最低也要比自己高，还要能够跟人家说这个话。想来想去，才想到了沙裕龙，因为沙裕龙有一年路过苍耳岭，被毒蛇所困，几乎性命不保，百子鬼母赶到杀了毒蛇，救了沙裕龙。沙裕龙在她那里一住，便是两三个月，说起受伤被救，很是感激，将来有了机会，一定要报答这番意思。百子鬼母也知道沙裕龙是义侠一流人物，他不会跟自己混在一起，也没说无谓的话，只告诉沙裕龙，她自己远隐边山，不至有什么事故要求沙裕龙报仇，反是她的徒弟太多，保不齐将来会找到他的面前，还要求他多多帮忙。沙裕龙当时便一口答应她，只要是她的徒弟，到了内地，不拘什么事，都可以去找他，他是无一不能帮忙。当时这话说过去也就算了，谁知孙静听在心里，现在一遇见事，便想起了沙裕龙，恰好距离这里不远，找到他跟他一说，他却毫不犹豫，便自一口答应，打听你几时出镖便赶去动手。"

宣威听了一笑道："老前辈，您说的话，我倒是明白了，只是你老人家，怎么会陡然来到这里呢？"

臧用一笑道："我跟你不客气，我攀个大吧。老贤侄，我说一句话，你可不要驳回，好在阮姑娘也不是那小气人，当面说出来也没有什么。阮姑娘是慈静大师爱徒，大概你也有个耳闻，这次出来，却非无因而至，就连我两次三番，不惜跟鬼母捣乱，也是为了这件事。皆因阮姑娘幼遭孤露，幸得慈静大师接引到山，传授了玄门正法和内家剑术，依着阮姑娘便想长灯伴佛，从此不再下山。但是慈静大师却由静中参察出来，她不是玄门中的人，并且阮翁夫妇一世忠厚，却无子息，无论如何，阮姑娘应当身归异性，有了根苗，分继两家香烟。阮姑娘迫于师命，又因传代观念，才答应了慈静大师。因我住家比较繁华，又是人才荟萃之区，便把阮姑娘打发到我这里暂住，以便物色。也是事有凑巧，前些天在无心之中，碰见两个水耗子，他们不认得我，正在那里说鬼话，被我听了个清楚。从他们嘴里说出贤侄的大名，是怎样一个英雄，又说这次保了一个肥镖要从本地经过往南，他们有心下手，又怕不敌，后来影影绰绰又听说了句沙裕龙，我便益发起了疑心。是我仔细一探，从他们口里得知那孙丫头底细，他们知道孙静意有专在，便想趁风打劫，从中得点油水，没想到被我听了个清楚。我知道孙静为了选婿的事情，已然闹出许多笑话，这次她又出头这个目中人不知是怎样一个人物，我便存心要偷看一下。在你们住店的时候，我就到了，一看贤侄，果然是个人才，倒很觉得那丫头眼力不差，这时我便动了私心，找着阮姑娘跟她一说。阮姑娘先还不肯，说是她辛辛苦苦好容易找着这么一个人，不该去破坏她，还是我说那个丫头本来投身异教，行为已属不法，再要得着这么一好膀臂，益发如虎添翼，将来去掉很难。况且以一个大好资质，入了她们这种脏坑，将来也难保身败名裂，不如引他归入正途，一则免得叫恶人多添臂助，二则这样人才糟践可惜，况且这又不是他们早年聘定，算是我们夺了她的婚姻，比如

142

打猎，当然谁能得着是谁的。阮姑娘这才勉强答应，但是还说要见本人，经她自己愿意才算。现在总算不错，居然马到成功，并且看阮姑娘的意思，大概也没有什么不愿意，这只在贤侄一点头就算成了，贤侄你看这件事怎么样呢？"

宣威这时候既是感念阮墨花出头救护，不然自己一定会落在圈套里头，盛情已极可感，况且今天又得罪了孙静，树下强敌，将来不免还要找上门来，论真功夫还可以抵挡一阵，讲到法术一层，自己是一窍不通，绝非人家敌手。况且阮墨花武学既好，又是名人之徒，一经缔为姻眷，日后照应必多，人又长得俊美，轻易不容觅到，并且臧用今天当面说的，如果自己一摇头，岂不大煞风景，这一前思后想，哪里还能不答应，便把头一点，这门亲事就算定了。镖车回去之后，请了一个月的假，料理亲事，就在成亲的那一天晚上，洞房里又闹成了天翻地覆。

这日吉辰，拜了天地，入了洞房，吃了子孙饽饽长寿面，亲友们闹完了房，全都散去。宣威家里，父母早已去世，只剩他一个人，因为办喜事，临时雇了一个男仆、一个女仆，还有镖行几位至近的朋友，因为路远，没有回去，便都歇在那里。他住的房子，是三间南房，三间过厅，三间正房，正房后头是一个小院子，宣威夫妇住在北屋东里间。这时候宣威已然脱去长衣，坐在一张椅子上，一边喝着茶，一边看阮墨花卸妆。正在这个时候，猛听房上的瓦似乎是咯吱一响，阮墨花也听见了，抬头一看宣威，宣威一使眼神，便故作腻声道："你看你脱一件衣裳的时候，也要费这么多的事，等我先喝碗茶再说吧。"说着便走到外屋。

外头屋没有灯，宣威略微把眼闭了一闭，听听连一点儿声音都没有了，哪里还敢怠慢，一伸手把墙上挂的镖囊，也拿过来挂好，然后又把虬龙鞭拿在手里，听了一听，还是一点儿声息俱无。心里正在纳闷，却听屋里阮墨花说道："你喝水怎么这么半天还不进来？我可不等你了。"接着就听噗的一口，屋里当时就黑了。知道她的用意，便也说道："你看你！怎么把灯吹了，我这里还没喝一口水呢，冰凉的水，我也不喝了。"说着话一伸手把帘子挑了起来，往钩儿上一搭，三步四步走进屋里。

一看阮墨花把剑也拿到手里了，悄声地问宣威道："你可要留神，今天来的主儿可是不善，并且来的不是一两个，最好你先不要出去，坐在屋里，看我出去拿他们开上一回心。"

宣威也知道自己夫人比自己手底下只高不矮，况且来的这些人神头鬼脸，说不定是什么路子，不要自己冒昧，再受了什么误伤，不如跟她商量商量，来个守株待兔，跟他们来一个捉迷藏。自己想着正要跟阮墨花去说，却听院里有人喊道："什么人这样大胆？敢到这里来讨野火吃！难道你们就没有长着耳朵吗？"

宣威一听正是白旋风古忠的声音，跟着就听有哈哈一笑道："好朋友，怎么一点儿面子不懂啊！我们听说宣镖师今天大好日子，特意赶来道喜的，不过来得晚了一点儿，没有赶上主人的酒席盛宴，不过千里送鹅毛，礼轻人意重，无论如何，我们也是贺喜的客人哪，不出来招待，我们不敢挑眼，怎么主人还没有见面，就出来这么一拨儿知宾，连个名姓都不问，张嘴就不说人话。我想这许不是主人的意思，不过可是有点儿耽误事。得罪我们不要紧，要是得罪了好朋友，岂不是给主人结怨吗？放下主人搁在一边，我要警诫警诫这位知宾！"

宣威听说话的这人耳音很熟，因为在房上，却看不出是谁，又听他说话越来越气盛，就知道不好，自己这时为了保全朋友要紧，顾不得再跟他们暗地捣乱，一提手里虬龙鞭，正要走出去，早听一声喊嚷："好朋友，你先接我们这点薄礼！"跟着就听院里哐当一声，好像一个很重的东西，从上面扔到地下。又听古忠一声怪叫道："好东西！你敢摘我们哥儿们的牌匾，从我这里说就完不了，别走，接我这个回礼！"咯叽咯叽一响，三支连珠弩打了出来。古忠正在年轻力壮，久吃镖行，功夫一天都没有扔下，连珠弩又是得过高人传授，精心习练，往常出手也就是一支，足可以说是百发百中，唯独今天，因为来人特已无礼，竟把兴盛镖局的牌匾，从扬州弄到这里，不只是向宣威个人示威，并且有摘镖局牌匾意思。古忠如何忍得，又知来者是个劲敌，所以才一出手，便打出三支箭来，分成上中下奔了房上那人。心想他无论如何会躲，轻者也要中上一支。说时迟，那时快，古忠一抖手，三支弩便分咽喉、胸口、小肚子打去，却听房上那人又是哈哈一阵大笑："真是越玩越没有出息了，怎么弄这种哄小孩子的玩意儿来吓唬人，更是没脸已极。"说着把手一伸，从上往下一抄，就听锵、锵、锵三声响，那三支弩箭便像石投大海一样，全被那人抄在手里，跟着又哈哈一笑道："好朋友，你不用瞎费事，这种东西是不能成功的，我拿着没用，依旧还送给你吧。"说着手一扬，真比弩筒子打出来还有劲，也照样分成上中下，转奔了古忠打来。古忠一看连珠无功，来人手下太高，知道遇见劲敌，哪里还敢怠慢，赶紧把手里三才行者扯了出来，用手一指。正要高声叫骂，却听房上又有人喊："古大哥，你来到我们这里，是个客位，哪有请客待客之理，既有嘉宾来到这里，让我来招待一下吧，免得上客到此，倒要怪我们简慢不周了。"古忠一看，来人身后，又显一人，正是新娘阮墨花，扎括紧身利落，手提长剑，站在来人身后，却是笑容满面。这阮墨花的能为，古忠早已见过，一看阮墨花到了，自己便一侧身，闪开了当地。

再看阮墨花已和来人搭话："沙世伯你老人家，什么工夫来到这里，何不请到屋里，坐坐谈谈？"

又听那人哈哈一笑道："你不要推说梦里睡里，你自己难道还不明白？人家打了来的狗肉你却吃舒坦的，你想想这个事情人家能不能善罢甘休。我姓沙的，受了许多抱怨，说我是偏一头儿，坐一头儿，我闹得有嘴说不出，今天来到这里，所为表示表示我的心机。既然来了，别的话可以不说，我请您动手吧，我知道你的兵刃暗器都有独到之处，我倒要领教领教，请你不必客气，只管亮家伙吧，多少也叫我挂上一点儿彩，我回去倒好交代，你要念在往日交情，你就不用客气，照我脸上身上，只管下手，否则倒不好办！"

这里老头子一说，古忠才知道这个老头子就是沙裕龙，二次前来找场，准知道这拨儿人全不是老头子敌手，想着今天事情恐怕凶多吉少，一捏嘴唇，一声长哨，这就是给自己这边人一个警号。示警之后，回头再看，阮墨花已然挥动手里长剑，跟沙裕龙动起手来了。这时候镖局子住的朋友，全都一拥而出，那没有见过沙裕龙的，以为一个糟老头子，还有什么不好对付。正在想着上前助阵，把阮墨花换了下来，陡地房上又是一声娇叱，从上面又纵下两个人来。一个大姑娘，一个小孩儿，一个拿剑，一个拿着似锥非锥似锤非锤的一个家伙。两个人全都一点手道："你们哪个是有种的，快到这里来领死。"

一语未毕，屋里有人搭话："孙静，你两次三番和我为难，这是你自找死路，并非是我赶尽杀绝。今天你既来了，只怕是有来的路，没有去的路，你就领死吧。"屋里出来的，正是宣威，一看阮墨花也出去了，古忠他们也出头了，自己要是再不出去，那算什么英雄，因此自己这才一挽虬龙鞭，从室里蹦了出来。正好孙静露面，宣威准知道孙静不但武功好，而且还会很高的法术，不过事情出在自己家里，不能不过去，这才捏着头皮跑了过去。

孙静一看是宣威，当时脸上颜色一变，就要练剑动手，旁边有人搭话："嘿！你干什么？瞧我的！"身形一晃，从后头蹿上一个人来。宣威一看，是个小孩儿，手里拿的吕公透甲锥，小脸儿又白又嫩，小眼睛又黑又圆，一身淡黄色的衣裳，梳着一个冲天杵的小辫儿，往多里说，也不过十四五岁，长得特别精神好看。宣威一看，从心里就爱，他可明白这路小孩儿，一定受过高人传授，既要敢来，他的手底下就不软，不过总看着他是个小孩儿，想着他就是有点儿能耐，还能有多高？小孩儿往上一纵，左手一晃，右手锥就递进来了。宣威一看，小孩儿手底下真快，赶紧一斜身儿，锥从肋下滑过，一抢手里虬龙鞭，意思是要缠小孩双腿。小孩儿提身一纵，真跟一个小燕儿相似，停身一甩腿，当时就是头下脚上，手里锥一推，便奔了宣威头顶。宣威一立手里鞭，就听咔吧哗啦一声响，这一锥正磕在虬龙鞭上。宣威往外一抖，小孩儿哈哈一阵大笑，吓得宣威一怔，就听咔吧一声响，从锥上那个搅棍儿里头，冒出一种绿烟。宣威知道不好，垫步一拧腰，正要往外跑，没想到稍微慢了一点儿，还是进了鼻子，就闻见一阵奇臭，仿佛是什么布东西烧着了一个味儿，一阵头晕身软，扑咚摔倒。

等到他再一醒，只见灯烛辉煌，除去几个镖行朋友之外，就是自己的夫人阮墨花，余外更无旁人。方才一寻思，旁边早有古忠叫了一声："二哥，你还不快给二嫂子跪下磕一个？这要是没有人来，咱们这一拨儿，开水浇耗子，你懂不懂？咱们可全是一个死。方才您一躺下，我跟计大哥就过去了，到了跟前，再省事没有，一见面一伸手，计大哥跟您一样，当时来了个仰面朝天。我一看这个事儿不行，我过去也是多饶上一个，我就告诉二嫂子。二嫂子真不含糊，听我一嚷，一步就飞回来了，那个孩子还以为跟我一样呢，又用手里那个劳什子玩意儿，抢起来是一下子，这下子正碰在行市上，二嫂子宝剑往起一举，这下子倒是合适，嚓的一声，这个玩意儿就折下来一节儿。这个孩子也傻了，张着大嘴一阵哭，哭得大家也不知道该怎么好了，本来上阵打仗有哭的没有，这不是新鲜事吗？谁知他这一哭，还是真哭出理来了。他一边哭，一边嚷：'姐姐，你不要净听狗东西的闲话，他的话未必靠得住，今天这件事，可怕又是没有什么滋味的，姐姐，算了吧！'大家听着不懂，那个老头子也跑过来了，向那孙静一笑，孙静一跺脚，一老一少一男一女径自去了。"

孙静他们一走，当时镖局子人全都出来了，这个道受惊，那个道大喜，一阵乱过，阮墨花却向人家一笑道："你们就知道当时痛快了，这三个里头，一个好惹的没有，看今天他们这个情形，一定是未来之先，有所密约，到了这里，既是没有占得上风，所以只好跺

147

脚一走。不过这个仇就算是结下了，恐怕将来必不能善罢甘休，好在那是后话，到了时候再说吧。"

大家一听，这话一点儿也不错，但是谁也想不起别的法子，只好也就跟着微然一笑，当下便把这件事完全没放在心里头，吃酒的吃饭的各自吃酒吃饭。一宿一过，到了第二天，大家喜也道过了，全都纷纷起辞。又待了一个多月，阮墨花的主意，便要搬到他处去，宣威也不能拦挡，依了阮墨花的主意，便搬到了铁龙庵，一住就是五年。

这一天忽然臧用臧老头子来了，一进大门就嚷："这回事情你可惹大了！"

阮墨花道："什么事？"

臧用叹了一阵道："这件事还是赖我，如果那天下一点儿狠手，就都不能让他们活着回去，大概也就是自己这一念之差，才招出这场祸事。"

孙静自从这里，她便矢志从此再也不嫁，亲戚朋友谈论起来，都说她不必为了一个毫无相干的宣威，何必打得这样狗血喷头，这不是有点儿不值吗？孙静说得好，自己这次要找的是宣威夫妇，总之她总不忘当年之争，定要手拿钢镖一口宝剑，要跟宣威决一死战，有他没我，有我没他，这回非算个水落石出不能完，并且谁也不用帮我，还告诉你们说，这无论他是什么玩意儿，我也是要单自会他一会，他要是不找进来，算是他的命长，一过我这块地，对不起，我是非要他的命不可了。孙静从宣威家里，二次退走，便留下一个心思，无论如何也要把这点面子找回来，便在玉虎岭盖了一座小庙，正迎着阮墨花住的地方，立志从此绝不嫁人，并且下了苦心，单人独自，也要把功夫练好，并且派人给阮墨花送信，只要有她一口气在，早晚必有报仇，叫她随时多加小心。阮墨花一笑，并没有把这事放在心上。从那时起，每隔三个月五个月必要斗一次，由三个月五个月改为一年二年斗一次，越打仇越深，但是始终孙静也没有得过一回便宜。后来阮墨花生下儿女，依着宣威便把这里家不要了，免得将来儿女碰上孙静，要吃她的亏。阮墨花不答应，告诉宣威，只管放心，孙静虽是跟自己不对，却不是这种没出息的人，绝不会惹不起自己，反拿自己儿女捣乱的道理。尤其是自己奉了师父一件差遣，跟孙静还有一件事情未了，到了时日，自会应付，叫他不要说出去，反招人家笑话，宣威也只好听着不再往下说。果然宣霸他们几次从他所说的禁地走，没有出过一回事，宣威疼爱自己儿女，也曾告诉过他们，只是这两个孩子生具异禀，不这样说，还好一点儿，这样一说，他们倒故意去了两次，但仍是无一点儿动静。阮墨花明白底里，只是笑而不问。就是这样，已然是十几年了。

这次因有宣威受了一个朋友所请，有一个早年的朋友在凤阳府城吃了官司，求他去想办法，宣威义不容辞，才带了孩子们赶到凤阳，事情定了之后，又应了恽、时两家约请，才发出这么一件不大不小的事来。这件事一闹，宣凤还未怎样，宣霸早已嚷了起来，意思之间，就要一拼。宣凤人既机警，见识也比宣霸来得快，一看两下眼看闹僵，如果真要是跟她变了脸，就凭自己姊弟两个，绝不是她的对手，恐怕到了那个时候反倒骑虎不下。自己母亲临行时候已然说过，不要跟她恶斗，能好说算了最好，倘若不能，最好是一走了事。孙静为了从前父母一段公案，不惜隐姓埋名，可见得积怨之深，虽是里头另有因缘，但是无论如何，总也是以不得罪为上。不过看这神气，好走绝不可能，等闲的工夫，到了她的眼里，绝不能找出便宜，况且知道孙静的父亲老镖师商振广正在结合一般异教要和自己这派周旋，父母这方虽是朋友不少，但也未必便能准胜，一旦败在他人之手，从前英名自不必探，就是当时那一场祸害，也必不轻。

正在寻思，猛听身后有人哼哼唧唧地唱道："昔日有个楚霸王，九里山前摆战场，乌骓不渡英雄死，空留英名万古扬。"侉声侉气，一声高一声低地唱着。宣凤回头一看，原来是个老头儿，穿章打扮

149

非常褴褛，一手拿着一把破蒲扇，晃晃摇摇走了过来。眼前这些人，仿佛没有看见一样，一边晃一边往前走，到了原名商多芬现在改名易姓孙静的面前，把黑炭似的手指一伸道："这位太太，老太太，请你可怜可怜我吧，我已然三四天没有吃上饭了，你有什么剩的给我一点儿吃吧。"

孙静一听，不由大怒，自己没有出过嫁，什么太太、老太太乱叫一阵，真正可恶。因为老头子来得太怪，这几个人只顾了看热闹，可就把当下自己身临的险境忘了个干净，只站在那里瞪着眼怔呵呵地看热闹，仿佛这回事没有他们几个人的事一样。这时却见那个老头子冷笑了一笑，脸上却露出一种极其不堪的神气。再看孙静却已怒不可遏，恶狠狠地啐了一口道："你这个老乞丐，怎么这样不三不四地说话？什么太太、老太太地瞎喊，谁家见过要饭的不到城里热闹的去要，倒跑到这旷野荒郊来讨厌，还不快快躲开吗？"

那个老头子又哼了一声道："你不要小看了我这个要饭的，不是有缘的他给我我都不接，我绝不像那种没出息的人，人家有钱，给也得给，不给也得给，一个臊了皮，跟人家持刀动杖，拼个你死我活，斜长蛇，歪缠不息。可是有一样，如果我看着这个人跟我有缘，那却对不起，给也要给，不给也要给，但是我并不白要，练会了几手儿粗戏法儿，我可以练两手儿孝敬孝敬他。还有一样，我变戏法，不管人家爱看不爱看，只要我打算练，却是非练不可。我称呼你太太、老太太你都不爱听，可是我又想不出别的名儿来，这么办，我叫你一声伽蓝菩萨吧。不对，伽蓝没有女的呀，管它对不对，我就称呼你一声千手伽蓝吧！"这句话可把孙静吓了一跳，因为从前她的名字是商多芬，外号儿正是千手伽蓝，只不知今天他是有意还是无意喊了出来。跟着又听他说："千手伽蓝请你先看这一回小玩意儿，这一手儿叫作'巧解冤家扣'，玩意儿虽假，名字却极好听，请你先看这一手儿。"说着话从腰里往下一扯，哧的一声，便扯下一条长有三尺的麻绳，又是油又是泥，肮脏不堪，并且是糟朽欲折。只见他

150

把这根绳子解了下来，先用手一量长短，然后把破蒲扇往脖子上一插，两只手把两个绳子头儿拴好，跟着便左一个结又一个结打了起来，每一个结都是死扣儿，并且是紧了又紧，揪了又揪。把一根绳子系完，至少也有七八十个结子，系好之后，往地下一放，用手一指，向孙静道："千手伽蓝，你可看见了，绳子不是假的，系的扣儿不是活的，这条绳子往地下一放，也不用盖布，也不用蒙纸，只要我手里蒲扇一扇，当时要叫它百扣齐解。这手儿玩意儿，就叫'巧解冤家扣'。我要是一扇子下去，这些扣儿没开，或是开而不完，只要留下一个，我这手功夫就算练坏了，不但不要你什么，还随你指使，不怕叫我去杀三个人，我都当时就去，稍一含糊，我就不是……"说到这里，稍微一犹疑道，"我就不是要饭的。倘若一扇子把这根绳子扣儿解开，没什么说的，你可得松一松手，给我一点儿面子。谁要说了不算，谁就不是个人！女伽蓝，你上眼看吧！"说着从脖子上把那蒲扇拿到手里，陡然间一眨眼，用手里扇子冲那根绳子忽地一扇，跟着过去提起来一抖，果然是一条长绳，连一个扣儿都没有了。宣霸真是小孩儿，当时忘了厉害，脱口而出便喊了一声真好。

孙静向老头子看了一眼，咬牙一跺脚道："噢！原来是你！好，我不惹你，再见吧。"说完身形一晃，一道绿光当时不见。

宣霸心里高兴，上前一舍身儿，就要去接那根绳子来看，哪知老头子把绳子往回一撤向宣氏姊弟一笑道："这个不错，戏法儿变完了，有缘的先跑了，剩下没缘的，白见戏法儿还要抢绳子，这根绳子你要抢了去，我就不用系裤子了。果然不错，这旷野荒郊不是个好地方儿，我趁早儿走，别回头化不出缘来再把缘簿弄丢了。看完戏法儿不给我什么，你打算白瞧，那可不成，我还是找定了你了！"说到这里，踢里踏拉一阵脚步儿也追下去了。

这三个人里头，就是宣凤见闻也比宣霸多，袁玲姑更是什么都不知道了。宣凤一看老头子使的这手功夫，正是佛门金刚解秽七擒

151

拿法，并不是什么江湖上的障眼玩意儿，就知道老头子定是世外高人，又听他所说的话，语带双关，似对两家结仇之事，他是一一尽知，特意前来排解的，看孙静的神气，外表虽是强横，内心似在怕他。但是这人是谁呢？现在江湖上只要略有名头的人，全听父母说过，像老头子具有这样身手，父母绝不会不知道，但是为什么从没有提起呢？这个人究竟是怎么一个人物呢？正要上前致谢就便请问，谁知道老头子借着宣霸一问，竟自走去，眨眼之间，已无去向，知道不愿相见，便也不追，只向宣霸道："你真是胆子太大，你知道他是什么人？倘若是孙静一流，你岂不当时吃苦，真是无知！"

才说到这句，便听袁玲姑喊道："姑娘！你身后头哪里来的一张纸条儿，上头还有字呢。"

宣凤一听，回头一视，果然是一张纸条儿，上头歪歪斜斜写着几行字，上头墨迹仿佛还没有干，只见上面写的是："鬼母徒众，不可后悔，能解则解之，结仇过深，恐无益也。袁女天资甚厚，切教之可为异日用，前途平坦，可勿忧虑，归语堂上，三十年前故人辛夷拜候，容再相见。"

宣凤看完点头道："噢！原来是他老人家。"

宣霸道："你看了半天，你倒明白了，我们一点儿都不知道，你何妨说出来，大家听一听呢。"

宣凤道："你真性急，我还没有说出来呢。这个条儿，就是方才解围的那位老前辈留下的。这位老前辈确是听爸爸妈妈提说过，只是这位老前辈确是隐迹深山已有三十年没有露面了。他老人家姓辛名夷，号叫一平，从前在川广一带享过盛名，水旱两路功夫各臻绝顶，只是一样不好，自己不能养气，无论什么事，都是以意为之，以自己的喜怒判人家的是非。好在他是天性率直，又是疾恶如仇，虽然凶狠，却还没有什么妄杀之虚。一般吃黑道上饭的朋友，提起他来，真是闻名丧胆，从前有个外号叫眼前报应活判官，在他手里不知毁了多少坏人，后来终因仇家太多，在云南蒙自县磨盘山黄沙岭受了群小的包围，眼看不敌，幸得香檀寺百了禅师赶到，醉酒破群贼，才把他救了出来。但是他却认为毕生之辱，从那天起，江湖道上便再见不着他的影儿，有人说他已经老死，有的说他投荒化外，一直没有一点儿准信，万没想到今天他会在这里出现，并且给我们解了围。那孙夜叉要论能耐，我们还真不是她的对手呢。"

宣霸道："那么他留这个条儿又是什么意思呢？"

宣凤道："他也说叫我们不要再和百子鬼母门下为难，恐怕将来于我们不利，他还说前边一点儿事都没有了，叫咱们赶紧回去，把这位袁姑娘引进师门。"

宣霸道："既是这样我们快走吧。姐姐咱们商量商量，我自从学会七擒纵法，一向还没有试过一回，我想今天旁边既没有人，地方又极平坦，我想施展一回，试试到底有没有一点儿进步。不过这位袁姑娘却要姐姐一个人偏劳代送了。"

宣凤嚷了一声道："你总是这样小孩子脾气，你哪里知道天下能人甚多，虽说前途平坦无事，但是难免遇见外人，那正派的不过看看一笑也就过去；如果遇见量小的人，少不得又要费一回事，多说许多无聊的话。要依我说，咱们还是静悄悄地回家为是。"

宣霸道："姐姐你也太小心了，既是辛老前辈说是前途平坦，想必不会有什么事，况且这里离家已然不远，即使有人不高兴我，出话责问，我们只要脚下略微加一点儿力量，跑也跑到家了，谁还能找到咱们门上去欺负咱们不成。"

宣凤本来极爱宣霸，皆因自己就是这么一个兄弟，父母尚且钟爱，不过因为方才出过岔子，虽说占了上风，还是人家姓辛的帮了大忙，前途固无大险，但也不便大意，所以才拦住宣霸。后听宣霸一说，他不过是自己练习，也碍不着别人一点儿细事，再说离家本近，大概也不至于出什么岔子，便向宣霸一笑道："好！好！依你依你，只是惹出事来，我却不管，你要自己去挡好了，随你便去闹吧！"

宣霸一听，心花怒放，只说了一声姐姐你太过虑了，这个地方岂是鸡零狗碎能够到的地方，姐姐只留神这位袁姑娘，我先走一步，我们家里见吧。说着把手一拱，衣襟一掖，双脚在地上一蹬，坐腰一拧，哧的一声，便平地纵起来有三丈高，左脚一蹬右脚面，身子一伸，又是两丈多远，右脚一蹬左脚面，身子一拧，嗖的一声，又是两丈远近，就是这样，三蹬五蹬，已然走出多远。玲姑看着，真是从心里佩服。

宣凤一拉玲姑道："我们也快走吧。你把手揪住了我的衣襟，保管你比他慢不了多少。"玲姑一听，果然伸手把宣凤衣襟揪住，要起还没起，却听宣凤一声急喊道："不好！又出了岔子了！"说着把玲姑揪衣襟的手，往下一抖，跟着往起一纵身，便像一条白练相似倏地凭空起去，比宣霸还急还快。再看前边宣霸，果像是遇见什么事似的，本来是一直往前，忽然往斜岔了下去，在宣霸前边却起了一片红光，仿佛是一道红墙相似，把宣霸去路挡住。自己虽不明白是怎么回事，准知道绝不是什么好事，不由心里焦急，自己这次背家出走，全是为了秦克宁一个人，现在秦克宁在什么地方，究竟是吉是凶，自己一点儿都不知道，本想跟宣氏姊弟打听，又怕他们不知底细，想见了宣家长辈，再去细问，偏是又出了岔子，但愿宣氏姊弟得胜早归，还可以有个问处，否则剩下自己一个人，连进退都不能够，那可活糟。正在想着，猛听红光之处，一声长啸，非常响亮，跟着又有人哈哈一阵长笑。

宣凤一拉玲姑道："快点走，家父大概因为时候久了，不大放心已然追下来了，我们快点迎上去吧。"

一句话未完，红光闪处，面前突然多出一个老头儿，玲姑一看，正是在戏场里看见的那个老头儿，知道就是宣威，正要过去行礼，老头儿把手一摆道："这里事我已尽知，不必说了，有什么回家再说吧。"说完拉玲姑喊声走，霎时便是一道红光，就觉耳旁风生，眨眼之间，已然下落。定神一看，原来是很大一座庄院，里面灯烛辉煌，非常明亮。回头再看，宣凤姊弟也正站在身后。

宣凤走过来一拍她的肩膀道："你干什么还在这里怔着？走，快到屋里去坐着吧。"

玲姑才要向宣威致谢，宣威早已走进屋里，只好走到了屋里再说吧。于是宣凤在前，玲姑在后。才一走进正屋，屋里早有人笑着道："快快叫她进来，我倒要看这个孩子是怎么一个好法，怎么会劳动了这么多人。"玲姑听说话的声音，非常和蔼又极嘹亮，赶紧走进屋里一看，原来是个中年妇人，看上去也就是三十上下年纪，长得既极俊美，又极端庄。心里正在诧异，这是什么人，应当怎么称呼，宣凤早在旁边一笑道："玲妹，这就是家母。"

玲姑一听，心里很是纳闷，方才看见宣威，已然是个老头子，如何夫妻两个会差了这么多年纪？不管如何，上前见礼吧。走过去跪倒磕头，可是嘴里一时却想不出什么称呼来。屋里站的正是阮墨花，一见玲姑下拜，赶紧一把拉起道："不要行这样大礼，请起请起。"拉起玲姑仔细一看，便连声赞道："果然是好胎骨，要比凤儿强得多呢。"说着一看玲姑脸上，却把头摇了一摇，微微叹了一口气，却没说出什么来。

玲姑到了屋里一看，满壁琳琅，全都是自己从未见过的东西之外，并还挂着许多刀剑之类的东西。阮墨花向她一笑道："你这孩子，怎么好生生的在家里不去当现成的小姐，却愿意到这旷野荒郊来找苦吃？"

玲姑这时候早已看出来阮墨花是仙侠一流人物，早就钦羡得五体投地，因为才进门，一时想不出话说来。听阮墨花一问，正是机会，便向阮墨花也一笑道："实因看见这里老人家武功盖世，心中爱慕，所以才到这里，为的是跟随他老人家学一点儿真实的能耐。"

阮墨花不等她说完，却微微嘘了一声道："噢！你是为学能耐来的，好极了，不过我们这里可是免不了要吃大苦，你试问你受得了这种苦吗？你可是先想好了主意的好，不要到了时候，白费了多少

155

天的力气，闹个半途而废。"

玲姑道："只要他老人家肯得收留我，无论如何苦法，我是完全愿意领受，绝不会半途而废的，这一节你老人家只管放心好了。"

阮墨花又笑了一笑道："好！既是这样，我就收下你这个徒弟吧，可是你要记住了这句话，无论到了什么时候，可也不要忘了这句话才好。今天你一路之上已然受了很多的劳累，你去歇一天，明天早晨，我带你去个地方，那里比这里僻静，正好练功夫。现在我还有事，你跟你师姐他们出去玩一会儿吧。"

玲姑听了，答应一声，又行了一个礼，便自走了出去，一看宣凤正在门口，向她一点手道："今天大概没有什么话，明天再说了，你跟我去玩一会儿吧。"当下两个人走出，却不见宣霸的影子，自己也不好问，并且偌大的一个院子，除去宣凤之外，更没见第二人，心里也觉着有点儿纳闷。跟着宣凤在院子里周围绕了一个弯儿，看了看这所房子实在是真不小，尤其是这旷野荒郊之中，走着说着，才知道这个院子，并不是练功夫的处所，练功夫的地方另在一个山后，离这里还有不近的路，大约明后天便可以随阮墨花前去。这时候玲姑忽然想起，自幼深受父母钟爱，如今这一出走，家里不知究竟，老人难免着急，又没有一个人可以回去送个信，这可真是着急无法，心里这样一想，不由有点儿出神。

宣凤好似看破心思，便向她一笑道："你在这里和在自己家里一样，什么事不要瞎想，你的家里已经派我兄弟去送信去了，家里一定可以知道，你却不要担心。至于另外一件心事，家父已经替你去想法子，不过事情枝节太多，恐怕不易办到好处，但是你只安心在这里好了。"

玲姑一听，知道先说的是自己父母怀念，后说的一定就是秦克宁，只不知自己心思，人家如何知道这么透彻？心里虽然纳闷，嘴里却不好说出，只笑了一笑道："这一来又要劳动师父跟师兄了。"

宣凤道："这倒没有什么，家父做事，向例是以意为之，从来不

156

懂什么叫难易，并且也从不指望，完全是以自己的喜怒而定。至于我弟弟，他也是无事忙，何况这次又是奉家母之命，他不但不觉劳苦，还许欣喜欲狂呢。这种事根本可以不必说，彼此既是一家人，说出这话，反倒招人笑话。"

正说着，忽听阮墨花高喊："凤儿！"宣凤听了拉了玲姑便走，到了屋里一看，原来是桌子上菜饭早已摆齐。才要入座，忽然一阵风相似从外头飞进一个人来，定神一看，正是宣威，满脸生嗔，仿佛是才和什么人怄了气的样子。阮墨花一见，似乎已然明白，却笑了一笑道："怎么样？大概那个老怪物不肯点头吧？"

宣威哼了一声道："这个东西，实在是无礼已极。我才到他那里，他已知道我的去意，不等我说话，却先向我说：'恭喜恭喜！'我问他我喜从何来，他说，你不要装傻子，已然有人给他送了信，说是我们收了一个姓袁的女弟子，听说资质极好，岂不是一喜，彼此都是老朋友，何必不认账呢？我借着他这句话，便说起自己找他正是为了这件事，在你认为我是一喜，我却认为是一忧。这次出去，无心之中，碰上了两个天赋极好的孩子，并且入门之心甚坚，只因自己另有要事，当时没有把这两个孩子带回来。及至派人去接，两个孩子里头，一个女孩子总算接了回来，另外还有一个男孩子，却在中途被人抢走。我想方近左右，并没有别的能人，只有他能够有这种能力，一定是他开的玩笑，把那个男孩子藏了起来，却累我一阵好找。叫他不要开玩笑，把那个小孩子交出来，让我领走，谁知他一听这话，冷笑了一声说：'这两个孩子，拜你为师，一定是得到他家大人的许可了，怎么会不一路同来，却要派人去接？'当然都是成了名的朋友，怎么又会半路出了岔子丢了一个呢？现在各门各派，都在物色弟子，一定是被另外的人从中劫了去了，他人是久已没有下山一步，并且又不知道我有了这么一个好徒弟，怎会跑到这里来，问我听谁说的什么人的见证，怎么却就疑心到他。他说这话，我已不高兴，他却又说，不用说他们知道，不是他做的，即使是他自己做的，也是他费了力气弄回来的，既非从我家里拐走，又非半路去劫可比，为什么不应该归他，并且劝我趁早儿回去，不要再去问别人，恐怕人家不像他那样讲交情，就难免惹出别的闲话，为了一个小孩子，得罪朋友，似乎也犯不上。后来他又说，他可以替我打听打听，如果得着消息，这个孩子准是落在什么地方，能够去要的话，他一定帮我去要回来，就若是个老朋友，在谁那里也是一样，就可以不必多伤和气。我一听这话，准知道这个孩子落在他那里了，只可恨他不肯认这笔账，并且有点儿意存恐吓之意。当时我本想跟他翻脸大闹，但是又一想，这个家伙，出名的古怪，一个弄不好，势非动手不可，要是掷了他自是最好，也能把那个孩子弄回来，只是难免得罪他，以后纠缠不清，谁有工夫跟他捣这个乱？并且他现在虽是表面不大活动，其实听人说，他现在很结交了不少异教中的能手，打算要合并力量向金钟湾大举进犯，要雪当年铁香炉之耻呢。我既是存了这个念头，便不再和他说，也假意向他说叫他多为留心，有了消息给我送信，我便走了出来。谁知他在送我出门的时候，却向身旁一个小童道：'你快到三天坪给商师叔送一个信儿，就说你宣大爷到这里来了。他走去一个男徒弟，托他给找一找。'我准知道他是故意气我，也没有往心里去，谁知那个小童却说了一句：'师父，您说的那个小孩儿，是不是就是那个昏迷不醒的，姓秦的那个孩子？'这句话一说出来，那个老家伙叭地就给了小童儿一个嘴巴，小童儿也跑了，他爽得连话也不说了，只对我一阵狞笑。我一看这个神气，准知道这个孩子是落在他那里了，他既是不肯认，再问也是无益，我便向他说了两句盖面子的话，如果这个小孩儿，他要是知道了消息，叫他给我一个信儿。本来是敷衍他好出来，谁知他听了，益发动火，说不用说现在这个小孩子我没有见着，即使见着了，谁都可以收徒弟，他又不是从我手里夺了去的，如果认为一定非往回找这个小孩子不可，可以约出几个有头有脸的人物来，请大家评一评理，果然是他理路不对，他愿意负责去找这个小孩儿交给我；倘若不是这样，不拘谁来也是白费。我一听他这话，知道这个孩子千真万确是在他那里了，我本不难和他翻脸动手，但是一想，这件事崔判儿早已对我说过，难免要多生枝节，我既是知道事由天定，何必还跟他捣这种无谓的乱干什么？因此我便冷笑了一声，二话没说跑了回来，你说气人不气？"

阮墨花笑了一笑道："噢！原来为的是这个，那才不值当生气呢，日子很长，我们总会想法子，把这个孩子弄回来就是，何必动这么大的气。饭已然好了，我们也都没有吃呢，大家一道吃吧，明天一早，我就要到后山去了。"

玲姑一听，宣威出去所找的正是秦克宁，又知他已陷在别人手内，听宣威语气绝不是个什么好地方，心里着急，哪里还吃得下去。正在寻思，却听外头一阵脚声，从外头走进一个人来，正是宣霸，只见满脸带笑，手里还拿了一个极大的包裹。

阮墨花一见道："好孩子，你回来了。你都见着两家人了吗？身上背的是什么东西？"

宣霸道："两家人都见着了。其实我不去，人家也知道了，有一个姓甘的老头子，已然给送信去了，他说的比我还详细呢，不过所差的，就是我们只接回一个人来，他却说的是两个都接到这里来了。两位老当家的，听说人都落在我们这里，很是高兴，叫我带话，安心在这里学艺，不要想家，没有这里人护送，千万不要回去，除去管我一顿饭之外，还要给我许多东西，我说这里用不着，再三推辞，才算又拿回去了。临走的时候，交给我这个包袱，说是里头全是他们两个人的衣裳，拿来可以替换，等到有了便人，再想法子送来。依着那里老人家的意思，一定还要叫我多住几天，我恐怕您二位悬念着我，所以我连夜就赶回来了。爸爸给我那个玩意儿真灵，往胳肢窝下头一搁，抽冷子吓我一跳，跟飞的一样，一直就飞到了，还有一样可怪，连来带去全是一样，到了地方，它再也不动了，好像认得家一样，您说这可是真怪。爸爸你告诉我里头是怎么回子事

159

行吗?"

宣威这时脸上略有笑容儿,听了点点头道:"这还好,两家老人居然肯得如此放心,实在不易,不过这件事我更能……"说到这里一看玲姑,底下便不再说了,也没有答复宣霸所问,只督催快快吃饭。玲姑准知道宣威还是为秦克宁的事,心里有点儿不痛快,也不敢往上再问,低着头把饭吃完。

宣凤一笑道:"今天晚上你跟我在这里睡一夜,明天你自有住处。见面的时候,反倒没有现在这么容易了。"

玲姑听了也不明白,好在听方才宣霸所说,家里已然知道自己在这里,并没有着急,心里还觉踏实。虽然秦克宁暂时未在一起,听宣凤口气,大概是非找回来不可,迟久总有见面的时候,暂时也可以不必挂在心上。听了宣凤说带她去睡觉,便笑了一笑道:"我现在还不怎样困呢,况且师父还没有睡,我怎能先去睡呢?"

阮墨花笑了一笑道:"你跟你大姐去睡吧,我这门里却没有这些规矩,只要大致上交代过去,也就完了。你跟大姐去吧,今夜养一宿精神,明天还要卖许多力气呢,不要耗过了神,第二天一点儿精神没有,你快去吧。"

玲姑听了点点头答应一声,又行了一个礼,这才走出去。宣霸这时饭已吃完,一看玲姑要走,便叫了一声:"大姐,你等一等,我也跟你们去吧。"

宣凤还未还言,阮墨花却说道:"你干什么?袁姐姐到这里是一个生客,你不能还是那样随随便便,你去干什么?再者她明天还要卖精神呢,你也不能去吵她,叫她们去睡吧,以后日子长得很,恐怕到那个时候,你又该跟袁姐姐打架。今天你在我这边睡,明天你也还有事呢。"

宣霸听了,不敢再说,玲姑却是好大不忍,但是不敢再说,便拿了那个包裹,随了宣凤走了出去。怎样安歇了,第二天怎样跟了阮墨花去学艺,去的是什么地方,后文自有交代,暂时放下不提。

单说这一个出走，一心求师学武，偏命途多舛又生周折的秦克宁。在庙里头，本就提心吊胆，唯恐受人家暗算，结果还是受了暗算，倒在庙里，正在昏昏沉沉，又遇魔星赶到，把他弄走，这才身入歧途。秦克宁昏昏沉沉睡在庙的里间，也不知道经过多少时候，及至醒来，却闻见一股子清香，睁眼一看，已经不是方才那庙里，却是一间极大的石洞。石洞上空，已经被人打通，上面嵌有玻璃，里头很是明亮。石洞里头，除去石桌子石凳子之外，摆着许多陈设，洞壁上还挂着许多琴剑之类。大石案子旁边，一个大石凳子上，坐着一个老头儿，长得非常奇特，脑袋特别大，前方后扁，上面是个平顶儿，稀稀拉拉地有点儿头发不多，两只眼睛好像是在闭而未睁，细得如同一条线相似，两腮内陷，颧骨特高，一个鼻子，又尖又长，一张嘴又宽又大，露出几个不整齐的牙，一缕胡子却是雪一样白，坐在凳子上，看不出他的身材高矮，上身穿了一件麻布的褂子，说白不白，说黄不黄的颜色，光着两只脚，盘着两只腿坐在凳子上，眯着两只眼正看着自己。别看秦克宁一心学武，究属是个没有过门的孩子，他哪里看见过这种人，当然不免有点儿害怕，只不知自己怎么会来到这里。

方一转动，那个老头儿已经看出他是已经醒了过来，便笑了一笑道："娃娃你已醒过来了吗？不要动，还是歇一歇的好，因为你方才受了人家暗算，误服了一种毒药，这种毒药虽是一种蒙汗性质，却比普通用的厉害，要不是我把你救到这里，用药把你解救过来，恐怕时间一长，你受的毒比这个还要重，还要深。你现在虽是醒过来，却还没有复原，你必须多静养一会儿，等我叫你再动弹动弹，不然要是出了毛病，我可是治不了。你先静养一会儿，我跟你有缘，还有许多话要问你呢！"

秦克宁听了半天，这才明白，果然觉得浑身有些酸软，脑袋也有些发晕，不敢乱动，只坐在凳子上向那老头子点头为礼道："老爷子，我谢谢您救我这条命，我现在听您的吩咐，暂时不下地，等到我能下地的时候，我再给您磕头道谢。"

老头儿一笑道："这个没有什么，我告诉你吧，我已然有五六年没有出这库洞了，要不是为了咱们爷儿俩个有缘，我还不出去走这一趟呢。既是把你弄到这里来，一时半会儿你也走不了，趁着现在没事，我可以跟你就说我是谁，为什么把你弄到这里来，你就可以明白了。我姓龙名字叫作一甲，从前我也是吃把式饭的，在外头行名外号叫闹云蛟龙的，我姓龙他们叫速了，都管我叫闹云蛟龙，这没有什么要紧。我为什么到这里来的？因为我拜的师父是川中大侠铁扇子洪开骠，他老人家非常爱我，又没有儿子，便把我看成又徒又子，把他老人家一身的绝艺，全都传授给我了，跟着他老人家在江湖上闯荡了有二十多年，走的地方也多，见的能人也多，我也闯出名儿来了。忽然这时候他老人家跟一个同门师弟，为了一件不值当的事，彼此闹了意见，我那师叔也是江湖上成了名的英雄，姓方单名一个卫字，外号是人厨子狗屠户，岁数虽比我师父小一点儿，论能耐反在我师父之上。只因弟兄两位为了给一个姓沈的帮忙，进皇宫盗国宝救护一位朋友，老兄弟两个拌了几句嘴，朋友从中解劝不公，老弟兄两位闹得彼此反目，后来仇越结越深。我师父他老人家一怒之下，脱离本门，另投在红罗山魔教鲍氏三大剑客门下，这一来即犯了本门大忌，跟我师父益发闹得水火一样。那时我师父只带了我一个人离开了原来住址，也到了红罗山，在那里一住十年，我师父把他老人家所得的真传，全都传授给我，并且告诉我，现在跟我师叔双方，已成势不两立，叫我将来出去行道的时候，最好是躲开我师叔的地界。正在这个时候，忽然我师叔除了本门同人之外，另外又多约了不少南北成名侠剑之流，跑到红罗山来兴师问罪，说我师父不该背叛本门投身异教，两下说恼，便在红罗山上动起手来，只打了整整四个时辰，我师父寡不敌众，转身逃走，他们也追了下去，但始终没有一个人注意到我。我便也跑了出来，既不敢去追他们，又不敢找他们的晦气，逃下山去之后，四外一打听我师父他老人家的下落，一个知道的也没有。我想着一定是被他们害了，直到现在也没有再见到我那恩师，只是我却始终没忘我师父对我的好处，时时刻刻存着一个为师雪耻复仇的心思。可是我自问我的能力，绝不是我师叔的对手，从此我便遍访名师，虚心求益，到现在了，仿佛是略有寸进，虽不能说一定就是我师叔的对手，总之，也可以前往一试了。不过听人说起，我师叔当初是故意放我走的，现在也知道我志在复仇，但并没有把这事放在心上，却是收了一个儿徒弟，全都不过苦功夫，个个都是好手。内中有一个最厉害的，名字叫宣威，是方老头子一个大徒弟，其实他并不厉害，厉害的反是宣威的老婆叫阮墨花的。前两天有一个老友沙裕龙来看我，给我带来的信，说是他最近因事从一个地方经过，看见两个报基长的孩子，一男一女，如果能够引到门下，将来很有补助，并且告诉那个姓宣的也正在下手办这件事，事不宜迟，应当快办。我听了他的话，赶到前去，谁知道是应了他的话，已然被姓宣的把这两个孩子引走，我便连夜追赶，直到那庙里，才遇见你正困在庙里。及至我赶到庙里，一看当时的情形，姓宣的派的人太多，虽然依我这二年能力来说，不见得不能把他消灭净了，不过里头不是每一个人都和我有仇，我不便一网打尽。二则我的原意，是在收两个徒弟，并不想和他们比武过手，因此我便没有理睬他们，照直奔了外院屋子里头，看见你正睡在那里，昏迷不醒，我知道你是受了人家暗算，我便从后窗户背了出来，给你灌了我自配的三元贞水，你才醒过来。这就是你到这里来的经过，这也是咱们有缘，我才会这样机缘凑巧。从今以后，你就跟我在这山上练习功夫，等到能为成了，我必叫你回去看望你的父母。我这门里虽是魔教，只要你肯用心攻习，将来经过一魔劫之后，便会超凡入圣，长生不死。姓宣的虽也懂得吐纳之功，却比我这里要差得多，结果也只能多活上三十年五十年，绝不能免去一死，你能到这里来也是你的造化。你要安心住下，过一两天，我再教你入门的功夫，你可不要存心逃跑，不要说这里山高百丈陡壁悬崖，你走不下去，一个失足，当时粉身碎骨，就是你能从这里走了下去，我练有剑气，任你跑到千里万里，也会把你性命取了回来，你要牢牢谨记，只有听我嘱咐，绝无亏吃。这里有你三个师兄，一会儿我把他们叫来，和你见面，熟了之后，对你也有不少益处，你在这里坐一坐，我立刻就来。"说着站起身来，走出洞外去了。

秦克宁听了老头子这一套话，当时如坐针毡一样，心里哪还能够宁静下去，越想越是后悔。自己在家里，原是念得好好的书，只为一时看着那个跑马解的功夫练得好玩，便想起要和他学个几手玩意儿，不远百十里的路程，一直追了下来，在半路上几乎把命送掉，本已危险，却又没有想到会被这个人弄到此地来。听他说话，好像是一种邪教人物，自己如何可以加入他这门下，但是听他的语气，看他那样子，既是来到这里，再打算走出去，恐怕不是一件容易事。自己家里，抛下父母，一看自己失踪，心里不定要怎样地怀念。父母所生，只是自己一个男孩子，倘若知道自己身入邪教，岂不要把老人家急死，逃既不能，所学又非所愿，这却怨不上别人，只怪自己不该轻举妄动，这才是咎由自取，怨不上谁来。越思越悔，越想越烦，坐在那里，昏昏沉沉似有睡意。眼才一闭，猛见从外头走进一个人来，脸上是怎么一个长相儿，却看不甚清，只见那人手里拿了一面小旗子对着自己，连展了两展，忽然那个人不见了，并且自己也没有在洞里，却是另外一个旷野的地方，上有高山，下有流水，但山势却非常险峻，那水也是汪洋滔天，并且风声呼啸，如同龙吟虎啸，叫着让人不寒而栗。忽然一想，自己怎么会来到这座山上？既是能够出了洞口，还不赶紧回去，还等人家把自己再关起吗？但是又一想，方才那个老头子明明说过，这座山非常高险，自己如何能够下得去，倘若一个失踪，岂不碎骨粉身，要想去见父母都不能够。再者那个老头子对待自己，确是爱惜，并没有什么不好之处，如何能够背他私逃？能逃还好，否则不是更要叫他看不起？不如暂时看一看山路，如果冒险，能够逃得下去，再想法子逃走，倘若不能，不要多丢这个人，还是等着机会，再想旁的法子。心里这样想着，便顺着一股转弯的山道，拐了过去，才往那边一看，不由当时气愤填胸。原来在这山脚下，站着一伙有七八个人，全都是短衣襟小打扮，头目狰狞的汉子，地下却捆着一个女子，长发披散，泪水横流，躺在地下，又哭又喊，那些人仿佛全没听见。里头有一个早伸过两只大手，去解那女子的衣襟。秦克宁心里火都要冒出头顶，恨不得过去把这几个人全都杀掉。心里这样一想，当时胆力陡增，随手一摸，身旁恰有一根称手的木棍，抄起之后，只两纵便到了跟前，长棍一挥，也不知哪里的神力，竟把那些人打得五零四散，抱头逃去，自己心里大快！过去一看地下那个女子，正是耳鬓厮磨两小无猜的唯一好友玲姑，真是又惊又喜又怜又爱，赶紧跑过去，把绑的绳子解开，然后把她扶了起来，盘腿坐在地下。一看玲姑比先前还美，长眉秀目，泪眼惺忪，真像一枝带雨梨花模样，自己偎傍在她的身旁，闻得一阵阵清香送进鼻管，让人醺醺欲醉。最可怪的就是玲姑，始终没有说出一句话来。自己正在纳闷，想要问她怎么到山，怎遇这些人，却见玲姑微然一笑，一舒两臂，竟把自己脖子抱住，交头鸳鸯一样，把头一低，脸挨着脸，只觉一股又香又温的气息送到自己身上脸上，觉得一股热气，陡地从丹田往下一注，不由自己神思一荡，浑身上下，说不出是酸是麻来，两手一搂玲姑后腰生出遐想。秦克宁跟玲姑，本来是个至交好友，真胜似自己的亲兄弟，这次出来，虽然是一冲子劲儿，时候一长连个亲近的人都看不见，本来心里原在盼想家里能够有人找到这里回去，万没料会碰见了玲姑。这一喜自是出于望外，顿时灵性已然迷住，一看玲姑站在那里，还以为真是玲姑来到这里，过前一抢步，一搂玲姑的肩膀，玲姑也不羞却，却也一伸手把他抱住。秦克宁这下子真是乐极晕了，正要问玲姑从什么地方来到这里，忽然一想不对，玲姑怎么会来到这里？再者玲姑平常管自己叫哥哥，哪里有哥哥对妹妹这样无体的呢？这可太不对了，如果叫袁伯父袁伯母知道了我这种行为，还能拿我当个人吗？想到这里，不由浑身一冷。

　　正要甩开玲姑，却听身后有人喊道："你这孩子，我一向没有错看你，把你看作我自己的孩子一样，哪里知道你这孩子，竟是天性下贱，才一离开我的面前，就会做出这样不知羞耻的事，真要把我气死。我今天非要替你父母，管教你一次不可！"回头一看，正是袁梅村，一脸怒气，手里还拿着一根大木棍子，须发皆张，奔了自己而来。这一吓却非同小可，有心要分辩两句，又怕不容易分辩，就给自己一棍子，不用说是打在脑袋上，就是打在身上，不拘什么地方，也受不了，还是先跑吧！想着用手一推玲姑，抹头就跑，只听后头一片喊打的声音，吓得神魂皆冒，顾不得什么叫山路崎岖，一阵好跑。正跑中间，猛见前边是一道大河，里头翻波逐浪，水是不断地流着，不由着急，这下子后头有人追，前头是大河，叫自己往哪里逃去？心里正在着急，猛听一阵风声，这阵风不但来得特别大，而且里头有一股子香味儿，非常浓郁。这阵风一过去，跟着便听旁边忽发一种磔磔怪声，急忙回头一看，在自己身旁不远，站着一个怪兽，乍看像是一条鹿，可是脖子没有那么长，头上犄角也没有那么长，身上也没有许多花纹，浑身金黄色的长毛，一个瘦长脸，两只圆眼，在正脊背上却有一个红球儿，一条长尾，四只长牙，露在唇外，嘴里磔磔一叫，便从鼻孔里冒出股黄烟，迎风送过，便是那阵异香，睁着两只怪眼，正在看着自己。秦克宁一看，又吓了一跳，因为生长这大，不但没见过，并且没听说过这是一种什么野兽，猜不透这种东西伤人不伤人。秦克宁这时已然神志昏迷，忘了旁边的厉害，只顾看这怪兽，越看越觉它很是驯良，绝不是吃人的东西，慢慢儿便用手去抚摸它身上的长毛。那兽也似略通人意，一任秦克宁抚摸，连动都不动。秦克宁本来是个小孩子，又没有经过忧患，一摸这条怪兽，如此好玩，早已心喜，一边用手抚摸，一边却用嘴也学着它那样磔磔地响。谁知就在自己学过两三声以后，突然一种怪风又起，这回却是腥臭难闻，方在一怔，便觉手下这条怪兽，好似遇见什么可怕的东西，不住乱挣一阵。秦克宁闻见腥风，本已不耐，又见怪兽这种模样，益发诧怪，情知有异，及至回头一看，这一吓却是非同小可。原来在身后不远，突然出来一条大蟒，这条蟒的后半身，还在山上，只前半身已有三丈多长，五尺粗细，浑身逆鳞，口吐火焰，一伸一缩，往前直蹿过来。秦克宁这一惊非同小可，哪里见过这种怪兽怪蟒，一看这条怪蟒，口吐凶焰，竟有搏人而噬之意，这要是叫它一下子咬上，自是性命难保，或是叫它扫上一点儿，大概也难免骨断筋折。自己手无缚鸡之力，不要说是这样厉害东西，自己没有办法，就是一长虫，也没有能力抵抗，这下子可真是要命。再一想这条怪蟒身子是这样长，只要往前一动，便可吃着自己，即使自己紧跑，跑出三丈两丈，也抵不住它往前一蹿之势，况且自己现在已然力尽筋疲，就是跑也跑不动，这可怎么一个办法。正在想着，忽然见自己身旁那个怪兽，自从那怪蟒一现，它口里碌碌之声，便益发加重，现在更是怒不可遏的样子，浑身金黄的毛全都根根竖起，两只眼睛也不住闪动，一条长尾也在地下抽打不住。那条怪蟒，口里吐着凶焰，神气虽是极其凶恶，但是身子却定在那里，不再前进，只把两只怪眼看着怪兽，口里也是呦呦乱叫。心里忽然醒悟这条怪兽来此，意思并不在自己身上，心里虽觉稍微安定一点儿，不过究竟是怎样一个变态，自己是否能够脱险，一点儿把握没有，心里总不免有点儿啾咕。正在这时，忽见那头怪兽口中一边碌碌作响，一边却用那个脊上怪角向自己身上乱蹭，自己猜着，也许是这头怪兽心里明白，今天遇见这个东西，是自己的克星，唯恐不敌，生怕不是人家对手，遭了伤害，所以才求自己救它的意思。自己虽是心里爱这兽驯善，只是自己却没有能力保卫它的性命，助它跟怪蟒一斗。正在这时，猛见怪蟒陡地一长，呦呦一声怪叫，凶睛乱闪，凭空作势，竟向怪兽扑上身来。那怪兽一见，口里碌碌两声，把头上的犄角，照着秦克宁腰上横着一挑一拨，秦克宁出其不意，只觉那犄角拨在身上，力量非常之大，哪里还站得住，竟被它一下子推出有三五丈开外，脚下一个站不稳，横身倒了下去，幸亏是块平地，还没有受着伤，就势又往外滚了两滚，身子才摔到地上。初意以为怪兽发了凶性，对于自己要有什么不利，心里很是害怕，像这样一头怪兽，已然难逃活命，何况又加上一条怪蟒，这条性命大概是保不住了，不过到了这个时候，怕也无益，只好是死里逃生，想个什么法子吧。想到这里，反倒胆气一壮，顺手一摸，底下恰好有根木头，自己得到这根木头，当时胆气略壮，等到怪兽怪蟒再来跟它一拼。及至持棍起立，往那边一看，才知道自己所料，完全错误，那头怪兽，用犄角拨倒自己，原是好意，因为自己站的地方，离着怪兽太近，两个一争一斗，自己站在旁边，定要受害，所以它才把自己推开，就是它先前口里磔磔乱响，大概也是示意自己躲开的意思，自己不懂，所以它把自己拨开。说来也真险，就在自己往外一倒的时候，那条怪蟒却已从山上纵了下来，盘踞地位，正是自己方才站的地方。如果自己不是被它犄角拨倒，离开那里，这时恐怕早已受害。想不到这头怪兽，对于自己却是这样帮忙，如果它要斗胜大蟒，自己定要跟它亲近亲近，看来已是通灵神兽，或者能够把自己救出险地，亦未可知。这样一想，便用两眼牢牢地看定了那头怪兽。这时那条怪蟒全身已现，盘在那里，方圆足有八九尺，一个怪头昂然上竖，怪口一张，除去长焰火星吐出来有一二尺长之外，另有一股子粉红色的烟雾，随着也喷了出来，趁着太阳的阳光一照，纷然幻出五彩，如同晚霞夕照一般，十分绮丽好看。再看那头怪兽，身上黄烟全敛，两只三角眼对着大蟒一闪一闪，口里磔磔之声，较先益厉，看那神气，仿佛也是郁怒待发，却是这一蟒一兽，全都蓄气作势没有一个贸然进攻。秦克宁爱兽恨蟒，总想想个什么法子，帮助怪兽，把蟒除去才好，心里明白，只凭手里这一根短棒，绝不能把蟒除去，并且只要一进身儿，离着大蟒一近，就是它口里喷出来的彩色烟雾，稍一闻上，那毒气绝小不了，一经喷倒，绝难幸免。除在远远地帮助怪兽，怎样能够分去怪蟒的心神，使那怪兽能够一击而准，定可使怪蟒置于死地。自己虽不知道蟒兽究竟是哪一个力强，就外表看的话，怪兽似没有怪蟒形势来得凶猛可怕，但是一揣情度理，以怪蟒这种形势，原不难对怪兽一击而毙，可是支持了这么半天，怪蟒虽是气极恨极，却始终没有照直进攻，照这种情形看起来，怪蟒对于怪兽，定是有所顾忌，怪兽只是吃了身小力弱的亏了，如果自己能有一个法子，使大蟒一分神，怪兽便易得手了。心里想着眼睛看着，忽见地下有很多长条儿石头子儿，尖锐很粗，扔出去很可以当一种镖类的家伙使，便一弯身从地下捡起两三根石头条，又往前走了十来步，离着怪蟒，至多不到两丈远近，站住脚步，看准方向，拿起石条，待势备发。手里拿着石头条儿，心里却不住啾咕，这一石头条儿下去，如果能够把怪蟒打伤一点儿，或是能够分它一点儿神，怪兽上去，一下子便把它置之死地，那是再好没有。如果一击不准，或是击而无用，怪兽使不上力，反倒触恼怪蟒，只要它一怒急反噬，虽然自己站在两丈开外，却禁不起它长腰一追，立尝馋吻。不过自己此时，逃既无可逃，即使逃出去，像这山上，毒蛇怪兽之多，安知不再遇上其他，再一遇上依然难活。似这怪兽，虽不一定能够猜出它的心思，大概其推测着，也许是当时怕这怪蟒向它进攻，所以才找自己替它做个护身符儿，等到事情完了，那时再要自己这条命也跑不出它的嘴去，不过与其死在怪蟒馋吻下，不如还是帮助怪兽，或者能生万一之想。想到这里，便把势子预备好了，拿好石头，往那怪蟒端详着。恰好怪蟒久扑不着，忽然动了扑势，身子往前暴长，唰的一声，竟自扑了出去。秦克宁一看那蟒竟变了守势，向那怪兽扑去，知道它已怒极，便往前一探身儿，两下距离不到一丈，本是蓄好势子，这一够上步位，当时精神一振，也不知从什么地方，忽来一种神力，手里石头条儿，陡地向前一推胳膊，就像一条直线相似，抛了出去。那蟒本是怒极，其实它也知道，双方都炼有原丹，谁也不易伤谁，可是时间一大，那个怪兽也不免拼死一斗，只是自己看它身旁一个小孩子，神气十足，从前已然吃过一回小孩子亏，所以心里还能记得，恐他两个一同下手，自己不敌，所以才想起先拼去一个剩下一个慢慢再收拾，自恃本身丹元厉害，不至为怪兽叮伤，这才舍身出击。万没想到秦克宁安好了心思，打算从旁边要它好看，出去的势子又太猛，两下里全都来了个猝不及避，在它刚刚飞起，恰好石头条儿也到，石头又尖又硬，又赶上怪蟒往前一纵，浑身逆鳞开，叭的一声，哧的一声，这条三尖儿石头条儿，就扎进蟒身去了。那蟒平常哪里吃过这种亏，身上这一疼，当时犯了野性，尾巴一甩一卷，竟自换了方向，扔了怪兽，改奔秦克宁。秦克宁石头打出去，心里还在高兴，别看蟒大，不死也伤，方在心里一快，大蟒已竟掉过头来，张牙吐芯，奔了自己。这时候秦克宁的胆子反倒大起来了，手里还有两小块尖石头呢，一看大蟒奔了自己，只把脚下略微匀了一匀，匀出一块自己站的地方，又把那几条石柱儿，托在手里，才挑了一根，怪蟒已到。秦克宁不但没闪，反倒迎了上去，那蟒来势本急，不过吃了身长体重的亏，等到它掉转身子，秦克宁已然备好石头条儿，往前一拱，它到了面前，秦克宁石头条儿也正好发出，怪蟒方才挨了一下，嵌在鳞甲上头，又疼又胀，既是说不出的痛苦，并且又不知道是什么东西，会把自己伤了。虽然二次怒极择人肝心，但却也还有一点儿凛惧，往前跃势，也因之稍微慢了一点儿，以外还留心对方再施故技伤人。就在它微微一怔之际，秦克宁手里的石头已然打出来了，怪蟒一见，是一条长约不到二尺的石头条儿，益发大怒，这种东西顺着鳞打，不过一滑就会掉下去，便连躲也不躲，任往秦克宁当头扑去。秦克宁一看，这条蟒竟是情急拼命，自己打出石头条儿，它竟是见如未见，心里不由也有一点儿胆怯，但是除去这石头条儿以外，更没有一样东西可以应急，在死中求活的心思之下，只有把石头条儿尽量打出，头一个还听见叭的一响，后来爽得连一点儿声儿都听不见了，手上石条儿已空，怪蟒却是前进不已，虽然胆大，却也心慌，知道一退一跑，更是危险。就在心神微一张皇的时候，怪蟒离着站的地方，已然很近，才微微地喊出一声："不好!"那条怪蟒忽然中止前进，一个身子早往斜下里纵去。秦克宁方觉可怪，早听身旁磔磔之声又起，回头一看，果然是那怪兽。真不知是那怪兽，也不知什么时候从那边纵了过来，怪蟒的突然退去，大概也因为是它来的缘故了，心里对于这只怪兽，真不知是怎么感谢它好了。再看怪兽这时，身上金黄的毛，不但根根竖了起来，而且犄角上突突也冒出一股子黄烟。秦克宁知道那怪兽是怪蟒唯一克星，心便安静一点儿，用手才一摸那怪兽的长毛，那怪兽却往旁边一闪，意思是不叫他用手抚摸，秦克宁便不敢再摸。那怪兽用头往秦克宁身上一顶，秦克宁往前一看，却是一个山洞，洞口不大，将将可容自己钻进去，心里不由高兴起来，难得它会给自己找了这么一个好地方，如果自己在里一藏，那条怪蟒身子既钻不进来，自可避去许多危险，便三步两步抢了过去，一弯身子爬进洞里。再听外面，又是一阵微风过处，那条怪蟒却已转回身来，口里喷出一股子青黑的浓烟，向怪兽这边喷来。秦克宁在洞里看得真切，不由长长地出了一口气，心里在这样想，如果不是怪兽指引，自己有了这么一个存身处，所以就怪蟒这一喷浓烟，自己便难免受毒气所喷。看来这只怪兽对于自己，竟是大有恩德，自己如果能逃出险地，对于这怪兽，一定要想个什么法子把它弄出去，一同回到家里，好好地把它养起来，叫它吃饱喝足，一直到死，可以报答它这番好意。心里这样想着，从洞里往外看着，只见这条怪蟒又盘在地下，昂起头来，嘴里依然突突冒出浓厚的黑烟，那个怪兽却仍是不慌不忙地站在那里，用那股子黄烟抵制怪蟒的黑烟，彼此就在那里相持。像这个样子，又是一顿饭的时候，依然不见一点儿胜负，秦克宁肚子里咕噜噜一阵怪叫，才想起自己已经是饿了，洞外不能去，洞里又黑，更不知道是个死洞，还是另有活路，揪着怪兽怪蟒看起来，这山上必不止这一蟒一兽，倘若里头还有别的东西，自己一个不留神，就许碰上，那一来岂不更糟。不过肚子越来越空，似有不可再耐之势，一想前洞既然不能出去，何妨往后里走一走，倘若另有活路，沿山仿佛不少果实，自己采取一点儿，先搪过一时再退回来，亦未为不可。想到这里，便往洞后一步一步慢慢地走去。

初走时候，里头很黑，走了有个十来步，反倒亮了一点儿，一边摸着，一边走着，走了有个一丈多远，忽然前边露出亮光，只道是另有洞口，不由大喜，又往前走了有十来步，果然是一个洞口，钻出去一看，不由心里大喜。却原来这座后山，竟是花明草媚，另是一番境界，往山路上一看，沿着山边，全种的是一种朱红果子，果实累累，颜色鲜红，仿佛像是橘子，却又没有那层厚皮。秦克宁肚里既是很饿，嘴里又觉非常奇渴，一看这种果实，低的枝子离地并不太高，竟是伸手可摘，也不管究竟是什么果子，能吃不能吃，走过去伸手攀住枝子，找那鲜红肥大的先摘下三五个，兜在衣裳里，就地一坐张口就咬，竟是甘甜似蜜，既爽且香，斗水淋滴，十分适口，三口两口已然吃下一个，吃着既觉清爽，便一连气把兜的三五个，全都吃下肚里。吃完之后，意犹未尽，二次打算再去摘取几个，一次吃够，身子才往起一站，还没得站起，便听狂风又作，跟着还有人在狂呼叫喊。回头一看，只见那只怪兽迎头跑来，身上一支长犄角，已然折去半支，血水滴答，身上长毛也掉了好几处，也是血迹殷殷。后边就是那条怪蟒，口吐绿火，风驰电掣一般在后头追来。知道怪兽已经负伤，怪蟒已然占了上风，怪兽既是落败，自己也极端危险，深悔自己不该为了口腹之患，跑到这里。当时心慌意乱，赶紧爬起来，便奔了原来那个洞口，意思是再钻了进去。才到洞口，里面早蹦出一个人来，抬头一看，正是袁梅村，手举一根大杠子，向秦克宁一声断喝道：“你快快还我玲姑！”秦克宁一句话还未答出，袁梅村一根大棍已然飞舞而下。后头有怪蟒来追，前头有人挡住去路，心里十分着急，正要喊说别打，那条杠子已然打在自己头上。就觉耳边轰的一声，脑袋一晕，身子便往后边倒去，跟着就听耳边有人喊：“师弟，师弟，怎睡得这么香？快点起来，师父在外头等你，叫你一道去吃饭呢！"

睁眼一看，身旁站了两个和自己差不多年纪的道童儿，正在向着自己微笑。再仔细一看，自己依然是坐在那间石洞里，哪里有什么怪蟒怪兽？更没有袁梅村。这才知道自己是做的一个怪梦，心里好生诧怪，胸口却还怦怦乱跳不已。再看那个道童儿，一个年约十四五岁，长得唇红齿白，眉清目秀，一张笑脸看着自己，不住点头，仿佛是有一种说不出来的一种情形；那一个年约十七八岁，长得是洼鼻小眼，两道浓眉，一张大嘴，眼角一闪一闪露出凶光。秦克宁先已听老头子龙一甲说过，他有几个徒弟，又听他们叫自己师弟，那一定就是老头子所说的徒弟了，自己这一觉睡醒，对于这老头子仿佛起了一种信心，自己也不知是什么缘故，并且对于从前的事，差不多大半忘去，觉得这两个小道童，好像在什么地方见过，十分亲近，便毫不犹疑地从石头上一跃而起，一伸手拉住那个年纪小的叫了一声师哥。

那个道童却把头一摇道："我不是师哥，他才是师哥呢，他叫……"

没等小道童说出，那个年纪大的，却把浓眉一皱道："鹿儿，你的话太多了，师父还在外头等着呢，还不快点走。"说着便先转身走了出去。

吓得小道童也不敢多说了，只低低向秦克宁道："他的脾气坏极了，等到有了工夫，再跟你细说，快出去吧！"说着拉了秦克宁走出石洞。那个年纪大的道童已不在那里，转过一个山坡，却是一片平地，地上一个石头台子，那个老头儿却坐在台儿上，旁边站着一个，正是那个年纪大的道童。

秦克宁这时心神已变，见了龙一甲，仿佛见了亲人一样，走过去叫了一声师父，便自跪倒。老头子龙一甲微微一笑道："好孩子，不要磕头了，来，来来，我给你们引见。"说着一指那个年纪大的道童道，"这是你的二师哥，他叫符和，有个外号是火狮子，他是我的二徒弟。你还有一个大师哥黑脸煞神金必显，现在不在这里，等将来见面再给你引见。这个是你三师哥，他叫程文进，也有一个外号儿是陆地夔龙。他们进门比你早，你得管他们叫师哥，我要出去时候，你要听他们的话，跟在我旁边一样。还有一节我告诉你，我这门里，轻易不收徒弟，只要入了我的门，却是从来不许反悔。你方才坐在屋里时候，做的那个梦，却不是梦，正是我施展的道法，你吃的那个水果，并不真是果子，那是我炼就的一种宝物，凡是进我门的弟子，在心意不坚的时候，我必要想法子收了他的野心，才能使他安心入道。其实法子很多，原用不着费如许的事，只因你身子单薄，我怕别的法子你经受不住，所以才施展这种最平和的法子，只要你安心学道，从此永不背叛，自无丝毫动静，倘若你要见异思迁，不等你走出我这方寸之地，立时便有显应，那时你自会知道厉害，现在可以不谈，不过叫你略加警戒而已。现在饭已做好，你同了两个师哥到那里去吃吧，今天你可以好好歇一天，明天我便开始教你入门的功夫好了。"说着把手一挥。

程文进跟符和早已拉了他的手往山石后头走去。转过去一看，原来在山石后头，又是一个石洞，只比前见略小，跟进去一看，里头也是石头台子、石头凳子，石头台上放着热腾腾一锅香稻米饭，另外还有几碗菜，筷子碗全放在那里。

程文进道："师弟你爱吃什么你就吃吧，我们这里一向是随随便便的。"

这个时候，秦克宁早已饿了，闻见米香，早已馋涎欲滴，闻言也不再客气，一伸手拿起碗来，盛了一碗饭，先递给符和，符和接过也不言语。秦克宁又要去给程文进盛，程文进却拦住道："我们以后天天是要在一处吃饭的，大家自吃自的，用不着谁伺候谁，你只盛你自己的好了。"秦克宁一听，便不再客气，自盛了一碗，端起来吃了，吃得很口香，一连吃了四大碗，才放下碗。程文进看着有趣，便向秦克宁一笑道："你吃得真香，你不要忙，等过一两天，我带你

174

到后山去，后山有许多好吃的东西呢。"

他们两个说着谈着，符和却是一声儿也不言语，只看了秦克宁两眼，吃完了便先去了，家伙也不管收拾。程文进看见他出去了，便低声向秦克宁道："你以后要多多留神，这个二师哥比师父还厉害呢，并且最爱背地里说人坏话，我在才一来的时候，真受了他不少的气，现在才好一点儿，但是我还是不敢没事惹他，等到将来有了工夫，我慢慢地可以告诉你，这里事故由儿多着呢。"

秦克宁本来就和程文进一见投缘，听他这样关照，益发和他亲近许多，当时点头，便和他两个把台上的东西收拾干净。却听外面有人喊："进儿，快点来。"正是龙一甲的声音，程文进答应了一声，便自抢步而出，出去工夫不大，便又慌慌张张跑了进来，一拉秦克宁从台子后头转了出去。另是一个小山洞，把秦克宁往一棵大树后头一藏低声道："你只藏在这里，不拘听见什么声音，你都不要出来，我一会儿自来找你。"说着又慌慌张张跑了出去，把秦克宁扔在那棵大树后头。

秦克宁这时准知道必有重大的事情，并且是与自己有关，不知究竟有无利害，哪里还敢出去，只听在洞里侧着耳朵一听。虽然这里离着前山不近，只因空静无人，并且山谷发出回音，依稀之间还能听见一点儿声息。只听一个人喊着："老朋友，请你不要夺人所好，顾全一点儿面子，只要人在这里，交我带走，我便感谢不尽，以后无论什么事，姓宣的绝用全力帮你就是。"

跟着又听有人喊道："宣朋友，请你不要误会，我自迁来此处，除去这三个小徒之外，并没有收第四个徒弟，并且我轻易连山都不下，又没有人到我这里来，哪里有什么小孩子？如果真是见了，你我是老朋友，你收我收还不是一样，就交你带走，又算得了什么？不过实在没有这么一个人，你叫我拿什么交给你？倘若你要不信，好在我这山上，你并不是没有来过，你只管自己去搜寻好了，要是找出来确有这么一个孩子，我就是对你不起，你看好不好？"底下便听不见声音了，停了一停，又听有人喊起来，依然是龙一甲的声音，只是声音比先更高，似乎有些发怒的意思了："姓宣的，你凭什么跟我要人，不要说我这里原本没有，即使有的话，我又没由你家里拐了出来，从你手里夺了过来，凭什么我应当交给你？干脆跟你说，不用说，我根本没见，就是果然在我这里，我也不会叫你把他带走，你就不必再往下说了！"

秦克宁一听来人的意思，仿佛是来找自己的，心里一动，何不出去看看呢。想着才往外迈步，就觉身旁大树一阵乱转，跟着磲磲吱吱之声四起，眼前当时变成漆黑。秦克宁知道危机四伏，当时便能变生不测，一听这种声音，当时便止住脚步，依然蹲在方才自己藏身那棵大树后头，一动也不敢再动。说来也真怪，就在他念头才一停歇，那些声音便也完全止住。又待了一会儿，忽听林子外头有人喊嚷："师弟，你到这边来，师父派我们来叫你了。"秦克宁先还不敢出去，外头又叫了一遍，试着往外一走，竟是一点儿动静没有了。来到外面一看，只见程文进跟符和正在外面，程文进脸上露出一种特别高兴的样子，就是符和脸上也和蔼了许多，绝不是先前那副神气。一见秦克宁，程文进叫道："师弟你快来吧，师父在前边等着你呢。"

随了程、符两个，来到前边一看，只见龙一甲坐在石头台子上，脸上也似乎很高兴的样子，向自己一笑道："你这孩子，倒是不错，现在我已知道你的为人，只要安心上进，虽不见得准能练到超凡入圣，但是益发长生总可做到，你只安心在我这里待下去好了。从明天起，你就跟你两位师兄在后山练习进门初步的功夫，等到十天半月，我再去指导你。不过有一节，我这门里专讲尊卑长幼，不拘到了什么时候，小的也要听从大的，我不在旁边，两位师哥就跟我是一样，不论说什么，你都不许反抗，也不许不信，否则叫我知道了，不是轰走了事，定要把你废了，这绝不是用危言吓你，确是我这门里规矩。过个几天，我还有话要和你说，现在只安心先去学那进门

176

的功夫去吧。"说完便不再言语。

秦克宁只好是唯唯是是，跟了符程两个退去，一夜无话。到了第二天，便又出了特别奇怪之事。原来秦克宁这几天一过来，便跟两个师兄，一个符和，一个程文进，处得已是不错，这天练完功夫没事，大家正在谈谈说说，很是自在，忽见前面一道白光一闪，符和早已站了起来，用手一指身后山洞道："你先在这里头待一待，有外人来了。"秦克宁才往山洞里钻了进去，便见那道青光，唰的一声，便往山洞前落下。从洞里偷着往外一看，只见来人却是一个小孩子，往大里说，也不过十四五岁，长得唇红齿白，十分清秀，穿了一身墨绿绣花的衣裳，手里却拿了一口小宝剑，才一现身，便向符和道："这位大哥，我跟你打听一件事，这里是叫玉虎岭吗?"

符和道："不错，正是玉虎岭，你要找谁?"

小孩儿道："我要拜望一位老前辈姓龙的。"

符和听了微一沉吟道："这里倒是有姓龙的，不过现在正在有事，却没工夫见你，你有什么事，可以跟我说，也是一样。"

小孩儿道："没有请教二位大哥怎样称呼?"

符和道："我姓符，他姓程。你有什么事可以当面说出来，无须打听这个那个。"

小孩儿听了毫不着急地道："我姓宣，我叫作宣霸。只因昨天我父亲为了接一个小孩子，被你们这里龙老前辈走在前头，把他带到这里，昨天面见龙老前辈一次，龙老前辈却说未见，家父回去很是着急，因此跟家母商量，叫我前来，面见龙老前辈，要请龙老前辈把那个小孩子放走。如果龙老前辈缺少徒弟，家父愿把我留在这里，跟龙老前辈学些惊人的艺业。这件事情，请求二位大哥替我去说一声儿，我就在这里暂等。"

一句话才说完，符和早已把怪眼一睁，狂喊了一声道："你这个孩子，跟你说好的你不懂，你怎么还在这里满嘴胡说乱道，你要再不走，我可要对你不过了!"

宣霸微微一笑道："大家都说你们玉虎岭人来得野蛮，谁知今天一见，还真是名不虚传，你们不过仗着你那师父会些妖魔鬼祟，除去这个之外，还有什么特别拿手，也值得这么瞪眼吓人？姓宣的今天既是来到这里，好话已经跟你讲过，总算礼貌未差，你要以为你们一定有什么准能胜人的把握，姓宣的在这里等你，绝不会走，你有什么煞手的，可以使出来我们看一看，瞪眼说大话是没用的。"

符和一听，早已满脸飞红，强笑了一声道："你这孩子，既是这样不知进退，说不得我们是在门里头欺负外人了，我把你拿住，等你家长来了当面再放你，绝不叫你吃了大亏，如今却是放你走不得！"说到这句，手一起，便是一道黄光升起，一张仿佛黄色丝网一样，四外布张开来，却向宣霸当头罩去。

宣霸一见，微微一阵冷笑道："我当着你有什么真正高的手法儿，原来不过就是这点障眼法儿，如何也来欺人。我自不动，你有多大威力，只管使出来，我连动都不动，要是一回手，就算输给了你。"说完便自挺腰一站，仿佛是毫不在乎的样子。

符和因为知道来人原与自己师父相识，又知道他的父母是不好惹的，本不想一定把他怎么样，不过事情已然逼到那里，也就说不出不算来了，使出来两道黄光，原没有多大威力，不过是练法的入门时一种防魔偷袭的光芒，名字叫作黄烟障，本想是叫宣霸知难而退，也就完了，谁知宣霸竟是毫不理会，并说出极难听的话语。符和的脾气，向例又是粗暴惯了的，哪里忍得下去，一想自己现在就是和他闹翻，硬用本门心法把他拿住，至多不过把他家大人惹来，自己气已出够，到了那时，无妨再向他下一下气，大致也没有什么过不去，并且还可以推说不认得他，他是怎样无礼，他家人虽是厉害，像这样上门欺人，似乎也不能任意护庇。想到这里，胆气一壮，便向旁边站的程文进道："老三，你只留神后洞口，不要放他走了，等我把他拿住，问个心服口服再放他。"说着话嘴里一阵叨念，跟着用手一抓一放，顿时天色便成混黑，并且四外鬼声啾啾，口里喊道：

"娃娃，你要再不知进退，不早点退走，对不起，我可要用煞手伤你了！"

黑影里只听宣霸一阵冷笑道："你有什么法子，只管使出来，既到宝山，怎能轻回？倒要领教领教你这七煞迷魂大法呢！"

符和一听，不由大吃一惊，真没想到一个十多岁的孩子，便会知道了本门不传之秘！他既是说得上名字，或者就知道破法，不要真叫他弄了手脚，那却太不好看！继而一想，一个小孩子能有多大的见识，要叫他三言两语把自己吓回去，以后就更不好办了，不如施展全力，看他究竟如何，就是把他伤了，也怨他自己不该口出大话，却怨不上自己来。想着便暗自把舌尖咬破，运足了一口气，喷了出去。当时一阵腥风，一道闪烁红光之中加了一缕一缕的黑丝向对面罩去，却听不见前面一点儿声息，以为是来人已经着了道儿，不由大喜。及至收法仔细一看，地下空空，来人已然是鸿飞冥冥，连影儿都不见了，好生吃了一惊！万没想到来人身手竟会如此矫捷，真是意想不到，但是人已他去，急也无法。正招呼程文进去看秦克宁，却听程文进一声急叫："师兄快来！"先还不知出了岔子，一肚子不高兴，走过去问道："你喊什么？非要叫师父听见不成吗？"

程文进一向都有些怕符和，唯独今天大不然，只冷笑了一声道："今天的事，你还打算叫师父不知道吗？昨天那个孩子，今天连个影儿都没有了！"

一句话把符和真魂吓丢了一半儿，却还不信，只当是秦克宁看见自己施展法术怕是受了误伤，躲在里头去了。赶紧走进洞口，才要出声喊叫，一眼瞥见洞口外石头上写了歪歪斜斜两行字，上面写的是："鹬蚌相持，快乐老渔，带走稚子，入我门次，他年相会，便知是谁。"底下又写了一个齐字，画了一杆长枪，这才知道真是走了，不由好生着急，便回过身来向程文进道："叫你看着洞口，怎么就是这样大意？回头我去告诉师父，看你是怎么说法！"

程文进还未答话，忽听身后有一人断喝道："孽障，真是无知大胆!"回头一看，正是龙一甲，虽然面有怒容，神色并不像十分气恼的样子。只把手向符和一招道："这里事我已知道，不必说，我今天就要有事他去，只不准你们无故离山，并且无论是谁找上门来，只隐藏在石洞里头，不许出外，也不要和来人答话，倘若明知故犯，我回来时候，全会知道，必不轻饶，谨记谨记!"说完之后便匆匆忙忙在山的四围布置了一下，径自去了。

这两个人一看幸亏没有责罚，哪里还敢再问。龙一甲走后第二天，便来了一个多年好友，这个人名叫仇九州，外号是一轮明月。见面一问，仇九州却知来历，带走秦克宁的那人姓齐，外号是宝马神枪齐南子，他也是受了朋友之托，把秦克宁另送到一个隐名多年的侠客那里去了，事关将来江湖上有一次极大斗争，双方全在物色人才，就是龙一甲这次出去，也是为了另去选择子弟，预备将来有用，特意托了仇九州在这里暂时看管玉虎岭，便中教给他们两个功夫。这两个一听，才知端尾，自此便跟了仇九州习练功夫不提。至于秦克宁却因一念好奇，致把一对天生佳偶反弄成劳燕分飞，虽然后来由神尼慈静扫除妖邪，把他送回来凤村，但是那时袁玲姑却已修成升天，依然辜负了如花美眷似水流年了。写到这里，暂时告一段落，容在下稍有余暇，再写一部后文贡献读者。

（完）

龙　凤　侠

第一回

宝刀耍绝技巧结奇缘

"无风三尺土，有雨一街泥"，凡是久住这北京的哥儿们差不离都有这么一点儿印象。可是事实适得其反，不怕在屋里四六句骂着狂风，在街上三七成蹚着烂泥，破口骂着天地时利，恨不得当时脱离这块黄天黑地，只要风一住，水一干，就算您给他买好了飞机票，请他到西湖去住洋楼儿，他准能跟您摇头表示不去。

其实并非出乎反乎说了不算，说真的北京这个城圈里，除去这两样有点儿小包涵之外，其他好的地方太多，两下一比较，还是北京城强似他处。

第一，中国是个礼教之邦，北京是建都之地，风俗淳朴，人情忠厚，虽说为了窝头有时候耍切菜刀，但仍然没有离开"以直报怨"的美德。至于说到挖心思用脑子，上头说好话，底下使绊子，不能说是绝对一个没有，总在少数。

尤其讲究义气，路见不平，就能拍胸脯子加入战团，上刀山下油锅到死绝不含糊。轻财重脸，舍身任侠。"朋友谱"，"虚子论"，别瞧土地文章，那一腔子鲜血，满肚子热气，荆轲聂政不过如此。"为朋友两肋插刀"，的确可以夸一句是响当当硬绷绷好汉子！古称燕赵多慷慨悲歌之士，看来确是不假。

在清朝中叶的时期，正赶上国家太平，年月好混，只要身有一技之长，就不愁没两顿饱饭吃。这句话并不是在下造谣言，举凡世界之上，不拘他是哪国人，只要是吃饱了穿暖了，再让他胡作非为，插圈弄套，坑蒙拐骗，做些不要脸的事，我敢起誓，绝没有那种贱骨头。

不过有人说，从前白面卖三个大钱一斤的时候，怎么照样儿有抢匪有小偷有骗子？这话我不敢驳。可是您得知道，大概无论什么年月，也照样儿有怀才不遇的好朋友。

任你才高八斗，学富五车，两膀千斤力，单臂退九牛，文也好，武也好，没有好上门子的亲戚，没有挂头牌的朋友，不用说高官得做，骏马得骑，恐怕一天喝三顿热豆粥，冬天弄件弹花棉袄都办不到。不平则鸣，自不免要运用才干另找生活之路了。

还有生性下流的，再交些个狐朋狗友，吃喝嫖赌，一充散财童子，钱也完了，朋友也没有了，好吃懒做已成习惯。等到叫他往家挣钱，真是肩不能挑担，手不能提篮，骨头软一点儿的，追裆裤要小钱，直到路毙无名男子一名，才算跟诸位亲友告假。

另外有种自命有横骨头的，"雏后生奸"，从前自己怎么上旁人的当，再把那套使出去祸害他人，居然瞪眼不害臊，也高打鼻梁自上尊号是光棍一条。更有一拨儿朋友，三个一群，五个一伙，蹽箔头，放冷箭，端鸡窝，拔烟袋，偷牛坐狗，装鬼扮神，月黑天，高粱地，喝断一声，劫留孤客被套，四两烧刀子一下肚，拍胸脯，道字号，两脚一跺，四城乱颤，谁人不知，哪个不晓？

这爷们儿是日走千街夜偷百户的活时迁赛光祖气毛遂小香武王霸天，因为社会里埋伏着有这么几路英雄，遂生出许多离奇古怪的事迹。至于有人说这班人的造成，固然由于个人天性凉薄，但是也有一半儿是做官的要钱太狠，只顾自己发财，置房子，买姨奶奶，把老百姓生死付之度外。

虽说人人知道王法如天大，无奈嗓子眼让人掐紧了，出不了一口气，由于逃死，才想求生，这是反激起来的。这话在下绝不敢信，不管唐宋元明哪朝哪代，皇上放出来的官儿，哪个不是选择清廉而又清廉的，如何能够向老百姓伸手要钱？把我眉毛拔了去，我也不能附议。至于官家向百姓要钱这句话，也许由于国课地税引起来的，难道当着一份国家子民，连这点义务都不该尽？可见得中国的老百姓刁狡的太多了……

开头说的北京，接着还从这里说起，在清朝中叶的时候，土地虽然也是这么大，却没有现在这样繁华。除去固定的几座庵观寺院按时开放以外，北京唯一的消闲地方，就得说是天桥。

提起北京天桥，虽没有杭州西湖那么雅趣可爱，说到名头确实不小，谈一句过分的话，离城围子住得近的人，恐怕还只知有天桥而不知有西湖呢。顺着正阳门一直往南，约莫三里路，有一道东西长横的大沟，沟东叫东沟头，是一些破烂不堪穷朋友的住宅地，沟西叫西沟头，一片广场，足有几千亩大小。在两沟交界往南通行的一道石桥，就叫天桥。

在那片广场里，搭有几十座芦棚，棚下架着无数板凳，那正是"金、披、彩、挂、快、柳、训、拆"，一拨儿吃张口饭英雄们的温暖长亭。这一边锣鼓喧天，那一边喊声震地，左一个圈子，右一个场子，每个圈每个场子全都里三层外三层，人挤人，人蹭人，围了个水泄不通。

在靠近西南一个犄角里搭着一座高约丈八的席棚，四围摆着一圈子板凳，在正面立着席片子，上头并排儿挂着三张大弓。席片子前边是一张油桌，桌上高高矮矮放着几个木头盆子，盒子盖儿上搁两叠子小纸包儿。另外一个木盘子，里头盛着不少弹弓子儿。桌子前头，戳着一对手钩，一杆叉，一把红缨子大砍刀，一把宝剑。地下搁着一根十三节鞭，一条三节棍。桌子脚儿上绑着一杆大扎枪，在枪尖那头，横扎着一面三角旗，红缎子心儿，白绸子走水，四周围四个小字，是广顺镖店。正当中碗大一个李字，迎风一刮，扑噜乱响。

桌子旁边，一张板凳，上头坐着一个三十多岁中年汉子，身高在六尺壮，膀宽腰圆，粗眉大眼，大鼻子大嘴，青绸子中衣，白布袜子，青缎子刀螂肚儿缎靴，包绿皮脸儿，腰里系根板带子，光着脊梁，在左胳膊上扎着一条蓝龙，从右肩头盘过来直到胸脯子上。

他从板凳上缓缓地站了起来，先把地下的石头子儿小沙子捡了一捡，又提了一把水壶，往地下倒了一点儿水，把两只脚横着竖着蹭了几下儿，把裤带紧了一紧，又蹭了蹭靴子，然后一弯腰，由地下把一根三节棍拿起，四外一看，一声儿不言语，一立腕子，就听哗棱一声响，左边一个插花，右边一个插花，上走"盘龙拿月"，下打"枯树盘根"，上下前后，进退左右，只听叭叭一阵声响，几乎只见棍影，不见人形。

猛听喊声住，便像钉住般站在原来起手的地方，脸上不红不喘，脚下连点尘土没起，满脸赔笑向四外一躬身道："众位今天来着了，我今天要斗胆请众位看两手绝传的功夫：流星赶月、玉碎珠沉。"

这时候外圈子人，已然满坑满谷，板凳上也坐了不少的顾客。他又向四下里作了一个罗圈子揖，然后微微一笑道："众位多坐下几位，别瞧板凳是赁来的，只管坐下歇歇腿，可没什么，您也别给什么，我也不要什么，这里不是变戏法的，也不是耍耗子的。众位，咱这叫把式场儿，讲的是筋骨，练的是功夫。那位说就凭你这个样儿，也敢说是练功夫？

"众位，人不可以貌取，海不可以斗量，练功夫不在样儿，诸位一站一立，江湖上的朋友，道儿上的弟兄，给武圣人磕过头的子弟老师，工商两界，学政两途，我知道哪位学过练过，我可不敢说大话，风大闪了舌头。咱们这个场子，不比旁处，咱们讲的是以武会友，我可没有什么真能耐，不过是抛砖引玉。诸位子弟老师，瞧着有什么不到，只管给我指出来，就是我的一日之师。我再跟诸位告个罪儿，我这里虽然是把式场子，我练会子，我也不要什么，众位也别给我什么。那位说，你练把式不要钱，难道你是有瘾是怎么着？

"不错，练把式我是有瘾，今天我可没犯瘾，众位您知道咱们北京城是个大邦之地，皇上眼皮底下。您可别瞧这块地方，真得说是藏龙卧虎的地方，一站一立，哪位是子弟老师，我也不知道，我也看不出来。我今天练两手儿笨功夫，众位您可别以为耍狗熊，一腔子力气，卖在众位眼睛里，一个汗珠子掉在地下砸八瓣儿。练完了我再练，看完了您再看，练饿了我家去吃饭，诸位瞧完去治公，谁要往里一扔钱，可就是骂我的父母，我要跟众位一要钱，我就算没吃过人群的饭。

"可是有一句我得交代交代，我卖了会儿子力气，众位瞧着傻小子练得不错，练完了不要钱，诸位给站脚助威，给我喊嗓子好儿，我一高兴，接着再练。诸位没事，接着再瞧，要是诸位你早也不走，晚也不走，等我刚一练完，你跺脚一走，把我的场子给挤散了，您也得不了好处，我也没有什么伤处，玩意儿可就不能往下再练了，众位也就不用再看了。净说不练是嘴把式，话也交代完了，诸位上眼，先瞧我这一手功夫——流星赶月！"

他说着又绕了一个弯儿，走在桌子前边，喝了一口茶，一伸手从席排子上拿下一张通身漆黑的弓，只见他单手一拢弓背，那只手一捋弓弦，往上一抽，就听嘎巴嘎巴直响，双手往里一合，周身使力，毫不费事就把弓弦扣上了。左手攒着弓背，用右手向周围一摆，满脸是笑道："众位，就是这一手儿把弦扣上，就得有三冬两夏的工夫，您可别瞧不起这一下子，两只胳膊使不出来二百斤的力量，准扣不上，净有笨力气，您也扣不上，这叫四两千斤软硬劲儿。那位说了，你两只胳膊有多大的劲？

"众位，学徒没有多大劲，这三张弓一张比一张大一点儿，我拿的是最小的这张，这张叫花皮弓，弓背、弓把全是南方产的一种竹藤做的，软中硬，有个二百来斤。那张略大一点儿的，是铁把插背弓，弓把当中是两截的，两头有枸子。用的时候，往里一插，只要把弦扣上，真比原来档儿得还结实。因为当间是两股子劲，无论到了什么地方，绝折不了，可是两只膀子没个三四百斤劲头儿，您可扣不上拉不开。

"再说到那张大弓，这句话招众位不愿意，众位除来在我这场子里，别的地方，不用没见过，值您个嘴巴，您连听说都没听过。提起这张弓来，众位也许有个耳闻，从前专走南七北六，三关十二岭镖局子总葫芦库，有位神弹子李昆李公然李五爷，这张弓是他老人家的。那位说了，李五爷的弓怎么会到了你这个场子里来了呢?

"众位让您见笑，您既然知道有这么一位李五爷可就好办了。那李五爷不是外人，是学徒我的先祖，他老人家一世成名，就凭了他那张弓，无论江湖绿林道、官私两面儿，六扇门里、六扇门外，提起他老人家真是高山点灯明头（名头）大，大海栽花有深根。他老人家倚着这张弓，成名天下，又怕口眼一闭，绝艺失传，洗手镖局，回家传艺，因此学徒这张弓是累世家传。

"不过他老人家依仗此弓扬名天下，到了这里，把它撂在地下，实在有些对他老人家不过，可是我以它交朋友找老师，不比拿它吃绿林充好汉，也算没给他老人家戗脸丢人。说了归齐，这张弓到底是什么的呢? 我要一说，您众位能够不信，这张弓是铜胎铁背胶把筋弦。

"当年有个外号叫'四宝弓'，这张弓有八百到一千的劲。不用说拉得开拉不开，拉得开一伸手，弹弓子儿一出去，打在石头上，都得来个圆窟窿，要是打在人脑袋上，还不打飞了，谁跟谁有多大的仇!

"众位，这张弓可不是摆饰儿，也不是搁在这里当样子的，因为练把式好习武功的，可是什么人物都有，说不定就有好练的朋友，打算捧捧场子，到这个圈儿里头打趟拳，练趟家伙，碰巧就许拿起弓来抻两下儿，您知道人家有多大劲头儿，愿意拉哪一号儿弓? 因为这个，摆在这里，不怕是备而不用，可不能用而不备，这几张弓的过节儿已然交代清楚了。

"众位坐下几位，瞧我练几手笨玩意儿，乱了不得瞧，慌了不得看，有公的您请治公，有事的您请治事，没公没事您是到天桥绕弯来的，您就请坐，瞧我练几手儿，众位捧我一场。我姓李，我叫李凤堂，天桥儿练弓的就是我这一号儿，咱们也不用吹，也不用嗙，抄家伙练功夫，可是我还得交代一句，我练弹弓可不要钱，练完了值您个好儿，您捧我一嗓子，练砸了您也给我来一嗓子，算我经师不到，学艺不高，不能算您欺生，我回家再练去，练好了再到这块地上来给众位解闷。

　　"可是哪位要是往场子里一扔钱，别怨我脸急，您是瞧不起我，我可把钱给您扔出来，还得说两句不受听的话，再托付您一句，这个场子可不要钱，您只管放心，有钱您带着，没钱您敞开儿看，练完了您瞧着不错，您就给我来一嗓子，嗓子这两天上火，嚷不出来，您站脚助威，我也一样知情，您早不走晚不走，我把功夫才练完，一声儿不言语，站起来就走，把我场子给挤散了，我的一腔子力气算白费了。

　　"朋友，你走你的，像尊驾您这路主道，到了什么地方，也吃不了好的，也听不见好的。您叫不懂外场，不懂交苦朋友，咱们两人凭心，上有天，下有地，叫你家里外头全都顺当，比什么都强。咱们这里不刮钢，不绕脖子损人，不骂街，不要钱，不问钱。口不应心，他不是他妈十个月怀胎养下来的，他是他妈没出门子添下来的。

　　"四面为上，我再给捧场叫好的爷台请个安，作个揖，众位赏脸赐光，站脚助威，是我们的福神爷，我也给您请安作揖，好话你不听，人情你不懂，到了时候你非走不可，你走你的，算你没来，我也不冲你练。

　　"众位，您坐下几位，外圈子老爷儿们，您也往里给围一围，人越多越挤，越挤我越有精神，越有精神越好练。众位您瞧咱们先练一个小玩意儿，算是听大戏，给众位跳个加官，说练就练，众位您就上眼吧。"

李凤堂交代完这一大套，拿着那张三号弓，又在场子里转了一个弯儿，然后一点手，从席排子前边板凳上叫过一个小孩子来。大家一看这个小孩子，往大里说不到十岁，穿一件水红洋绉裤子、香色洋绉对襟小褂，沿着青缎子宽边，钩着如意云头，脚下一双青缎子洒鞋，上头拿白丝线锁的鱼鳞，白布袜子散裤腿儿。一张小脸，又圆又鼓，又白又润，红中透粉，粉里带嫩，高鼻梁，大眼睛，长眼毛，细眉毛，小嘴大耳朵，偏左边有一个小酒窝儿，前边打着海儿发，齐着眉毛，后边留着短发，齐着脖梗，在脑袋顶儿上四外拢起来，梳了一个冲天杵的蜡扦儿，乍看去真像戏蟾儿的刘海儿，闹海的哪吒。

满场子的人，一瞧这个小孩儿，全都脸上带出一层笑意，虽然没说话，大概透出来谁都有点儿喜爱。只见他跳跳蹦蹦地来到场子中间，李凤堂满脸带笑拿手抚着他的那个蜡扦儿道："来了吗伙计？"

小孩道："来了。"

李凤堂道："姓什么？几岁啦？"

小孩道："姓李，七岁啦。"

李凤堂道："干什么来了伙计？"

小孩道："练功夫来了。"

李凤堂一笑道："嗬！这么点小孩儿就会练功夫？你都会练什么呀？"

小孩道："刀枪剑戟，斧钺钩叉，镗棍槊棒，鞭锏锤挝，拐子，流星，长拳，短打，江里海里，马上步下，来无踪，去无影，飞檐走壁，大洪拳，小洪拳，醉八仙，猴儿拳，大拿法，小拿法，金钟罩，铁布衫，刀枪不入，寒暑不侵，鹰爪功，草上飞，蹬萍渡水，踏雪无痕，平打八匹马，倒拉五只牛，油锤掼顶，蝎子爬城……"

李凤堂一边笑一边拦住他道："得啦，得啦，这个你都会练吗？"

小孩儿一摇头道："说说儿，一样不会。"

李凤堂呸地啐了一口道："全不会你说它干什么？"

小孩儿道："这么透着热闹。"

李凤堂道："咱们不要热闹，你就说你会什么吧。"

小孩一笑道："会吃，会喝，会溺坑。"

大家一看小孩儿那个神气，不由得全都拍着巴掌，哈哈一阵大笑。

李凤堂也跟着一笑道："会溺坑算什么能耐？别打哈哈，小伙计帮着我练一回行不行？"

小孩一晃悠脑袋道："行！"

李凤堂点点头道："好，你帮我练这一场，练好了，晚上我请请你，给你买一斤小菜毛（类似现在之荸荠，今日已绝种）煮着吃。"

说着从兜里摸出一个当十钱来，递给小孩道："这是一个当十钱，可不是给你花的，你拿在手里，站在席排子这头儿，我站在场子这头儿，你把小手举起来，把大钱露出来，我这边比准了弓，填好了弹儿，我跟你脊梁对着脊梁，我往前跑三步，一回头一撒手，要用三成劲把弹儿打出去，偏一偏打在你手上，歪一歪打在你脸上，打在手上骨断筋折，打在脸上眼青鼻肿，弄不好就许把眼珠打出来，要不偏不歪正打在你手里拿的大钱上。

"这有个名堂，往前一走，叫'八步赶靶'，一撒手叫'回头望月'，弹儿打在钱上，第一回就许听见响，不许把钱打在地下；第二回弹儿打在钱上，不准有响儿，要把大钱打出你的小手儿，掉在地下；第三回弹儿打在钱上，大钱纹丝不动，要把弹儿撞成粉碎。这三手儿搁在一块儿，算是一手功夫，叫作'三戏金钱'。

"这个虽算不了什么，可是要有软硬劲儿，稍微差一点儿，打不着是小事，没准儿就真许受点误伤，再者说场子小，地方窄，施展不开，难免有个失神走手，只要不把小孩儿眼珠打出来，咱们是捡起来再练。三手练全了，怎么说的怎么练的，一点儿没差，算是学徒我蒙对了。

"值好儿众位捧我一嗓子，分文不取，毫厘不要，接着再练第二

191

手儿，那才是学徒我的大饭票儿，真正看家的功夫——流星赶月、玉碎珠沉，众位您坐下几位，瞧我们爷儿俩个练这几手儿笨功夫，诸位上眼吧，咱们先练这手儿，三戏金钱。”

李凤堂说完了，把小孩儿领过去，脸冲着席排子一站，把他那只右手捋得笔直地举了起来，把那个大钱给放在小孩儿大指二指中间，叫他捏稳了。

小孩儿一边接钱一边说道：“老伙计，我托付托付您，您要跟我有仇，您可往我手背上打，至多打得肿个疙瘩，不至于残废。您要是太歪得多，那可是后脑海，一弹儿进去，咱们可就不用练了。别的都不要紧，我那没过门的媳妇可就苦了。老伙计，你可稳着点儿，手别抽鸡爪疯，人别抽羊角风，我可站好了，你就填弹儿打金钱吧。”

李凤堂微微一笑道：“小伙计，你不用托付，没有金刚钻，不敢揽瓷器，错不了，你就万安吧。”说着把弓弦一扯，一撒手，噔的一声，小孩儿一哎哟，腿一软坐在地下了，捂着脑袋直哼哼。

李凤堂跑过去往起揪着道：“小伙计你这是怎么了？”

小孩儿一边哎哟一边道：“老伙计，你真狠哪，正打在后脑海上，高低儿还是给打漏了。”

李凤堂一笑道：“得了，小伙计，你可真能装蒜，我这里还没填弹儿哪。”

小孩儿欧了一声道：“我说怎么也不流血也不疼呢。”

大家一听，全都哈哈一笑，李凤堂呸地啐了一口道：“别挨骂了，咱们别打哈哈，好好练这一回。说真的你也别大意，我也别二乎，拿准了精气神，把这场玩意儿给人家练下来，咱们再换新的。小伙计，站稳了，弹儿到了！”

小孩儿嗖地站起，把手里小钱往上一举，李凤堂左手拿弓背，右手拿好一个弹儿，一垫步嘴里喊：“一！二！三！”猛地一撤步一回身，右手往怀里一较，左手翻腕子一推，弓开了不到三成满，两只脚前后错着，两个膀子像一条棒儿似的平着，一抻弦，一撒手，喊声："着！"

这边弓嘡地一响，那边钱镗地一响，果然纹丝没动，还好好地拿在小孩儿手里，大家不由齐叫了一声震天好儿。李凤堂满脸是笑地道："这头下儿就算叫我蒙着了，您看我们爷儿俩这第二手。"

说着照样儿拉弓，照样儿填弹儿，果然镗的一声响，把钱打落地下。大家又叫了一嗓子好儿。李凤堂这次不再交代，接着拉弓填弹儿，镗的一声，吧唧一声，果然大钱没掉，弹儿震得粉碎，这回看得大家都目瞪口呆，反倒忘了叫好儿啦，还是等到看见小孩儿翻过身来顺着脑袋擦汗，这才想起又扯着嗓子喊了一阵。

声音稍停之后，李凤堂又是一笑道："这回算我蒙对了，这几手儿您瞧着悬，其实算不了什么，要跟后头这两手儿比，可以说是天上地下。众位您坐住了，瞧我们这第二手——流星赶月、玉碎珠沉。"

李凤堂把话说完，又向小孩一笑道："小伙计，您受累了，回头谁要不请你，谁是拉乏骆驼的，现在没您什么事了，您到那边歇一歇，瞧我一个人练一回。"

小孩儿答应一声，又退到板凳上去坐了。李凤堂把那张三号弓放下，又把那张二号弓摘了下来，拿手绢擦了一擦，然后把弦扣好了，向大家一笑道："众位，咱们怎么说的怎么练，有一样儿言不应点，咱们就算没这一号儿。诸位，什么叫'流星赶月'？什么叫'玉碎珠沉'？咱们先交代交代。

"这'流星赶月'，我要把这第一个弹儿扣好在弦上，使十成劲，把它冲上打出去。往矮了说，也得有个七八丈高，不等它下来，我要把第二个弹儿填好，对准了第一个弹儿一撒手，第二个弹儿要打在头一个弹儿上，叭地一见响，两个弹儿一分，上头的还得上，下头的往下掉，我先接住第一个弹儿，然后再伸手，要接第二个弹儿，全都接在手里，不歪不斜，没有掉在别处，就叫'流星赶月'，就算我蒙对了，您给来一嗓子好儿，我再练第二手'玉碎珠沉'。

"什么叫'玉碎珠沉'？一起手也跟第一手儿一样，第一个弹儿打到云眼里，可是不许它掉下来，要叫那个弹儿在半悬空中待个三五句话的工夫，在这个时候，我再把第二个弹儿打上去，照样儿得弹儿碰弹儿，跟头一回一样，第一不许有响，第二底下这个弹儿上去，打在上头弹儿上，上头弹儿不动，下头这个弹儿要叫它碎了，然后上头那个弹儿要滴溜溜滚下来，掉在我手里，连个炸纹都不许有，不砸不掉，就叫'玉碎珠沉'，算是第二手儿。

"这两手功夫，可不好练，刚才小孩儿拿着那个钱，是个死的，要怎么打就怎么打，那个好学好练，这个全是活的，撒手不由人，上头罡风挺硬，风往左右前后一刮，上头差一分，底下差十尺。一个弹儿，拢共没有多大，稍微错一点儿，就许打不着，刚才交代过，人有失手，马有乱蹄，这可是保不齐的事，练好了，咱们另换新的，练砸了，我捡起来再练。

"话是交代完了，诸位多捧场，千万多给站一会儿，我练着也有精神。诸位，我再作揖请安，求您多多捧场，咱们这块地，没有生意口，没有富余话，诸位赏脸赐光，咱们是插手就练。"

说着话，他拿起那张第二号弓，从桌上拿过两个弹儿，丁字步儿一站，先把那张弓虚虚地扯了两下儿，猛见他一坐腰，喊声："开！"就听弓弦铛的一声响，枭的一声，一个弹儿早已冲云而上，小得几乎看的主儿瞧不见空中还有个泥弹儿。弓弦二声响，又是枭的一声，大家这次竭力睁大了眼往上看，才看见五丈以上，仿佛有两个小黑点儿，一个往上，一个往下，不偏不斜，正碰在一块儿，在下头听着声儿很小，仿佛叭儿的一声，两个弹儿是碰在一处了，大家不由全都叫了一声震天的好儿。

再看李凤堂一伸手叭叭两声，然后向大家一伸，果然完完整整两个弹儿全都落在李凤堂的手里，李凤堂向大家笑道："这一手儿算我蒙对了，您再瞧这第二手儿'玉碎珠沉'。"

说着话把二号弓卸了弦挂在排子上，一伸手又把头号弓摘了下来，这回拿了弓来，还没有扣弦，忽然一笑道："诸位，学徒也是肉长的，不是铜胎铁骨，也不是大罗金仙，练了这几手儿小玩意儿，已然有点儿力尽筋疲。这么办，我在众位跟前，先告一会儿假，我先歇一会儿，落一落汗，缓过这口气来，咱们接着还练那手儿'玉碎珠沉'。说完了不练那是跟师娘学的，我歇着可是歇着，可也不能闲着，趁着这个时候，我得借着这块场子，多认几位子弟老师，多交几位外场朋友，'人过留名，雁过留声'，我们姓李的好几辈儿就指着这张弓成名露脸，到了学徒我这里，把它撂在地下，就算给我们上辈馊了锐气。不过我另有一份心思，我想保镖闯道，讲的是凭胳膊，不过刀枪没眼，英雄凭胆，二虎相争，必有一伤，久在江边站，没有不泄脚的，倘或结仇太多，难免伤人过众，'强中自有强中手，能人背后有能人'，谁敢保一辈子不栽筋斗？倘若有个一差二错，不用说把上辈脸面擦净，轻则残废，重则性命难保，冤冤相报，何时是了？因此我才脱离镖行，在家受罪，不过前辈劳心费力，挣来一个名姓，不是容易，轻描淡写，把它一扔，问心也是不忍。故此学徒才在这地方，摆了这么一个把式场儿，一则借着这个，可以不把功夫扔了，二则借着这块地，多交几位朋友，给我们爷儿们撒个口报帖儿，让大家知道姓李的后辈，没做丢人现眼犯法作孽的行当儿，这就是我学徒这么一点儿苦心。

　　"不过有一节，'货到街头死，肉贱鼻子闻'，多好的功夫，一到天桥，也成了生意把式了。主顾们，瞧我打完了弹弓，回了您的贵府，至多夸一嗓子姓李的这小子弹弓打得不错，您就算捧了我啦。究其实跟我们李家的牌匾儿，一点儿都挨不着，因此，我想了一个主意，您从我这块地上瞧完了玩意儿，多多少少让您得拿回一点儿念想儿去。

　　"那位说啦，必是练完了让我把弓拿走一张，那可不成，一则学徒的弓太少，主顾们太多，分不过来，向着谁？那倒不好。二则弓

195

就是学徒的命，咱们虽是朋友，还没到换命的时候哪，您就是伸手要都不能给您，不用说叫我双手奉上。

"那位又说啦，既不是弓，我们也不猜啦，干脆你说是什么吧，对啦，您也不用猜，您也猜不着。简单捷说，告诉众位吧，我这里有一种独门自配的丸药，叫作'大力金刚丸'。

"众位，我这个药全都管治什么？管治的先天不足，后天失调，风寒麻木，腰酸腿疼，夜眠不安，神思困倦，皮里抽肉，肉里抽筋，胸膈胀满，不思饮食，打饱嗝儿，漾酸水儿，吃着不觉香，睡着不劳稳，头晕眼花，四肢无力，又黄又瘦，又起急，又生气，眼睛发蒙，耳朵发背，大便干燥，小便短少。老头儿气力不接，作喘作嗽，心里发堵，嘴里发苦，走不动道，睡不着觉，腰透软，腿透颤，头沉脚轻，大口吐黄痰，胳膊腿发木发麻，一晚上起来三十、五十，尽跟夜壶捣麻烦。小孩吃奶前，断奶后，越吃越馋，越吃越瘦，脸上没血色，身上不长肉，吃完了睡，醒了就哭，食积奶积。大肚子痞积，红白痢疾，跑肚拉稀，白天活蹦乱跳，晚上胡说八道，又是哭，又是闹，孩子大人整夜不得睡，蛔虫，蛲虫，面条虫子，四六风，转慢脾，脾虚胃倒，气弱血亏。

"凡是这路病，请大夫瞧不好，吃偏方不见效，众位您也不用请大夫，您也不用找偏方，您就买一服学徒配的这种大力金刚丸，买着不扳手，吃着不费事，弄一碗白开水，往下一送，就算成啦。喝下去不用多大工夫，至多用不了半个时辰，药力一行开，肚子里咕噜咕噜一阵响，清气上升，药催气，气行血，周流三宫六府十二重关，坏的旧的叫药打了下去，好的新的让药引了上来，别的不说，当天让您得多吃三碗大米饭、一斤白面饼。

"众位，人是铁，饭是钢，能吃能喝是大力金刚，药不用多吃，二丸子是一服，隔三天吃两丸子，准能转弱为强，返老还童，头发白的能够变黑了，黑的越长越多。那没别的，就是您身上的血脉够用了，您的气血一足，什么病也有不了，平安即是福，那就是一辈子的造化。

"那位说了，练把式的，从根儿说，我就没病，无缘无故，我买些个药吃干什么？众位，我这个药，有病也能吃，没病也能用，有病能治病，没病能强筋壮骨，所以我这个药，又叫传家宝。你现在不用，可以留着，等到用着时候，您再打算找我，可就不易了。

"那位说你这个药，说得这么好，大概卖得便宜不了吧，那您说错啦。想当初一日，李五爷他老人家走南闯北，就凭这个药，救了不少条人命，交了不少朋友。那时候是要就送，分文不取，毫厘不要，全是结交善缘。如今料子太贵，学徒送不起，收人家钱，对不起李五爷他老人家，因此想了一个办法，叫作两不伤。

"家里存的好药，什么熊胆、虎骨、鹿茸、狗肾、麝香、肉桂、人参、龙骨，这全是家里旧有的，配在里头，算是白搭，概不要钱。就是当时买的几味草药，是学徒从同仁堂、达仁堂花现钱买来的，虽说花钱不多，不给人家不行，按着人家卖给咱们多少钱，我按多少钱合出来跟众位要。

"细一合算，实没多少钱，咱们也不能乱要，这两丸子是一服，不算好药，净合现在的本儿，是二十个钱一服。不过咱们这还是一半儿卖一半儿送，多了我送不起，我送一半儿，两丸子一服，实收您十个钱。学徒原是交朋友的人，现在虽交不起，可还是那个心，这不是十个钱吗，我还要尽一点儿心。

"两丸子一服，收您五个钱，五个钱您买一服，治不了病，多了您没带，不要紧，我再送个人情，您花五个钱，买了一服，外带着还送您一服。

"那位说了，这个倒便宜，练把式的，先给我来一服，对不住，我可不能那么卖，拢共今天我没带来多少，那么一来，准不够卖，应该卖给谁？不卖给谁？那样一来，不是好一个得罪一个吗？咱们有个法子，我这里印了几张票儿，搁在我这个钱板上，我托着这块板儿，在场子里一绕，哪位先伸手，哪位就拿票儿，有票儿您就有药，没票儿我可对不起，只好改天再说啦。

"咱们先从财门上起，要落到喜门上，拿着的您也别喜欢，拿不着您也不必扫兴，一年三百六十天，学徒天天在天桥这块地方，我找您不好找，您找我可容易，今天没接着票儿，还有明天，明天接不着，还有后天，总能有买着的一天。众位您掏钱吧，我可要送票儿啦。"

李凤堂刚说到这句，就听有人吭哧一笑，仿佛是自言自语："我看着就像生意嘛！一点儿也不含糊，传真方儿，卖假药，简直就是江湖口嘛！"

声儿还是挺大，离得又近，李凤堂听得是真而又真，不由得心火往上一冲，心说这是什么人，跑到这里来找斜碴儿，早不言语，这时候来这么一嗓子，简直是跟谁过不去嘛！那可没法子，姓李的凭汗凭血挣钱，平素不得罪人，不惹事，可是也不能怕事。

再说，人家找到眼皮子底下，尽怕也完不了，真要叫人家把自己唬回去，多年闯的"蔓儿"（字号），就算一抹到底，也就不用再在外晃了，是姑娘是小子，得抱出来瞧瞧，是骡子是马，得拉出来遛遛。事到临头，说不上不算来，心里想着，用眼向四外一看。说话的这个主儿，本来是为让人听见，嗓子挺大，不但李凤堂一个人听见，全场子人都听见了，自然都要瞧瞧这个说话的主儿是谁。

大家眼神一领，李凤堂可就看见了，在人群里头，站着一个五十多岁的老头儿，圆眼睛，短眉毛，在靠左额角上长着一个紫红紫红的一个大肉瘤子，塌鼻梁儿，翻鼻孔，秤砣的鼻子头儿，透着又红又亮，稀稀拉拉地有个十数根黄胡子。头发不多，辫穗子不短，缠了又缠，绕了又绕，在脑袋上盘了一个大锅圈儿，在左鬓角旁边还耷拉着半尺多长一根辫穗子，身高不过四尺，膀子宽窄足够二尺七八，穿一件酱紫的绸子夹袍，短得盖不住膝盖，上头套着一牡丹花青纱白地沿着宽黑缎子边的大坎肩儿，长短跟夹袍相仿，腰里系着一根二蓝洋绉的褡包。褡包左边是眼镜套、扇子套，右边是筋头褡裢儿，槟榔荷包，青中衣，一双打着包头儿青缎子靴子，手里拿着一根铜锅铁杆锡拉嘴的旱烟袋，坠着一个大红缎子绣着"满堂富贵"的烟荷包。最可怪的是肩膀上还扛着一个土线织的大"捎马子"，四个犄角拿黑线扎着四个大字，是"发财回家"，当中一个大"万"字，里头鼓鼓囊囊不知装的都是什么。一边吧嗒吧嗒地从嘴里冒出白烟来，一边笑不唧地瞧着李凤堂。李凤堂一看他这个穿章打扮，心里的气先下去了一半。

起初以为既是敢在这块地方打搅，一定是个红了毛绿了眼什么人物字号，至不济也得是个当地的流氓地痞、吃仓讹库的混混儿。及至一看是这么一个糟老头子，不是头次进北京，不懂山高水浅，一时高兴，信口一说，原无别意，要不然就是久困京城，候补不上的穷老爷，为了吃穿着急，为了做官成疯，脑子里受了什么病，一时来劲，满嘴胡说。无论如何，自己在外头是跑腿的，绝不能跟这两种人废话，反而耽误了自己的买卖。

看完了一眼，便点点头道："这位老大爷，您请治公去吧，我们这是个小场子，没什么您可看的……"

一句话没说完，老头儿先喷出一口烟来道："什么？你们这个场子小？不小哇！我告诉你，你要是卖野药，干脆就说卖野药，没有君子不养艺人，也不算什么，我也不来问你，可是不许你拿着死人牌匾充字号。你要听着不错，赶紧把什么弓啦弹啦完全收起，你就卖你的切糕儿，我绝不跟你一般见识。你要认为一定非使这个门子不可，对不过，我要抻练你这神弹弓李五爷的孝子贤孙！"

李凤堂听完，再一仔细打量老头儿，虽然穿章特别，看着仿佛不起眼似的，等到细一看他的两只眼睛，闪闪放光，心里不由一动，自想虽然在天桥拉场子卖艺多年，实在没有结过"横梁子"（对头）。

今天这个老头儿突如其来，绝不屈心，在旁的地方，还真没见过他。听他所说的话，却很像知道自己细底，绝不是三言五语能够搪塞回去的。无论如何，自己得先沉下气去，不要逞一时意气，弄得走了眼，丢人戗脸还是小事，天桥这块地以后还混不混？"拿着狸猫当虎看"，小心无过虑，心里这么一想，当时火气下去一半儿，便赶紧不熟假充熟地双手一抱拳拱了一拱道："嗬！我还没瞧出来哪，您这是从什么地方来呀？我说呢，我这个地方，谁能真格地不捧我？闹了半天，敢情是您哪。幸亏我先瞧了瞧，没敢错说歹话，要不然真许把您得罪了。来吧，您往里请吧，我完了这一场，咱们找地方喝会子去，老没见，我还真怪想您的！"

李凤堂以为这一套话，软中硬，实不含糊，老头儿只要是在外头跑腿的，绝不能不拾这一场，只要当时把面子盖得过去，等到别的场子散了，有什么话不好说？自己想得挺好，谁知老头儿听完，只微微一笑道："姓李的，承你看得起我，给了我这么一顶一丈六七的高帽儿戴，我心里倒是怪不安的。不过有一节，我从根儿上我就不认识你，我也不敢冒认好朋友，往脸上贴大赤金。尊驾您的心思，我也猜着了八九，您大概误会我来吃横碴儿的了，其实您把事看错了，您看我这个岁数，还有什么心肠跟人家争强斗胜？我要不说，你也不知我的来意，干脆我跟您实说了吧。

"北京城里天桥的买卖，谁也知道是'腥尖'两兑一下锅（腥是假的，尖是真的），又道是'腥加尖，赛神仙'，你的道行，要说实在不浅，足够摽在地下使唤的。完全用'尖子'，也能见下'杵'来（钱），你就犯不上再使'托子'（家伙，即门路），使别的'托子''掉杵'（要钱）也不要紧，您万不该用人家'佛丸子'（神弹子）的'码儿'（外号）'闯蔓儿'（挣名誉），虽说你也是'十八子'（李），可是差着屉哪（隔着辈呢）。人家'正点儿'（真神弹子）跟我有个认识，本想自己来找你'开讲'（说理），是我想着，这是常有的事，好在你是'戳杆子'（卖艺带教徒弟）铺场子，并没有什么不体面，何必弄得彼此犯心，倒显得不是意思，因此我才自告奋勇，情愿替他走这一趟。

"及至我来到这里，已然坠了尊驾好几天，果然是个小子，够个朋友，本想回去交差了，没想到今天最末一天，又听你提起人家'佛丸子'的'蔓儿'，我心里有点儿不大痛快，所以我才斗胆来了几句'苦条子'（损话）。要依我良言相劝，你把那块'花包袱'（镖旗）摘下来给我，彼此不伤，留个整面儿，再说你不借他的'蔓儿'，就凭自己这三张'半拉月'（弓），也足能咬得住人，何必多落一个借人家的道？

"朋友，我看你够个料，才跟你这么说，你要不点头，说不得还得领教领教你这手儿'玉碎珠沉'，好歹两条道，朋友你挑。"

李凤堂一听，概不由己出了一身冷汗，一点儿不假，自己是借人家的"蔓儿"，老头儿说的句句实话。不过天桥这个地方，是一向认假不认真，倘若真要把这张罩儿摘了，当时就许砸锅，碰巧还得听受一般人的笑骂。有心不摘，又怕老头儿当时翻脸，虽没看见他手里准怎么样儿，听他这一套"钢口"，就准软不了，不要闹得下不来台，更觉反而不美。

正在为难之际，忽听身后有人说话："老头儿，你说了半天，小孩儿我有懂的，有不懂的，我瞧老爷子你，大概也是练家子，何妨你叫我们开开眼多好哇！"

李凤堂回头一看，正是自己的爱子小孩儿李千秋。李凤堂心里明白，这叫父子连心，自己带着这个孩子，摆这个场子卖艺，已然不是一天半天，孩子虽然岁数不大，当然心里了然，这是一家子养命根源，如今看见有人出头搅闹场子，无异夺了自己的饭碗子。孩子不知深浅轻重，看我没有表示，一定以为是我怕了这个糟老头子，唯恐叫人把场子一搅，从此在天桥再叫不响，因此他才敢斗胆出头露面。看起来还是父子天性，比起旁人要胜强万倍。不过连自己久闯江湖多年的老手，因为摸不清这个老头儿是什么路子，都没敢轻举妄动，这个孩子初生牛犊儿不怕虎，怔敢出头。虽说小孩子见事不真，一时气愤，闹起来可绝找不出好儿来。正要打算把他申斥回去，自己再想法子对付那个老头儿。谁知小孩儿手快腿也快，已然到了老头子跟前，仰着小脸冲那个老头儿道："老大爷，我方才说的话，你别生气，皆因这里头有点儿小情由，不得不跟你说一说，这位打弹子的不是外人，是咱们爸爸。"

老头儿呸地啐了一口道："不用拉近了，有什么话，你小子说吧。"

小孩儿接着说道："在天桥这块地方摆场子练弹儿，已然有些年了，向例也没跟谁说过一句半句大话，就是凭着祖传这点丸药，交了不少朋友，并没有过一次有人找到场子来，说是吃咱们爷们的药，有个不合适，或是吃错了丸药害了命。今天无缘无故钻出你这么一个老头儿来，硬说咱们爷们儿传真方卖假药，别的不要紧，这个名儿传出去，咱们爷们儿就不用卖药，就等着打人命官司吧。

"听老头儿你说的话，看老头儿你这个神儿，不用藏头露尾瞒着我们，你一定也练过几天功夫。这么办，我们那里兵器虽是不全，长短家伙也有两件，要不然你施展两下子，准要是我们接不下来，就算我们是蒙骗了各位主道，不用你说话，我们当时把场子一收，算是没我们这份，你看怎么样？"

老头儿哈哈一笑道："好小子，你也不用说，我也不用练，只要你把你们绝传的'玉碎珠沉'练一趟，我老头子不但心服口服，当着众位，我给你小孩磕头，拜你为师。说话不算，他是蹲着撒溺的老婆尖子！"

李凤堂一听，这个老头儿还是接着前场，看意思不是孩子几句话能够对付过去，还是得自己出头，省得话越说越多，事越闹越杂，反倒弄得不好下台。想到这里，便往回叫那个小孩儿道："喜儿你回去，不用你多说。"跟着又向老头儿道："老朋友，你这个心思，我也看出来了，非得抻练抻练我不可。干脆，我跟你说吧，那手儿'玉碎珠沉'是兄弟我看家的本事，轻易不能施展，要不然你练一下

202

子，你能练上来，就算我不会，当时不但收场子，从此不摸弹弓，还要跪在地下给你磕三个头，拜你为师，言不应点，算我不是人生养的，你看怎么样？"

老头儿一听，微微一笑道："姓李的，算你有眼力就结了，我要不练下子给你瞅瞅，你还以为我是吹气冒泡呢，拿弓来吧！"

李凤堂虽是吃江湖饭的，论真功夫，也很有两下子，一看老头儿，就知道身有绝技，不是空说大话的主儿，如今一看，毫不推辞，伸手要弓，更知道他不是等闲之辈，心里早有打算，一伸手把二号弓摘下来，又拿了两个弹儿，递给老头儿道："把式，你让我也开开眼。"

老头儿接弓拿弹儿，一声儿不言语，也没有什么姿势，左手一推弓背，右手一领弓弦，往上一翻胳膊，就听咔嚓一声响，那张二号弓齐腰两截，这时候四外围的人比方才多得多，一看弓折，不由全都哟了一声。

李凤堂赶紧接过来一看，就在插把正中间刀斩斧齐地折了下来，心里着实吓了一跳，脸上却不肯露出丝毫惊异，满脸赔着笑道："哟！这张弓大概是年沉使糟了，没扎着你的手哇？来吧，给你换这个！"

说着话把折弓往地下一扔，伸手摘下来头号弓，递给老头儿。老头儿接过来，一弯一拢，往里一扣弦，眼看就要扣上，又是咔吧一声，从弓背上就折了，不是老头手快，那根弓弦绷出去就得伤人。

没等李凤堂说话，老头儿先一笑道："这张弓大概也搁陈了，李镖头，还有不糟的弓吗？"

李凤堂一看这张弓折的地方，跟刀子裁得一样齐，就知道老头儿会"千斤大拿法"，不用说当时没有弓，就是再有个三张二张，也不够他毁的，趁早儿找坡儿下，别找出真不自在来，便赶紧又一笑道："老爷子，这里没有了，家里倒是还有两张，不过到了你的手里，也就成了糟的了！得啦！老爷子，买卖我也不做了，咱们家里说话吧。"

老头儿哈哈一笑道："李镖头，你太吝啬了！拿这糟弓对付我，这要是保着镖走在趟子上，也使这个家伙吗？我想当年李五爷四宝弓搁到现在，不至于就糟到这个样儿吧？不过大话说了半天，这手儿'玉碎珠沉'始终没露脸，虽说李镖头不至于挑眼，坐着站着这些位朋友，也有点儿对不过。这么办，咱们不使弓，凭这双手来他一下子，不定成不成试一试。"

嘴里说着把左胳膊往下一沉，一抖手二指一搓，一个弹儿脱手而起，扔起来真有七八丈高，大家瞪眼看，都看不见了影儿。老头二次一抖一搓，第二弹儿也起，这个比那个扔得矮，有五丈来高，看着有一点儿黑影儿，再看上头那个弹儿，刚刚坠下，不偏不歪，碰个正着，叭嚓一声，底下这个黑点儿，炸成粉碎，上头那个弹儿，又往上顶起有一丈多高，停了一停，才又坠下。

老头儿一伸手把弹儿接在手里，才要向李凤堂说话，李凤堂不等老头儿开口，一拉小孩儿，一个头磕在地下。这时候这些看热闹的，看着也没有什么可看了，当时大家一哄而散。

李凤堂带了李千秋把场子收拾干净，交给别人暂时看管，再三约老头到家里。老头儿点了点头道："烦恼皆因强出头，我这真是一波未平一波又起了。好吧，我也正要到你家里坐坐，这也是天生来的缘法，到了家里再说吧。"

当下三个人一同来到李家，李凤堂家里并没有别人，只有媳妇儿黄氏，当下把老头儿让了进来，分宾主落座之后，李凤堂才赔着笑道："老爷子你可得包涵我是个粗人，任什么也不明白，你瞧你都到了我的家里了，我还没请教你怎么称呼呢，真格的老爷子你贵姓台甫哇？"

老头儿哈哈一笑道："咱们别过客套，我倒挺喜爱你这个直爽劲

204

儿，我姓丁，我叫丁化龙。"

李凤堂不等往下再说便哎呀一声道："您就是丁大爷？江湖上有位人称千里驹活判官丁老爹不就是你吗？你可千万恕我眼拙，这一提起来可实不是外人，那神弹弓李五爷，虽不是我亲祖父，可也不远。我是没出息，借着他老人家'蔓儿'，也不过混碗饭吃。今天遇见你老人家总算我们爷儿有幸，我久听说你是自幼童子功，十三太保横练儿。没别的，你得教我几手儿真功夫，将来我也好改一改行，省得练一辈子弹弓，混到死也是卖切糕丸。"

丁化龙微微一笑道："这么一说，我倒不该搅你的场子了，咱们别打哈哈，我这回到北京来，实在有正事。"

李凤堂道："你有什么事这么急呀？"

丁化龙道："我身上背着好几条命案呢，你说我怎么能够不急？你知道在咱们北几省有个张振家吗？"

李凤堂道："那我可太知道了，是不是久吃镖行的那个外号人称玉面小哪吒银旗张的张二达官？"

丁化龙道："不是他还有谁？"

李凤堂道："你问他干什么？你跟他有什么联系吗？"

丁化龙嗐了一声道："他就是我的唯一的徒弟，现在为了一件冤枉官司，被人陷害押在狱里判了死罪。是我一时沉不住气，夜入公衙打算把他救了出来，没想到衙门里还是真有能人，防卫甚是周密，不是我走得快，差一点儿也受了他们的算计。

"我从公衙出来，又到张家，一刀连伤四命，本是想替我徒弟出气，没想到更把他的罪名坐实了。我越想也对不过我那徒弟，所以趁着尚未行刑之先，连夜赶到此地，打算多约几个帮手，二次回去，再大大闹他一场。能够把我徒弟救出来，自是最好，即使不行，能够多杀去几个贼官恶吏，心里也是痛快的。

"连找两天朋友，都没见到，心里烦闷，才到这里来闲走，没有

205

想到倒结识了你这么一个朋友。"

李凤堂道："这位张二侠到底是为什么事受人陷害呢?"

丁化龙又是一声长叹，从头至尾向李凤堂一说，只说得李凤堂忽喜，忽怒，忽哭，忽笑，忽叹，忽骂，要知丁化龙说的是怎么一回事，底下紧接就是嫂欺叔、奴欺主、卖奸计、美人关、闹官衙、除恶霸、冤枉狱、借人头、群雄会、大劫牢、沈青天、千里驹，一些离合悲欢稀奇古怪的节目，读者少安毋躁，听在下慢慢地诌下去。

第二回

玩石压奸商怨报后果

在直隶省正定府属首县是正定县，地当燕赵之冲，东邻景州，西靠山西孟县，北边是唐县，南边是唐山。县城很大，在这县城外偏东不到十里，有山有水，十分险恶。

正定县有位县官，姓孙名叫家钰，原籍是河南固始县人，二甲进士出身，榜下即用，便分到了这正定。

正定一则是个首县，城池不小，人口很多，又是南来北往大道，这个缺口，虽说官定比额是冲、繁、难，却是没有那个疲字。因此这个缺，虽不是上上好缺，也就在中上之流。

这位孙知县虽是念书人出身，可并不是书呆子，精明干练，实是一个好手。对于上司，既能应付得宜，对于绅商富豪，尤其结纳得不错。老百姓只要父母官有三分慈和，便都敬如神明，爱如尊长，因此，孙家钰在正定这一任，官声甚好。无论什么人提起，都说孙官儿不错，实在他却是名利双收了。

一天，孙知县在前边问了几件案子，都是些平常琐事，问完之后，退堂入内，觉得有点儿劳乏，便走到签押房，躺在床上，闭目养神。这时天已戌过亥初，四外寂静无声，正在蒙眬要睡未能睡熟之际，猛听窗外唰的一声响，急忙抬头一看，只见两扇纱窗，已然全开，仿佛有人从外一伸手，扔进一样东西来。

这一吓非同小可，赶紧喊了一声："来呀！"外边答应一声嘁，进来两个差役，孙知县拿手一指，两人一看，原来明晃晃一把匕首刀插在公案之上。

两个差役才喊得一声哎呀，却听窗外有人喊道："父母老大人，请你留神刀下那张条儿，照条行事，不难禄位高升；倘若欺良怕势，可莫怪我手下无情，再见吧！"

仿佛一个鸟儿展翅一样扑噜一声，再也听不见声息。孙知县岑着胆子，来到桌旁一看，不由面容改变，浑身当时乱抖。

原来刀子底下扎着一张纸条儿，上头写的是："吏浑官不清，乡里出冤情，土匪充光棍，霸媳又行凶，杀死亲夫主，诬告老长工，屈打成招供，冤沉海底中，奸淫成双宿，此事太不公，若不悬秦镜，满城血染红！"

孙知县一边看一边哆嗦，看完了简直要出溜地下去，一回头颤巍巍告诉差役道："快……快……快去……请苟师爷来！"差役答应一声，转身自去。

不多一时，从外头走进一个红鼻子师爷，手托着水烟袋向孙知县道："嗯呀！老爷（念夷）！叫吾有啥个事体，是不是要想啥个法子白相白相？"

孙知县一看苟师爷，这个气就大了，用手一指桌上道："苟兄，你自己去看看是什么事情！今天也是玩，明天也是玩，连兄弟我这条老性命都快玩进去了。"

苟师爷一听，把眼一翻道："嗯呀！爷真是雅人，你还有这个心思玩这些东西，这还是问到我兄弟，我兄弟对于这些古刀古剑倒是有些门路的，不要说旁的啥个，就是这往桌上竖，不是好家生就办不到的。不要忙，等兄弟我来赏鉴赏鉴。"

他一边说一边扭，来到桌子旁边，可就看清楚底下那张纸条儿了。把眼睛凑上去，一行一行往下瞧，直瞧到"满城血染红"，他比孙知县还糟，哎呀一声，扑通一声，当啷一声。扑通他摔倒了，当啷是烟袋撒手了，嘴里又是哎呀又是嗯呀，这屋里就热闹他一个人了。

孙知县一看，他就会惹事不会了事，不由把脚一踩，恶狠狠说了一句："真是混账东西！"跟着又向旁边差役道："你们赶快到外头班房，传今天值班的班头是谁？快快叫他们带上二十名官兵赶紧进来，就说我有事吩咐！"

一会儿工夫，院子里一阵脚步响，门帘一起，从外头进来两个班头，一见孙知县，全都深深一安，自己报名："下役秦立功，下役魏宪忠，给大人请安！"

孙知县一看这二位班头便冷笑一声道："二位班头，我要问问你们二位在本县衙日司何事？"

这两个班头一听，就知道里头有话，并且方才差役出去时候，已然告诉他们县太爷屋里寄柬留刀这一节儿，如今一听，还有什么不明白，赶紧又请安。

秦立功道："下役们职务是保护地面，办案拿贼。"

孙知县道："噢！你们原来还管拿贼呢，这才什么时候，贼已然到本衙门里来了，不知道是你们知道不管哪？还是情愿说闲话忘了巡查呢？你们过去看一看再说吧！"

二位头儿这时候跟坐在热炕上一样，顺着脑袋直往下流汗，臊眉耷眼地走过去，先把刀起下来，然后又把纸条儿拿起来，念了一遍，二次走过去，又给孙知县请安道："大人受惊！实在是下役们失察之过，请示大人这把刀跟这张纸条儿，您知道是什么时候递进来的？这屋里有人知道没有？"

孙知县哼了一声道："怎么没人？本县就在这屋里，不但知道什么时候递进来的，这个贼人胆子还是真大，他还跟本县过了话呢！"遂又把方才情形说了一遍。

秦立功道："回大人，这件事据下役这么看起来，这个贼不是本地人，他也不是打算跟大人过不去，大概是为了张家那件案子，里头有些不实不尽，他是路见不平，出头管这件闲事，看他这个口气，

209

定是侠义之流，武功也非寻常可比，不怕大人见怪，看情形下役们就是见着他也不见得是他的对手。"

孙知县一听，先是一皱眉，才要瞪眼，跟着忽然一笑道："本县自问到任以来，虽不能说爱民如子，自问也还对得住良心。张家这件案子，我是据情办案，里头又无丝毫弊病，说不定也许受了人家欺骗，既是有人知道底细，就应该按着公事，再递进一张呈子，本县自会审情度理，再行判断，也绝不该如此前来恐吓本县。要知道既做了朝廷的官，就难免得罪人，要问心无愧，什么事也不会放在本县心上。

"这件事难免还许是张家那面见官司输了，花钱买出来的江洋大盗，故意前来捣乱亦未可知。现在不管是怎么回事，本县这回从新调卷提人，再行审判。你们两个，留出一个保护县衙，倘再有今天这样事情出来，唯你是问。另外一个，带上几个散差，给你们三天限，要把寄柬留刀的这个人拿到交差。逾期不到，莫说本县不讲面子，留神你们皮肉，下去吧！"

秦魏两个一听，彼此互看一眼，知道多说废话也是没用，请安退了下来，告诉院里这二十个官兵，先在院里轮流值夜，小心留神，又告诉看狱的多加小心。然后两个人来到班房。

秦立功长叹一声道："兄弟，这就叫瓦罐不离井口破，没有不遇风的船，您说这件事怎么办？"

魏宪忠哼了一声道："大哥，咱们可是六扇门里长大的，凭良心说，张家这个案子，张老福冤不冤？咱们这里也没外人，我说句不该说的话，这位路见不平的朋友，办事还是不漂亮，要是我干脆亮家伙杀东村！就连那红鼻子狗娘养的，都把他切了，先痛快痛快再说！这件事您出了一趟外差，还有好些不摸底，我始终没离开这里，知道得比您详细一点儿，趁着今天晚上，也不能办事了，我先跟您说一说，您也好有个谱儿。"

就在这正定县城外，偏着东北，不到十里地，有一个村子，叫劈雷镇。据说在若干年以前，这块地方原是一座高山，忽然有这么一天，大风大雨大雷，整整闹了一天一夜，等到雨住风停，有上山砍柴的樵夫，到那里一看原来那座山，已然不是原来的样子。

从山顶到山脚，四五十丈高的大石山，由中间一分，成为两半，当中留下一块长有三里宽有一里多的净面土地，当时还以为是自己走错了路，不是原来的山径，等到退出来一看，一点儿不错，正是平常采樵的那座山峰，这才知一天一夜的风雨雷，把高山震成平地。

当时以为奇异，出来跟旁人一说，大家有信的有不信的，相同来到邻近一看，才证明一点儿不假。不但一望平原，而且两旁的原山，东西高耸，成了个天然的城池。大家以为这是神迹，遂在山峰上立了一座雷神庙，轮流奉祀求福，又因为这地方太好，舍不得作为庄稼地。

于是大家一计议，把原来在旁处的房子，拆除之后，搬到这里，人越来越多，便成了一个大镇。因为是风雷所赐，就都叫它霹雳镇。叫来叫去叫白了又成了劈雷镇。好在这是神话，年月又远，无从考据，不便管它。且说这劈雷镇，地方既大，形势又好，搬来的人多，日子一久，便成了正定数一数二的大镇甸。

大概由于山水雄险的关系，这里面生人，都有一种特别性情，便是喜欢好勇爱斗。这镇里有一家富户，是老夫妻两个，老头儿姓张，叫张金玉，老婆儿周氏。夫妻两个，生了两个男孩，小的一个叫振家，生性好武，送到北京拜师学艺；家里剩下一个大的，名叫振声，娶个儿媳妇娘家姓陈，长得虽是千娇百媚，性情却是不好，尤其喜欢搽胭脂抹粉，举动风流。在娘家时候，小名儿叫翠娘儿，因为她平常喜欢穿素，时常是一身青。乡里有那轻薄子弟，便给起了个外号叫"翠里俏"。家道比起张家，十分相差。她的父亲陈三顺，贪图张家有钱，便一口答应了亲事。

初过门的时候，因为吃喝穿戴，全比在家里舒服，倒还相安，偏是一件美中不足，张振声有点儿粗莽，平常就知道卖力气下庄稼地。虽说地里用不着他，无如以农起家，情性又极好动，吃饱了饭，就往地里一待，到了晚上，回到家里，已然累得精疲力尽，一倒头往炕上一躺，睡得跟死狗一样，对于夫妻之道，至多也就是点缀点缀而已。

翠娘儿天生特性，就是好喜风流，遇上这么一个爷们儿，当然十分感觉着不遂心。不过在那种年月，既要进了人家的门儿，合该出事。

有一天，正赶上快到年底，庄稼人都歇了活，张老夫妇兴高采烈，打点过年，告诉翠娘儿到后边场院，叫长工收拾收拾，就手儿打点柴火烧。翠娘儿这两天倒是高兴，答应一声，便独自走向后院，到了那里一看，一个长工没有，正要喊叫，猛听前边堆柴火的屋里，仿佛有一种特别的声音，传到耳朵里，不由心怦怦乱跳起来。

先听一个粗噪音的说道："你这个家伙，这是怄人，你也不知道人家等你多少天了，干脆说，我这条命，都不打算要了，你要是对付我一会儿就走，对不过，这里有把刀，我也不活着，你也不用想再活着了。"

又听一个娇声嫩气的道："哟！你瞧你这个人，这又不是强买强卖的事，也得两心情愿才行不是？你就顾了你，你就不管我了，这要是叫他知道了，就冲他平常为人那个脾气，大概你也可以知道，真要有个风吹草动，说不定，就是两条人命，你说冤不冤？我到了现在，真是哑巴吃黄连，苦得说不出，日子比树叶儿还长呢，只要你跟我不变心，将来有的是好时候，今天你赶紧让我走吧！"

又听那个粗声音的哼了一声道："哼，我知道你还舍不得他呢！本来，鬏髻儿夫妻嘛！你死了还得埋在他们坟地里呢！告诉你吧，你愿意也得愿意，不愿意也得避点屈，谁让你当初一日答应了我呢！落花有意，流水无情，你打算我再扔开你，除去我口眼闭了，相好的，对不过！你多受点屈吧！"

这句话的尾音仿佛有点儿发颤，陈翠娘又往前走了三两步，打算细听听里头倒是怎么两个人，谁知才一侧耳，又听得一番讲话，当时倒吸了一口凉气，竟自木在那里。

原来那个娇弱无力的声音说道："千不怨，万不怨，只怨我自己大意，上了你这条贼船，打算下都下不来了。我跟你说一句真格的，你别尽自磨烦我，干脆我可以指给你一条明路，咱们家里那个小娘们儿，我看她现在素得有点儿难受，我得了工夫，给你试探试探，倘若能够把她给你布上，我觉着倒是不错。一则省得她每天愁眉苦脸，你也省得整天在外头找坟地刨，你瞧好不好？"

翠娘儿心里轰的一下子，一股怒气勃然而发，恨不得一下子闯了进去，揪过这两个来人人饱打一顿，问问他们懂得什么叫"小犯上，奴欺主"不懂。忽然又一想到自己满心的忧郁，不用说早叫人家冷眼看透，不然如何会使人扯到自己身上？

想到这里，不由把一腔怒气消了一半儿，不由又往前探了探身儿，再细听听说些什么。接着又听那个粗嗓音说道："你趁早儿不用拿这话试我，我是碍着老当家的待我不错，我不肯得让他面子过于难看，不是这样，我早就下手了，还用等你来献殷勤？趁早儿，别违拗我，我的脾气你也知道，说好都好，说翻了谁要不敢白刀子进去，红刀子出来，谁就不是吃人奶长大的！"

一边说话的声音忽然小了下去，正在这时，猛听那角门里有人高声喊嚷："喂！我一个人的大奶奶，你怎么'肉包子打狗'，一去不回来了哇？"

翠娘儿一听，正是自己爷们儿张振声的声儿，不由得吓了一跳，怕是他一时莽撞，往柴火屋子里头一跑，把那一对男女给挤在屋里，方才明明听见那个男的，不是什么好东西，逼急了难保不闹出事来，心里一发慌，平常伶牙俐齿，到了这个时候，偏是连一句话也说不出来了。

正在一怔，张振声已然跑了进来，一看翠娘儿站在那里一声儿不言语，他倒没往歪处想，只笑了一笑道："你大概是有点儿气迷心了吧，冬寒时冷，跑到场院里戳着，是图凉快，是图清静啊？老爷子叫你招呼长工搬点柴火，所为这两天多贴出点黏饽饽用，一等半天，柴火也没来，人也没影子了。等得着了急，叫我来看一看，我还跟老爷子说，她这程子越来越懒，干什么也没精神，八成儿是找地方歇着去了，简直不用找，难道那么大的人，还会让猫衔了去，也值得跟着操心。老爷子一百个不放心，怕你磕了碰了，挤了蹭了，一定要叫我找你，还告诉我，原本不是支使你办事，只是变着方儿让你活动活动，怕你撅坏了身子，叫我把你找回去，搬柴火的事叫来旺和张傻子的媳妇儿去办。他们两个，都在年轻力壮，干起活来，倒是一上一下两把好手。我没法子，只好答应着来吧，走了一道儿，喊了一道儿，不但没见着你，连来旺那个鬼小子跟那个小娘儿们一个都没见着，也不知跑到什么地方找乐去了，真是可气。"

他气昂昂地还要往下说，翠娘儿唯恐被屋里人听见，再闹出事来，便赶紧拦住他道："别说了，我也是为了找他们不着，才转到这里等他，谁知始终也没来，咱们走吧。"

张振声道："真得快走，还有一件事我忘了告诉你，咱们老二也从北京赶回来了。"

翠娘儿道："哪里又出来这么一个老二呀？"

张振声道："哟！你倒成了贵人多忘事了！老二还有几个，就是我那个亲兄弟在北京镖局子保镖，人送外号小哪吒的振家老二呀。"

翠娘道："我瞧我倒不是贵人，你倒多忘事了！自从我过门，我也没见过有这么一位兄弟呀，听倒是听说过，可是始终也没见过面呀，你怎么倒埋怨我来了呢？"

张振声听了说道："对呀！你们始终还没见过面呢。我先告诉你吧，我这个兄弟，长得可不像我，又威武，又壮实，又利落，又俏式，真赛过一个大妮儿似的。不信你要一见他的面儿，不起心里爱他才怪呢！"

翠娘儿不等他说完，便呸的一口说道："你还要说什么？我凭什

214

么爱他呢?"

张振声一笑道:"你瞧你这脸急劲儿的,一个嫂子爱兄弟,也不是什么犯歹的事啊!再说他拢共才多大?别瞧他都混出来外号儿,说年纪今年到年底才二十四。一个小兄弟那疼疼爱爱又算什么呢?"

夫妻两个一边说笑着一边走,不一会儿进到屋里,翠娘儿一看,张金玉跟老伴儿周氏盘着腿在炕上一坐,地下站着一个粉妆玉琢的少年壮士,长眉朗目,鼻直口阔,脸上肉皮子真是又白又红又细又嫩。穿一件银灰的袍子,系一根葡灰的褡包,蓝绸子中衣儿,白布袜子,青缎子京式双梁儿缎鞋。真是自从有生以来,也没看见过这么一个俊美的男子,上下这一看,就觉乎心口噗地一蹦,脸上一热,脑袋仿佛发沉,脚下似乎发轻,说不出是怎么一股子滋味来。

正在一怔之际,就听张金玉向那少年道:"振家呀,你还没见过呢,这是你嫂子。"又向翠娘儿道:"这就是我跟你常提的二兄弟振家回来了。"

翠娘儿还没说出话来,张振家喊了一声"嫂嫂!"便早已堆金山倒玉柱一个头磕了下去。翠娘儿这时候,简直不知如何是好了,一边躲闪,一边弯腰下去搀拉,嘴里还直说:"哟!二兄弟,快起来吧,我才比你大几岁呀,怎么给我磕起头来了?我可真有点儿当不起,请起,请起,瞧瞧把衣裳都弄脏了。"连说带笑把张振家搀了起来。

张金玉笑着道:"得了,你二兄弟也有好些日子没回来了,难得今天都赶在了一块儿,今年咱们这个年可以热热闹闹过一过了。回头叫他们长工,先宰两个牲口,该怎么弄的,先把它弄出来,好歹咱们吃口子!"

周氏也接过来道:"你们这一说,我也想起来了,还有去年人家送来的油丝粉,也把它拿出来,据说那是京里粉房晾出来的,比咱们这里的粉筋道地。"

这时候翠娘儿满心都是高兴,便一迭连声答应着,欢欢喜喜地去张罗去了。张金玉又向张振声道："你瞧你兄弟，比你还小着七八岁呢，人家比你又精明，又老干，站在一块儿，哪里像是哥儿两个呀！"

张振声也赔着笑道："我拿什么比我兄弟呀？可是这么着，你别瞧他神儿像儿好，论起种庄稼下大地，他可就不成了，要是全都像他，一个下地的没有，咱们都吃什么呀？"

张振家便也跟着一笑道："哥哥说的，凭谁有什么能耐，也是不行，没人种庄稼也得饿死。"

正说着猛听翠娘儿声音在外头喊道："哟！好大雪！怎么这么一会儿工夫把地都下白了！"说着一阵风儿似的早已跑了进来，果然身上头上都是一片一片的大雪花儿。

张金玉忽然哎呀一声道："坏了！坏了！这一下雪可是麻烦，说不得声儿你还得赶紧备上牲口，到城里去跑一趟，事不宜迟，说走还就得走！"

周氏道："什么事这么风是风火是火的呀？"

张金玉道："城里头裕盛粮店讲好了年前把粮食拉走，货到钱回，还指着这笔钱过年呢。如今这场雪一下，难免他们要打耙，最少也得多费无数的话，我想趁着这雪刚下，叫声儿备好了牲口，把粮食都上了车，不等他来，就给他送到城里去，粮食一到，他打算说不算，也就不成了，可是事情得快，一个慢了，他们要是走在咱们头里，再跟他狡展，那就麻烦了！其实，咱们有粮食还换不出钱来吗？不过眼看年底，换主儿出手，总得过年，一则家里大年下的短不了得用钱，二来为什么放着现钟不撞去撞木钟呢？我瞧声儿赶紧走这一趟，无论如何，交到粮食，把钱带回来，咱们心里好踏实。"

张振声一听，不住连连答应道："是，是，我这就预备车跟牲口去。"

张金玉道："依我说，你多找几个长工，告诉他们，今天晚上，管他们一头烙饼炖肉，叫他们勤快着点儿，装好了车，赶紧赶了走，不用再进来了。"

张振声又答应了一声，旁边张振家也搭话了："爸爸，我也跟我哥哥去一趟吧。"

张金玉笑了一笑道："这又不是什么远趟儿，用不着两个人去，你才回来，我还要跟你多说会子话儿呢。"

翠娘儿也在旁边笑着道："哟！这么点事，还用哥儿两个，这又不是运饷银，还敢劳动保镖的吗？依我说，您还是陪着老爷子老太太解个闷儿吧！"说着眼睛一瞟，咯儿一声就笑了。

周氏也笑道："老二呀，你就不用去了，你嫂子轻易不乐，今天都说了笑话了，叫你哥哥一个人去，咱们在家里也乐会儿子吧，这一年的累也够受的了。"

张振家一听，只答应了两个是，便不再张罗到城里头去了。张振声走后，到了晚上没有回来，翠娘儿张罗酒饭，又快又好，把个张金玉老公母俩，乐得闭不上嘴，直说这个年过得好，吃喝完毕，安歇睡觉，张振家就在张金玉外头屋里歇了。

第二天，大雪依然下个不住，张振家闲着没事，找了一把笤帚，扫院子里的积雪，扫来扫去，扫到张振声住屋门口，吱扭一声，门儿一响，翠娘儿从里头走了出来。张振家抬头一看，翠娘儿昨天今日大不相同，上身穿了一件洋绸的棉袄，底下是葱心绿洋绸的裤子，脚下换了一双鹅黄色满扎花的小高底儿鞋，头上是乌黑发光，如漆似墨，脸上是红粉透嫩，仿佛能捏出水来，抹了一个"高官作"，还戴了一根簪子，签了一朵纸石榴花儿，耳朵上坠着两个艾叶钳子，手里还拿着一块水红的手绢儿，似笑不笑的，把一只脚伸在门口外头。

张振家赶紧站起身来，满面春风地叫了一声："嫂子！"

翠娘儿陡然脸一正道："哟！二镖头，我可当不起，您以后可别那么称呼我，招呼折了我们的草料！"

张振家摸不着头脑，便怔呵呵地道："嫂子这是什么话？我不叫您嫂子，可管您叫什么呢？"

翠娘儿道："论理说呢，我原是嫂子，不过您到了家里一天，连这屋里一趟都不来，不是明明看不起我们吗？可是，谁又让嫂子家里穷呢，也难怪二镖头看不起不是？"

张振家一听，原来是挑了眼了，心想女人真是心眼儿小，这又算得了什么？想着便笑了一笑道："昨天因为晚了，今天怕是嫂子没起，现在不是给嫂子请早安了吗？"

说着话放下笤帚，便要走进，翠娘儿又腰一横道："二镖头您先慢着！"张振家一怔道："嫂子，您怎么又不让我进去哪？"

翠娘儿一笑道："不是呀，你哥哥没在家，你进到我的屋子里，不怕屈尊您哪！"

张振家道："嫂子您这话是从什么地方说起呀？我跟我哥哥，是一奶同胞所生，您是我的嫂子，哥哥不在家，有什么会屈尊我，您可是太周到了。"

在张振家的意思，这几年在外头做事，始终没得回家，如今既是回到家来，无论如何，也得让老两位欢欢喜喜，自己住着也香甜，嫂子是新娶的，又好挑眼，一个得罪了她，难免就惹二老不高兴，莫若对付个三天五天，把年一过，自己再回北京，也对得住二老拉拔一场，心里这么一想，满心不愿意也就愿意了。

翠娘儿斜瞟了一眼扑哧一笑道："哟！二兄弟真会说话，嫂子我是乡下人，拙嘴笨腮，说不过你，既是不嫌避屈，屋里坐吧。"

说着一侧身，撤回一条腿去，可还挡着半边门儿，张振家才要往里一迈步，一看她挡着门口，不由又撤回步来，意思是让翠娘儿进去之后，自己再进去。翠娘儿双肩忽然一挑，满脸含嗔地向张振家道："你倒是进去呀，我还老给你排班伺候着吗？"

嘴里说着，一伸右手往张振家肩膀上使力一推道："你倒是快着点儿，我可不爱这套假斯文！"

张振家觉乎心头一跳，只好随手进去。到了屋里，张振家找凳儿坐下，翠娘儿一屁股坐在床上，一抬腿把一只脚横架在那条腿上，用手捏着脚尖儿一皱眉道："哼，都是你，站在门口儿不出来不进去！冻得我的脚生疼，你不信，你摸摸我的手。"

说着话把一只手已然伸了过去，张振家便真的摸了一摸道："哟！真够凉的，大概您穿的衣裳太少，最好您还是穿上一点儿，省得冻着，大年底下多麻烦！"

说着便把手撤了回来，翠娘儿似怨似怒地道："哟！你说得倒简便，别瞧你哥哥家里不愁吃不愁喝，要讲到享福，就叫提不到，起早睡晚，上场，打地，收粮食，哪一样儿不得干到了？不用说是没有多少衣裳，即使有衣裳，也不能穿着做庄稼活呀！冷，挨着吧！命！那有什么法子？真格的，二兄弟，你今年二十岁了？"

张振家道："我今年二十四了。"

翠娘儿道："怎么都二十四了？弟妹呢？"

张振家脸一红道："我还没有……"说到这里便不好意思再往下说了。

翠娘儿把嘴一撇道："得了，得了，别冤我们了，就凭兄弟这个模样儿，戳个儿，人才儿，文才儿，二十四会没说上二奶奶，谁信哪！"

张振家发急道："我绝不冤嫂子。"

翠娘儿点了点头道："这么一说，是真没成家了，这也怨老爷子老太太，为什么不给兄弟张罗张罗呢！要拿你哥哥比兄弟你，哪一点儿比得上，他倒老早八早成了家了！"

说着又斜眼瞟了张振家一下，道："弟妹没娶是不假了，不过在京里零零碎碎的弟妹大概也不少吧？本来嘛，北京城那块地儿，兄弟你这么个人儿，一天哪里来的那么些正经的？三朋四友一架弄，玩玩逛逛，当然难免。兄弟，在城里认识几个呀？告诉告诉嫂子我。"

张振家越听越不像话，心中陡然明白，不由心口乱蹦，满脸通红，站起身来，就要往外走。翠娘儿满面娇嗔，过去当胸一掌，便把张振家推了个趔趄，跟着把眼一瞪，眉毛一擦道："我刚才跟你说什么来着？眼里没有你这个穷嫂子，你就不必进来，进来没有屁大之时，又觉乎着不是味儿了，一句话不说，站起来就走，你不是成心给嫂子我难看吗？"

说着又扑哧一笑道："我真没见过您这样的男子汉大丈夫，到了自己家里，小叔儿嫂子说说笑笑，才显出来是一家人，没有见过像你这样的，跟锯了嘴的葫芦一样，连个回话都听不见！我也知道，你是生在城里，长在城里，吃过见过，像我们这样儿的您看不到眼里，谁叫嫂子我家里没什么呢，准要穿的戴的都有富余，哼！没准儿还许比城里的人还强呢。好兄弟，你多坐一会儿，也让嫂子我转转面子。"

张振家叫她这么一阵说，简直不知如何是好了。跟着说没的说，走又不好意思走，只红着脸挣出一句话道："嫂子，您这话说得都远了，我因为起来得早，还没见着爸妈，怕是找我，所以想回去看一看，既是嫂子这么说，我陪着嫂子多谈一会儿就是了。"

翠娘儿道："这不结了，本来你哥哥就不拿我当人，我要再得罪了你，更叫你哥哥看不起我了，你多坐一会儿真是……"说着脸忽然一红道，"真是老天爷不公道，我要有你这么一个亲兄弟多好！"

张振家道："嫂子您又说错了，您是我嫂子；我原是您亲兄弟又有什么不一样呢？"翠娘儿把头一摇道："不一样，不一样，要真是我亲兄弟，能够在一个屋里说话儿，一个炕上做伴儿，说句什么话，就是钻一个被窝儿也没有笑话，这个成吗？兄弟，你说这话是我对是你对？"

说着站了起来，两手一张，便奔了张振家而来，张振家还真吓了一跳，以为她不定又要出什么怪相，才预备要站起身来躲她，谁知翠娘儿一伸双手，照着自己肩头上抓了一把道："你瞧瞧，你倒勤劲，上头下着挺大的雪，你还扫院子，看看这一身的雪，把一件袍子都弄湿了，你还不快快脱下来，在这屋里晾一晾，挺娇嫩的衣裳，经雪水这一淋，就不定成什么样儿了。虽说有能耐，挣钱容易，也犯不上拿东西这么毁不是？"

张振家赶紧往旁边一闪道："一件衣裳吧，算得了什么？湿了就湿了，淋了就淋了，一个在外头跑腿的人，谁能保得着一件衣裳都不毁？这件衣裳穿了也够时候了，等回到家里，再换一件，也就完了。嫂子放心，我谢谢了，现在脱下来，却是大有不便，一则我里头没穿衬袍，脱得短撅撅的不是样子，二则身上就是这一件衣裳搪塞，脱了难免着凉，为了省惜衣服，人再冻病了，益发不值了。再说大年底下，家里难免有事出去，天上下雪，也不一定什么时候放晴，再换一件，也不免还要淋湿，现在晾干了也是没用。"

翠娘儿喷喷两声道："是不是？我倒透出贫家子气来了不是？不晾就不晾，算是我多说好不好？"

张振家越想越不能久坐，便笑着向翠娘儿道："嫂子，我出来半天，大概爸妈也都起来了，您还没到那屋里去呢，咱们一块儿到那屋里去看一看好不好？"

翠娘儿无可奈何地道："好吧，嫂子这屋里有臭虫，知道兄弟你坐不住，我也不敢高攀，您要走您先走，我随后就去，别回头走在一起，再惹镖头不高兴。"

张振家不再还言，只说了一声："我先去了！"

才走出屋门，便见张振声满身满头是雪，站在院里大喊大叫："这个小子，跟他说好的他不懂，好几十里地，拉了去又拉回来，上头是雪，下头是泥，真是拿人不当人了！我要不是因为大年底下，不愿意跟他怄气的话，我要不把小子给劈坏了，我不姓张。"

张振家一听，准知道是怄了气了，便赶紧走过去问道："哥哥，您回来了，您这是跟谁怄这么大的气呀？"

张振声把嘴一噘道："跟谁呀？跟城里粮店那个老小子吧！老爷

子叫我给他运粮食去，我就知道短不了捣麻烦，因为他要是有意要粮食，他自己早就该来，如今临到年底，他自己不来，反倒叫咱们去找他去，就不是一个办法。不过老爷子那么说着，我不能违背他老人家，只好是答应去一趟，准知道到了那里，少不了捣乱。

"果然上头淋着，底下踩着，到了那里，跟他一说，他不但不提他自己不来这一段儿，反而嗔着我为什么给他送去，他要有意要，他早就来了，他既不来，就是不打算要，为什么死乞白赖地给他送去？这两天粮食落价，谁不知道，他不能这么吃亏，硬要叫我把粮食拉回来。我忍着一肚子气，跟他说了半天，他连一点儿活动气儿都没有，再往下说，我们是非打起来不可。离年帮近，谁有工夫跟他怄气，我把粮食存在咱们一家熟店里，我自己先回来了，这件事算是气死活人！"

正说着，张金玉也从屋里出来了，张振声说话声音挺高，张金玉听了一个满耳朵，便呸地啐了一口道："你简直白活了，他说什么就是什么吗？这是粮食落了，他能这么说，要是涨了，他也这么说吗？站在那里，也一人高了，连这么一点儿事都办不了，你是干什么的？告诉你再辛苦一趟，他要也得要，他不要也得要，要是办不了，小子你就不用回来了！"

张振声一听，也不敢喊了，只微微一皱眉，看了张振家一眼。张振家猛然一想，何不如此如此，遂满脸带笑走到张金玉面前，叫了一声："爸爸，我瞧这件事，不能怨我哥哥不会办事，实在是他们那种人不好打交代，这是明摆着不讲理的事。虽说咱们家里不一定非等这笔钱回来过年，不过杀人可恕，情理难容，今天这件事，我们要是叫他欺负回去，以后就不用再在城里头跟人家办事了。我在家里闲着也是闲着，我想我跟我哥哥到城里头去一趟，说好的不行，动横的也得叫他把粮食收了，把钱给咱们带了回来。大年底下的，谁也得图个顺序，他要看我们去的人多，碰巧就能把事办了，至不济去两个人总是活的，临时想个什么法子商量商量也是好的，您说

222

好不好？"

张金玉听了点点头道："好孩子！你这两句话，就比你哥哥明白多了，你哥哥除去两个字老实之外，任什么也不知道，将来可怎么好？这有你一去，无论如何，也能把粮食卖了，你就去一趟吧。不过我告诉你，什么事能好说还是好说，一点儿面子不伤，把事办了，比什么都强。不到万不得已，别跟人家怄气，气不是好生的，大年底下，就叫犯不上。是好是歹，是办得了办不了，我等你们两天，两天办不了，我再想法子托人去办去，反正不拘怎么说，也不能任他打退堂鼓。你们吃点什么就走吧，今天都二十六了，不能为了这件事，耽误了咱们过年，就是这么着吧。"

张振家连连答应，叫过张振声，两个人用过了饭，喝足了水，到上房里向二老告辞，因为家里牲口没有回来，只可是骑了两匹小驴，哥儿两个玩着雪景，骑了小驴，一路谈笑，直奔正定城里而来。

虽然下着大雪，并不太冷，哥儿两个骑在驴上，一边走看，一边说着，本来没有多远，到了城里，找到粮栈。恰好这位掌柜的在家，这哥儿两个进去时候，正好柜房里还坐着一个大胖子，方在高谈阔论，一见张振声从外头进来，意思之间，有点儿不大高兴，及至看见张振家跟在后头，衣冠齐楚，品貌非凡，不像是个乡下人，便改了一种态度，把一张长驴子脸卷了起来，换了一副天官赐福的脸儿笑着说："请坐，请坐，来，我给你们引见引见。"

张振声不等他说，便先抢过来说："来吧，我先跟您引见引见。"说着对张振家道："这是这里王永昌王掌柜的。王掌柜的，这是我兄弟振家，他是才从北京城里来的。"

王永昌略一怔神道："哦！哦！是二东家的，来，来，这位是我们这城里团成会的唐会头，彼此多亲近亲近。"

这哥儿两个赶紧过去作了一个揖，唐会头只把头点了一点道："别这么客气，坐下吧。"

张振声究属是乡下人，见了这种神气，毫不为怪转过脸来向王

223

永昌道："王掌柜，为了一点儿小事，您罚了我两趟，回到家里，还叫老当家的把我给大训了一顿，说我什么事都办不了，又叫我同了我们老二再来找王掌柜，别管是冲谁，请您把我们发来的粮食，照样儿点收了，把银子兑给我们，我们好回去交代。不怕您笑话，家里还指着这笔钱应付这个年呢，没什么说的，请王掌柜帮我这一步忙儿吧。"

王永昌还没搭话，旁边那个黑胖子唐会头突地站了起来道："你先等等，这件事我已经听说了，没有说强买强卖的，干脆告诉你们哥儿两个，由我这里说，就叫不行！"

张振声总是乡下人，一听王永昌说这个胖子是个什么会头，从心里就有点儿二乎，因为在自己村子里，已然吃了不少会头的亏了，虽然听见唐会头说出来的话太已强硬，一时倒没了主意，只睁着眼看着张振家。

张振家原不知道怎么一回事，一路之上，已然听张振声说了个一明二白，心里早已憋气，本来预备见了王永昌，先给他一个下马威，然后再跟他说这件事，他答应也得答应，不答应也得答应，一则可以使自己爸爸老年人过年高兴，二则免得哥哥回去挨申斥。及至到了这里，一看有生人在座，当时倒觉得有点儿不好意思，且听下文再说。及至一看唐会头那种神气，早已满心不悦，不过为了什么事来的办什么事，犯不上跟一个莫不相干的人捣麻烦，本来就在不高兴，没想到王永昌没说什么，他反倒来了这么一套。

张振家跟张振声可不能比，张振家在镖局子里，已然不少年走南闯北，很见过不少成了名的英雄，要像唐胖子这种主儿，那可以说是见得太多了，哪里把他放在眼里？而今一看他神气十足，根本与他毫不相干，他却硬要出头，不由心火往上一冲，冷笑一声向唐胖子道："朋友你贵姓啊？"

唐胖子把嘴一撇道："方才不是说过了吗？我姓唐，你打听这个干什么？"

张振家又笑了一笑道："哦，你姓唐啊，我还以为你过继姓王的了呢。我们弟兄找的是姓王的，和你素不相识，要你出来拔什么创？你要是懂事的，趁早儿夹着尾巴滚到一边去，我们跟姓王的今天有死有活，我还没看见吃人的呢。大太爷今天要是不能把粮食换了钱拿回去，朋友给你个便宜，我改你那个姓！"

这位唐会头，要按能为本事说，不用说是当一个会头，就是当一个打更的，他也不够格儿。只因他有一个妹夫，在县门里当着一个稿案二爷，凡人眼皮子浅，便推举唐胖子当了一个会头，为的是地面儿上大小有点儿事，好走他的内线，办起事来比较顺手，唐会头也就因为这一点儿便宜当了会头。不过他一个大字不识的村夫，如今一旦因为内线关系，当了这么一个会头，便自己忘了自己是老几，东家的事他管，西家的事他也管，有的白管，有的少不了事完还略尽人心。这一来把他给捧得简直晕了，今天王永昌把张振声打发走了之后，明知是自己不对，他也怕另外会有人来找他说话，便想起了这块活宝，把他找着，从头至尾一说，求他给帮个忙儿。

唐胖子就知道粮食店的掌柜的托他的事，无论如何，也不能白说，至少也能有一顿饭吃。心里一高兴，前头说的话是什么，他也没有听清，反正就知道是把姓张的给吓回去，送来的粮食不能要，只要能够办到，就算大功告成。他也没打听打听究竟是怎么回事，便连连点头一口答应，及至一见张振声土头土脑，准知一拍就完，所以他才拍胸脯子横打鼻梁儿六万个不在乎。及至张振家心感不平，挺身出来，搂头盖顶一阵叫骂，他才想起旁边站着一个比自己穿章打扮还高的人物，不由勇气下去一半儿。不过面面相观，当着王永昌觉乎不是意思，便把脸子一沉道："我们这里说话，你是干什么的？用不着你来多话。"

张振家已然看出他是外强中干，便也把眼一瞪道："你是什么东西，也来搭话？连你带姓王的，咱们不用斗口齿，走到外边见个高低上下再说。"

唐胖子这个人吃亏就吃在太势利上了，他要不是起初听说张振家是张振声的兄弟，他也不至于那么叫横，也不至于后来闹那么大的笑话。因为有了先人为主，总觉得一个乡下人的兄弟，高到了家能有多大了不得，所以才敢毫无忌惮地一阵大说特说，万没想到张振家一则是初生牛犊而不怕虎，根本没有把他放在眼里，二则在京城镖局子，高人见过太多，唐胖子这种样儿的，并不能把他吓回去。

当时一阵叫横，并且说出许多不堪入耳的话茬儿，唐胖子出其不意，怒火往上一攻，气得脸上颜色都青了，用手一指张振家道："小伙子，你还要说什么？你觉得谁怕了你是怎么着？走！咱们街上说去！"

说着气昂昂迈步便往外走，不但王永昌，连张振声也吓坏了，过来一把拉住道："兄弟你不用着急，他收就收，他不收咱们想法子再卖给别人去。他有钱在，咱们有货在，犯不上跟他怄气。"

张振家哈哈一笑道："哥哥你不用管，这种东西，平常一定是欺负人欺负惯了，不拘什么人都要欺负了。欺负别人咱们管不着，欺负咱们兄弟，他叫瞎了眼了，今天有他没我。哥哥你不用拦我，我今天非把他这个胖子打瘪了不算完事，哥哥你就在旁边看着吧！"

说话一甩张振声的手便三步两步跑出栈外，张振声、王永昌便也一先一后跟了出来，及至来到外边一看，唐胖子连个影儿都没有了，王永昌才算把心放下。张振家向张振声一笑道："哥哥你瞧怎么样？这种东西，就是欺软怕硬，现在他是跑了，咱们话到原题，还是得让王掌柜把粮食留下。"

王永昌一听知道这下子是完了，方暗叫得一声苦，猛听前边一阵喧哗之声，便见三五十个扛枪提刀、抡锤耍棍，由唐胖子领头吆喝而来。王永昌心里一看特别高兴，准知道今天这件事，只要能够加上这个唐胖子，大约无论闹到什么地步也不至于叫自己吃了亏。心里一高兴，迈步就要往前走，方一伸腿就觉脑后生风，一根小辫已然被捞在手里，回头一看正是张振家，明知不好，便满脸堆笑叫

226

了一声："张二爷你撒手，我们都是什么交情？这一点儿小事儿，也值得闹到这个样儿，我跟大爷本来开小玩笑，没想二爷信假成真瞪眼要拿这件事挑大了，那么一来，不是把两方面子都闹没了吗？二爷你撒手，把大爷也请进去，我们什么事都好办，你别闹真了，一则叫人看着不是样儿，二则也埋没了我们平常一番血心！"

张家振哈哈一笑道："姓王的！你现在才认识姓张的？事情已然晚了，他们这一堆，要是不赶奔前来，我们什么事都可商量。现在既是长枪短刀地来了一堆，姓张的要是一松手，恐怕人家说姓张的叫你给吓回去了，这件事有点儿对不起，朋友你只好暂时受点委屈，等到两造事情完了不但不得罪你，而且还得给你摆酒压惊呢，今天对不起，三个字，办不到！"

王永昌一听可就坏了，自悔自己为什么按不住气，本身儿还没有出去，就会形迹半露，这一来恐怕是性命难保。就在王永昌略一沉吟，旁边唐胖子早就急了，喊一声："众位哥儿上哪！"

大家随着声音一拥而上，张振声可吓傻了，心说这可是活糟，他就顾他当时痛快了，将来这股道还走不走？正在无法排解之间，就听张振家哈哈一笑道："我把你们这一拨儿有娘生没爹养的一活畜类，不用快，我这就要你们这一群狗命！"

张振家嘴里说着，把手里王永昌的辫子使劲一揪，王永昌便杀猪似的叫了起来，张振家一声喝道："你们这一般，披人皮，吃人饭，不做人事的畜生，你们平日之间，狐群狗党，聚在一处，好人也不知让你们害了多少，吃来吃去，吃到你家张大太爷身上，也是你们恶贯满盈，鬼神所使。王永昌，你把我们的粮食，算清价钱，不少一分一厘，饶你的活命，你若稍敢迟延，对不过，先拧死你，后要他们这一班的性命，给屈死的人们报仇雪恨。王永昌，你要明白一点才好。"

唐胖子从店里跑出去，以为今天脸丢大了，一时气愤，便回去找人，当时约来鸡骨头马三、狗槟榔罗四、大肚子陈雄、小脑袋瓜胡仕、转心狼阎达、夹尾巴狗汪五、伤翅大鹏魏遂、折角虬龙何碧这八个人。有能说的，有能打的，还有会骂的，每人手里刀枪剑戟，大喊大嚷，跟着唐胖子跑了下来，实指望到了这里，揪出张振家弟兄两个，可以一阵苦打，出出胸头恶气，不要叫人家小看了自己。谁知到了这里，一看张振家的穿章打扮，里头有明白的，就知道事情不像想的那么好办。又看见他手里揪着王永昌的辫子，一手抓牢，这边如果一有举动，王永昌先得吃大亏，心里未免嘀咕。

唐胖子是浑人，他并没有看出来张振家是怎么个人物，看见王永昌被人揪住，他不但不知道害怕，反而越发大怒，向来的这些人一声怒吼道："众位别看着，把这小子弄躺下，只管打，打出什么事来，都由我一人承当。"

这些人明看出来张振家不好惹，不过平常时候，吃着姓唐的，喝着姓唐的，说起话来，不是活赵云，就是武松。到了今天，自己这边这么多的人，会干不过一个种庄稼的，恐怕叫人家看破了之后，从此威信全失，再打算骗这碗饭吃不易，彼此一合计之下，无论如何，还是过去抵挡一阵的为是。

想到这里，大肚子陈雄一摆手里花枪，蹦了出去，向张振家一声狂喊道："张振家，你这小子一脸黄土泥，一嘴蚂蚱子，你也敢跑到城圈子里来抖什么威风。我告诉你，趁早儿把王掌柜的放了下来，磕个头赔个不是，唐会头念起你是无知之辈，也许饶了你一死，如若不然，你要以为你把王掌柜的拿捏住了，我们照样儿也能毁你，你可别不知道自爱！"

张振声这时候都吓傻了，揪着张振家的衣襟不住一阵哆嗦，嘴里还直叨念："兄弟，咱们可惹不起人家，趁早儿把他放下来吧，这个祸你可是惹下了！"

张振家回他一笑道："哥哥你不用管，这些小子要是不给他们一点儿苦吃，以后他还不定要干什么呢。你只站在一边看个热闹好了。"说到这句，一抬头向大家哈哈一笑道："我把你们这一堆吃人

228

饭披人皮不做人事的东西，平常之间，聚众招摇，狐假虎威，以多为胜，鱼肉乡里，侵害好人，不知干了多少坏事，你们以为你们够了人物字号，就忘了天理昭彰，报应不爽了。今天遇见你家张二太爷，也是你们的报应到了。我们是念在你们爹妈生你们一场不易，趁早儿快快退去，我们自跟姓王的算这一笔粮账，给我们钱我们是当时就走，不给我们钱，我们自要他这条狗命，不与你们相干，又何必多饶上许多性命。你们要是一定非得找死不可，这么办，我是个交朋友的人，我一定叫你们众位过得去。这么办，你们众位少候一候，等我先想个法子把他寄存起来，不然到时候，众位也走了，他也跑了，对这笔账却没有地方要去了，那可不成。"

说着话四下一找，恰好在这种栈门前，有一个大石头碌碡，本来是预备碾米用的，暂时没有用，扔在地下，却是日子多了，有一半儿已然被土给埋上了。张振家一手揪着王永昌头发，一手从王永昌腰中间一抄，就跟提一条死狗一样，便把王永昌提了起来，三步两步，便到了那石碌碡那里，把王永昌放在地下，用手一指道："你敢动一动，我就要了你的命。"

王永昌便真往地下一躺，哪里还敢动得一动。那些人不知道张振家要干什么，也看得呆了。只见张振家把衣裳掖了一掖，袖子挽了一挽，向那碌碡看了一眼，跟着走了过去，用脚向那碌碡一踢，大家看不出他是要干什么，都觉着十分可怪，心说这是干什么，难道你还要把这碌碡踢碎了不成。

大家正在想着，就见他一脚下去，那个石碌碡竟有些动摇起来，大家还都以为是自己眼花了，方自一怔，猛听一声有人叫了一个震天的大彩。那个石碌碡竟自被他这一踢得离了窝儿，跟着就见他往下一伸手，抠住了碌碡的两个窟窿眼儿，喊了一声起，那个重在八九百斤的石碌碡竟自随手而起。

这一来，不用说是旁边看热闹的和那一班子打手心惊胆战，满心佩服，就是那个被揪在人家手里，在地下躺着的王永昌，不是嗓子吓哑喊不出来，差一点儿都要叫出好儿来。

张振家完全不理，把石碌碡用一只手抠着，用一只手向唐胖子指道："你们不是打算群殴吗？我却怕你们把姓王的抢了走，我们的账也不用要了，我们的年也不用过了，因此我才想了这么一个法儿，暂时屈尊屈尊这位王掌柜的，我把他压在底下，一时半会儿也死不了，一时半会儿他也跑不了，咱们可以痛痛快快玩一下子，是一个一个像打擂似的那么打呀？是来个大战长坂坡呀？全由你们众位挑。还告诉你们诸位放心，倘若这位王掌柜的不禁闹着玩儿，一赌气死了，无论如何，我们姓张的哥儿两个，总匀出一个来替他偿命，绝不能耍无赖子。诸位少等一等，等我先把这位王掌柜，暂时存起来。"说着话一手掀起碌碡，一手便去抓王永昌。

大家一阵大乱，王永昌惨叫一声几乎吓晕过去的当儿，猛听有人喊叫："姓张的你这不叫英雄，你接我这个！"咔吧咔吧两支袖箭，一上一下便奔了张振家身上打来。唐胖子一看心中大悦，便对伤翅大鹏魏遂一笑道："好！你这两箭打得好！姓张的两只手全都腾不出来，他要一躲箭，碌碡先得把他自己脚砸了，就算他能躲，至少也得挨上一下，这下子王老大……"

一句话没说完，就叫观众先是一声惊呼，跟着又是一个大彩，接着又是一阵大笑，并且王永昌一声悲号也在同时发了出来，大惊之下，仔细一看，原来魏遂连着打出两只袖箭，他的意思，也跟唐胖子一样，他准知道就凭张振家这膀子力气，这些人就是一拥齐上，也未必是人家对手。要是一手儿不露，又未免对不起姓唐的一向款待，自觉袖箭打得虽不太好，倒不至于一点儿准头没有，再加上他两只手都在占着，大约着总可以打中一支，只要他挨上一下，多少带了一点儿伤，事情可就好办了，因此才一连气儿打出两支去。

这些看热闹的，平常大小都吃过唐王及这伙人的亏，不过势力不敌，惹不起他们，今天一看这个阵仗儿，王永昌已然落在人家手里，唐胖子虽然人多，恐怕也找不出来便宜。

这可是恶人自有恶人磨，王永昌今天该当遭报，大家心里方才一快，猛听咔吧两声响，两只袖箭全都奔了张振家，这下子可是完了，不比手里没有东西，这下子太不好躲了，可惜这位热心除害的朋友，要惨遭不幸，不由全都失声哎呀一阵喊叫，这两支箭就到了。

一支奔咽嗓，一只奔小肚子，就见张振家微然一笑，连手带头，一块儿同做，左手抠着碌碡，依然不动，右手往上一提王永昌，往前一接一迎，这支箭正打在王永昌大腿上，上头脑袋只一偏，便把箭镞儿让过，跟着横脸一递嘴，哎的一声，硬把那支箭横腰截住咬在嘴里。

大家一叫好，张振家摇头一甩，那支箭呛的一声掉在地下，跟着向唐胖子哈哈一笑道："这路之玩意儿，只配哄个小孩儿，也敢跑到这里来现眼，真是不懂什么要脸。我今天要不把你全都打发回去，算是没有我这一号！"

说着二次一抠碌碡，往前一拽王永昌，王永昌这时候是又疼又急，挣扎没动，就知道坏了。唐胖子也急得双脚乱跺："这可怎么好？这可怎么好？"

那八位英雄是瞪眼拧眉鼓肚子，跺脚捶胸吧嗒嘴，哪里能够想出一点儿法子。就在这一静之间，陡听一条又窄又细又高又劈的嗓子声急喊："张二爷，别那么闹着玩儿，大家都不是外人，是我一步来迟，罚我！罚我！"

随着声音，一份看热闹的，从外头挤进一个人来，看热闹的一皱眉，唐胖子一龇牙，原来这个人便是本县城一个小快班头儿，名叫费化，因为嗓子难听，人送外号儿是哑口画眉。

这个人除去嘴爱说之外，人还正直，并且还很好交朋友，大家谈论起来，有人觉着他是话多讨厌，可是没他又嫌清静，总之说起来，倒还不是假公济私、为虎作伥、鱼肉乡里那一路坏人。

唐胖子带的人里头，就属转心狼阎达心思来得比别人都快，他一看今天这个局面，凶多吉少，非找帮手，没法儿下台。他趁着大家一乱，就跑下去了。

费化一则生性好事，二来又正在本管地面之内，一听阎达所说，就明白了一半儿，准知道又是唐胖子倚着妹妹仗腰眼儿，要吃一号儿，没想到碰到大钉子上，一边往外走，一边嘴里说："是不是？我就知道快闹出吵子来了吗？大伙儿都是人，凭什么总欺负人呢？这个怎么样？我看还……"

阎达道："费老爷，费头儿，你待会儿再抱怨行不行？都快出人命了！"说着一拉费化，就跑下来了。正赶上张振家二次要往石碌碡底下压人，他一看这可真凶，这一下子还不成了人肉饼儿呀！这才一声喊叫，抢步进去，要凭三寸舌，了这一回事。

费化来到邻近，不怪他是个跑腿的，一眼他就看出来了，准知道这位唐会头跟王掌柜的碰到硬钉子上了，这个可是机会，便赶紧一分众人道："列位闪开一点儿，这位朋友是从什么地方约来的？怎么一向我会没有见过？这可真是一把好手，这石碌碡往少里说也有个七八百斤，难为这位朋友，怎么会给拽起来了？净听说当年楚霸王力举千斤，没有眼见，这位朋友要是论起实力来，不比我们说的霸王还高啊！这可真够得上说是一等的好朋友了，这种功夫可也不能多练，练个一手两手儿是个意思，练多了难免受伤。得了，众位也开了眼儿，咱们这一场也该收一收了。再说王掌柜的还有点儿正事，县里方才催下来了，因为昨天传的话，今天请王掌柜的到县里去一趟，大概是县太爷商量什么征粮的事，等得有点儿不耐烦了，叫我再来催一回。王掌柜也真是好这一手儿，放着正事不办，倒在这里看开了练把式的了，又多罚我跑这一趟，没别的说的，赶紧到县里去一趟，回来时候，您得多预备一点儿酒，我们今天可得喝喝，一则年根底下，二则大家凑在一块儿不易，这位朋友我们还得多交一交。"

说着往前一探步，一伸大拇指向张振家道："朋友，是八仙门儿吧？可别看我连个小鸡子都捆不上，我还是真喜爱这一门，一知半解，我也提一点儿，您这叫八段锦对不对?"嘴里一阵胡说乱哨，一只手便伸过来要夺王永昌。

张振家本因今天这件事，有点儿难得下台，自己论能耐，不用说就是这一群狐朋狗党，就是再多个十个八个，也算不了什么，不过自己不能常在家里，得罪了这么一拨儿土棍流氓，他们绝不肯干休，不是反给自己哥哥留下祸害？可是这群人，全都是些青皮光棍，你要用好话，打算把他们全都说回去，简直就叫办不到，可是一动起来，就由不了自己，少不得就要伤人，在这种软硬兼施之下，只有拿王永昌来吓他们一下，可巧一眼看见那块石碌碡，便想出这么一个主意，原不想真把王永昌压在下头，不过是敲山震虎，所为叫他们看着一害怕，托出人来一说，就坡儿一下，也就完了。万没见到这群酒囊饭袋，平常狐假虎威，很透着够个朋友，及至一到办上了事，连一个敢出大气儿的都没有了。两支袖箭一打，张振家心火就冲上来了，心说是福不是祸，是祸躲不过，一不做二不休，爽快把这些东西全都除去，豁出打一场官司，给乡里去一大害，也是好的。想到这里，一咬牙用手使劲把王永昌往前一带，真要把王永昌压在石头底下，然后再跟那些人一斗，就在他手才往前一揪，费化就到了，不熟假充熟，满嘴里先是一阵恭维自己，跟着又拿县官要找王永昌的大帽子一压，这要是放在一个才出门的小伙子身上，这一招儿还真使上了。唯独遇见张振家，这一套算是完全白费，因为在北京镖局子里，每天见的都是高人，什么都听过，什么都见过，这一套儿简直有点儿使不上。心说就凭你这个样儿的，我要叫你从手里把人要出去，从今以后，我就不用再混了。

心里正在想主意，看他真伸手了，冷笑了一声道："你先慢着!"立两个指头往下一剁，正在费化手背上，就跟挨了一刀一样，往回一撤，半边膀子发麻，一边甩着一边向张振家道："打架都不恼助拳的，何况我还是劝架的，怎么抽冷子真下狠手啊？这幸亏是我，这要是一天功夫没练过的主儿，这一下子，还不叫你给剁折了啊？远

233

日无冤，近日无仇，这是怎么说的？"

嘴里唠叨，他还要往下说，张振家早已一声喝道："今天这件事，是非曲直，还有些位不大明白，我要说一说，求众位评个理。大家说我们弟兄不对，我们愿意领罪，绝不能恃强斗狠，任凭诸位处罚。要是我们弟兄还占着有一点儿理，也求诸位主张个公道，倘若有人依仗着他有势力，或是有功夫，打算用硬的办，我们弟兄一没有权，二没有力，就是有一腔子血，血不倒净了，这件事完不了！"

说着遂把已往经过，以及王永昌唐胖子所说所行，直到现在全都细说了一遍，大家听着，全都看了唐胖子一眼，可是一个说话的没有。张振家知道这些人都有点儿怕唐王两个，便又哈哈一笑道："既是诸位不肯管这回闲事，我们弟兄今天只好是把这一腔子血流在这里吧。"

说到这句，二次又去推那块石头，大家看着，粉白的脸上起了一道紫青色的颜色，知道他真是情急拼命，可是谁也不敢多说一句，那王永昌一看一点儿台阶儿没有，自己可真急了，准知道人到了石头底下，再打算翻身，只好等下世。他是焉得不急，一声惨呼道："张二老爷，你放下我，我给你钱还不行吗？"

张振家照着他脸上啐了一口道："呸！你早说给我送卖粮食的钱，你凭什么给我钱，我也不是抢你的。"

说着手里一紧，王永昌便像杀猪一样叫了起来："张二老爷，张二老爷，张二祖宗，你饶了我吧！你府上的粮食，我是早就买了，我不该不给你送钱去，现在你放开我，我愿意加上利钱给你送上府去。"

张振家哈哈一笑道："是你欠我粮食钱？"

王永昌没口地连应道："是，是，是我欠你们府上粮食钱。"

张振家道："不是我欺压你？"

王永昌又连连道："不是，不是，确实是我买了府上的粮食没有把钱送去。"

张振家道："既是如此，我便饶了你这条狗命，不过有一节，你须依我。"

王永昌道："什么事？你老只管吩咐。"

张振家道："今天为了这么一点儿小事，闹得这个样子，实在出我意料之外，现在你虽是答应给我送钱去，我总怕落一个欺压的名儿，说出去不好听，好在你的朋友，都是有头有脸的，这点事也算不了什么，你可以跟你的好朋友商量一下子，并且我们是事不宜迟，越快越好。我方才听说本县太爷还在等着你哪，不要再耽误了你们的正事，快一点儿，我却不能久等。"

王永昌一听又哀告道："张二老爷，今天我什么事都能答应，唯有叫我朋友去这一趟，我实在没有法子跟他们说。张二老爷，我算服了你了，从今以后，我绝不再做坏事，如果要叫你知道我做了坏事，我愿意死在你的手下。只是这请朋友一块儿栽筋斗的事，求您把他免了吧！"

张振家把眼一瞪眉毛一挑，一声喝道："姓张的一辈子斗的是硬汉，敬的是英雄，你要一直硬到底，我倒也佩服你。如今你既是输了嘴，一切便须依我，你既不肯说，等我来替你说。"

说着便向唐胖子道："这位会长你听见没有？你跟姓王的既是过命的交情，你就陪他辛苦一趟吧。"

唐胖子才一摇头，又听张振家一声喝道："在地的朋友，请捧我们弟兄一场，哪一个说是不去，请你看！"

一抬手照着那块石头叭地就是一拳，就听吧唧一声，那块石头竟自从上头裂了下来，往下直掉石头粉子。大家一看，不由哎呀的一下子都喊出了声儿。头一个就是费化，向大家一点手道："众位哥儿们平常都说好练，怎么今天遇见这么好的练家子，诸位倒不交了呢？既是张二爷招呼大家去凑个热闹，咱们何妨就去一趟呢？张二爷是个交朋友的人，到了那里，真许管咱们一顿饭，你们诸位不去，我可是要去了。"

　　费化这么一拉长脸，大家也只好是借着台阶儿下吧。于是套车的套车，搬银子的搬银子，一会儿工夫，全都装好了。张振声这时候才知道兄弟是真有能耐，胆子也大了，腰也挺起来了，在车沿上一坐，张振家押着王永昌、唐胖子以及那一班人足有二十多号就走下来了。张振家原该适可而止，只图这一时快意不要紧，才惹出一段凶杀奇案，闹得是家败人亡，这也是过于好胜的收缘结果。

第三回

愤钱财舍施逢异人

大家这往回一走，街坊上早嚷嚷动了，谁都知道唐胖子是土豪，王永昌是奸商，大家虽是恨得牙痛，无奈就是惹不起，一向是敢怒而不敢言，难得今天会出了这么一个武松似的英雄，居然把一群恶虎管得成了绵羊，谁能不痛快？

从街上这一走，真像过会一样，后头连老带少，跟的人真叫不少，张振声弟兄是趾高气扬，唐胖子一群是羞眉臊眼，好在离着霹雳镇没有多远，走了不大工夫，便到了村口，王永昌向张振家一笑道："张二爷，现在已然给您送到了，我们可以回去了吧？"

张振家也一笑道："有劳几位一路护送而来，多受辛苦，既到了我们这小村子，无论如何，也得请众位到家里坐一坐，不怕是冷水温成热水，也得请众位喝一盅，哪有过门不入之理，知道的是众位不肯赏脸，不知道的，还说我们弟兄不恭敬朋友。无论如何，众位也不能就走，不怕坐一坐就走，也算给了我们弟兄脸啦。请吧，请吧。"

王永昌一看唐胖子，唐胖子也看出来了，不进去一趟，简直是办不到，便向王永昌一使眼神道："既是张二爷肯得这么抬爱，咱们倒别辜负了张二爷一番盛意，走！咱们进去就手儿给老爷子老太太请请安。"

说着话他已然走到头里去了，王永昌也知道他是惹不起张振家，

237

他已然进去了，自己也就跟着吧，于是大家都跟着走进村子。这时候村子里早嚷嚷动了，还有在城里眼见的人，以为是给村子里露了脸，先跑了回来，有枝添叶，对着大家一说，乡下人有什么知识，真觉乎给村子里争足了气。张振家是个头一条的汉子，于是扶老携幼全都跑了出来。有的人一看车过，还有叫好儿，叫得王永昌跟唐胖子恨不得找个地缝儿钻了进去。

恰好张家的长工来旺，因为他们弟兄出来时候太久，没有回来，张金玉有点儿不放心，便派来旺到城里去打探打探，才出门不远，便听见人说这回事，先还不信，及至看见张氏弟兄押着车辆，后头还跟了一拨儿人，才知所言非假，顾不得迎接张氏弟兄，三步两步跑进家去，迎面便碰见张傻子的媳妇尹氏，两个人走了一个对头，尹氏哟了一声道："你瞧你毛兔子似的跑什么呢？有人在后头放火枪追下你来了吧？"

来旺笑了一声道："好说你个母兔子！大爷跟二爷都回来了，又是车，又是人，这个体面大了。我得去告诉老当家的去，有什么话，咱们等后头院儿见。"

说着已然飞跑而入，尹氏看着他的后影儿呸了一口，也不知想起什么心事，脸上忽然又是一红，略微定了一定神，听来旺说得热闹，正要走出门口，去看一看热闹，脚还没到门口，却听外边一阵大乱，呼噜下子进来了足有二三十口子，吓得尹氏哟了一声，再往里走，已然是来不及了，便往门后边一闪，只见本家大爷二爷在前边引路，后边来的这些个都是高一头窄一背的年轻小伙子，还有一个大胖子也夹在里头，全都走了进去。

尹氏心说这都是什么人哪，一个一个亚赛土匪似的，怎么全都引进家里来了？如果一个得罪他们，还不闹个家败人亡呀？心里想追到里边去看个热闹，才往外一迈步，没想到后头还有一个人，两下一忙，正撞在一起，无巧不巧，那个人的嘴却正撞在尹氏脸上，尹氏正要怒骂，那个人早已回过头来，连赔不是。

尹氏看那人时，却是个精壮汉子，长得眉清目秀，十分俊俏，早已消气，便把脸用手一捂，三步两步跑进去。这时候张金玉已早得着来旺报信，知道他们弟兄出去要钱，闹了这么大的事故，一辈子没有跟人打过架，一辈子不敢见官面的老年人，听见这种话眉毛早皱成两个大疙瘩，不由长叹一声道："这就快了，我这个家快完了！"

旁边周氏，究属是个上了年纪的妇人，不知轻重利害，一听张金玉叹气，便冷笑了一声道："大年底下，冷风溲气的，家里又不等这几个钱用，你非巴巴地叫孩子们去不可。一个年轻人，当然火气是旺的，振家又是个武把子，不给钱还能有好的？现在把钱打出来了，你又害怕了。其实像他们这路人，依势欺人，就是打死都不妨，这回管教管教他们也好，省得一要钱就受他们的欺负……"

周氏还要往下说，外头一阵脚步响，张振声早从外边欢喜乱跳走了进来，一见张金玉便喊着道："爸爸，咱们粮食钱都要回了，二兄弟这回可是出力不少，从此再也……"

张金玉早呸的一口啐道："放屁！我叫你们去要钱，谁叫你们去跟人打架去。打人一拳，防人一脚，以后的麻烦你们就不管了吗？"

张振声一肚子高兴，被张金玉迎头一骂，骂得成了锯了嘴的葫芦，站在那里一声儿也不言语了。张振家本来是跟着一块儿进来的，原想可以博得老人家一点儿高兴，万没想到反倒给老人家添了心思，自己一想，果然做得有点儿过火，不怨老人生气，便赶紧走过去笑着道："你不用着急，我没有伤他们一个人。"

说着便把如何折服这般人的情形一说，张金玉脸上才缓和了一点儿道："就是这样，他们给了钱，不也就完了吗？何必又叫他们跑这一趟？你觉得这是体面，如果掉一个过儿，你受得了受不了？你心里恨不恨？你想报仇不想？你们就结怨吧。好在我活不了多久了，也许在我死去以前，他们不至找上门来，你们从此就留神吧，总有应了我话的一天就是了。"

正说着，来旺又跑了进来道："来的这些位，还在院子里站着呢，让到哪屋里坐呀？"

张金玉不等张振家说话，便一迭连声道："你们要到哪屋里就到哪屋里，我可不见他们，你们叫我多活两天吧！"

说着双手一推，便把弟兄两个推出屋外。张振家这份难过，简直就没法子说了。张振声一看老爷子不讲理，兄弟为好倒受了气，心里好大不忍，便悄声儿对张振家道："既是老爷不愿意见他们，不见就不见，这屋子既不让坐，干脆到我屋里去坐一会儿，好在他们也待不长，叫他们喝盅水，他们也就走了，你看好不好？"

张振家一听，也只好是如此吧，点了点头，两个人便走到外院，一看那些人正在交头接耳，小声嘀咕，还有几个手指着房子指指戳戳不知在说什么，看见自己出来，这才住声，益发觉得老人家所料不差，自己做得太错，越想越后悔，竟自怔在那里。

还是张振声在旁边说了一句："候等候等，几位请屋里坐吧。"这才打破沉思，便也强打精神，跟着往屋里让。大家来到门口，张振声一推门，从屋里噌的一声，蹦出一个人来，一手掩着怀，一手捂着脸，三步两步便跑了出去。

张振声一看，知道是自己的老婆翠娘儿，便也没有理会，把众人让到屋里。这屋子本来就小，进来的人又多，挤满了一屋子，没有那么多的凳儿，只好是炕上坐吧。

大家坐下，来旺端进茶来，张振家接过茶来往手里一托，向大家先一拱身，然后满脸赔笑说道："众位今天来到这里，实在是万分地赏光，本想留诸位住在这里，咱们热热闹闹地凑上一天，回头一吃一喝，痛痛快快玩他一宵，从此咱们就是好朋友。过去的事，算是一天云雾散，谁也不许往心里去，将来诸位如有用着我的地方，别的不敢说，两膀子力气，一腔子热血，担保绝不能有一点儿含糊。无如一节，美中不足，我们老爷子，大概是吃多了一点儿，又着了一点儿凉，有点儿发烧头疼，家里既没有富余的地方，又没有多用人，又要请大夫，又要煎药，实在有点儿分不过身来，留诸位在这里原是我们弟兄一点儿诚意。如果再因为这点小意思，怠慢了诸位，岂不更得罪了诸位，因此我想今天这一局，只有诳驾，过了这两天，等我老爷子稍微好一点儿，我一定补请众位。一则算是给诸位赔礼，二则咱们还要多进一层，交个永久的朋友。这一节没什么说的，还得求诸位多多地亮个面儿，千万不要见怪我们弟兄。这一杯茶水，虽是又白又淡，就算我们弟兄一杯赔礼的水酒。诸位如果肯其揭过今天这一场，就请一干而尽，算是赏了我们弟兄的脸。"

说着又一拱身，把茶盘子往前一递，送到王永昌唐胖子两个人面前，唐王两个，要说话还没说出来，旁边费化早已抢着说道："张二爷，这话说得太远了，自古说得好，英雄不打不相识，何况今天你们几位，还是无心之中为了几句闲话呢。从我这里说，由今天往后，咱们得找一个好日子，由我做东儿，咱们得来他一盟，彼此好多亲近亲近。今天既是老爷子不大舒服，我们也就不敢惊动他老人家了，你们哥儿两个也得去伺候他老人家，我们也就不给你们二位添麻烦了，咱们是改日再见。过两天，听我的信，咱们是城里醉仙居一凑，谁要不去，谁就是瞧不起我。咱们自己哥儿们，别的话咱们没有，日子比树叶儿长，咱们是骑驴看唱本，走着瞧。你回头见着老爷子，就说我们哥儿几个给他老人家请安问好，过两天我们再看他老人家来，得了，没什么说的了，走！咱们走吧！"

说着嚷着他先站了起来，大家也都跟着拱手告辞，这时候张振家心气儿已然平了下去，反倒觉得自己办事太粗，不该对于人家特别无礼，越想越不是滋味儿，可是事情已然到了这步田地，当时已然是没有法子挽回，再一驳正，益发会陷于僵局。不如今天什么不说，等过两天再想法子把这件事消灭了也就完了。第一不要给家里招灾，第二不要给哥哥惹祸，无论是花几个钱，是请桌客，总之不要把事闹大才好。他这一心平气和，当时满脸赔笑向大家道："今天我们弟兄可是太失礼了，众位让我们一个年纪太小吧，众位今天避屈，三两天之内，我必登门给诸位赔礼去，诸位可不要往心里去呀！"

一边说着，来到门口，彼此一抱拳，唐王这班人夹着尾巴全都跑了，张振家弟兄回到屋里，张金玉还是说个没完，什么强龙不压地头蛇，什么宁得罪君子莫得罪小人，越说越多，越说越气，后来爽得骂上了。

还是老太太周氏实在看不下去了，这才把桌子一拍，向张金玉嚷了起来："怎么样？你还有完没完，孩子先前不去，你一定叫他们去，要不回钱，你不答应，拿回钱来，你又怕得罪人。这又不是一回了，哪一回卖粮食能够不费话把钱拿回来，就是那姓王的那小子，他是什么好东西？振家要是不动硬的，能拿得回来拿不回来？你怎么就说一面理？难道咱们有这几亩地，就该叫人家欺负死！现在粮食也卖了，钱也拿回来了，老二轻易不回来，好容易回来这么几天，你不说大家高高兴兴，找个乐子，一点儿小事，已经完了，一句跟一句说个没完。你要怕是不要紧，你可以趁他们走得不远，赶紧把他们追回来，银子不要，粮食白送；再怕得罪他们，还可以托出几个有头有脸的，请一桌酒，你给他们下上一跪，赔个天大不是，我看总可以完了；再要不行，你还可以把这两个孩子……"

说到这里张金玉早哈哈一笑道："得，得，我错了！我从此再不多说一句，但愿能够平安无事比什么都好。"

张振家一看老二位为了自己吵了起来，本就后悔，益发不安，便赶紧跪在地下道："你二位不用生气了，这件事实在是孩儿不对，明天想法子去把这事解说开了，也就完了。"

张金玉叹了一口气道："你也知道你是错了吗？据说像他们这种东西，杀了剐了都不多，不过你要知道天下的老鸦儿一般儿黑，换一个许比他们还厉害。我们在明处，他们在暗处，谁能整天地去防备他们，等到事情出来，后悔不及。再说你又不能长在家里，你哥哥老实忠厚，绝对对付不了他们这一班人，到了那个时候，应当怎么办？现在已经得罪他们，他们一时想不出主意来，也许不能发作，有你在外边，他们心里有点儿顾忌，从此也许丢手。如今你要一去找他们，反叫他们看破了，知道仍是后怕，那样一来，当时就会出事，现在只有听之而已吧。今天已快年尾了，我们能够怎样热闹，就怎样热闹。还有一节，我今天高兴，发下一个誓愿，从明天早晨起，在咱们这村子里舍钱三天，凡是没衣服穿、没有饭吃的主儿，咱们是一律全舍，大人一吊钱，小孩儿五百钱，女人有喜，多给一吊钱。老头儿老太太，残废瞎病，也是两吊钱，不论远近，不论生熟，全是这么办，给钱的时候要和气，要喜欢，不许透出财大气粗，不许多说一句刻薄话。这三天过去，也到了年了，咱们再热闹几天，你往京里一去，我们在家里一忍，等你什么时候再回来，咱们再乐，这件事是我心愿，不拘是谁，也不许拦我。天也不早了，早点吃饭，早点睡觉，明天早晨好早起，你们都听明白了没有？"

张振家一听，猜不出老头子是什么意思。就是这么一来，往少里说，家产得进去一半儿，碰巧还许不够，可是又不敢驳回，只好是诺诺连声。一会儿饭摆上来了，这天是吃捏饺子，张金玉道："来吧，今天连翠娘儿也坐在一块儿吃，咱们又多团圆一天。"

翠娘儿答应，摆好了匙箸，上首里是张金玉跟周氏，东边是张振声，西边是张振家，翠娘儿打横头，大家喝着酒。张振家为讨老人喜欢，便把北京城里的风土人情，以及一切热闹场所，全都说给老人听。

正在说着，翠娘儿手儿一滑，把一双筷子掉在地下。张振家觉得是掉在自己这边，才要弯腰下去拾捡，一看翠娘儿早已弯下腰去，心里想起一件事，赶紧往起一扬脸，还是慢了一点儿，就觉得自己左腮上，被一个又热又软的手儿着实地捏了一下，心里不由怦地一跳，脸上一阵发热，赶紧一挣抬了起来。

却听翠娘儿在桌下道："真怪呀！怎么才一掉下来就找不着了，这可真是怪事，二兄弟你抬一抬腿，等我找一找。"

嘴里说着，一只手儿又摸住了自己腿肚子，使劲捏了一下子。张振家这时无名火起，只轻轻一弹那条腿，那翠娘儿在桌子底下就是一个前栽，两只手儿一扶地，恶狠狠地道："这只破筷子，真也是没造化，难得今天有点儿肉吃了，它倒藏藏躲躲起来了，明天我找着你，把你劈成八瓣儿，搁在火塘里，省得你好歹不懂！"

说着往后一退步，一晃身一挺腰才站了起来，张振声不知是什么地方的事，便把自己手里筷子往前一递道："一根筷子，算得了什么？也值当说得这么狠？你先使我这双，我再拿去。"

翠娘儿铁青着一张脸，冷笑一声道："没的磕伤人吧，谁稀罕你！我还是先不吃了。"

说着眉毛一挑，一转身儿，三步两步便走去了。周氏哼了一声道："你看这个东西，也不管当着什么人，就是这么个怪神儿，这都怪振声太不会调教她，才惯得这个样子。"

张振家这时哪里还愿再提，便又接着说了些个京城的繁华热闹，说了一会儿，饭已吃完，翠娘儿只不见来。张振声弟兄两个，收拾完了盘子，张金玉嘱咐他们早点休息，两个答应。

振声自回他的住屋。振家铺好了被褥，走到后院，去要小解，才一进后院门，便见前面一个黑影一闪，赶紧往后一闪，后边又是一个黑影，追着前边那个黑影，一径往后院跑去。

振家一看，后头那条黑影，仿佛像是翠娘儿，前头那个绝不是自己的哥哥，不由一阵狐疑，忽然心里一动，顿时心头火起，提腰一纵身，也追了过去。到了后院一看，前边一排，正是堆柴的屋子，因为打算探明白，不愿意追进去，便站在院里提身一纵，就到了房上，后头有高粱扎的窗户，探身往下一听，里头正是一男一女。张振家仔细一听他们说话，听了一身凉汗，差一点儿没从房上掉了下来。

先听一个说："你看咱们这位二爷，要是跟大爷一比，可是差得太多了，大爷除去种庄稼、锄大地之外，你看他还会什么？一说翠里俏看不上他，你说可看得上他哪一点儿！你瞧二爷，二当家的，真是人是人才，文是文才，模样戳个儿，谁又瞧见过活的二武松？这个除去没打活老虎，就凭姓唐的姓王的那几个小子，哪有一个好人。居然那么些人，会没干过咱们二当家的一个人，咱们这位二当家的真跟三国上赵云一个样，实在是真可以！这也就是亲眼得见，要不然我真不信，拿那么一个大姑娘似的人儿，会有那么大的能耐。"

张振家听说话的声音，是个女的，先还以为是翠娘儿，细一听说话的声音又不像，不管她是谁吧，总离不开是长工们的女人，自己回来日子不多，都没有见过，所以听不出来，大概这间屋里是女厕，晚上一个人来，有点儿害怕，所以又约了同伴人来，这倒是自己疑心生暗鬼，底下也就没什么可听的了，想着正要转身走，又听里头有人说话，这回声音却不是女子，不由好生诧异，便仍站住脚步再往下又听。

只听说道："你这个娘儿们，我好心好意跟你套个交情，你总是推三搅四，不是怕这个，就是怕那个，想不到你倒看上张老二了。我告诉你，有我一口气在，你先歇了这一条心，不用说是你，就是那翠里俏，她也脱不过我的手心去。张老二要是个有造化的，趁早儿滚回北京，去吃他那碗把式饭去，他要是一个劲儿不走，耽误了我的好事，对不过，我照样儿收拾了他，别叫他觉着他还怪不错的呢！还告诉你，从今天起，每天晚上，不用我去请你，趁早儿自己来，将来我要把这份冤家产弄过来，讲个先来后到，我绝难为不了你。再有一节，就是从此再不许你提起傻子，你一提他，我心里就不痛快……"

说到这句，便再听不见说话的声音，这下子把个走南闯北的大英雄玉哪吒张振家给塑在那里，又是急，又是气，又是怕，浑身不住乱抖，手脚发凉，胸口上仿佛是扣了一个大盆，压得缓不过一口气来。

心火一撞，迈步就要蹦下去，不管他是谁，把他一杀，既可消祸，又可出气。身子已然蹲下去，忽然一想不好，今天为了唐王的事，老人家已然很不高兴，再要闹出别的事来，益发使老人家心里不痛快。不如暂时忍下去，好在说这个话的，也不是什么高人，不过口头一时痛快，未必便能做出来，等他们出来，看清楚了是谁，明天抓一个什么毛病，赶走了一个，大概也就完了。

想到这里，爽得一下腰，扒在了房上。果然没有多大一会儿工夫，屋门吱扭一响，从里头走出来一男一女。张振家是个练家子，眼力很好，前头走的女人没有见过不认得，后头一个，却是自己看他一起长大的家人来旺。

只见他们两个人蹑足潜踪，出了角门一直往前边去了。张振家看得眼里发火，心里咬牙，解了小溲儿回到屋里，躺在床上，想了足有一个时辰方才睡着。直到听见有人在耳边连喊老二，这才惊醒。睁眼一看，正是哥哥张振声，便一翻身爬了起来。

张振声道："老二，你还不快起来，老爷子都问了你好几回了。"

张振家道："有什么事吗？"

张振声道："哟！你怎么这么好的记性啊？老爷子昨天不是说从今天起，要舍穷人三天钱吗？你怎么就忘了呢？老爷子早就起来了，叫来旺跟傻子去贴告白，又到联庄会去送信，一会儿领钱的都快来了，你还不快点洗脸漱口？回头人一来了，就一点儿工夫都没有了。你快一点儿，我到前边去看一看，要不然老爷子一看咱们哥儿两个，一个都没有，又该生气。"

说着一笑便转身向前边去了。张振家还以为张金玉昨天说的是气话，不过是说说算了，万没想到今天真要这样办。心里明白，一定是老爷子以为多钱多祸，不如散财免灾，这个心思虽是不错，不过事实上，绝不能是这样，一个弄不好，不但免不了灾，还许招出一点儿祸来。到了那个时候，又当如何？但是自己准知道，老人家的脾气，向例是说一不二，宁折不弯。这个事既是说办了，无论是谁，大概也挽不回来，不如依着老人家办上一天，老人家心气一平，也许能够来个原令追回，现在说却是白费话，不如不说。

心里这样想着，虽不痛快，可是也没有法子，只好是听其自然吧。当时穿衣服洗脸，完了之后，走到前边，才叫了一声爸爸，却听张金玉说了一声道："我是你的爸爸？要说你是我的爸爸倒许有人信。难得你还练过功夫呢？我真没有看见过练功夫的人，会睡到太阳晒屁股还不起。再练几年，你大概就要睡上三个五个连夜了。真是北京城来的大镖师，派头儿真不含糊，可惜我这个破家，用不着请人保，你还是回去歇着去吧。"

张金玉连挖苦带损说了这么一大套，张振家连一声大气儿都没出，站在旁边，怔呵呵地待了一会儿。这时外头已然有了脚步声音，跟着便有一人走进，振家一看，正是家奴来旺，不由心头火起，恨不得走过去一把把他揪过来按在地下一阵痛打，才出心头这口恶气。不过一想自己老父正在生气自己，如何还敢招惹老人动怒，当时只好忍在心里，却狠狠看了他一眼。

那来旺却毫不理会，走进来向张金玉深深行了一个礼道："当家的，外头人已然来了不少啦，咱们这个钱是怎么放给他们呀？外头还有本村子联庄会的会头带了不少人也来帮忙来了，是让他们进来，是把他们让到什么地方去坐一坐？"

张金玉一皱眉道："真是讨人厌！平常时候有点儿什么，找他们他们都不理，撅着嘴板着脸，仿佛谁该他两吊钱似的。现在听见这里放钱了，又全追上来了，简直就不是个人，我这是小事，也用不着惊官动府，不敢劳动他们众位的大驾，我这是苦事，也用不着那么大的排场，也没有什么油水，禁不住他们在这里头捞摸。咱们这里放钱，只要是咱们村子里的，家里有父母的给两吊大钱，本人还照领一吊，女的给三吊，病在床上，或是残废，不能动弹，也给三吊，新生孩儿，不过一月，连孩子带大人每人给一吊，单是小孩子来不给，平常要饭的花子，每人只给五百，吃烟喝酒要钱，身上有花柳病的不给，家里能够吃饭的不给，在衙门里当过差的不给。咱们后院场地里，有的是地方，弄一根大绳子在当中一拦，没领的站一边，领过的站一边。从现在就放，直到正午，过午不放。明天早晨接着再放。"

说到这句，看张振家道："这可又该求着二爷你了，你帮着看一看，如果有人从中捣乱，请拿出镖客的威风，在旁边给布置布置，别叫他们打吵子碰了老实人，这不过也就是这么一说，我想世人也不见得有这么不通情理的人，这就叫防而不备，并不见得准就有事，你可别见着不拘什么都瞪眼，那可不是办法。现在外头既是有了人啦，你们也就快点去吧，我的钱早就预备好了，都在后院场屋旁边那两个空屋里放着呢，你们快去吧。人不够叫傻子老黑都帮你们去。"

张振家一听，这种放钱的法子，太已不妥，准保少不了出事，不过老爷子现在正在气头儿上，说也无益，碰巧还许闹个不痛快，不如不说话。到了当地，看事做事，凭着自己对付这一班人，大概还不至于弄不过来。心里有了这么一想，当时连声答应，随了来旺，走了出来。才一出门口，便见身旁一个人影儿一晃，回头一看，原来正是自己嫂子翠娘儿，便站住脚步叫了一声："嫂子，你起得早。"

翠娘儿本来是一脸怒意，忽然一笑道："哟！二爷！方才听你哥哥说，你还没有起，老爷子已然问了你好几回了，昨天你干的那一手儿，老爷子很是不高兴，连你哥哥还骂了好几回呢，这时候气也不知消下一点儿去没有？你这出去大概是放钱去吧，老爷子也真是老悖晦了，大年底下，放着心静不叫他心静，放的也不是哪一门子钱，钱花多少倒是小事，挺冷的天，跑在外头一散这个钱，这是图什么许的。这一去就得一天，你大概还没吃什么呢，方才蒸得的馒头，肉也才炖的，吃小鸡可也现成。走吧，先到我屋里去，暖和一会儿，吃上一点儿东西，喝一点儿酒，穿个里皮袄，可就暖和多了。"

说到这句，一伸手就要拉张振家，张振家身子往旁一躲，既怕屋里老人家看见，又怕前头来旺听见，当时心里火起，恨不得把翠娘儿抓过来，一脚踢死的心都有，一想哥哥懦弱无能，性子却又糊涂，不由一咬牙又忍了下去，只高叫了一声："来旺等我！"

　　来旺一回头，翠娘儿脸上一白，一声儿没有言语，抹头便进了屋子。张振家这才随了来旺奔到场院，到了那里一看，只见后面已堆满了的是人，有男有女，有老有少。有背着一个的，有拉着两个的；有背着一个，抱着一个，后头还随着两三个的。一个个全都是鹑衣百结，囚首垢面，张振家看了好生难过，心想，难道这不是一国的国民吗？究竟是什么叫他们成了这个样子？一半儿固然是自己不知振作，一半儿也是师长的教导无方，再加上些贪官恶吏，不顾死活一搜括，再有刮风下雨，大水大旱，蝗虫冰雹，天灾人祸，这样一来，焉得不把一班安分守己的老百姓弄得这个样子。总共今天放这几个钱，又当得了多大用，但是已然这样人山人海，拥挤不动，可见这些人穷到什么地步。可惜家财不归自己掌管，如果自己有钱，今天能够多给他们几吊，岂不是心安理得？

　　心里这样想着，忽听有人喊："傻子，你先把那个横杠子挪过来，叫他们男的站一边，女的站一边，省得叫他们男女混杂，回头老爷子出来看见又不高兴了。"

　　张振家一听，正是自己哥哥的声音，抬头一看，可不是张振声吗？正在抬着一个大杠子往场院当中横呢，那边抬的一个，却是一个长工，又黑又大又粗又壮，想着大概就是那个什么傻子了，不由多看了他两眼。

　　这时张振声已然看见张振家，便把头一点道："老二你也来帮个忙儿吧，今天来的人太多了，还有从城里城东远道儿来的呢，回头有一阵乱呢。"

　　嘴里说着话，他可就忘了手里还抬着杠子呢，手一滑，一头杠子已然出手，旁边恰好是一个中年妇人带了一个小孩儿，小孩儿站得离着杠子最近，这根杠子少说着也在六七十斤，不用说是整砸在身上，就是往下一滚，碰上一下，也难免腿折脚碎。不过木头既沉，下势又重，大家虽然着急，可是一点儿法子也没有，只喊了一声："哎呀！"那根杠子已然坠了下去，张振家虽是全身武功，可惜离得太远，看张振声身子忽然一歪，就知道不好。忽然一跃身，明知道自己到了那里，也抓不起那根杠子，可是能够把那个小孩儿抓开，别叫他受了重伤，也是好的。

就在自己纵起来还没有落下去，就见那个中年妇人，猛地把那个小孩子往前一推，那小孩子就是一个趔趄。大家一看，猜着那个妇人一定是怕那根杠子砸小孩儿不着，她就讹不上人的样子，乡下人究属是老实人多，想着人家姓张的好心好意在年底下舍三天钱，怎么一点儿好处不念，反倒安心要讹人家。可是那个中年妇人，又不是本村子的人，大家动了公愤，才喊了一声："你要干什么？这个地方讹人可是不行！"一句话没喊完，就见那个小孩儿一个趔趄，到了杠子旁边。那杠子眼看就到了他的脚面上，只见他磕膝盖一顶木杠子，木杠子一晃，小孩儿一个身子，整从杠子上摔了过去。

那根杠子才得落地，这里哐当一声，那便是叭的一声，张傻子脸上早挨了一下子重的，那个小孩儿张口骂道："你这个龟儿子，拿了一根木棒，却是这样不经心，幸亏遇到是我，不然的话，一场人命官司，有得你这鬼东西去打。"

张振家恰好落在这边，行家眼里一看就知八九，准知道这个妇人跟这个孩子都不是等闲人。尤其方才那一推，在武术里的，那叫"煞手"，没有真功夫办不到。这两个一定不是要饭的穷人，又一听那孩儿说话音，全川边口音，越发起了疑心，便不由得多向那边看了两眼。只见那个妇人，身上穿得虽不整齐，却是干净利落，尤其是眉目之间，隐含有一股杀气，不是功夫深的人，绝没有这种现状。还有一样特别，手里提着一个长长的包儿，行家一看，自是明白，里头不是兵刃之类，也一定是一样什么少见的东西，绝不是妇女常用的物件。

　　心里正在纳闷，那妇人却向那小孩子道："福官儿，我是怎样嘱咐你的，怎么才到这里，就和人家捣乱，怎么这样不听话，难道我说的话你就没有听见？"

　　那个小孩子一听，赶紧停了喊嚷，早从那根木杠子上一跃而过道："妈妈总是说我不好，难道妈妈方才没有看见？不是妈妈横着一掌，那根劳什子木杠子不横在我腿上才怪呢，都是没鼻子的妖精害人，非要到这里看什么放钱的善会。这里一个善人没有，哪里还有什么善事，明摆着又是上了他的当了。等我见着他，不把他胡子揪下几根才怪呢！"

　　那妇人脸上突显怒容，转声喝道："你这孩子，还要说什么？真是可恶！"

　　小孩子被妇人吆喝了两句，便噘着嘴不再说什么，张振家看着虽是诧异，听着纳闷儿，也没有法子去细琢磨人家。

　　这时候木杠子已然横好，来旺已然同了联庄会上一班人，一串一串往这里运钱。外头来的人比方才益发多了，张振家就在这一顾盼之间，回头再看那个女人跟小孩子，已然连个影儿都没有了，人又多又挤，哪里还看得见，只好是暂时放下，便帮着张振声他们放钱。事先由联庄会出来两个人，向大家一说领钱的手续，这就开始放钱，居然秩序很好，一些都不乱，眼看着已然放了不少，忽然从人群里挤过一个人来。

　　这个人有四十多岁，姜黄似的一张脸，微微有几点麻子，三角眼，大鼻子，两道眉毛，向下耷着，上穿一件蓝布的棉袄，却是崭新，下面一条土黄的布裤子，腰里系了一块蓝褡包，脚下两只洒鞋。来到邻近，往前一伸手，来旺就递他一串钱，接了过来，转身就走。走了没两步，反身又走了回来，向来旺一瞪眼道："善人，对不过，这个钱里头有两个破的，给我换一换吧。"

　　来旺看这个人脸上神气可怕，当时便把先那串钱接过来，又给

251

他换了一串，接过来一声没言语，转身就走。走了又没两步，反身又回来了，向来旺呸的一口道："我说你是什么东西，敢拿穷人开心！你们家里就是有多少钱，谁也没有想抢你的，是你们自己要充什么善人，年下放钱，既是放得起钱，就该把钱先看一看，为什么把些个死人都不花的钱拿出来跟穷人开心？你要知道老子，现在虽然没有钱，从前也吃过见过，并不是一定非要指着你这个钱打点阎王老子。真不是东西！我今天非管教管教你不可！"

说着往前一抢步，一伸手就要从杠子这边往那边拉来旺。张振声几时见过这种人，一看之后不由大怒，也往前一抢身，要把来旺扯过，自己过去跟那人说理。张振家早已看出来人老在捣乱，今天放的钱，虽不一定个个是新铸的，但是既能用绳子穿，当然不会是两半的，那个人换过去时候，还没有掉下来，为什么他一动身，那些大钱就会变成两半儿？当然来人故意用的什么法子把大钱弄成两半儿，回头来找碴儿。先还疑心他是身上带了有破钱，故意来讹诈几个钱而已，等他二次一转身，并没见他从身上或是什么地方往外掏，他就又回来了。再说就是钱有的不整齐，尽可以回来说两句好话再换，也不至于说话瞪眼伤人，这一定是安了心来找麻烦的，即使这次给他换了，恐怕他也还是完不了。

方一寻思怎样对付，却见张振声抢了过去，准知来人不善，出手必重，唯恐自己哥哥无缘无故去挨他一下子，便赶紧往前一抢身，横胳膊一拦，恰好正撞在那人拿钱的手上。张振声往后一退，那人把眼上下一打量振家，狞笑了一下道："怎么样？你们是依仗着人多要讲打吗？哼，你家太爷好吃好喝见过，好打还没挨过，今天倒要看看你们都是怎么一个人物。"

说着往后一退，作势欲发，张振家看他这种狂傲无知的样儿，真恨不得当时给他一下子叫他知道厉害，但是又一想，昨天要不是为了怄气，今天哪里来的这些麻烦，今天又是行善事，在自己家门口，真要把他打了，传出去都不好听。

这样一想，当时把气压了下去，向那人一笑道："这位大哥，你错怪了，我们这里并不是耗财使气，要这个虚名的，只因家父年老多病，许了这么一个愿，但愿病好，情甘把半生积下的几个钱，完全帮助一些光景不好的乡亲。区区几个钱，本不在话下，何况还是自己愿意做的，岂肯故意放些坏钱在里头，这不是没有的事吗？也许是这些钱放在地下久了，难免有个糟朽，恰好正被你老哥遇上，这都是难免的事，这个是无心之失，也算不了什么。这么办，你拿出来我看一看，究竟有多少碎的，我可以如数补足，也就是了。再者如果你老哥一时手头不便，打算多用几个，什么地方不交朋友，将来还求诸位乡亲照顾呢，多拿几串去用，也全无关系，你老哥拿出来我看一看吧。"

那人听了冷笑一声道："你不要拣好听的说吧，只求这一串领到手里能够用出去，已然十分感激了，还敢多做无厌之求吗？"

说着往前一伸手，张振家一看，不由大大吓了一跳，原来那一串钱倒有十来个全从当中孔眼地方裂成两半，如同刀斩斧切，知道这种功夫是混元一气大力法，这个人功夫虽未到家，却已比自己高出几倍，幸而自己没有跟他张罗动手，不然这个硬筋斗栽得还要厉害呢。如今既是看出来人比自己高了，当然不能再想跟人过手，只有想法子能把来人对付走就算不错。

想着便向那人一笑道："果然是这串钱到了尊驾手里就糟了，再给你换一串就是，不过有一节，这回咱们是当面点，回头不换，其实就是这些钱全都糟了都不要紧，我知道老哥也不在乎这几个钱，但是也还有指这笔钱过年的哪，这件事得求老哥原谅一点儿！"

那人哼了一声道："当面就当面，坏钱总当不了好钱！"

张振家压住心火，一回头从来旺手里又拿过一串钱，才要往前递过，却听那人身后有人说话，声音非常耳熟："龟儿子！这种钱只好拿去骗鬼，啥子东西吗？你们是不是欺负我是娃娃儿？赶快换，把我莫要搞翻了腔。一搭爪子都打翻了它，看你们还嗹个要！"

声随人进，张振家一看，又是一皱眉，原来进来这个，正是方才走的那个小孩儿又回来了，过来一看，还真是方才那个小孩儿，心里纳闷儿，怎么今天专有这路事情？这可不能丝毫全不防备，倘若大小闹出一点儿事来，自己面子太已难看。心里这么一想的工夫，小孩儿就来到了自己面前了，满脸带笑把小手儿一伸道："这位当家的你老可是不对，既要是安心行善，就应当把好事做到家，我们又不是此地人，从老远地听说这里出了善人，大年底下的，肯得赏几个钱过年，谁不念儿整好处，我们跑到这里来，也是为了几串钱支使的。谁知来到这里，把钱领到手里再看，可真是把穷人恨透了！也不知这位善人是什么地方得来的钱，说是人花鬼钱，这话我不敢说，因为我是个小孩子，我怕损了我的寿数，不过这话要是始终憋在心里，又老大的不好受，并且还怕那位大善人没有知道，也辜负了他老人家这一片好心，所以我小孩子才敢跑到这里来讨厌，这位大爷请你看一看，绳儿还没有全解开这串钱全成了灰面儿了！"

说着把手往起一抬，张振家一看，一点儿不错，那个绳儿上还穿着有两个钱，余者果然全都粉碎，心里益发纳罕，今天的事可是太怪了！怎么一个拿的钱出了毛病，还说是适逢其巧，怎么会一个挨一个，难道真是钱都坏了吗？怎么那些人又没有回来退还呢？这里头一定有什么毛病。莫若给这个小孩儿换上一串钱，叫他当面数一回，就可以看出一个大概来。

想到这里，一回头向来旺道："再拿过一串钱来，挑那新鲜的。"

来旺听了一笑道："二爷也是脑糊涂了！咱们这是钱，又不是果子青菜，哪有新的陈的？"嘴里说着，早又提起一串钱递给张振家道："二爷你看这串钱准保新鲜，自从出炉，还没有用过呢，你看上头还带着金光儿呢。"

张振家意在看那小孩儿是怎么一个动作，知道来旺不明白这个意思，便也不去理他，一伸手接过钱来，一看这串钱，果然新铸不久的，连上头系的绳子也是新的，便往前一伸手，向那小孩道："小朋友，还给你这一串，你可是当面点好了，回头不能再换，一则人太多，来回一换，要耽误不少时候，二则人多手杂，这里头难免有那坏人，故意先弄点沙钱领出去把绳子一换，拿回来说我们给的就是这路东西。这几个钱倒是小事，可是一说出去，我们面子上不好看，小朋友你这回可点好了，回头不换。"

说着把钱递了过去，小孩儿一听，哟了一声道："你瞧是不是？我就知道少不了得听几句闲话，其实谁愿意来回捣乱，大年底下谁没有一点儿正事，难道还真是跑到这里来找麻烦，我跟这里众位远日无冤，近日无仇，谁没事出来找不自在？既是这么说，这回我就当面儿点，要是好钱，自是无话可说，倘若再要是那样的碎钱，我也不敢再说换了，只好是领了善人这份好心，改天再报答他吧！"

嘴里说着话，他的眼睛却看着方才那个换钱的汉子，张振家猛然想起，方才那个人正在闹着换钱，还没有给他换，这个孩子就来了，怎么这么半天，也没有听见他说话，斜眼一看，那个人也正看着小孩儿仿佛是出了神，心里像在盘算什么事情。忽然心里一动，又一想小孩儿跟那个妇人果然来得有些奇特，难道真是有为而来的？

再一琢磨方才小孩儿所说的话，越发觉得是事出有因，便不由得对于这个小孩儿更注了意，爽得连旁边那些领钱的全不顾了，就见那个小孩儿，把那串钱接过来，掂了一掂，然后用手一捏那串钱，约莫着有个十几个，两个小指头往下一使劲，就听噗的一声，那一叠铜钱，又全成了铜粉，张振家心里一哆嗦，不由脱口而出喊了一声："好！"

再回头一看，那个要换钱的汉子也不说换钱了，挤在人群里，三晃两晃，连个影儿都不见了。张振家这时已然明白，那个汉子确是有为而来，一看小孩儿比他手里还高，脚底下明白，趁小孩儿没有发作，竟自溜了，就凭那个孩子，能够把铜钱整串捏碎，手上的重功，已经可以。虽说自己一身武功，没有遇见多少敌手，准要是像这样儿重手功，准要是交起手来，还真未必便能赢他。当着这么多的人，要是叫他占了上风，这个人如何丢得起。想不到五行有救，会来了这么一个孩子，小小年纪，居然会有这样好硬功，不要细问，定是侠义门下，把替自己解围这件事扔在一边，就是遇见这样高手，也不能轻易放过，便赶紧向小孩儿一笑道："果然好眼力！这些钱确是个个都糟了，这里钱大概都是如此，再换也没用，家里还有新钱，不过要屈尊小朋友到家里随我去一趟了。"

小孩儿不等往下再说，便也一笑道："谁稀罕这两串破钱，只把那目中无人的……"

才说到这句，便听远远传来一声："福娃子你怎么尽贪玩？领了钱还不走，我可不等你了！"

声音又尖又亮，仿佛是鹤唳九霄，知道便是方才那个妇人。正要跟小孩儿说明，一块儿请到家里去，话还没有说出，那个小孩儿却应了一声："来了！"

跟着向张振声一笑道："你这个人果然还不错，等你有事，我自来帮你！"

说着一转身儿，双手一阵乱推，早已钻入人群，就听大家一阵哎呀声音，再看小孩儿，也跟那个汉子一样，哪里还看得见一点儿影儿。这样高手，失之交臂，真是令人意兴索然。但是又一想，方才他临走所说什么等你有事再来帮你，或者还会再来，也说不定，只是当时无缘罢了。

这时候后头来的人已然很多很多，那汉子跟小孩儿的事，本是一刹那间的事，除去张振家因为武功已有根底，看出是门里的事之外，其他连站在旁边的张振声、来旺、张傻子好几个大活人，全都没有看出来。

一看小孩儿和那人走去，来旺先笑道："也就是二当家爱理他，什么东西，舍钱还有来回换的，也不知道从什么地方弄来的破钱，要跑到这里来讹一头，大概他看咱们这里人太多，没有能够施展出来就走了，要不是二当家的跟他说话，我早就出去把那个小贼儿捆上了，把他送到联庄会，打他的下半截儿，警戒警戒他下次。"

来旺一阵胡说八道，张振家哪有闲工夫跟他说废话，恰好这时领钱的人越来越多，全都蜂拥上来，不容自己再想，便把心神一收，帮了大家散放铜钱，这一阵直放到正午，才告诉大家，已经到了时候，明天照样儿还放。大家无法，来晚了的只好回去，等待明天再来领取。

联庄会里一班人，帮了一早晨的忙，挺冷的天，冻了一个手僵脚硬，哪里好意思再叫人家回去吃饭，只好是全都让回家里款待茶饭，又说了一说明天怎样发放的话，便自散去。

张振家跟了张振声见过父母，说了说放钱的情形，所有那个汉子跟小孩儿的话，一个字也没提。到了晚上陪着两位老人家吃完了饭，正要进屋安歇，却听棚上一阵吱吱乱叫，扑咚乱跳，掉下好多灰来。

周氏一笑道："真是新年到了，耗子都要娶媳妇了！今天晚上，桌上柜里，多要留神，别叫耗子把东西糟践了，可是妨运气。"

翠娘儿一边答应着，却向周氏一笑道："妈，真是的，耗子娶媳妇不娶媳妇，你倒说得挺清，怎么我二兄弟这么大了，你反倒不给他张罗个家呢？要据我看，咱们家里田地，够吃够喝，趁早儿叫二兄弟跟镖局请假，整天刀儿枪儿的可不是个正事儿。再说大当家的人也老实，也顶不起这个门户，常受人家欺负，要是二兄弟好好娶上一房兄弟媳妇儿，在家里一待，准保比大当家他哥哥能顶事，一个打内，一个打外，咱们这个家还能不过得热火盆儿似的？妈，你说我说得对不对？"

嘴里说着，却向张振家飞了一眼，张振家一听这可不好，老太太真要一听她的，真要自己回来，自己还不敢不回来，那下子可是糟到了家，不如赶紧想主意，连这个年都不要在家里，省得睡多了梦长，今天先趁早儿躲开，省得发下话来，没法子往回顶。想着假装打了一个呵欠，借着又累又困便走出来了。

张振家是越想越烦，从屋里走出来无精打采，心想自己这个家，本是一个极其安静清闲的一个家，万没想到自己哥哥懦弱无能，又娶了这样一个嫂嫂，平常为人如何，因为一向未在一起，不大清楚，只就这几天对于自己这种情形看起来，绝不是什么端庄静淑之辈，只自己哥哥将来难免受了她的算计。父母已是这般年纪，倘若禁不起这种气苦，就许闹出别的毛病。这件事还是真不好办，无凭无据，没有一个法子可以把这件事情说破。

听昨天后院草房里说话，那个家人来旺，竟是个只可杀不可恕的东西，如果现在从容不问，只怕这一家祸事，全要出在他一个人身上。以自己的能力，杀他易如反掌，只是清平世界，朗朗乾坤，随便杀了一个人，自己既不便出头露面，少不得就要拖累许多好人在内，岂不是治一经损一经？这事也还大有斟酌之必要。

现在唯一当务之急，就是自己本身应当怎样渡过这重难关。最好是赶快离开这里，免得闹出事来，弄得是飞短流长，好说不好听。男子汉大丈夫，在外头走南闯北，如果一闹出这种名儿去，将来不拘什么地方，再也不好混，那岂不是冤哉枉哉！唯今之计，只有自己赶快一走，比什么事都好。只是一件，一则自己久出未回，二来又在年下，人家在外头的人，还要往家里，自己怎好回到家里反倒往外头跑？这件事当然说不通，一个说出来，定要招老人家不痛快，轻易不回来，似乎也不应该，最好是现在有个什么题目，能够在老人家面前说得出口，这件事就有办法了。

忽然又想到今天看见那个要钱的汉子，故意闹些玄虚，分明是有意来此寻衅，幸喜那个小孩子跑出来解了自己的围。不过据自己猜测，那个汉子保不定是受唐胖子王永昌他们支使出来，至于那个小孩子却不知从何而至。以他那样身手，绝不是普通要饭的，自可断定，便是那个妇人，也非乱离中人，难道也是特来寻找自己的？果是那样，恐怕是一波未平，又生一波，这家里益发待不得，最好还是快快走去的好。

第四回

除大害侠义歼匪帮

一边想一边走，一时走得出了神，没留意对面来了人，一步正踩在来人脚上，胸脯子跟胸脯子也正撞在一起。来人哎哟了一声，张振家才知道只顾自己寻思心思，却走在了来人身上，好生过意不去，赶紧往旁边一闪道："哟！什么人？没有踩着你吧？"

来人苦笑了一声道："二爷呀！是我！我也没留神，您也没看见，倒是没踩着。真是，我的爷，你不在屋里喝酒吃团圆饭，怎么你到外头黑灯影里瞎溜呀？这倒好，我没找着倒碰上了，外头有人找二爷呢，是从北京城里来的。"

张振家一听，说话的正是那个张傻子的媳妇儿，心里老大不是意思，及至听到京里有人来找，便借了这个茬儿问道："怎么？北京城里什么人找我？现在什么地方？"

张嫂儿道："我也没听明白，是那来旺告诉我的，他就说京城里什么局子有人来找二爷，叫我来送一个信儿。"

张振家一听，就知道是北京镖局派人找下来了，一定是出了什么要紧事，不然的话，自己请了一个月的假，一共不到十天，绝不能派人就找下来。听到这里，便不往下再问，不管张嫂儿，转身往外就走，才走出没有几步，便听身后有人冷笑一声道："怎么样？张二奶奶，巴结上了红差事吗？方才那一撞，大概连骨头缝儿都舒齐吧？哼！皇天不负苦心人，眼看着就要当家主事了，又别忘了我这苦哈哈呀！"

张振家一听，正是那个恶奴来旺的声音，不由心头火起，恨不得回过头来，问明白了他，当时把他抓过来一下子把他打死，因为记挂着外头有人找，只好装作没有听见，三步两步赶了出去。

到了外头一看，一点儿不差，正是自己镖局子里的趟子手长腿仙鹤赵德禄，才要问他到这里来有什么事，谁知道赵德禄一见张振家抢上前道："嗬！张二爷，你在家里享了福，我们在城里头可受了罪！"

张振家一看他的说话没头没脑，气急败坏，准知道必是出了什么急事，怕是叫别人听见不大方便，便把他拉到里边，仔细一问，才知道镖局子就在这几天里头，连出了两三件事。

一件是有只镖走到涿州不远么家店，叫人家把镖劫了，并且出去两位镖师，全都挂了彩，客人坐在店里不答应。

一件是北京城有个混混儿叫半边俏，因为跟朋友讲过节儿，在北京大茶馆天会轩说和事，由于两句话，得罪了对方约出来的朋友，彼此翻脸一打，半边俏这边大获全胜，对方被打的里头，有一个却正是镖局子里的二东家，认为丢了大脸，执意不完，已然定下过了初六，准在初七一清早，两下各约朋友在顺治门外南下洼子，比个粗细，论个高低。

再一件是在赵德禄来的头一天晚上，有人夜入镖局子，寄柬留刀找张振家说什么要算一笔旧账，限他在正月十五以前，按照帖上所写，自行投到，见面自有交代。如果过时不到，就要火烧镖局子，然后再找张振家。

本局子镇镖的老把式金根无敌白头太岁崇若崇子厚，虽然能耐高大，眼皮子很杂，不过事情来得既怪，而且又是一档跟一档子，并且里头还有为了个人的事，不便自己做主，这才派了赵德禄连夜赶到正定府霹雳镇，来找张振家。

如果本人在家，没到别处去，就请张振家连夜赶回去。张振家一听，这下子可真是糟了，怎么会就在这么几天之中，会出了这么多的事？这可真是麻烦，不过又一想也倒不错，遇见这么一个机会，可以赶紧离开这个家。

便向赵德禄道："既是这样，今天无论如何是不能走了，咱们明天再说，我也得跟家里老爷子说明白了，不然才回来两三天，一说大年底下，连年都不过，又要回去，老爷子准不高兴，绝不能放我走。好在他们定的日子，还没有到，咱们倒先不用急，你跟我进去见见老爷子，不过又别实话实说，必须如此如此。"

赵德禄点头，跟了张振家走到里面，张振家告诉赵德禄在院子里等一等，自己先进去说一声儿，赵德禄点头答应。张振家便走进屋里，一看大家已然全都吃完，桌上家伙早已撤了下去，张金玉满脸不自在地坐在那里，周氏却站在旁边看看张傻子媳妇儿在做供佛的鲜面供儿。翠娘儿站在张金玉身后，给张金玉装旱烟，自己的哥哥张振声手里拿了一个算盘，在那里一边三下五去二，四下五去一地念着，一边在那里打着。

张振家准知道这句话不好说，可是绝对不能不说，便向张金玉叫了一声："爸爸！京里头来了人了！"

张金玉哼了一声道："什么京里头，京里我没有什么高亲贵友，八成儿是找你的了。张振家，我告诉你，咱们家里虽不是什么大富大贵，可也还不至于就要卖着命去混两顿饭吃。要依我说，明天托人带封信，去给你们两个镖局子，趁早儿辞去不用干，在家里待上三年五年，好在我跟你妈已然都是这种年岁，还能活上多少年？等我们两个死了之后，你要爱去干，还可以去干，总是先把我们两个埋了之后再去。难道说你还非要叫我们把你从北京城搭回来埋了不成吗？那岂不是对于生儿养女的冤孽种，也太残忍一点儿了吧？我告诉你，你在外头的事，别以为我全不知道，打算拿命换钱去，咱们家还没到那个份儿，你不用在我面前扔下明白说糊涂，北京城爱来什么人就来什么人，我都管不着，也不用叫他来见我，我也见不起大城里头的人。你愿意留人家在这里住两天，就住两天，人家还得愿意受这个苦。如果人家不赏脸，我也没法子，反正一句话，镖局子你不用打算再干了，北京城你也不用再去了，什么话都许你说，就是不许你再提到北京城去的话，你听明白了没有？"

张振家一听，这位老爷子是越说越声音大，越说越不好听，怕是叫赵德禄听见不是意思，心里纳闷儿，这位老爷子平常固然是肝气旺，爱生个闲气，可是一向没有像这个样，今天这是怎么了？说出话来，这么一点儿情面不留，这可真是糟糕。并且有一样最可怪，就是他老人家，怎么就会知道我要到北京城去，开门见山就是这件事呢？

忽然一想，一定是方才自己跟赵德禄说话的时候，自己一个大意，没有留神，又被翠娘儿听了去了。她才跑到头里，向老人家一说怎么怎么凶险，一吓唬老人家，上了年纪的人全都特别疼爱儿女，一听她说得太凶，所以才不放心，才这样执意不叫自己去，若论老人家这番心思，不叫自己去，自己也还可以不去。一则那里事情确是十分紧急，二则又是翠娘儿从中闹鬼，无论如何，我也要走这一趟，只要有这条命回来，不但镖局子不干，从此绝不出门，本来这个家也叫自己十分害怕。

正想用个什么言辞打动老人家，万没想到翠娘儿在张金玉身后把手向自己鼻子一指，又向张金玉脊背上一指，又把手向外一挥，自己正不知道她又闹的是什么鬼，忽听她向张金玉微微一笑道："爸爸你老人家又要说一面理了！二兄弟从前上镖局子，既是你老人家当初叫他去的，现在又没有辞事不干，人家柜上既是派人找了来，大年底下，当然是有急事。你不叫二兄弟去，那也不像话，再者人家老远地跑了来，总是个客位，无论如何，你老人家也得见上人家一面，不怕你老人家不叫二兄弟去，也可以跟来人说明白了，能够没有什么要紧的事，当然是以不去的好。实在非去不可，你老人家也得叫二兄弟再去一趟，你老人家可以给他个期限，到日子叫他准回来也就成了，反正你老人家不能就跟二兄弟这么一说。倘若他是怕你老人家不敢多说一句，等到背了你老人家，他是偷偷儿一走，你老人家应当如何？不也就是跺着脚在家里一骂也就完了吗？"

张振家一听，这个女人可是太厉害了，听她说的，仿佛是处处向着自己，其实她句句是在给自己补空子，正待辩白，张金玉只一笑道："对！对！不是你这么说，我还忘了这个意思呢。好吧，你把你的那位贵友请进来我们谈一谈吧。"

张振家一听，也不敢说是不请进来，只好走到赵德禄面前低声儿道："你听见了吧？什么事到屋里见机而作，千万不要大意，一个弄不好，我可就走不了啦。"

赵德禄吃镖局多年，人是又老练，又油滑，屋里方才那些话，他是全听明白了。他虽不知道翠娘儿说话是什么意思，反正准知道这位老当家的脾气不好，不好说话。一见张振家出来向自己一咕噜，便自了然，跟着张振家来到屋里，先给张金玉老夫妻行了礼，又给张振声夫妻行了礼，问了安，又给镖局子人们替问了好，这才说到本题，把方才跟张振家说的那一套完全收起，笑嘻嘻地向张金玉道："老太爷，我这次来到你老贵府，实在是不对，因为镖局子掌柜的打发我来，我是不得不来，因为前三个月镖局子里出去了一只镖，是你老这里二爷给护送的，那两个客人是山西人，镖到了之后，他始终没把水脚清算下来。这两天离年太近，掌柜的因为等钱使，找他一要钱，老西儿一摇头，他说这件事既是姓张的经的手，最好是叫姓张的来。其实这个老西儿不地道，他知道你老这里二当家的回了府上，他才这么说的。他想着这么一说，我们掌柜的绝不好意思叫我们来请二当家的回去，他就可以多赖几天了。一则他那笔钱，数目实在不小，二则柜上也真等钱使，所以我们掌柜的，明知道这件事情不对，二当家才回来两三天，不该又劳动他回去。不过这件事二当家的不回去，事情真办不了，钱是绝要不回来，因此才叫我到你老这里来一趟，一则给你老人家请请安，二则打算替二当家的请几天假，回去一趟，也许三天，也许五天，只要把钱到手，一定请他立刻回来，我们柜上就感谢不尽了！"

张振家一听，这套话说得近情近理，实在不错，再看张金玉听了赵德禄这一套，一回头向翠娘儿道："人家这么说了，咱们又该说什么？"

翠娘儿道："你这个人真是老实，反正无论如何，儿子是你的，你说不叫走，他们任什么法子也没有不是，可是你不能够把人家给拦在这里不闻不问，那可不是办法。"

张金玉一听也对，便赶紧向赵德禄点了点头。赵德禄又是一行礼，张金玉一问什么事，赵德禄一说北京局子如何出了腻事，非得张振家回去不可，从头至尾又细说了一遍。张金玉已有先人之见，自是不听。

赵德禄是个久走江湖的，哪里会看不出来？眼珠子一转，计上心头，向张金玉一笑道："老爷子你可别那么说，这镖局子买卖不比旁的买卖，只要出了事，就是你这里少当家的不在那里，也不能就算完事，一个不好，难免找到家里来，在那里朋友是多的，这许有个办法，就是少当家的一个人呢，那下子麻烦就可大了。要依在下的心思，最好是叫少当家的走一趟，到了那里，把事情办完，可以把事辞了，从此不吃镖行，那倒可以平安无事。如果不然，也听你尊便，不过府上要是受了惊恐，可不要埋怨在下事先没有说明白。"

这几句话真把张金玉给说动了，便不能再像先前那样执拗，翠娘儿在旁边干着急，却是一句话说不出来。只见张金玉点点头道："既是这样，可要早去早回，这种拼命的行当趁早儿别干了，不过能不能想法子过了初五再走？"

赵德禄怕是事情再变，便又加紧一句道："人家那边说的却是三天以内听回信儿，如果过了三天，难免就许跑到这里来生事，既是放少东家去，就赶紧叫他走吧！"

张金玉只可点头，张振家虽是一心一意愿意离开这个家，不过一看父母偌大高年，正在欢喜之际，骤然一走，难免难过，可是别无良法，又看自己哥哥一眼，不由心里一酸，差一点儿没有哭出来。又一看嫂嫂翠娘儿站在父亲身后，看着自己有一种说不出来的幽怨，不由也是一阵难过，坐过去先给张金玉周氏行完了礼，又向振声道："哥哥，我走之后，你要少出门，多在家，少喝酒，莫生气，多者一月，少者二十天，我必赶回。"

张振声不知那里的事，便一口答应，张振家又向翠娘儿一揖到地道："嫂子，我哥哥人太老实，家里事还多仗嫂子，我把事办完就回，将来对于嫂子定有一番谢意，家里的事还求嫂子多多费心。"

翠娘儿只说了一句："说不到。"底下就没有话了。

当下张振家辞了父母别了兄嫂就走出来了，走到村子外头向赵德禄一笑道："大哥，今天的事真亏你，不然真出不来。"

赵德禄也一笑道："兄弟连你都掉在鼓里了，这个你可得恕过我，我也是受人之托，忠人之事，没有法子的事儿。"

张振家一怔道："这话怎么说？"

赵德禄道："兄弟别着急，道儿上也没事，咱们慢慢谈着，一则解闷儿，二来你也就明白了我的来意了。你知道打磨厂远威镖局陈五常吧，现在也不是听谁说的，要在沙子口立一个什么南北群雄会，约请天下英雄吃把式饭的朋友。在那里明着说是以武会友，实在他是打算借着这个机会闯蔓儿，要把镖行独霸。自从这个信儿一传出去，京城里头镖局子就嚷嚷动了。为了自己门户，谁都要多约几位好手在那里帮帮场子，听了争强斗胜，谁也不愿意服低。咱们柜上同人都有这个意思，唯有老当家的他是说什么也不行。

"他说他闯出这个字号来很不容易，一旦之间，要是折在他们手里，未免太冤，并且远威镖局那一伙子人里头，没有真正人物字号，赢了他们不足为乐，要是折在他们手里，这辈子也翻不过身来。咱们这镖局子，也不是一天半天了，提起来谁都有个耳闻。走咱们镖的，到了什么时候，也是走咱们的镖；不走咱们镖的，到了什么时

265

候，也不能到咱们这里来。要是他们一过手，赢了他们，咱们也多不了买卖；要是输给他们，连现在这点买卖都算完。干脆说，就叫犯不上。在这他们这一回闹得太大了，各镖局子都要约几个相好的至厚的，能人背后有能人，难道里头没有几个特别好的，咱们即使赢得了远威，也不准能够全都赢了。只要输给一位，依然是前功尽弃，反倒给人家长了声势。最好就是来一个坐山观虎斗，咱们还是做咱们的买卖。他们的会期是正月十五，我过了初六就往关外走一趟，他们有人来约，就说掌柜的不在柜上，没人掌事。等到他们事情过了，我再回来，咱们既能保住面子不丢，也省得无故去得罪人。我今天说的这片话，不拘哪位可也要紧紧记住，如果有私出镖局，跟他们过手比试，不论输赢我可不免得罪，要请他出号，从此谁也不再认识谁，可别说我老头子不懂交朋友。再说一句不害臊的话，即使人家找上门来指着脸子说点什么，只要挨着是远威镖局子里的事，咱们学个唾面自干，我也不怕说软弱无能。

　　"老掌柜说这话的时候，瞪着眼睛，拧着眉毛，撅着胡子，连一点儿笑容儿都没有。说了一遍又一遍，说了一回又一回，当时大家虽然都不大乐意，可是谁也没敢驳回。老当家走了之后，大家一商量，听老当家说话的语气，仿佛是心存顾忌，斩钉截铁，再说也是没有用，一个闹僵了，真许把镖局子都解散了。可是真要是到了日子，一个人不去，一场不露，知道的是他老人家拦之再三，不叫大家出去；不知道的，一定说是咱们畏刀避剑怕死贪生真不敢上场。那一来咱们这个镖局子就算完了，咱们这拨人可也就不用吃了。大家一合计，可就想起二爷你来了。"

　　赵德禄才说到这里，张振家哼了一声道："哦！原来为的是这个，不过众位想起我来又怎么样呢？众位跟老当家的总还有一点儿客情儿，我是一个晚辈，众位要是不行，我更不行了。我要是知道这么一件事，我真不回去了。"

　　赵德禄道："不是那么说，固然你是他老人家的徒弟，是个晚

266

辈，可是老当家的对于你一向是特别重视，言听计从，别看跟大家是这么说，大家不敢多说，怕是伤了面子。如果你回去一说，说得比我们也明白，老当家的也听得进去，这件事也许能够有个变动。"

张振家一摇头道："不对，不对，你们枉跟老当家在一块儿这么多的日子，全没摸准老当家的脾气。老当家从十二三岁就在江湖道上闯，成了这么大的名，就是因为他老人家生性耿直，别看对谁都是那么和气，心里可又一个刚果劲儿，无论什么事，都是慎之于始，向无出乎反乎的情形。一件事只要答应了人，不拘到了什么时候，为了多大难，受了多大累，赴汤蹈火，万死不辞。这件事要是起始就认为不安，不拘是怎么一个亲近人，金银在前，刀斧在后，也绝不能由摇头改为点头。要不然怎么会在江湖上落了一个火焰驹虬髯季布这么一个美号呢？

"关于这回打擂式的行当儿，他老人家既是再三嘱咐，不叫大家出头露面，必是另有所见。恐怕一旦出场，胜败都有不利，以他老人家经验阅历来说，绝不是无因而至，对于众位既是那样说，对于我更不会改变初衷，甚至把对众位那点客气劲儿全都取消，跟我一瞪眼，拿出师父训徒弟的派头儿，敲山震虎，拿我一立法，不但我当时下不来台，就是众位面子上也难堪。依我说趁早儿别找没脸，他老人家怎么说咱们就怎么办，好在有他老人家的话在先，就算是丢人现眼，甚至于镖局子为了这个关了门儿，也没有咱们什么不是。

"如果众位认为这是栽筋斗，非要到日出场不可，我也不敢拦众位高兴，一切任凭尊便，可是无论如何，我也不能参加，并且也不便再去找老当家一顿申斥。众位看得起我，才给我这么大的一个脸，虽说有点儿辜负众位的美意，不怕就是真的恼了我，我也没有法子，这件事可是得千万原谅我才好。"

赵德禄一听先是皱眉，继而一笑道："二爷这话全对，实在是我们没有想到这一层。可是在我动身之先，大家曾合计着，以大家的面子，你不会圆上这一场，大家也粗鲁一点儿，没等我的回话儿，

267

他们已然把你的名字开好送到远威镖局说你是日必到。你这么一说，当然是不去了，可是人家那边并不知道，到了当天，你要是连面儿都不露，这一个脸可是丢大了。大家固然办事太急，有点儿糊涂，但是事到如今，帖子在人家手里，却要不回来了。我想现在只有一个办法，你既是怕老当家的知道不高兴，你干脆到了北京你先不用回镖局子，找个地方先住上十天八天，到了远威亮擂的那一天，你可以出场看一看，你也不用跟谁过手，他们这个擂绝不能一天完，头天你露下子，总算打了场。第二天你就不必再去，既可以盖过面子，你也落不了包涵。否则你要执意不去，难免有人传到老当家耳朵里，只要一追究，我们这几个人当时就得出号，没什么说的，你看在大家都有个不错，只当救了我们哥儿几个，你就帮这下子忙儿怎么样?"

张振家一听，这叫捆上挨打，可是事到如今，真要是不答应，他们一着急，都是练武的粗人，就不定他们就许自己出场，那一来更是大糟特糟，莫若先应了他们，到了临期再想法子，比较还可以略好一点儿，想着便点了点头道："既是已然办到了这个地步，可也就没了法子了，只好是依着这个法子办吧。不过有一节，到了北京后，千万别叫老当家知道我回来，也别和旁人再说什么，等到临时我必上场，总想法子找回面子也就是了。"

赵德禄一听张振家答应了，当时非常高兴，口里自是连连答应，心里却是暗打算盘。这霹雳镇原是一个小镇甸，两个人走了半天，连个脚驴都没有找到，地下又是大雪刚住，泥泞不堪，只好是摘着道儿走。

走到村口，两旁都是高坡儿，只中间有一条小道可以过人，这股道因为是个镇口，为了守望严密的缘故，因坡就势，并没有开关，中间这股道至多有上二尺多宽，连一个手把车都推不过去，两个人不用并肩，只能容一个人过去。

赵德禄一看向张振家道："二爷这点道儿太窄，容我先过去，你再过去。"说完了撩衣襟儿一挺腰板儿迈开两条长腿才要过去，猛听对面有人喊嚷："你这孩子，不用你眼空四海目中无人，顾自己还顾不过来的时候，还要狗拿耗子多管闲事，别人的管不了，自己先得挨顿板子，等你也明白了，事情也晚了，你有抱着脑袋扎水缸的时候，就知道二太爷不是冤你了。"

一边说一边往山坡里头走去，赵德禄已然走到了半截儿，再退回来，还得费不少事，想着抢一步就可以出去了，嘴里喊着："慢走一步，让我过……"一个字没说出来，砰的一声，正撞在来人身上，就觉得浑身全都一震，身不由己，咚、咚、咚倒退出两三步。

张振家本跟他首尾相连差不了五六步，一看大惊，急忙伸手要把他截住，没等手挨着赵德禄，已然腿儿一软，咕咚一声，摔倒地上，两边除去雪就是泥，把一件青羊皮筏新皮袍子已然滚脏了两大片。

张振家才要申斥来人为什么走路这样急，来人已经现身，原是个老头子，穿了一身奇怪的衣裳，肩上背了一个大口袋，一见赵德禄躺在地下，不由得就啐了一口道："你这个小伙子，有什么急事？是要报丧去吗？怎么走道儿连人都不看，硬往人身上走，对面来的要是你爸爸呢？你也是这么横冲直撞吗？撞完了人，一个字不提往地下一躺，难道你还打算怎么讹我一头吗？一天工夫，你就挣了二百多两，怎么还嫌不够，打算再讹一头，连你媳妇儿带祖坟都赎来吗？你睁开你那两只龟眼，认识认识老太爷是干什么的。我不像那耳软心活一点儿准主意没有的公子哥儿，就算你再会使苦肉计，老太爷也上不了这个当。你要是有骨头的趁早儿滚起来，不怕你把老太爷谋死在这里，老太爷死了也闭眼，就怕你小子没长那个横骨头来！"

老头子是越骂越欢，张振家是越听越有气，饶是他碰到了人，他还这样瞪眼不讲理，真是可恶已极，这非得给他一点儿厉害不可。想着正要往前抢步，却听赵德禄躺在地下，一边伸出一只手乱摇，一边喊道："二爷千万别跟这位老人家怄气，确实是我撞了他老人家，他老人家骂得都对，你闪一闪，让他老人家先过去吧。"

张振家一听大出意料，赵德禄虽然到镖局日子不多，他的脾气秉性自己却是深知，向例是属煮鸭子的，肉烂嘴都不烂，怎么今天会输了嘴啦？这可真是怪事！又一琢磨这个老头子，也觉得非常奇怪，听他的口音，看他的神气，全不像本城本镇的人，他说的话又是句句无礼，并且语气似乎都带双关。再者赵德禄就是撞了他，也是出于无心，况且赵德禄依然倒在地下，他没有受着一点儿磕碰，何以他倒不依不饶起来？这可真是怪事！

想着留神一看老头子，恰好老头子也正一抬头，目光相对，陡觉老头子两只眼睛迥异常人，好像有一道极强的光亮闪了一下相似，心里益发吃了一惊。又一转想，也许是赵德禄从前就见过这个人，两个人结过"横梁子"（仇恨），今天狭路相逢，老头子意存报复，赵德禄吃过他的苦楚，不敢和他过手，又怕自己吃了他的亏，所以才这样不惜委曲求全。

这事要是换个地方，一定要较个水落石出，现在离着自己家门不远，一闹起来，势必惊动村众，难免又传到老人耳朵里。老人家对于唐王一事，始终未能去怀，岂可再添他的不痛快？

好在赵德禄本人求和，并非自己不管，多一事不如少一事，还是化解了为是，想着停住脚步，往前一侧身道："老人家，你请过去吧，这里路滑，你老人家多要留神。"

老头子一听哼了一声道："无论多聪明的人，遇见了鬼打墙也是没有办法，闹海的哪吒遇见无常，也会忘了风火轮。三枪打不透的呆鸟，不掉在网里，绝回不过头来，好大夫治得了病治不了命，这真是万般自有命，半点儿不由人！只好是掉在井里再捞吧。"唠唠叨叨一边说着，又恶狠狠地看了张振家一眼，跟着一皱眉，一溜歪斜哼哼叽叽转过山坡往大道上去了。

张振家听完，不由好笑，原来这个老头子是个半疯，也就不往心里去了。过去把赵德禄扶了起来，好在是土地，除去弄了一身泥之外，倒是没有受什么伤。张振家一问摔着了没有，赵德禄脸上忽然红了一下，跟着又一笑道："没有，我早看出他是疯子来了，万不能惹，一惹没完，还是放他过去的为是。要不因为他是疯子，又是这个年纪，我要饶得了他算怪了。"

才说到这句，猛听山坡上头仿佛有人吭哧一笑，赵德禄话也没有了，一拉张振家道："咱们快走吧，我还饿着肚子，得找个地方去打个尖才行呢。"说完了两个人一前一后，走出镇口，认上官道，就走下来了。

走了一天半，离着京城还有二十来里地，地名儿叫黄村。赵德禄道："二爷，我想起来了，你这次进北京，如果一到城里头去，朋友是多的，遇见了熟人，难免不传到老当家的耳朵里，放着镖局子不去住倒住在外头，老当家绝不能高兴。那样一来，可是难免多出枝节来。到了那个时候，可不免要露出碴儿来，岂不是前功尽弃？前边这个村子里，我有一个朋友，很是莫逆，人家可是种庄稼的，最好是先在这里住上几天，我到城里去打听打听，远威究竟是几时开擂，回来我再报告二爷你，再去不晚，你看好不好？"

张振家一想也好，当时答应。赵德禄大喜，便一同走进黄村，进村子不远，有一个姓田的就是赵德禄的朋友。这一人名叫田瑞林，确实是个种地的，张振家毫没理会，便住在了这里。

赵德禄单身进城，一晃儿就是半个月，这天是正月十四，都掌上灯了，赵德禄跑了一脑袋汗从外头进来，先给张振家拜年贺喜，跟着就向张振家道："二爷，我可实在太对不起你了！"

张振家道："这个没有什么，我在这里住着挺舒服，好在明天就是十五了，他们什么时候开擂，咱们是早去是晚去的好？"

赵德禄道："我就为这件事跟你领罪来了。远威镖局摆擂这件事，已然是闹得满城风雨，直到昨天，还说比艺献技呢，万也没想到也不知是哪位都老爷（御史）暗中递了一个折子，说是皇上眼皮子底下不准有这种举动。皇上一看折子，当时传谕九门提督费扬古费大人火速查明，如有上项情事，把主办的人拿官问罪，治他一个聚众持械意存不轨的罪名。费大人领着四百名兵勇，就奔了远威镖号，幸亏兵里头有两个跟远威有点儿交情的，借着屎遁给远威送了一个信儿。远威当时把请来的南北英雄都劝散，把布置的场子也拉平，这时候费大人就到了，看没有什么动静，贴了告示就又回去了。这一来不要紧，远威的人是白请了，钱是白糟了，连累你年也没过好，这是怎么道的？没什么说的，你老避屈就避在我一个人身上吧。好在今天才十五，离咱们店里走趟子时候还远，你先不用进城，还是回家等过了填仓你再回来，绝误不了事。如果有要紧的事，我再去给你送信你看好不好？"

张振家本来没心打擂，一听官家禁止了，心里十分高兴，便点了点头道："好，好，我正不愿意去的，就依你的主意，我明天还是先回家，过了二十，我必赶回来。"

说完了，赵德禄去了，张振家给田瑞林留了十两银子，田瑞林先是不要，后来看着这块银子，点了点头又叹了口气，才把这块银子收下。张振家看着，心里很是不痛快，可是也不便说什么，好在身上也没有带什么，说走就走，当时辞了田瑞林走出了黄村，一边走，一边想，觉得这件事诸多可疑，赵德禄所说的话，有许多虎头蛇尾前后不符，自己出来这趟真冤。

不过事情已然过去，空想也是无益，好在离家并不太远，到家里再住上十天半个月，等到镖局子亮了镖再回去也不晚。一边想着一边往回走，越离家近，心里越不踏实，自己也说不出什么道理，仿佛就像有什么大祸临头一样，又想回去，又怕回去。

这一天走到一个村甸，地名儿是元宝坑，离着劈雷镇至多不到五里地，张振家走到这里，觉得有点儿乏了，进了镇甸，找了一个饭铺，所为吃点儿喝点儿，就手儿歇上一会儿。这个饭铺虽然不大，里头吃饭的座儿并不少，张振家虽是住家离这里还远，皆因一向在城里头，轻易不大回家，这里并没有一个熟人，进去找座儿坐下，要菜要饭要壶茶。

正在吃着喝着，就听旁边座儿上有人说话道："三哥，你说劈雷镇昨天出的这件事，可是真有一点儿邪行。"

张振家一听，心里就是轰的一下子，把饭碗就放下去了。跟着就听那边那个人说道："其实你我谁可也没有眼见，要按这件事说，那个姓张的老头子，大概平常总有大缺欠的地方，不然不能落这么一个下场。据衙门里的快班揣测，不是他们家那个长工因为老头子平素待人过苛，就是他那第二个儿子欺兄霸嫂，老头子一拦，那个二畜类就干出逆伦的事来了。总之这件事不拘怎么说，反正这个老头子必有缺欠之处，不然出不来这个事。"

张振家先听着吓了一跳，后来一听，不像是自己家里，心又松了下去一步儿，可是又一听人家明明说的是劈雷镇姓张的，仿佛还是自己家里，心里又是一惊，有心过去细问一问，跟人家素不相识，突如其来，问人家人家也未必肯说。即使说出来真是自己家里又当如何，再弄得叫人家疑神见鬼，岂不更是大糟而特糟，莫若赶紧回家，看个动静再想法子。

想到这里，饭也吃不下去了，赶紧算完了账，出了镇甸，心急似箭，放腿往下一跑，眼看就快到村口了，忽然心里一动，方才听那两个人言语之间，仿佛是有一句欺兄霸嫂，如果真是自己家里的事，难免就是祸事，不如找个地方先等上一会儿，等到天黑了以后暗地进村，探看是怎么一个情形，如果不是自己家里，再叫门进去，也不算晚。倘若真是应了那句话，多少还可以有个退身之处。

想到这里，便不进村子，先找了一个没人去的坟圈子里头一待，耗了半天，天才黑上来，又待了一会儿，这才活动活动腰腿，把身上兵刃暗器全都收拾整齐，这才从坟地里蹦出来，好在都是熟道，眨眼之间，就到了自己家门口。一看里头还有很亮的灯光，有心叫门，又怕出了差错。提身一纵，便到了墙上，单胳膊跨墙头往里一看，只见前边正房，只有母亲周氏住的那间还有一点儿亮儿，余者全都漆黑，东边厢房本来是供祖的祠堂，一向是没有灯的，今天忽然里头有了亮光，凝神一看，差一点儿没从墙上掉了下来。

原来东屋正中那间，头东脚西端端正正停着一口棺材，素帏白幔，绿蜡青香，好像是新停上不久的样儿。张振家准知道方才听见的不是空口一谈，确是有这件事，而且还就是自己家里。要照这种情形看起来，死的还绝不是外人，正是自己的父亲张金玉了。

心里一酸，眼泪往下一掉，心就横了，用手一摸背上单刀，就要提身蹦下去，猛觉身后有人在自己脊背上拍了一下，并不太重，急忙回头一看，只见一条黑影非常矮小，从自己身后绕着墙往正房后头去了。

张振家浑身就觉得一凉，毛发森立，往下蹦的心就没有了，心说死的虽不知是什么人，反正绝对是自己家里的人就是了，自己出去拢共这才几天，怎的便会出了这种逆事。尤其方才身后有人分明拍了自己一下，究竟是怎么一个人，是怎么一个意思？自己全不知道，看神气对于自己并无恶意，忽然心里一动，想起自己临走的时候，嫂嫂翠娘儿对于自己的神情，旺儿背地的言语，难道真是旺儿做出什么禽兽的事，被老父知道，老父便因此事丧了生命不成？真要如此，这几个狗男女是非把他们除掉，碎尸万段，难消胸头之恨。

这样一想，心里又是一股怒气，陡地涌上心来，用手一摸背后刀，二次要蹦下去，谁知手这一摸刀，当时惊得魂飞万里，原来身上背后刀，已然被人从鞘里抽了出去，身上只剩了一个空鞘。唰的一下子，这汗就下来了。

先还以为是丝绳勒松了，脱扣甩了出去，用手一揪丝绳勒得挺紧，并且刀鞘还在自己身上，当然不是丝绳毛病。要说是刀脱鞘而出，那更不对，刀鞘上有簧，除去有人从身上按簧抽出去，绝没有自己开簧脱鞘而出的，难道真是有人从自己身上按簧把刀抽出去了。

想到这里，忽然心里一惊，想起方才有人拍了自己一下，难道就是那个人把自己的刀抽出去了不成？这个人不但轻功好，而且手法也太快。不过究竟这个人是怎么一个人，自己还是无从知道，可是揣情度理，这个人对于自己并无坏意，否则他既是能从自己身上把刀抽走，要是真和自己过不去，当时取自己性命，易如反掌，他又何必躲开呢？这样看来，这个人不但对于自己没有恶意，说不定还许有帮助自己的心思，碰巧就许他比自己知道得还详细，他才故意这样做，所为把自己引开。

不管如何，现在身上连刀都没有了，就是下去也没有办法，况且自己孤掌难鸣，真要是底下有个什么变动，再想办法恐怕就不易了，不如先找一找那个人，顺便再多打探打探，省得事情出来之后，闹个后悔不及。

张振家这时虽然心急如焚，既想知道棺材里究竟是什么人，又惦记着老父老母跟哥哥的安危，可是因为不知事情底细，唯恐自己也陷在里头，只好是暂忍气愤，查清底细再说。看方才那条黑影，是奔了北正房后面，自己也赶紧着这条道儿找吧。

一纵两纵，便到了正房后面，站在房坡上往下一看，不但嫂嫂住屋西房里是明灯火烛，彻室通明，就是那久不住人的后罩房，也是灯光明亮，人影幢幢。心里纳闷，自己虽然不常在家，可是准知道这后罩房是向无居人，怎么今天突然会这样通室大明？里头待的又是什么人呢？

偏是那屋窗都是厚纸糊的，一点儿什么也看不出来，不过却能看出里头人位却是不少。站在房上又四外看了看，虽然还有灯光，可是远近都看不出有一点儿人影子，心里想着方才那条黑影儿明明是往这边来了，怎么会连个影儿都没有了？他是到什么地方去了？

事到如今，自己不能再管他，无论如何，也得探听出一点儿消息才好。从正房后坡绕到了西房后坡，两只脚钩住了瓦垄，"夜叉探海式"往下一看，恰好后窗户正有一块破的地方，曲目一看，看得还是很清，只见靠着桌子，一边一张椅子，左边这张，上头坐着一个男子，有三十多岁，细条身材，相貌长得倒是不难看，就是两只眼珠子有点儿滴溜溜乱转不定，手里拿着一个酒杯，已在那里喝酒哪。右边椅子上坐着一个少妇，正是自己的嫂子翠娘儿。大概因为屋里生着炭盆，有点儿热，上身衣服已然脱去，只穿着一件贴身粉红花布短袄，底下露出葱绿的绸子裤儿，腰里系一条浅香色洋绉汗巾儿。手里也拿着一个酒杯，笑容满面地向那男子道："二爷，你倒是喝呀，我已然多喝了两杯了，别尽让我一个人喝呀，怔怔呵呵的，你可想什么呢？"

那男子听了笑了一笑道："我这就喝，我这里想呢，上京里去的人总该回来了，张老二也该到了，明天上堂谁出去打这个质对？怎么想个法子一堂把他除治了下来？衙门里虽然有唐胖子打点了，不过我还是有点儿不放心。我总怕唐胖子心疼钱，该花的不花，一个买不到，要是把老二放回来，虽说另外有法子可想，咱们不怕他，不是又得多费一道事吗？我正想明天怎么想个法子，抢他一个上水，叫他一下子沉到底，永远翻不起身来就好了。"

张振家一听，不由打了一个冷战，心说幸亏这回比擂没成，否则胜负不分，自己这场官司先跑不了，这可真冤，只是这个男子是个什么人呢？自己跟他素未谋面，有什么深仇大恨，一定要把自己陷于死地呢？可惜自己的刀无心失去，否则可以下去，把他砍倒，问他一个水落石出，岂不甚好。

正在寻思，又听翠娘儿道："你还说呢，我这两天也不知怎么老是提心吊胆的，总怕老二他闯回来。其实我也知道，咱们四外都安置好了人，不用说他一个人回来，就是回来三个五个，他也找不出便宜去，可是心里总不免有点儿嘀咕，也不知怎么回事。但愿去的一下子把他弄回来，问一堂就把他除治了，我心里就踏实了。要说打质对的话，实在没人，我去一趟也没什么。"

那男子又一笑道："你要是肯去一趟，那小子绝对活不了，还有那个张傻子，我也托人进去办理他了。那个活口再要一灭，大约这场官司比经过御审还要结实呢。姓唐的气也出了，咱们事也成了，以后你只要不变心，以后就全是咱们的天下了。"

说着举杯一笑，一抬腕子一仰脖子，一杯已然喝尽。张振家这时又急又气，恨不得蹦下去把两个人性命全都废了才觉痛快，可是又一想，方才他们明明说着四外另有安置，如果一个惊动起来，自己手无寸铁，恐怕不是那些人的对手，自己一个人死了原无足惜，只是事情还没有弄清楚，父母都还未见，自己一死，岂不万事全休，不如暂时等上一会儿，听听他们还说什么，最好能够知道父母跟哥哥的消息，再想法子。

恰好便听翠娘儿道："别的不提，还有那两个老的该当怎么办？现在我们要是忍下，放松他们一步，将来他们还有不清楚的吗？谁的儿子谁不疼，到了那个时候，怕又出什么别的变动。不是我心狠，最好咱们是先下手的为强，怎么想个法子，把这件事一股脑儿全都弄在老二身上才好。"

张振家听到这句，可再也忍不下去了，拧腰一甩回到房上，正要一声喊嚷，嚷完之后，下去跟他们这一群人拼命，头一个先得把陈翠娘儿撕碎了不可。谁知就在他才一站起，还没有站稳，猛觉身后一阵微风，背上又被人轻轻打了一掌，知道绝对不是敌人，又是方才那人。急忙回头一看，这回不是黑影，却是一条白影，从自己身后，便像一道电闪相仿，奔向后罩房上去了。不由暗道一声："好身法！"

知道人家意在示警，便把满腔怒气强自压下，跟着也一纵身到了罩房，便听有人一声长哨，当时灯烛全灭，知道不好，正要转身从房上绕过去，再从后墙跑出去。身子还没转过来，耳后金刃劈风，家伙已然到了，好在张振家虽是气急败坏，却依然能够临变不乱，斜身一闪，来人家伙已然走空。虽是月黑天，因为房上积雪未化，影影绰绰，却还看得出一点儿影子，来人是个瘦长汉子，手里是一把朴刀，一刀砍空，横刀一抹，便奔了张振家的软肋。张振家吃了没有家伙的亏了，一看刀到，不敢硬撞，坐腰下腿，刀从头上过去，没等站起来，刀一立又劈下来了。张振家斜身一跨步，刀从左肩头砍了下来，正剁在屋瓦上，嗑唧一声响，屋瓦碎了好几块。张振家一看这不是办法，不用说再有上来，就是这一个，时候一长，也没有自己的便宜，不如趁着那些人还没有上来，赶紧走开这里再打主意。想到这里，不等那人变招，陡地向前一抢步，嘴里喊声："看家伙！"那人果然往旁边一闪，张振家趁势，单脚一踹屋瓦，斜身一纵，足有七八尺，跟着又一长腰一踹，便到了边墙。心里方才一松，猛听有人喊道："张老二，前几天耍石条的威风哪里去了？先接我姓魏的这一下！"

呼的一声，单手铜迎头砸了下来。张振家一听声音，非常耳熟，仔细一想，正是那天卖粮在城里碰见的那一堆恶霸之一——伤翅大鹏魏随。心里已然明白一半，虽然心火往上冲撞，并且知道像魏随这样角色，就是有个三五个，别看自己手里没有兵器，也未必便能输给他。不过一则他的人太多，黑天半夜，自己手里又没家伙，难免叫他们围上，自己事情还很多，现在不是怄气的时候，还是赶紧走开为是。心里虽是恨得牙痒，嘴里却是一句话也没有，一斜身过了单铜，脚一蹬一使劲，身子才要往前纵，猛见墙上仿佛也埋伏有人，可就不敢往墙那边去了。就在他这一犹豫之际，身后又蹦上三四个来，双斧单刀，里头还有使铁尺的，张振家知道使铁尺的都是地方上的官人，可就更不敢恋战了。无如四面八方都被人家围上了，再打算走，就叫不易了，心里一急，忽然想起，身上兵器虽然没有了，还有暗器呢，何妨把暗器施展出来，打他们一个是一个，也许能够找出走的道儿来。

张振家的外号是玉面小哪吒，就因为他一身都是暗器，这一想起来，也把紧背低头花装弩问一问，因为这种暗器藏在贴身，打的时候，第一得自己身上没有什么东西阻挠，才有办法，怕是刀鞘搅住打不出去，一伸手想把刀鞘摘下来。谁知手才往上一伸，一下子正砸在一样东西上，用手一摸，正是自己那把雁翎刀，这下子可把他给喜欢着了，才明白第二次人家一拍他又把刀送回来了。

这个主儿功夫实在比自己高得太多了，不是成了名的侠客，也得是个人物字号，连拿带送，两次都会一点儿不知道，人家实在是高多了。并且两次都是好意，这个主儿实在可感得很。这手里一有刀，就跟穷人有了钱一样，当时胆子就大了不少，恰好那个使铜的魏随一铜没有中，欺负张振家手里没有兵器，二次撤回铜来搂头盖顶又打了下来，张振家这回手里有了家伙，可就不躲躲闪闪了，一看铜到，斜身一缩头，铜已砸空，跟着进步长胳膊往上一撩，呛的一声。张振家憋了半天，使了有八成劲，魏随又没防备他会把兵刃得到手里，两下都是足劲，魏随可就吃了亏了，呛的一声儿，手里铜撞起来足有二尺多高，虎口震得生疼，半条胳膊疼得像要折了一样，一声哎呀，哪里还敢再战，只喊了一声："风紧扎手！"单铜一晃，一提身便自闪开正面儿，意思是打算撤下去。张振家恨透了这班人，一看力量不敌打算逃走，哪里还容他走，往前一抢步，双手捧刀往前一递，饶是魏随跑得快，还是扎上了，正在屁股上，扎进去有二寸多，一疼一闪，上下划了有三寸多长一个口子，哎呀一声，脚下一空，人便从房上掉了下去。

张振家刀才撤回来，便听身后有人喊道："你们闪开，待我来拿他这欺兄霸嫂的凶手！"

两旁人果然往后一闪，对面又蹦上一个男子，张振家一看，正是方才在屋里喝酒谈天那个男子。仇人见面分外眼红，话都没说，一按刀照着那人当胸扎去，那人一闪，双手一分，一对护手钩分为上下早把张振家的刀锁在当中，一声喝问道："来的什么人？为什么黑天半夜闯入民宅，你打算干什么？"

张振家久在外头走镖，这种事瞒不了他，准知道他们因为不认识自己，才故意这样探问，心想自己这个时候，还可以不必说出名姓，打得过打，打不过还可以走，省得一说出名姓，反倒不好办了。

想着便一声儿也不言语，手里刀往外一撤，搂头就砍，那人看张振家不肯说出名姓，一味哑斗，心里也明白八九，准知张振家就是一个人，也不必再问他，只要把他拿住，还有什么问不出来的吗？双钩一分，左手钩往上一挑，右手钩照软肋扎来，张振家一看人家使钩，就知道自己家伙吃了亏，心里一狠，就把主意打好了，一见来人把自己刀锁住，假意往里一带，用了七成力，来人果然往外一夺。张振家趁势往外一送，右手钩便也跟着左手钩退了回去，张振家一看彀上步儿了，陡地把刀一松手，那人往这一空，身子便往后一闪，张振家更不怠慢，一低头咔吧一声响，背上花装弩出去了一支，正奔那人咽喉。那人也真是会家，一看弩到了，一低头，嚓的一声，正在来人帽子檐上就插进去了，没等他站起来，张振家的暗器全打出来了，左手袖箭，右手飞蝗石子，一个朝上边打去，一个朝下边打。

那个汉子实在是受过高人传授，身子才一站起来，上下暗器便自到了，真是会者不忙，上身往左一歪，下身往右一歪，手里钩一扫一横，就听铛铛两声响，暗器全都掉在房上，一下也没打中。张振家这才知道厉害，再发暗器也是无用，并且人家人数太多，真要是把自己一围上，再打算走恐怕就不容易了。想到这里，用眼四下一扫，跟着又往下一低头，果然那人觉得又有暗器来了，微一怔神的当儿，张振家双脚一点，一长腰箭头子一样，蹦出去足有一丈多远，落在旁边一所小房上，正要二次再纵，却听四外喊声齐起。

那个汉子也纵身赶到，用钩一指道："你要是好朋友，趁早儿打了这场官司，事到如今，你再打算走，恐怕不是易事了。"

张振家也知道人家说的是实话，四外人家都埋伏有人，自己打算走是绝对办不到的事。不过事到如今，只好是一拼吧。

正在思想之际，猛听人声一阵呐喊，长钩套索已然把小屋子围了。张振家一看这可完了，真要是叫他们拿住，别的不用说，就是这个臭名儿自己也担不起。这就是命该如此，不如趁早儿一死，省得落在人家手里，到了那时，打算求死恐怕都不易了。

只是自己刀已出手，寻思这家伙都没有了，忽然想起镖囊里还有镖，打人家不行，扎自己大概可行，话也没说，一伸手便把镖掏出一只来，对面那人一看，哈哈一笑道："张老二，你不用说是一只镖，就是你把刀镖铺搬来，今天要打算逃出去，恐怕也办不到。"

　　张振家镖假装往外一扬，跟着一倒，便向自己咽喉扎来，离着嗓子也就还有二寸了，猛听有人一声冷笑道："小哪吒，别想不开，白无常也别卖味儿，找棺材本儿的来了。"

　　随着声音，便像一阵风儿相似，从地下一棵大树上纵过一个老头子来，老头子脚才站稳，又听有人喊："华爷爷莫忙，莫要都给杀完了，留几个给我试试手耍下子！"

　　分明是个小孩儿，又是四川口音，声音未断，一条黑影平地拔起，就像一只小鸟儿一样到了空中，猛地一打横，便向张振家身边纵来。张振家才看出这条黑影，好像是方才自己所见那条黑影，还没有看清楚，黑影儿已然到了身边，只一抬手便把张振家手里那支镖打在地下，跟着一笑道："这大的人，会打不过这一群龟儿子，还要寻死，真是没有出息，不是华老侠说你平常还有些人味儿，今天才不救你，把你这个东西不要再丢出去，弄得孙猴子没有棒子耍。"

　　说着往前一递，张振家一看正是自己方才丢出去那把刀，也不知什么时候会被他拿到手里，心里这份儿难受，简直就不用提了。好在报仇有了几分希望，只好是先接过来吧。

　　手才把刀接过来，却听远远有人喊道："福娃子，你不要乱搞，今天还不是时候，弄死了他们，是要拖累别人的。你就照我的话办好了，这些东西迟早是走不掉的。"

　　声音清细，仿佛鹤唳九天似远似近，非常悦耳好听。张振家方在寻思，口音怎的非常耳熟，好像在什么地方听见过，还未想起，却听使钩的男子一声怪叫道："哦！原来你们还有余党呢，今天一个都不要走了。"

　　双钩一紧，正要向那老头子扑去，只听老头子微微一阵冷笑道：

"申智广，可惜你师父教你一场，你竟是这样下流，我今天要不是因为投鼠忌器，我是非把你除掉不可。你要是懂得事，趁着我不在这里，赶紧一走，是你的便宜，否则再要犯到我的手里，对不起，我要替你师父清理门户，莫怪我心毒手狠。福娃子，今天你要听你娘的话，快照方才所说行事，有我在这里，你尽管放心走好了。"

那个小孩儿应了一声道："是，今天我便饶了他们多活几天，等到丁老侠从京城回来，再遇他们，你老人家可不要再拦我。"

说着又向那个使钩的男子道："姓申的，今天再饶你多活几天，脖子痒痒可以伸长了等我，我一定叫你安稳回去就是了。"

说到这句，手一托张振家的膀子道："你要老实些，莫乱动，走！"

说到走字，单手一架张振家的胳膊，张振家便身不由己地随他纵了起来。张振家真没想到会被一个小孩子救了自己，纵了约有两丈远近，这才落了下来，已然离开人群，正是一个小树林子，小孩儿把张振家放了下来。

张振家正要问他姓名，小孩儿却抢先说道："你姓什么叫什么我都知道了，我姓姚，我叫姚靖边，小名儿叫福官儿，你就叫我福官儿吧。你这个人倒是不错，就是能耐稍微差一点儿，将来你可以拜华老侠为师，或是拜丁老侠为师都可以，他们两个能耐跟我师父差不多。等你学好了能耐，将来可以跟我一块儿去玩去，我们那里山水好极了，山里野兽也多着呢。我还有好几个师兄弟呢，有比我能耐好的，有不如我的，可是全比你强。昨天阿娘还说你的天资很好，可惜就是学得太差。等这里事完之后，我们就要回去，你可以跟我们一道走，大约有个三年五年，你就比这强得多了。"

张振家先看他身量矮小，还以为是个天生的矮子，及至到了邻近一看，才知是个小孩子，已然诧异，后来架起一走，不用说是自己没有这种功夫，就是自己师父老镖头万里乌云铁砂掌朱振彪也没有这么大的能耐，心里早已佩服得了不得。再听他这一说话，天真之中，特别有份厚道，更觉着他特别可亲。

正要向他致谢，猛然想起一件事来，便笑着向那小孩儿道："小弟弟，谢谢你救了我，等我这里事完之后，我一定跟着你走，不用说再拜什么老师，只求学得像小弟弟你一个样，我就很知足了。不过我有一件事要问你，在前些天我家舍钱的那天，你是不是也来了，用手指把铜钱捏成碎粉，吓着一个麻子，替我们解了围的是不是你？"

姚靖边微然一笑道："不错，你的记性还真不坏，居然还记得是我。不过那天的并不像你说的那么容易，那个麻子，你把他看小了，我们要不是我找他，还到不了这里来呢。我告诉你，那个麻子他姓佟，他叫佟寿鼎，有个外号是铁梅花麻面巨灵神。他不但软硬功夫好，他还能打十三样毒药暗器，最是狠毒不过。那天要不是阿娘怕你们吃亏，喊了一声，他知道有了防备，才暂时走开，你们那天就受了害了。现在你们仇家已然约了不少好手，要跟你们拼个死活，里头便有他在内。阿娘跟华老侠之外，还有一位丁老侠现在到北京城里去约一位久不出世的和尚来帮忙，便是为了除他，你就知道他多厉害了。以后你要遇上他，必要多多留神，最好是躲着他，因为他是出了名的心狠手黑，只要跟他一对手，十九难逃活命，最少也要身带重伤。他却有一样好处，向不和人家先动手，只要你能留神躲着他，倒不至于有性命之忧，你千万可要记住了。"

小孩儿一边说，张振家一边听一边想，想不出怎样得罪的人，会招出这大的祸事。正在寻思，猛听身后有人说话："好啊！我把你们两个胆大的小辈，竟敢在背后议论英雄佟寿鼎佟侠客，今天要你们的小命！"

张振家一听，正要往外纵，姚靖边一把拉住道："你别害怕，是华老侠跟咱们闹着玩呢。"

张振家心神这才一定，凝神一看，果然面前又多了一个老头子，正是方才解围的那个老头儿，正待上前行礼道谢，老头儿微微一笑道："张振家不用行礼，现在不是泛酸的时候。我叫华陆一，跟你师父朱振彪也是老朋友，这次救你虽是无心，方才却有人提起，才知你是我老友的弟子，就是不是，也当帮你，何况还有这层渊源，当然更是义无旁顾，责无可辞。不过这次对方很有几个能手在内，此时我们约的人位还没有齐，一时还不能动手。你的家现在还不能回去，方才解围的，就是这个小朋友的母亲，也是当代女侠之一。她叫姚天凤，有个外号是红粉荆轲，她已然把那些都调走了，我们现在也可以走了，因为离他们太近，我们虽然不怕，可是你在本乡本土，两位老人都还健在，总是谋定后动的好，现在我们先到一个去处再说吧。"

说完了，老头子在头里一走，张振家跟在后头，姚靖边在尽后面，出了这片树林子一直往西，走了有二里多地的样子，前边是个小村子，华陆一领头走了进去，只见里面多少人家全都灯烛大明，并且还不断有人往来，一看华陆一全都尊称老爷子："你回来了，村主等你半天了。"

华陆一点头含笑，同了两个人走了进去，只见一所大宅院，迎面是五间大厅，厅上也是灯壁辉煌，里头早迎出一个少年，一见华陆一口称："师叔，你老人家回来了，快往里边请吧。"

华陆一也不客气，昂然走入，张振家也只好跟在后面，到了大厅里头，华陆一用手一点道："来，来，我给你们引见引见，这就是朱振彪朱老叔的大弟子、你们的好街坊张振家，这位是我的师侄王敬五。你们彼此都不要客气，来，咱们坐下谈话。"

大家坐下之后，华陆一向张振家道："振家，你还不知这回祸事从什么地方起的吧，你听我告诉你，你们这次全家全是被你一个所害，你可记得你跟你哥哥到城里头去卖粮的那一天，撅了一个姓唐的唐胖子，这个唐胖子虽然自己本人什么也不会，但是他手底下却养着一班狐朋狗友。

"里头有个姓魏的，他和川西大盗申智广别号叫玉面无常的是生

284

死弟兄，当下唐胖子既被你打了，你就不该把他们这班人全都约到家里去，露那一次脸。那个申智广原是酒色之徒，从前常做伤天害理的事，官面不容才跑到这里来。偏是冤家路窄，你们家里有个有姿色的女子，恰好被他看见，他便起了歹心，又怕你是镖局子里的人，约出好朋友来毁他，他才又约了他的师兄铁梅花佟寿鼎也来到这里，他们又不硬做，却由申智广带了采花作案的混账东西，到了你们家里，先行了苟且之事，再由你们家人说出细底，他才想起一条万恶的毒计。

"你们家里有个长工叫什么来旺，本和另一个长工姓张的女人有染，也是怕你知道不依，他们才互相出了一条计策，也不知用什么法子，先把你那兄长张振声害死……"

一句话没说完，张振家哎呀一声便自向后倒去。大家把他叫了过来，张振家还是痛哭不止，华陆一道："你这就不对了，你在人家家里，黑天半夜，怎么好大声哭号呢。再者这里离外边很近，被人听见，岂不又有许多不便，况且人死不能复生，哭有何益，最好是想法子把仇人拿住把仇报了，岂不比哭好得多？"

张振家一听，只好勉强止住哭声，听华陆一往下说道："你那嫂子却跑到县衙门里一告，说是长工张老福逼奸不允被你哥哥看见，张老福恼羞成怒，把你哥哥害了。县里大概是收了姓唐的钱，也没有往下细问，就把张老福押起来了。你父亲母亲两个上了年纪的人虽然知道事情不对，可是一看声势，哪里还敢言语，只好是饮泣吞声，专等你回来给他们报仇出气。他们哪里又知道连北京镖局打发姓赵的来找你的事都是假的，所为就是把你调开家里，他们好出手办事。其实那个姓赵的早已被镖局子裁革下来了，只你一个人不知道罢了。于是姓申的自居大功，便硬搬到你们家里去，和你那嫂嫂公然双宿双飞起来了。姓申的又怕你回来不能算完，便想了一个绝户计，约了许多朋友，在你家后罩房里一住，专等你回来好做那一网打尽之计。你说他们的主意毒也不毒？可是这件事你不能不说是你惹出来的。"

张振家一听，这才明白，便满面辛酸地向华老侠道："老爷子，你怎么会知道这么详细？"

华陆一道："这也是事逢凑巧，我们是因为佟寿鼎在川西一带作恶多端，身上背了有几十条人命案，为了给地方上除害，才追下他来，知道他到了此地，还没得下手，我们便全都住在这里。

"那天早晨我出去绕弯，正赶上你押着粮车回来，我跟人家一问，才知道是那么回子事，我就知道不好，可是那时我并不知道你是朱振彪的徒弟。又住了两天，往前边去探路，走在一个树林子边上，看见一个妇人在那里上吊，救下来一问，原来就是你家长工张傻子媳妇尹氏被来旺霸占了，尹氏胆小，原是被逼无奈，如今一出这个事，她更害怕了，越想越对不起自己丈夫和主人主母，于是心一窄便来上吊了。

"我把她劝了回去，叫她安心去扶伺老主人，不久必有办法，并叫她随时有什么消息给我送来，她才回去。我既知道了这回事，便想大大地干下子，把这些东西全都除治了，于是我夜入县衙，到了里边一探，才知道这个县官并不是贼官，对于这件事，他也确实是不知道，都是一个师爷姓苟的干的，我便给他留了一张字条儿，我就回来了。

"等我回来一说，姚女侠原来早就知道了，她说她已经看见了佟寿鼎，也看见了你，她也不是怎么知道你是朱振彪的徒弟，于是这件事我们更不得不管了。同我们来的还有一位江湖闻名的大侠千里驹活判官丁化龙，他说佟寿鼎不是本门户的弟子，如果我们要是一下手，恐怕又要结怨，最好是把他们门里师长约出一位来比较妥当，当时他想京城里崇敬寺住着一位大觉禅师，正是佟寿鼎他们的师叔，要是把他请来，办起来就没有一点儿障碍了。

286

"他叫我们在这里等他，他已然走了有四五天了，按说他也该回来了，只要他一回来，不管和尚来不来，我们就可以下手办他了。"

才说到这一句，便听外边有人哈哈一笑道："老华，你大概是能掐会算吧，不但我回来了，和尚也来了，姚女侠也到了。"

随着声音，走进三个人来，头一个是出家的和尚，已然须发皆白；第二个是个中年妇人，正是那天要钱的那个，知道就是姚天凤了；第三个也是矮小的老头，看着非常眼熟，好像是在哪里见过。

猛地想起，正是自己跟赵德禄进京时候，在山洼子里遇见那位，便赶紧站起来，由华陆一引见，果然是龙凤双侠和一位世外高僧。落座之后，大家又把这件事从头至尾说了一遍，又提了提决定明天晚上动手。

这时候王敬五忽然站起来叫了一声："师伯师叔，这个孙县官原和小侄有个认识，我想不如到他那里去说一声儿，叫他也派几个人来，可以名正言顺，就是多杀死几个也没有什么，你看好不好？"

大家一想，王敬五到了县衙一说，孙县官正为这件事不得主意呢，一听大喜，当下标签，派秦立功、魏宪忠两个带四十名快班上得用的伙计，帮同办案，并且说出是如有拒捕情事，可以格杀勿论。

王敬五回来一说，大家自是高兴，白天休息了一天，到了晚上，各带兵刃暗器，齐奔张家。恰好这天是申智广的生日，所有群贼，连王永昌、唐胖子全都在场，一个不短。

首先由张振家进门一叫阵，申智广带人闯了出来，姚天凤头一个手持宝剑抵住申智广，丁化龙敌住佟寿鼎，大觉和尚在旁观战不动，姚靖边张振家混战群贼。工夫不大，大半被擒被官兵捆上，申智广一看不好，喊声："扯活！"

还没容他转身，早被姚天凤一剑扎入胸膛，死尸栽倒。佟寿鼎势竭一纵，才跳出圈子，老和尚大觉一摆僧袍迎面拦住，只说了一句："现眼的东西！"单手一抓，正在胸膛子上，抓进去足有半尺，一松手，五脏全都出来了，死尸栽倒。

张振家早跑到里头把翠娘儿抓出来，劈面一刀砍成两半儿，姚靖边也把来旺抓死。官兵把群贼捆走，张振家到里头一看两位老人家，不由放声痛哭。

一会儿工夫，张老福也放出来了，知道苟师爷已被县官拘押严惩，张振家给众位道了谢，拜了丁化龙为师，把家里全都交给张傻子夫妇，又托了王敬五照应，随了大家入川学艺。

（全书完）

附　　录

徐春羽家世生平初探①

王振良

在民国通俗小说作家中，徐春羽的名气不算大也不算小。他长期活跃于京津两地，其以《碧血鸳鸯》为代表的武侠小说创作，虽然无法与还珠楼主、白羽、郑证因、王度庐、朱贞木等"五大家"比肩，然亦据有一席之地。探讨民国武侠小说尤其是"北派"的创作，徐春羽总是个绕不过去的存在。台湾武侠小说研究专家叶洪生先生认为："徐氏作品'说书'味道甚浓，善于用京白行文；描写小人物声口，颇为传神。尝一度与还珠、白羽齐名；唯以笔墨平实，未建立独特小说风格，致不为世所重，渐趋没落。"其褒抑可谓中肯，堪称对徐氏之的评。

关于徐春羽的家世生平，目前学界所知甚微，各种记录大同小异，追根溯源均来自天津张赣生先生："徐春羽（约1905—?），北京人。据说是旗人。他通医术，曾开业以中医应诊；20世纪40年代至天津，自办《天津新小报》；50年代初，曾在北京西直门一家百货商店当售货员。"

今距张赣生氏所谈已有二十余年，可对徐氏家世生平之认知，大体仍停留在20世纪90年代初的水平上。而且现在看来，就是这仅有的认知，仍然存在着重要的失误。笔者以一次偶然，有了"接

---

① 原载2015年《苏州教育学院学报》第4期，略有删节，此为全文。

近"徐春羽的机会，因将前后过程琐述于下，或可对研究通俗小说作家的手段有所启发，同时兼就访谈考索所得徐氏家世生平情况做粗浅报告，以呈教于民国通俗文学研究的方家。

一、"发现"徐春羽

2010 年 7 月 16 日，笔者拜访天津地方文献研究专家高洪钧先生，见书桌上有巢章甫《海天楼艺话》，谈论京津文林艺坛掌故，颇有可资文史研究采掇者。7 月 27 日，笔者自孔夫子旧书网购归一册。7 月 31 日闲读时，发现有《徐春羽》一目，以徐氏生平资料罕见，因此甚是欣喜。今全文抄录如下：

> 吾甥徐春羽，少即聪颖好弄，未尝力学，而自然通顺。好交游，又喜济人之急。索稿者盈门，而春羽则好以眼待。每喜朋友相过共话，风趣横生，夜以继日，必待客去，始伏案疾书，漏夜成万言，习以为常。盖其精力饱满，不以为苦。人或不知也，其所擅为武侠小说。人亦豪爽，笔耕所入，得之不易，然到手即尽，居恒不给，燕如也。又传医学，悬壶问世，而不取人钱。能作细字如蝇头，刻竹刻玉，并能之。

旋即仔细翻阅全书，又见《周孝怀》目也涉及徐氏："诸暨周孝怀名善培……尝出资创《新小报》，约吾甥徐春羽主其事，氏亦时撰评论发布。旋以日寇入天津，不获继续。"

《海天楼艺话》由人民美术出版社出版，署曰"巢章甫著，巢星初、吕凤仪、方惠君、翟启惠整理"。又细阅该书序言，知整理者之一巢星初乃巢章甫先生三女。

2010 年 8 月 5 日，笔者通过"谷歌"搜索引擎，检索到人民美术出版社办公室电话，联系上《海天楼艺话》的责任编辑刘普生，又从刘先生处获知巢星初的电话号码。笔者立即拨电话给巢星初，简单说明意图之后，她热情地介绍说，徐春羽是巢章甫之表外甥（具体姻亲关系不详），但两家已多年不联系。因巢星初无法提供更多情况，笔者对此甚感失望。

8月12日，巢星初女士打来电话，说迳来询问其叔叔（在台湾）等，对徐春羽亦不甚了了，仅知其擅写武侠小说，在报纸连载时很是走红，常有亲友问他小说中人物结局，他多以"等着看报纸就知道了"来搪塞（其实他自己也不知道人物该如何结局）；又说徐工医术，会唱戏，善联语。巢星初还介绍道，她小时随父亲住天津市唐山道，河北大学数学系毕业后，在汉阳道中学教书，其间与徐春羽的两个妹妹——徐家二姐（嫁洪姓）、徐家四姐（嫁张姓）时常过往，但迁京后已失联多年。虽然所述视初次通话有所丰富，但徐家的面貌仍旧模糊不清。

8月16日，巢星初女士又来电话告知，徐家四姐曾住天津市哈密道利安里（具体门牌号码不详），并说线索得自新近翻出的信封，不知道循此追寻能否有所收获。

9月3日午后，笔者思忖到外面走走，就骑上自行车，直奔徐家四姐二十年前住过的哈密道，并期待着某种奇迹的发生。初秋的津城最是舒适，气温不冷不热，让人十分的惬意。因为事先核查过地图，故此顺利地找到利安里。这里的巷道并不长，只有二十几个门牌，从哈密道入口进去，前行三十来米右拐，再走三十来米就是河南路了。因徐家四姐的丈夫姓张，笔者就向住户问询利安里是否有张姓居民。问了几位年轻些的居民，全都不得要领；这时里巷转角处的院里，走出一位七十多岁的大娘，笔者马上迎了过去，问利安里有无张姓老居民，曰"有"。"爱人姓徐吗？"曰"是"。"年纪有九十多岁？"曰"对"……随着基本信息的不断重合，笔者已经按捺不住惊喜，接着发问："您与张家熟悉吗？住几号？"大娘麻利地跨了十几步，把我领到斜对面的利安里 17 号。"有人吗?"随着大娘的话音，出来位六十岁上下的先生。因为已有若干前期铺垫，笔者径直问道:"您知道徐春羽吗?"曰"是我舅舅"。"您老爷子老太太都好?"曰"都好"。这位先生名叫张裕肇，其母徐帼英，就是徐春羽的妹妹，即巢星初所说"徐家四姐"。

2012 年 1 月 12 日，笔者与张元卿先生通电话，他特意提醒我说，在《许宝蘅日记》(许之四女许恪儒整理)中发现徐春羽的踪迹。当晚笔者就翻出许氏的日记，检索并析读有关徐春羽的信息。

2012 年 1 月 13 日，通过解读《许宝蘅日记》了解到，徐春羽的父亲徐思允，与许宝蘅是儿女亲家。许的三女许富儒(小名盈儿)，嫁与徐思允之子徐良辅。在日记中，常出现徐良辅之子"传藻"的名字，根据日记中的各种线索，可推知其生于 1940 年左右。笔者对徐传藻这个名字，当时很是感兴趣，就打开"谷歌"搜索引擎，同时输入"徐传藻"和"电话"两个关键词，本来是未抱任何期望的随意之举，没想到收获的结果却令人振奋，在一份 20 世纪 60 年代初中国农业大学毕业生名录中，赫然列有徐传藻的名字，后面还附有联系电话。经过初步判断，1940 年左右出生，20 世纪 60 年代初大学毕业，时间上可以吻合，于是笔者给这位徐先生拨通电话，经过小心翼翼地核实，此徐传藻正是徐春羽之侄，他称徐春羽为"大伯"。

利用既有的些微线索，通过城市田野调查和网络搜索引擎，笔者每次都用不到十分钟时间，联系上徐春羽的两位近亲——妹妹徐帼英和侄子徐传藻，为初步解开徐春羽身世生平之谜找到了突破口。

二、父亲和祖父

徐春羽祖上世代业医。父名叫徐思允，字裕斋(又作豫斋、愈斋)，号茗雪，又号裕家。徐思允生平脉络大体清楚，但细节则多难得其详。他生于 1876 年 2 月 13 日。① 1906 年入张之洞幕府，任两湖师范学堂文学教员。1907 年初，调充学部书记并与编译局事。② 徐思允有《忆广化寺》诗云："千金筑馆辟蒿莱，却锁重门未忍开。湖上清光余几许？春来风信又多回。事经变幻忘初意，土失雕镌定不才。此局废兴争属目，宁论吾辈寸心灰。"此广化寺即学部编译局所在地。1909 年张之洞病危之际，徐思允至少两次进诊。张曾畴《张文襄公辞世日记》记云："十九中医进诊，前广西柳州府李日谦，号葆初；学部书记徐思允，号裕家，即徐士安先生之子也。"又云："廿日晚……畴与徐医进视问安。"1911 年徐思允受聘京师大学堂法政科教员，主讲《大清会典》。

1912 年中华民国成立，10 月许宝蘅任北京政府铨叙局局长，徐以许的关系出任勋章科科长③。10 月 30 日，铨叙局又呈请国务总理批准，以调局之徐思允、吴国光二员作为记名佥事分任办公。④ 其后，又外任安徽省宿县县长等。⑤ 1919 年，徐思允拜在武术名家杨澄甫门下习太极拳，后又拜李景林为师学武当剑。1925 年，为同门陈微明所撰《太极拳术》作序。嗣后经周孝怀介绍，成为溥仪之侍医。1931 年溥仪出逃东北后，徐思允追随赴新京（今长春），充任伪满宫廷"御医"，并教授皇族子弟国文。溥仪的《我的前半生》、秦翰才的《满宫残照记》等书中，都留有徐思允的诸多痕迹。

徐思允不仅精通中医，还工于弈术，曾与围棋宗师吴清源交手。

---

① 民国乙酉正月十九日《许宝蘅日记》载云"愈斋七十生日"，据此可推知徐思允准确的出生日。又 2011 年 6 月 29 日徐悃英接受笔者采访时述，徐思允享年七十五岁，与日记所云正好相合。

② 1907 年 3 月 22 日，任职学部的许宝蘅首次在日记中提到"徐茗雪"名字，24 日亦称"徐茗雪"，再后则径作"茗雪""豫斋""愈斋"等，则 22 日或为两人初见，徐思允调京当在此前不久。

③ 2011 年 6 月 29 日徐悃英接受笔者采访时述。

④ 中华民国北京政府《政府公报》，1912 年第 195 期。

⑤ 2011 年 6 月 29 日徐悃英接受笔者采访时述。

据许恪儒回忆，徐愈斋先生在东北"和吴清源下过棋，而且是当着溥仪的面"。这次对局发生在 1935 年，其时吴清源访问长春，曾与木谷实在溥仪"御前"对局。此棋下了三天，结果吴胜 12 目。结束的当天下午，溥仪又要求吴让五子，与徐思允再下一盘，任务是"吃他的子，越多越好"。结果徐思允死命求活，吴清源"大吃"的任务未能完成。关于这段逸事，吴清源的各种传记均有记述。

1945 年苏军进入东北，徐思允随伪满皇后婉容等，流亡至临江县的大栗子沟（今吉林省临江市大栗子街道），旋被苏军俘虏至伯力（今俄罗斯哈巴罗夫斯克）。1949 年获释至长春，5 月份回到北京。1950 年 12 月 13 日病逝。

徐思允国学功底亦自不浅，否则溥仪不会让他教授子弟国文。他与陈衍、陈曾寿、郑孝胥、许宝蘅等长期交游，陈曾寿《苍虬阁诗集》即收有与徐的唱和之作。又陈衍《石遗室诗话》卷十载：

忆庚戌在都，仁先与茗雪（徐思允）、治芗（傅岳棻）、季湘（许宝蘅）、仪真（杨熊祥）诸君，亦建诗社，各有和昌黎《感春》诗甚佳。函向仁先索其稿，唯寄茗雪《感春》四首，治芗则他作，季湘、仪真则无矣，当更求之。茗雪诗其一云："出门四顾何所之？不寻同乐寻同悲。人人看春不我顾，还归空斋诵文词。庄生沈冥少庄语，《离骚》反覆如乱丝。二子胸中感百怪，所以踪迹绝诡奇。忽然扶日跻昆仑，俄见垂翼翔天池。东风卷地野马怒，安得乘此常相追？"其二云："我悲固无端，我乐亦有涯。斗食佐史免耕剧，得借一室栖全家。官书不多日易了，旧业虽薄还堪加。文章豪横逞意气，草木幽秀舒精华。如今一事不可得，岂免对景空咨嗟？"其三云："立春二十日，日日寒凛冽。九陌长起尘，众卉焉敢苗。尔来日渐暖，又恐骤发泄。少年狂不止，老病苦疲茶。百鸟已如簧，飞花乱回

雪。劝君守迟暮，病发不可绝。"其四云："一年青春能几
多？坐令千古悲蹉跎。夜烧红烛照桃李，日典春衣偿醉歌。
百川东流去不返，泪眼长注成脩河。我从崎岖识天意，才
见光景旋风波。去年看花载酒处，今年不忍重经过。一人
修短尚难料，万物变化将如何？"四诗颇觉有古意无俗艳。

陈衍论诗眼界甚高，对徐思允"有古意无俗艳"的评价可谓不
低。徐思允去世后，1952 年 8 月底 9 月初，许宝蘅曾整理其遗稿，
写定《大栗子临江记事》（又作《从亡大栗子记事》）及《苕雪诗》
两卷，其后许之日记仍断续地有补写《苕雪诗》的记载，未晓这些
诗文稿是否尚存于霄壤之间。

徐思允有三子六女：长女徐仲英，长子徐春羽，次女徐珍英，
三女徐淑英，次子徐××，四女徐帼英（属龙），三子徐××，五女
徐惠英，六女徐兰英。徐淑英中国大学毕业，1938 年到延安参加抗
日工作（化名李英），1949 年后曾任吉林省妇联副主任、长春市妇
联主任，丈夫是东北流亡学生，曾任吉林省监委书记。据许宝蘅所
记，徐良辅"原名百龄，其生父名有胜号明甫，系湖北军官，战殁，
有叔名有德，安徽休宁人"，许恪儒则径云徐良辅"本姓汪"，可知
其并非徐思允亲生，当是徐思允续弦夫人带来的。又徐思允在长春
时，常给天津的家人寄钱（每月三百元），一般是汇至山西路修二爷
（溥修）处，多由徐帼英去取。①

前引张曾畴《张文襄公辞世日记》，提到徐思允父名徐士安，应
该也是张之洞幕府中人。恽毓鼎的日记中，留有"徐士安"之踪影，
未知是否即徐思允之父：

（光绪八年五月）二十四日晴……申刻士安、蕴生招饮

---

① 2011 年 6 月 29 日徐帼英接受笔者采访时述。

天禄富，为予送行。座中方先生、道甫兄弟皆北闱应试者，尽欢而散。今早李方去看轮船，招商局"江表"船于廿七日开，即定于是日起身。

（光绪十二年四月）二十七日……十二点钟抵上海码头，命于升雇船，过拨行李，移泊观音阁。稍憩，往华众会剃头、吃点心……归船，见大哥字，知途遇陆彦备、徐士安、张楚生，约馀（余）在万华楼茶话，再续他局。

又徐振尧、王树连、张子云《测绘军人与辛亥革命》谈到，1911 年 10 月 11 日辛亥武昌起义，当晚即成立了军政府，下设参谋部、军务部、政务部、外交部，10 月 16 日又增设测量部，主要由湖北陆军测绘学堂学生组成，部长朱次璋，副部长徐士安。此徐士安或即其人。

三、关于徐春羽

回过头来我们再讨论关于徐春羽的几个问题。

一是籍贯，应是江苏省武进县（今常州市武进区）。此乃徐帼英接受笔者采访时所述，又徐思允《太极拳术序》末署"乙丑夏日武进徐思允谨序"，亦可佐证无疑。张赣生先生所说北京，或与徐春羽长期在京居住有关；又《许宝蘅日记》附录的《日记中部分人名字号对照表》记徐思允为"湖北人"，或因其曾在楚地工作致误。至于徐春羽生于北京的可能性，现在看来也几乎没有（徐思允调京时徐春羽已出生），更与旗人云云无涉。

二是生年，徐春羽诞于光绪三十一年乙巳十月二十一日（1905年 11 月 17 日）。据徐帼英述，徐春羽属蛇无疑，据此再前推十二年（1893 年）或后推十二年（1917 年），均与徐春羽去世时"未及六十"不合，与徐家姐妹的年龄差距也对不上茬口。至于具体之出生月日，是因为在20世纪40年代，每年徐春羽过生日都很热闹，故此徐帼英记忆深刻。张赣生所云徐春羽生年大体不差，但以证据不足存有疑问，故此在"1905年"之前加了"约"字。至于后来的有些叙述，径书徐春羽生于1905年，亦应是源自张说，但不科学地省略了"约"字，因为似无人为此提出确据。

三是卒年，笔者采访所获线索无法得出准确结论。徐传藻说，其大伯徐春羽1949年后在北京开诊所，"镇反"时被逮捕入狱，后因病保外就医，然为其续弦吴氏所不容，走投无路之下重回监狱，未久即病死狱中；又说徐春羽住大乘寺19号（此与《许宝蘅日记》所载相吻合），吴氏住武定侯胡同。① 徐春羽五妹徐惠英则说，徐春羽解放后被捕，死在北京某模范监狱。② 而据《许宝蘅日记》，解放后较长一段时间，许宝蘅与徐春羽交往频繁，许家的人遇有头疼脑热等，多请徐春羽到家诊治。然自1957年8月16日"春羽来为宴儿复诊"之后，许家虽然仍是病人不断，但徐春羽在日记中却突然失踪，因推测其被捕在此后不久。至于徐传藻所云"镇反"恐不确切，很可能是"反右"。徐春羽之病逝，或在20世纪50年代末期。

四是生平，除本文前引零散资料所述，仍可说是未得其详。略可补充者仍是徐帼英所谈：徐春羽抗战前在天津市教育局工作，其间曾安排三妹淑英在天津的学校教书；徐春羽的住所在今天津市河北区的平安街上，紧邻平安街与进步道交口的王占元旧宅（今已拆除）；徐春羽兴趣广泛，多才多艺，通医术，精书法，会评书，善烹饪，尤其喜欢票戏，常找艺人（包括翁偶虹）到家中交流。③ 又徐春羽嗜麻雀战，每有报馆催稿，辄嘱牌局暂停，提笔疾书以应，然

---

① 2012年1月13日徐传藻接受笔者电话采访时述。
② 2013年1月13日徐惠英接受笔者电话采访时述。
③ 2011年6月29日徐帼英接受笔者采访时述。

后又继续打牌。[①]

　　五是后人，徐春羽有一子二女。长女徐小菊，1949 年随四野南下，现居赣州；次女徐小羽，退休前在北京市海甸小学（原八一小学）教书；一子徐××，已去世。[②] 又据《许宝蘅日记》，徐春羽之子女有名小龄、小迪者，徐小龄或即其子，徐小迪或即徐小菊。

---

①　2010 年 9 月 3 日张裕肇接受笔者采访时述。
②　2011 年 6 月 29 日徐帼英接受笔者采访时述。

图书在版编目(CIP)数据

燕双飞·龙凤侠／徐春羽著. — 北京：中国文史
出版社，2018.6

（民国武侠小说典藏文库·徐春羽卷）

ISBN 978 - 7 - 5034 - 9970 - 8

Ⅰ. ①燕… Ⅱ. ①徐… Ⅲ. ①侠义小说 – 小说集 – 中
国 – 现代 Ⅳ. ①I246.5

中国版本图书馆 CIP 数据核字（2018）第 010049 号

整　　理：卢　军　卢　斌　翁小艺　金文君
责任编辑：薛媛媛

出版发行：**中国文史出版社**

社　　址：北京市西城区太平桥大街 23 号　邮编：100811

电　　话：010 - 66173572　66168268　66192736（发行部）

传　　真：010 - 66192703

印　　装：廊坊市海涛印刷有限公司

经　　销：全国新华书店

开　　本：720×1020　1/16

印　　张：20　　　　字数：260 千字

版　　次：2018 年 6 月第 1 版

印　　次：2018 年 7 月第 1 次印刷

定　　价：63.00 元